KB031463

구인회문학의 재인식

필자소개(수록순)

김영민(金榮敏, Kim Young-Min) 연세대학교 국어국문학과 명예교수

양문규(梁文奎, Yang Mun-Kyu) 강릉원주대학교 국어국문학과 명예교수

하정일(河晸日, Ha Jeong-Il) 원광대학교 국어국문학과 교수 역임

김재용(金在湧, Kim Jae-Yong) 원광대학교 국어국문학과 교수

한수영(韓壽永, Han Soo-Yeong) 연세대학교 국어국문학과 교수

이현식(李賢植, Yi Hyun-Shik) 인천문화재단 정책협력실장

유성호(柳成浩, Yoo Sung-Ho) 한양대학교 국어국문학과 교수

최현식(崔賢植, Choi Hyun-Sik) 인하대학교 국어교육과 교수

구인회문학의 재인식

초판인쇄 2023년 11월 20일 **초판발행** 2023년 11월 30일

지은이 문학과사상연구회 **펴낸이** 박성모 **펴낸곳** 소명출판 **출판등록** 제1998-000017호

주소 서울시 서초구 사임당로14길 15 서광빌딩 2층

전화 02-585-7840 **팩스** 02-585-7848 **전자우편** somyungbooks@daum.net **홈페이지** www.somyong.co.kr

값 24,000원 ⓒ 문학과사상연구회, 2023

ISBN 979-11-5905-842-4 93810

잘못된 책은 구입처에서 바꾸어드립니다.
이 책은 저작권법의 보호를 받는 저작물이므로 무단전재와 복제를 금하며,
이 책의 전부 또는 일부를 이용하려면 반드시 사전에 소명출판의 동의를 받아야 합니다.

구인회문학의 재인식

문학과사상연구회

시와 출판

차례

서문 7

제1장 **이무영과 '구인회'** 11

1. 들어가며 11
2. '구인회' 이전의 이무영 12
3. 이무영과 '구인회' 17
4. 나가며 29

제2장 **카프와 북한의 구인회 비판** 35

1. 들어가며 35
2. 카프의 구인회 비판 36
   1) 임화의 김상용 비판 36
   2) 임화의 정지용 비판 39
   3) 카프의 김유정 비판 43
3. 북한의 구인회 비판 45
   1) 남한의 구인회 격상 45
   2) 북한의 구인회 비판 47
   3) 북한의 이태준 비판 49
4. 나가며 55

제3장 **'천변'의 유토피아와 근대 비판**
—박태원론 59

1. 한국 모더니즘과 근대 비판의 정신 59
2. '천변'의 유토피아와 근대 비판 62
   1) '천변'의 자족성과 인륜적 질서 65
   2) '천변'의 논리와 예술의 논리 74
3. 나가며 한국 모더니즘소설 연구의 방향 81

제4장 남북협상파 문인으로서의 김기림 85
1. 들어가며 85
2. 남북협상파 문인의 내면, 김기림 86
3. 근대의 파산과 해방조선의 꿈 89
4. 미소공동위원회에 대한 비판적 지지 96
5. 남북협상운동과 김기림 104
6. 냉전의 격화로 인한 남북협상의 위기와 최후의 몸부림 110
7. 나가며 116

제5장 분단 비극과 남북 통합의 상징 '정지용' 117
1. 1980년대 이후 남북이 함께 사랑한 시인 117
2. 북에서의 정지용 119
3. 남에서의 정지용 125
4. 다층적 통합을 위하여 130

제6장 근대의 종언·근대의 결산·근대의 초극
—김기림의 '근대'인식에 관한 몇 개의 질문들 133
1. '근대'는 과연 끝난 것이었을까 133
2. '서구', '근대', '자본주의'의 혼효 141
3. 표상과 실재의 간극 1 근대, 자본주의, 국민국가, 과학 147
4. 표상과 실재의 간극 2 동양과 서양 157
5. 종언 이후 맺음말을 대신하여 164

제7장 소설가 구보 씨의 고민
—모더니스트와 전업 작가 사이에서 169
1. 박태원의 삶에서 주목해야 할 것들 169
2. 「소설가 구보씨의 일일」, 고독한 단독자와 모더니즘 173
3. 박태원은 과연 모더니스트였을까, 전업 작가였을까 184
4. 일제 말기 박태원의 자화상 연작,
밥벌이로서 소설 쓰기의 윤리학 190

제8장 **정지용 시에서의 '종교시편'의 위상** 203
1. 들어가며 203
2. '종교시편'의 내포와 당위, 평가 기준 205
3. 정지용 '종교시편'의 세계 209
4. 의미와 한계 225

제9장 **'어린 아이'의 전통과 근대**
—정지용과 동시童詩 229
1. '어린 아이'의 마음으로 세계를 읽는다는 것 229
2. '옵바'와 '누나누의'와의 별리가 다다른 그곳 236
3. '무서운 시계'와 '슬픈 기차' 혹은 존재의 고독과 소외 246
4. '지금 여기', '떠도는 구름'과 '흰점 꽃'의 사이 264

제10장 **'도시 산책자'에서 '광장의 투사'로**
—남북한문학사에서 박팔양 시의 위상과 가치 269
1. 박팔양의 시와 이념적 공간의 선택 269
2. 남북한 문학사에서 『여수시초』의 위상과 가치 272
3. '유산과 전통'으로서 박팔양 시 『현대조선문학선집』의 경우 279
4. 두 『박팔양 시선집』의 이념적·미학적 차이 287
5. 박팔양 시가 다다른 마지막 심연 296

필자 소개 298
간행사 300

서문

재인식 총서와 재정전화

김재용

1996년 회강 이선영 교수님이 오래 몸담았던 연세대학교 국문학과를 정년 퇴직하면서 뜻이 맞는 제자들과 함께 문학과사상연구회를 만들었다. 퇴임한 교수가 제자들과 함께 한 달에 한 번씩 정례적으로 만나 발표를 하고 토론하는 것도 흔한 일이 아닌데 함께 공동작업을 하여 책을 내는 일은 더욱 힘든 일이다. 그런데 선생님을 비롯하여 제자들은 거르지 않고 논문을 발표하고 토론을 거쳐 완성된 원고를 만들어 거의 2년에 한 권 꼴로 책을 출판하였다.

염상섭 문학의 재인식1998

채만식 문학의 재인식1999

한설야 문학의 재인식2000

임화 문학의 재인식2004

이태준 문학의 재인식2004

근대계몽기문학의 재인식2007

이광수 문학의 재인식2009

이효석 문학의 재인식2012

신경향파문학의 재인식2016

이상 문학의 재인식2017

해방기 문학의 재인식2018

3·1운동의 문학적 재인식2020

구인회문학의 재인식2023

이번에 마지막으로 출판하는 책은 '구인회문학의 재인식'이다. 해금 이후 구인회와 거기에 속한 작가들은 적지 않게 조명되었지만 여전히 문제적이다. 해방 직후의 시기는 물론이고 최근의 북한에서의 평가를 포함한 전면적인 문학사적인 해석은 여전히 과제이기 때문이다. 근대 이후의 우리 문학사에서 구인회와 거기에 속한 개별 작가들 정지용, 박태원 등이 어떤 의미를 갖는지를 묻는 이번 책은 문학과사상연구회 재인식총서의 마지막 권으로 그 의미가 적지 않다.

총 13권의 책을 공동으로 연구하고 출판한 작업은 한국근대문학연구에서 '재정전화'라고 불릴 만큼 질풍노도 시기의 산물이다. 1988년 재월북작가 해금이 이루어지면서 한설야를 비롯한 카프 작가와 정지용과 백석 등의 카프 이외의 작가들의 작품을 마음대로 접하고 연구하게 되면서 문학사 재해석과 재정전화는 불가피하였다. 억압적인 반공적 냉전 기류 속에서 형성된 기존의 정전들은 사정없이 무너지고 이를 대체하여 새로운 정전들이 마련되었다. 기존에 각광받던 작가들이 단숨에 시야에서 사라지기도 하고, 전혀 언급되지 않던 문학가들이 일반 독자들의 사랑을 받는 일이 벌어지기도 하였다. 질풍노도는 여기에 그치지 않았다. 일제 말의 재해석도 한 몫을 했다. 냉전적 반공주의하에서 가려졌던 일제 말 시기의 문학에 대한 전면적인 연구가 시작되면서 작가들의 식민주의에 대한 협력 여부가 핵심적인 쟁점으로 떠올랐다. 이광수와 서정주처럼 소설과 시에서 거목으로 취급되었던 이들의 일제 말 행적이 드러나면서 정전에서 사라지기도 하였고, 김사량처럼 일제 말에 협력을 하지 않고 침묵 등의 다양한 방법으로 난세를 견뎌낸 작가들의 활동도 새롭게 조명을 받기 시작하였다. 전후의 냉전적 굴곡 속에서 만들어진 정전이 일체 반성의 대상이 되는 역사적 일이 벌어졌던 것이다. 시대의 변화에 따라 기조의 정전이 무너지고 새로운 정전이 만들어지는 일반론으로만 설명하기에는 턱없이 부족하던 질풍노도의 시대였다.

이 시대 속에서 필자들은 지적 게으름으로 빠지는 것을 경계해나가면서 나름 연구자로서의 역할을 다하려고 노력하였다. 그러한 노력은 오늘날 어느 정도 자리 잡고 있는 정전의 형성에 일정한 기여를 했다고 자부한다. 기존의 정전이 무너지고 새로운 정전이 완전히 형성되지 못한 과도기 시대의 산물이 바로 이 재인식총서 작업이라고 할 수 있다. 이 과정에서 누구보다도 열심히 치열하게 사유하던 지적 동료인 하정일 교수를 잃는 슬픔도 있었지만 지금까지 달려왔다. 이제 과도기는 지나가고 새로운 정전의 시대에 접어들었기에 우리들의 재인식 총서 작업의 시대적 사명도 그 역사적 역할을 다하였다. 거의 사반세기에 걸쳐 진행된 이 작업은 이번 책을 마지막으로 마감을 한다.

이선영 선생님이라는 큰 나무가 있었기에 이 재인식 총서가 가능했다.

그 나무의 그늘에서 시대적 외압과 세속적 유혹을 이겨내면서 이만치의 작업을 할 수 있었던 것이다. 문학과사상연구회의 연구자들은 모두 대학원 시절부터 선생님의 직접적인 지도하에 석사와 박사를 거쳤다. 퇴임 후에도 선생님은 제자들의 발표를 경청하시면서도 항상 적절한 논평으로 방향을 잡아주셨다. 때로는 우리들의 지적 게으름을 일깨워주면서도 담대하게 학문적 용기를 견지하도록 인도하셨다. 문학의 사회적 성격과 역할을 항상 강조하면서 우리 사회의 민주화를 위해 노력하신 선생님은 우리들에게 항상 지적 등대였다. 제자들이 선생님의 그러한 요구에 얼마나 잘 응했는지는 여전히 의문이지만, 쉽게 얻기 힘든 학문공동체의 기억을 가꾸는 데는 모두 진심이었다고 자부한다. 선생님이 옆에 계시지 않은 상태에서 나온 첫 책이자 재인식 총서의 마지막 권인 이 책을 선생님의 2주기 영전에 바친다.

이선영 선생님과 제자들이 가꾼 학문적 연대의식을 늘 가까이에서 보았기에 토를 달지 않고 응원해주었던 소명출판 박성모 대표에게 감사한다.

필자들을 대신하여

김재용

제1장

이무영과 '구인회'

김영민

1. 들어가며

이무영은 '구인회'의 창립 동인 가운데 한 사람이다.[1] 그럼에도 불구하고 지금까지 이무영과 '구인회'의 관계에 대해서는 단편적 언급만 있을 뿐 본격적으로 연구 정리된 바가 없다. 『이무영전집』에 수록된 상세 연보에도 '구인회' 관련 사실은 기재되어 있지 않다. '이무영은 1908년 1월 14일 충북 음성군에서 7남매 중 둘째로 출생했다. 그는 1920년 고향의 소학교를 중퇴하고 서울로 올라와 휘문고등보통학교에 입학한 후 문학에 관심을 갖기 시작한다. 1925년 17세 되던 해에 일본으로 건너가 세이조成城 중학에 입학하였으나 중퇴한다. 이후 일본의 작가 가토 다케오加藤武雄의 문하생으로 들어가 4년 동안 작가 수업을 하게 된다. 이 기간 중인 1926년 6월

1 '구인회'는 1933년 여름 결성된 문학 단체이다. 결성 과정 및 문학사적 의미에 대한 기본적 정리는 김민정, 「'구인회'의 존립양상과 미적 이데올로기의 상관성 연구」, 서울대 박사논문, 2000; 현순영, 『'구인회'의 안과밖』, 소명출판, 2017 참조.

『조선문단』에 단편소설 「달순의 출가」를 투고하여 당선된다. 1927년에는 장편소설 「의지할 곳 없는 청춘」을 청조사靑鳥社에서 간행하였다. 1929년 일본에서 귀국한 후 강습소 교원, 출판사 사원 등을 전전하다가 장편소설 「8년간」을 『조선강단朝鮮講壇』에 연재하면서부터 무영無影이라는 필명을 사용하기 시작한다. 1931년 말 동아일보 희곡 현상모집에 「한낮에 꿈꾸는 사람들」이 당선되고, 1934년 『동아일보』에 입사하여 학예부 기자로 일하게 된다. 1936년 『동아일보』가 정간을 당하자 잠시 휴직, 이후 복직했으나 창작생활에 전념하기 위해 동아일보를 사직한다. 경기도 군포로 이주해 다수의 농민소설을 창작하게 된다'[2]는 것이 이무영의 주요 생애이다.

이 글에서는 먼저 이무영의 초기 문단 활동과 '구인회'와의 관계 및 '구인회' 초기 이무영의 역할 등에 대해 정리해 보려 한다. 아울러 그가 구인회를 탈퇴한 시기와 이유에 대해서도 추정해 보고자 한다. 이를 통해 '구인회'의 창립 동기를 살펴보고, 한국 근대문학사에서 이른바 '순수문학'의 대표이자 상징처럼 여겨지는 '구인회'의 성격에 대해 다시 한 번 생각해 보는 계기로 삼고자 한다.

2. '구인회' 이전의 이무영

이무영의 작가적 삶에 전환점이 된 작품은 「한낮에 꿈꾸는 사람들」이다. 「한낮에 꿈꾸는 사람들」은 예술의 세계로 도피해 살아가는 인물들과,

---

2 「연보」, 『이무영전집』 제6권, 국학자료원, 2000, 577~580쪽 참조.

현실에서 피 흘리며 싸우는 인물들의 모습을 대비해 보여준다. 『동아일보』 현상모집 당선 희곡인 이 작품은 이산李山이라는 필명으로 1932년 1월 2일부터 4일까지 연재 발표되었다. 이 작품을 통해 이무영은 작가로서의 능력을 인정받는다. 그는 이 작품을 계기로 문단의 주요 문인들과 교류를 시작할 수 있었다.[3] 이는 『동아일보』의 기자로 들어가는 데도 중요한 계기가 된다.[4]

이무영은 당선작 발표 이듬해인 1933년 '구인회'에 창립 동인으로 가담한다. 1933년은 그가 등단 이후 가장 왕성한 문학 활동을 했던 해이다. 김기진은 「1933년도 단편 창작 76편」에서 이무영을 문단에서 '문제되는 몇 작가' 가운데 한 사람으로 지목한다.

> 리무영 씨李無影氏. 이 분은 먼저 열거列擧한 거와 가티 금년今年에 네 사람 몫의 활동活動을 한 분이다. 십일개월간十一個月間 팔 편八篇의 창작創作은 작가作家로서 결決코 적은 숫자數字가 아닐 것이다 그러나 「류바슈-카」 「어머니와 아들」 「탈

---

3 "1929년 스물한 살에 일본에서 돌아오셔서는 어떻게 지내셨나요? / 어디에도 발붙일 곳이 없었다더라. 중편소설을 두 권이나 냈지만 전혀 알려지지도 않았고, 몇 편의 작품을 써보았지만 작가로서 주목도 못 받고 해서 실로 막막했다더라. 그래서 고향으로 내려가 야학도 가르치고 소학교 교사도 해보고 출판사 · 잡지사 직원으로 일도 하면서 처음부터 새로 시작하기로 결심했다지. 그러던 중에 동아일보에서 희곡을 현상모집하자 응모하여 「한낮에 꿈꾸는 사람들」이 당선되면서부터 작가로 주목을 받게 되었다. 또 그 작품은 '극예술연구회'에 의해 공연되고 그걸 계기로 이 단체에서 활동하고 있던 극작가 서항석(徐恒錫) 씨와 알게 되어 나중에는 서로 친하게 지냈지. 그 후 염상섭 씨를 비롯한 문인들과도 만나는 계기가 되었다더라"(「추억 속의 이무영 – 미망인 고일신(高日新) 여사가 돌아본 이무영의 삶과 문학」, 위의 책, 545쪽. 이 대담에서 질문자는 이무영의 차남 이민이고, 답변자는 미망인 고일신이다).

4 이무영의 당선 희곡을 공연했던 극예술연구회의 서항석이 당시 동아일보 학예부장 대리였다. 「추억 속의 이무영 – 미망인 고일신(高日新) 여사가 돌아본 이무영의 삶과 문학」, 위의 책, 546쪽 참조.

출脫出」「오도령吳道令」의 네 편四篇은 태작馱作에 속屬한다. 「오도령吳道令」 가튼 것은 작품作品의 구성構成으로 보아서는 대화對話의 조잡粗雜한 점點으로 실패失敗에 갓가운 것이 된 「반역자叛逆者」보다 우위優位에 잇건만 그 방면方面에 잇어서 「반역자叛逆者」보다도 구시대舊時代에 속屬한다. 「어머니와 아들」과 그 속편續篇인 「탈출脫出」은 작가作者로서는 비상非常한 역작力作인 듯 하나 전후편前後篇이 모도 혼돈상태混沌狀態에 들어안저서 조금도 결과效果가 없다. 차라리 이씨李氏의 작중作中에서는 「산장소화山莊小話」 「파경破鏡」 「펄처진 날개」 「반역자叛逆者」의 네 편四篇이 현실現實을 구체적具體的으로 그 전체全體의 중中에서 파악把握하려고 노력努力한 점點에 잇어서 보다 많은 갑이 잇다.[5]

그런데, 여기서 주목해 보아야 할 사실은 김기진이 이 시기의 이무영을 동반자적 경향의 작가로 분류하고 있다는 점이다.

이 작가作家는 문단적文壇的으로 말해서 인제는 확호確乎한 위치位置를 점령占領하고 잇다고 볼 수 잇다. 그리고 이 사람의 사상적思想的 경향傾向으로 말하면 자유주의자自由主義者이오 작가적作家的 분야分野로 보면 동반자적 경향同伴者的傾向 작가作家이다. 그의 전기前期 작품作品들은 각 편各篇마다 「운동가」라는 인물人物이 나온다. 십만장자十萬長子로 과자菓子 상자를 들고 약혼約婚한 여자女子를 방문訪問하는 신사풍紳士風의 청년靑年도 운동가로서 등장登場하고 잇다「파경破鏡」. (…중략…) 이만큼 이 작가作家는 그 운동가가 어떤 운동을 하는 운동가인지는 모르나 막연漠然히나마 추측推測되는 계급階級 (…중략…) 운동가運動家에게 동정同

5 김팔봉(金八峰), 「1933년도 단편 창작 76편」, 『신동아』, 1933.12, 25~264쪽.

情과 호의好意를 붓치고 잇는 것만은 사실事實이다. 운동運動에 대對한 충분充分한 지식智識과 그 실천實踐의 객관적客觀的 구상화具象化의 방법方法을 습득習得하는 때 이 작가作家는 지금보다 갓가히 프로레타리아 진영陣營으로 올 사람이다. 그리고 그것은 한 발자욱쯤 밧게 남지 아니하는 거리距離에 잇다.[6]

김기진은 이무영의 작품들에 '운동가'가 빈번히 등장한다는 점을 주목한다. 이무영의 작품에 등장하는 운동가가 지향하는 세계가 분명한 것은 아니지만, 계급운동에 대해 호의를 지니고 있는 것만은 사실이라고 그는 해석한다. 김기진은 이무영이 앞으로 조금 더 프로문학 진영으로 다가 올 사람이라고 예견한다. 이무영의 작품에 등장하는 운동가적 성향의 인물을 당시의 프롤레타리아 문학운동과 연결 지으려는 김기진의 해석은 분명히 자의적이다. 그럼에도 불구하고, 이무영의 초기 작품 경향을 이해하는 데는 참고가 된다.

임화는 이무영의 작품 「산장소화」를 거론하면서 이무영에 대해 "이 작품作者의 사회적社會的 관심關心은 커지고 ××적的 현실現實, 계급階級과 그 사업事業에 대對한 동정同情은 명확明確한 것을 이저서는 아니된다"[7]고 지적한다. 하지만 그럼에도 불구하고 그가 지닌 소시민적 심리로 인한 모순과 방황이라는 한계가 있다는 것이 임화의 판단이었다.[8] 백철 역시 「1933년도

6 위의 글, 26쪽.

7 임화, 「6월 중의 창작-이무영 작 「산장소화」」, 『조선일보』, 1933.7.15.

8 이 시기 이무영은 자신이 특정한 작가에게 영향 받은 바 없고, 각 작가의 작품들을 맹목적으로 읽고 방황하였을 뿐이라고 이야기한 바 있다. 작품 활동에 영향을 준 인물로 톨스토이를 꼽을 수 있으나, 그에게서도 이상이나 인생관의 감화를 받은 것이 아니라 예술적 표현 등에서만 영향 받았다는 것이다. 이무영, 「내게 감화를 준 인물과 그 작품-방황하엿을 뿐」, 『동아일보』, 1932.3.9 참조.

신문소설계-연재소설과 신인작가 시대」에서 이무영의 장편 「지축을 돌리는 사람들」을 ××적 즉 혁명적 성향의 작품으로 평가한다.

> 「지축地軸을 돌니는 사람들」이라는 제목題目이 제시提示하는 바와 같이 이 작품作品은 이땅에 잇어 역사歷史를 운전運轉하고 잇는 사람들의 용감勇敢한 생활生活을 그리려고 한 것이다 그러한 한限에 잇어서 이 작품作品은 자유주의적自由主義的 작품作品의 한계限界를 훨신 넘어서 ××적××的 작품作品이라고 할 수 잇으며 또 작가作者가 그러한 ××적的 작품作品을 창작制作하는 데 주관적主觀的으로 많은 관심關心과 열정熱情을 갖이고 잇다는 것은 이 작품作品에 나타나 잇는 작가作者의 태도態度와 표현表現으로 넉넉히 추측推測할 수 잇거니와 나의 생각에 의依하면 작가作者는 주관적主觀的으로 그러한 열정熱情을 갖고 잇음에 불구不拘하고 그것을 실제實際로 작품作品을 통通하야 취급取扱하는 데 잇어서는 불행不幸하게도 그만한 생활生活을 작품作品 제재題材로 바르게 整理整理해갈만한 개인적 경험個人的經驗 내지乃至 개인적 지식個人的智識과 교양敎養을 충분充分히 갖고 잇지 못한 것이 아닌가 생각한다.[9]

동시에 백철은, 이무영이 혁명적 작품의 제작에 관심이 있기는 하나 이를 작품화하기에는 개인적 경험 부족 등으로 인한 한계가 있다고 지적한다. 당시 문단의 평가를 종합하면, 1930년대 초반 이무영의 작품 세계는 '순수문학'과는 적지 않은 거리가 있다. 그의 작품 활동은 '사회적 관심'으로 인해 오히려 프로문학 계열의 비평가들에게 관심의 대상이 되고 있었다.

---

9 백철, 「1933년도 신문소설계-연재소설과 신인작가 시대」, 『신동아』, 1933.12, 34쪽.

3. 이무영과 '구인회'

잡지 『조선문학』은 '구인회'와 이무영의 관계를 보여주는 중요한 자료이면서, '구인회'의 초기 활동을 이해하는 데도 의미가 적지 않은 자료이다. 현재 확인할 수 있는 가장 오래된 판본은 제1권 3호로 기재되어 있는 1933년 10월호이다. 이 호의 편집 겸 발행인이 이무영이다. 『조선문학』의 서지에 대해서는 현재 몇 가지 서로 다른 의견이 존재한다. 이 잡지는 1933년 5월부터 간행된 것으로 추정되기도 하고 1933년 10월 이전에 『문학타임스』라는 이름으로 간행되었을 가능성이 거론되기도 한다.[10] 『이무영전집』의 연보에는 그가 '1936년 「동아일보」 정간 기간 중 동향인의 후원으로 친구 이흡과 함께 『조선문학』을 창간했다'고 적혀 있으나 이는 명백한 오류이다. 이무영은 『동아일보』 입사 이전에 이미 『문학타임스』와 『조선문학』 발간에 관여했다.

앞 장에서 언급한 김기진의 글 「1933년도 단편 창작 76편」에는 이 해 『문학타임즈』에 수록된 작품 목록이 구체적으로 제시되어 있다. 따라서 이 잡지가 1933년에 발행되었다는 사실에는 의심의 여지가 없다. 『이무영전집』 제6권에는 이무영의 희곡 「반역자」가 1934년 2월 『문학타임스』 제1호에 발표된 것으로 기재되어 있지만, 1933년 12월에 발표된 김기진의 앞글에는 이미 이 작품에 대한 기록이 들어 있다. 『매일신보』 1933년 4월 5일 자 2면에는 다음과 같이 문학타임스사가 장소를 이전한다는 기

10 『조선문학』의 서지에 관해서는 다음의 자료 참조. 최덕교, 「범문단적인 순문예지 조선문학」, 『한국잡지백년』 3, 현암사, 2005, 48~51쪽; 허병식 해제, 「조선문학」, 『한국근대문학해제집』 제3권, 국립중앙도서관, 2017, 54~56쪽.

사도 실려 있다. 이는 문학타임스사가 1933년 4월 이전에도 존재했음을 말해준다.

> 문학文學타임스사社 이전移轉
>
> 시내 장사동 88八八번지에 잇는 순문학잡지純文學雜誌 문학타임스사文學타임스社는 발전을 똘아 사무소도 번잡할 쌘더러 월이회月二回 발간의 준비와 조선작가삼십三十인집朝鮮作家三十人集의 출판 등으로 부득이 시내 종로 이二정목 구九번지 경성각鐘路二丁目九番地京城閣으로 이전한 바 원고 기타 일체의 통신은 신주소로 해주기를 바란다고 한다.[11]

그런데, 『조선문학』 1933년 10월호에 게재된 편집전언編輯前言을 보면 이 잡지가 「文타」 즉 『문학타임스』의 후신이라는 사실을 알 수 있게 된다.

> 「文타」가 잠을 잔 지 임의 여러 달. 그 동안에 쑤어온 숨도 새록새록. 새로운 계획計劃을 세고는 웃은 적도 여러 번이지만은 뜻갓치 못한 세상世上일을 탄식 한숨도 모아노면 적지는 안을 것이다.
>
> 그러나 지난 몃 달 동안에 「文타」는 한시라도 숨을 버려온 적이 업섯다 그 숨이 지금 현실現實되엿다. 이백문二百匁을 못 넘는 이것을 만들기에 숨도 저젓거니와 웃기도 설기도 한든 생각을 하면 우리의 무력無力에 무엇보다 탄식된다.
>
> 「文타」 계연繼然 이번에 증혈增頁을 햇다 갑도 좀 올렷다. 이 페이지 이 원고原

11 『매일신보』, 1933.4.5.

稿, 이 조희 이 정성精誠 이것을 싸진다면 비싸다고 할 분은 업슬 뜻. (…중략…)

「文타」 째에 주문注文해줏신 여러분에게는 몹시 미안햇다.[12]

이 글의 필자는 이무영으로 추정되는 'M.Y生'이다. 이 글에서 이무영은 『문학타임스』가 몇 달 동안의 휴간을 거쳐 『조선문학』으로 재탄생했다는 사실을 밝히고 있다. 아울러 그동안 함께 편집을 담당하던 이흡李洽이 자리를 비우게 됨으로써 자기 혼자 그 일을 담당하게 되었다는 사실 또한 밝히고 있다. 『조선문학』 1933년 10월호에 수록된 안함광의 평론 「동반자작가 문제를 청산함」에는, 자신의 원고가 『문학타임스』의 청탁에 의해 작성된 것임을 밝히는 구절이 있다.[13] 이 역시 『조선문학』이 『문학타임스』의 속간본임을 알 수 있게 하는 구체적 증거 가운데 하나이다.

최근 아단문고는 『문학타임스』의 상세한 서지와 함께 지면의 일부를 사진판으로 공개한 바 있다. 이 서지에 따르면 『문학타임스』 창간호는 1933년 2월 15일 간행되었고, 제2호는 같은 해 3월 18일에 발행되었다. 이후 10월에 발간된 『조선문학』이 『문학타임스』 제3호에 해당하는 셈이다. 『문학타임스』 창간호에 평론 「동반자 작가 문제」를 투고한 백철이 이 잡지의 위치를 '진보적 자유주의'로 명명하고 이무영을 동반자 작가에 포함시켰다는 사실도 흥미롭다.[14]

『조선문학』 1933년 10월호를 보면 이무영이 초기 '구인회'에 깊이 관

12 「편집전언(編輯前言)」, 『조선문학』, 1933.10, 2쪽.
13 안함광, 「동반자작가 문제를 청산함」, 『조선문학』, 1933.10, 99쪽 참조.
14 이경돈, 「자료소개－전조선 범문단 문예지를 꿈꾼 『문학타임스』」, 『문자와 상상』 제3호, 아단문고, 2018, 101~102쪽 참조.

여하고 있었다는 사실을 확인할 수 있다. 이무영과 '구인회'의 관계는 「구인회 월평 방청기」를 통해 구체적으로 확인된다. 「구인회 월평 방청기」에서 참가자가 구성원들의 작품에 대해 '동인작품同人作品'이라 칭하는 구절로 미루어 보면 '구인회'가 처음부터 문학동인으로 출발했다는 사실 또한 분명해 보인다.[15] 김인용金仁鏞의 기명 기사인 이 글은 서두에 다음과 같은 편집자 주가 실려 있다.

> 새로 창립創立된 구인회九人會 제1회第一回 합평회合評會에 특特히 합석合席을 용허容許하신 후의厚意를 감사함과 그리고 성질상性質上이연 회평會評에는 구인회 회원九人會會員의 작품作品만이 취급取扱되는 것도 미리 말하야 두다기자(記者)[16]

기사에 따르면 이날 합평회 출석자는 이종명, 이태준, 이무영, 조용만, 김기림, 김유영, 정지용 등 7명이고 유치진과 이효석은 결석한 것으로 표기되어 있다. 합평회 일시는 1933년 9월 15일이다. 이날 합평회에서 다루어진 작품은 이무영의 희곡 「아버지와 아들」, 이태준의 소설 「아담의 후예」, 이종명의 소설 「순이와 나」 등이다. 구체적 작품 평은 아니지만,

15 『조선문학』 1933년 10월호는 '구인회'가 과연 실체가 있는 모임이었는가 하는 질문에 대한 대답이 되는 자료이기도 하다. 이와 관련해서는 다음과 같은 선행 연구가 있다. "그러나 '구인회' 동인들의 집단적인 활동이 조직적 체계와 이념적 규율을 중시한 카프파에 비해 상대적으로 활발하지 못했으리라는 예상에도 불구하고, 그들은 개인적으로뿐만 아니라 집단적으로도 꽤 활발한 문학 활동을 펼쳤다. 물론 이들의 단체 활동은 모임의 성격상, 일정한 조직적 규율에 의해 체계적이거나 계획적으로 전개되지는 않았다. 그들은 집단적 문학활동으로서, 동인들이 모여 작품 월평회를 자주 열었고, '시와 소설의 밤'(1934.6.30)이란 회합을 갖기도 하였다"(김민정, 「'구인회'의 존립양상과 미적 이데올로기의 상관성 연구」, 서울대 박사논문, 2000, 33쪽).

16 김인용(金仁鏞), 「'구인회'(九人會) 월평(月評) 방청기(傍聽記)」, 『조선문학』, 1933.10, 84쪽.

김기림과 정지용의 시어에 대한 의견도 제시가 된다.

『신동아』 1933년 9월호에 발표된 이무영의 희곡 「아버지와 아들」은 같은 잡지 6월호에 발표된 희곡 「어머니와 아들」의 속편에 해당한다. '구인회' 합평회에서 이무영은 이 작품이 원래 3막으로 기획된 것이나 한 번에 발표할 지면이 없고, 매월 이어 발표할 지면 또한 구하기 어려워 격월로 발표하게 되었다는 사정을 설명한다. 이태준은 「아버지와 아들」이 자신이 읽은 이무영의 작품 가운데 가장 좋았고 특히 대화의 기교에 탄복했다고 말한다. 김유영과 이종명 역시 이러한 의견에 동의하지만, 김기림은 주로 부정적 측면들을 지적한다. 김기림은 이 작품이 읽는 희곡으로는 성공했지만 무대에 올릴 희곡으로는 실패작이라는 견해를 제시한다. 아울러 작품의 전개 과정에서 독자의 흥미를 꺾은 사례 또한 찾아 지적한다. 이종명의 "어쨋든, 무영씨無影氏와 태준씨泰俊氏에게는 어써한 테마를 주든지 큰 실패失敗는 안할 것입니다. 벌서 수법手法이든 말이든, 노경老境에 드러갓으니까"라는 의견에 대해서도 김기림은 "그 대신代身, 두 분은 위대雄大한 작품作品은 쓰기 어려울 썰요" 라고 응수한다. 이태준의 「아담의 후예」에 대해서는 참석자 대부분이 결점을 지적하고, 이에 대해 이태준은 편집자로부터 25매의 제한을 받아 어쩔 수 없었다고 해명한다. 김기림은 이에 대해서도 "혹평酷評으로 시종始終해서 미안未安합니다만은, 이왕已往 그런 인물人物을 그릴 바라면 좀 더 물질적物質的으로 괴로워하는 장면을 그렷으면 합니다"라고 주문한다. 대상 작품에 대한 참석자들의 비판은 이종명의 「순이와 나」에 와서 극에 달한다. 특히 이무영과 김기림이 이종명 작품의 실패에 대해 거론하는데, 김기림은 다음과 같이 발언한다. "대체大體로 리종명씨李鍾鳴氏는 심리적心理的 리알리즘에 속屬하는 작가作家지요. 지금 한 소설小說 안에 세

개의 스토리가 포장包藏되엇다는 것도, 결국結局은 그 점點에서 실패失敗한 것이겟지요."

합평회는 김기림의 시세계에 대한 의견 개진으로 마무리가 된다. 이종명은 김기림의 시에 대해 '조선 사람의 말을 새로 캐어내 가는 의미에서 기대가 크다'는 의견을 제시한다. 정지용도 '김기림은 새 조선말, 말하자면 모던 조선말을 자꾸 캐내는 것이 좋다'고 동의한다. 하지만 이에 대해 이무영은 '말에 너무 사로잡혀서 상想이 난亂하고 내용이 빈약하다'고 반박한다.

'구인회'의 제1회 합평회 광경을 묘사 기록한 「'구인회' 월평 방청기」에 드러난 동인들의 입장과 주장은 각양각색이다. 이들이 일정한 문학관을 공유하고 있거나, 특정한 문학세계를 향해 가고 있다고는 전혀 생각되지 않는다. 상대방의 작품에 대한 칭찬 못지않게 여러 가지 단점들을 찾아내 비판하는 모습도 눈길을 끈다. 동인들의 작품에 대한 이러한 비판적 태도는 특히 이무영과 김기림의 발언에서 두드러져 보인다.[17] '구인회'의 합평회는 이후에도 매월 1회 정도 개최되었던 것으로 보인다. 1934년 6월 『조선중앙일보』에 실린 광고 기사 중 "이 구인회九人會는 그동안 매월每月 월례연구회月例硏究會만 계속繼續해 오든 바 이번에는 「시詩와 소설小說의 밤」이란 이름에서 본사本社 학예부學藝部 후원後援으로 일반一般에 공개公開하기로 되엿다"는 구절 등을 통해 이를 알 수 있다.[18]

---

17 현순영은 '구인회'의 첫 월평회에서 드러난 이무영의 '문학관이나 문학적 경향'이 다른 회원들과 판이하게 달랐으며 그것은 구체적으로 동반자적 경향을 띠는 것이었다고 정리한다. 이로 인해 이무영과 이태준이 대립하는 계기가 되었다는 것이다. 현순영, 앞의 책, 178쪽 참조.

18 「문단의 일 성사(盛事)! 「시와 소설의 밤」」, 『조선중앙일보』, 1934.6.25.

「구인회 월평 방청기」와 함께 주목해 보아야 할 것은 『조선문학』 1933년 10월호에 수록된 소설 작품들이다. 『조선문학』 1933년 10월호에는 모두 8편의 소설이 실려 있는데 그 목록은 다음과 같다. 이효석의 「돈豚」, 박태원의 「오월의 훈풍薰風」, 한인택의 「문인文人과 거지」, 이종명의 「아마阿媽와 양말」, 안필승의 「연기煙氣」, 이태준의 「코가 붉은 여자」, 이무영의 「오도령」, 주요섭의 「도롱 속의 숙녀」. 이 가운데 이무영, 이효석, 이종명, 이태준이 '구인회'의 창립 동인이다. 조용만 역시 평론 「영국의 신진작가 프리-스트리」를 기고했다. 이를 보면 『조선문학』을 편집하는 과정에서 '구인회' 구성원에 대한 이무영의 적극적 배려가 있었다는 점에 의심의 여지가 없다. 참고로, 이 해 『문학타임스』에 발표된 문학 작품의 필자는 이무영, 조용만, 유진호, 최정희 등이다. 이 중 이무영과 조용만 두 사람이 '구인회'의 창립 멤버이다. 『조선문학』에 소설을 발표한 박태원도 후일 '구인회'에 가담하게 된다.

그런데, 여기서도 주의해 살펴보아야 할 사실이 있다. 당시 문단에서는 『조선문학』을 '좌익적 색채를 띠고 카프의 동반자적 임무를 수행한 잡지'로 평가하고 있었다는 사실이다.

> 「조선문학朝鮮文學」, 「형상刑象」, 「문학창조文學創造」가 다분多分의 좌익적 색채左翼的色彩를 띄고서 「캅푸」의 동반자적同伴者的 임무任務를 수행遂行하였다고 보는 것이 타당妥當하나 그 중中에도 「형상刑象」은 좀 더 강미強味가 있었든 것 같이 표면表面에 보이었다.[19]

19 박영희, 「1934년 조선 문단의 동향」, 『신동아』, 1934.12, 67쪽.

『조선문학』은 초창기 '구인회' 구성원들의 주된 발표 매체였다. 그 점에서 당시 잡지 『조선문학』의 성격을 이렇게 규정하고 있었다는 사실은 해방 이후 현재까지 이르는 '구인회'의 문학사적 위상에 대한 평가를 생각하면 다소 의외가 아닐 수 없다.

해방 후 문학사에서 '구인회'에 대한 평가가 본격적으로 이루어진 것은 백철의 『조선신문학사조사』 현대편을 통해서이다. 백철은 해방 이후 최초의 근현대문학사라 할 수 있는 『조선신문학사조사』 현대편에서 '구인회와 예술파藝術派의 신흥'이라는 단락을 설정해 '구인회'의 문학사적 위상에 대해 언급한다. 백철은 한국문학사에서 프롤레타리아문학과 대립하던 예술파적 문학이 존재했는데 이를 대표하는 개인적 인물이 김동인이고, 집단적 움직임이 잡지 『시문학』과 『문예월간』을 중심으로 한 서정시 운동이었다고 정리한다. 이러한 맥락 속에서 집단적 형식으로 출현한 예술파가 '구인회'라는 것이다.

> 조선朝鮮의 현대문학사상現代文學史上에 예술파적藝術派的인 순문학적純文學的인 또는 일부一部엔 기교적技巧的인 경향傾向이 뚜렷한 세력勢力으로서 신흥新興하게 된 것은 이러한 정세情勢와 환경環境 속에서이다. 또 이때에 신흥新興하게 된 예술파적藝術派的인 경향傾向은 그 뒤 우리 현대문학現代文學의 가장 큰 주세력主勢力으로 차츰 성장成長해간 사실事實은 그 뒤 점심漸甚해간 현실現實의 조건條件과 아울러서 기억記憶되는 사실이다.
>
> 이상以上에 말한 정세情勢 속에서 집단적集團的인 형식形式으로서 예술파藝術派가 표현된 것은 1933년 8월一九三三年八月에 구성構成된 소위 「구인회九人會」의 등장이다.[20]

백철은 '구인회'가 예술파 집단이기는 하나 프로동맹과 같이 행동강령이 있는 단체가 아니라 "다만 '순연純然한 연구硏究의 입장立場에서 상호相互의 작품作品을 비판批判하며 다독多讀 다작多作을 목적目的으로 하고 문인적文人的 사교社交그룹을 만든다'는 데 전목적全目的을 둔 것이었다"[21]고 그 성격을 규정한다. 더 구체적으로는 이태준, 박태원, 이효석, 정지용, 김기림, 이상 등 예술파적 작가와 기교파적 시인이 주축이 되고 거기에 이무영, 조벽암, 조용만 등이 '회합이 사교적이라는 취지에 찬동해서 참가한 것에 불과하다'는 것이다. 눈길을 끄는 것은 '구인회'의 해체가 이른바 비순수문학파의 불만에 따른 것이었고 그 중심에 이무영의 역할이 있었다는 서술이다. "즉卽 익년翌年 1934년一九三四年에 와서 이무영李無影이 변명變名으로서 「구인회九人會」 동인간同人間의 경향傾向의 불일치不一致와 모순성矛盾性을 지적指摘한 것이 분열分裂의 직접直接 동기動機"[22]가 되었다는 것이다. 이무영이 어떠한 변명變名으로 어떤 글을 발표했는지 현재 확인된 바는 없다. 백철은 '구인회'가 한국문학사에 남긴 공적은 별반 없으나, 이 모임을 계기로 몇몇 예술파 작가가 문단에 두각을 나타내게 되었고 특히 이태준이 경향문학 퇴조 이후 존재를 크게 드러내게 되었다고 정리한다.

1950년대 이후 일정 기간 동안 문단에 영향을 미친 조연현의 『한국현대문학사』에 서술된 '구인회'의 문학사적 위상에 대한 정리 역시 기본적으로 백철의 생각을 따르고 있다. 다만 조연현은 '구인회'가 프로문학에 대한 대립의지를 지니고 있었다는 사실을 추가하고, 순수문학에 대한 지

20 백철, 『조선신문학사조사』 현대편, 백양당, 1949, 211~212쪽.
21 위의 책, 212쪽.
22 위의 책, 212쪽.

향에 일관성이 있었다는 사실을 더욱 강조한다. 조연현은 "「구인회九人會」가 푸로레타리아문학文學에 대對한 소극적消極的인 반항反抗과 순수예술純粹藝術에 대對한 적극적積極的인 옹호擁護를 그 발족發足의 취지趣旨 및 동기動機로 삼고 있은 것"[23]을 알 수 있다는 것이다.

'구인회'의 결성 사실을 보도한 1930년대 당시 신문 기사에서는 모임의 간사를 이무영과 이종명 두 사람으로 소개하고 있다.[24] 나머지 회원은 정지용, 이태준, 이효석, 유치진, 김기림, 조용만, 김유영이다. '구인회' 초기 이무영은 모임에서 비교적 비중 있는 역할을 담당했던 것으로 생각된다. 그럼에도 불구하고 지금까지 '구인회' 연구에서 이무영의 역할에 대한 논의가 거의 없었던 이유는 무엇일까? 이에 대해서는 두 가지 해석이 가능하다. 하나는 당시 문단의 평가와 작품 성향 등을 고려할 때 이무영을 포함시킬 경우 '구인회'의 성격과 문학사적 위상에 대한 일관된 정리가 쉽지 않았기 때문이다. 다른 하나는 이무영이 동인지 『시와 소설』이 발간되기 이전 탈퇴함으로써 '구인회'에서 활동한 기간이 상대적으로 길지 않았기 때문이다. 이무영이 '구인회'에서 언제 탈퇴했는가에 대한 정확한 기록은 없다. 1934년 6월 25일 자 『조선중앙일보』에 보도된 '구인회' 문학강연회 '시와 소설의 밤' 개최 기사 중 회원 명단에는 이무영이 포함되어 있다. 이 기사 중 '구인회' 회원은 이무영, 김기림, 박팔양, 박태원, 정지용, 유치진, 조용만, 이효석, 조벽암, 이종명, 이태준 등 모두 11명이다.[25] 이후 1934년 9월 『신동아』에 게재된 S.K 생生의 「최근 조선문단의

23 조연현, 『한국현대문학사』 전권(全卷), 인간사, 1961, 686쪽.
24 「문단인 소식」, 『조선중앙일보』, 1933.8.31 참조.
25 「문단의 일 성사(盛事)! 「시와 소설의 밤」」, 『조선중앙일보』, 1934.6.25 참조.

동향」에서는 '구인회' 회원을 이태준, 김기림, 박태원, 이종명, 이효석, 정지용, 유치진, 이무영, 조벽암, 박팔양 등 열 명으로 소개하고 있다. 이 기사에는 처음으로 이들이 기관지 발간을 준비하고 있다는 언급이 있다.[26] 그런데 1936년 3월 13일 동인지 『시와 소설』이 발행될 때 '구인회'가 명시한 회원은 박팔양, 김상용, 정지용, 이태준, 김기림, 박태원, 이상, 김유정, 김환태 등이다. 이무영의 이름은 없다.[27] '구인회'는 1935년 2월 18일부터 5일 동안 유료 강연인 조선신문예강좌를 개최한 바 있다. 이 강좌의 강사 명단에도 이무영은 포함되어 있지 않다.[28] 이무영의 탈퇴가 공적인 자리에서 언급된 것은 1935년 6월 3일 『조선문단』 주최 좌담회에서이다. 이 좌담회에서 김남천 등이 이무영과 조벽암의 탈퇴를 거론한 후 그 이유를 묻지만 이무영은 "글노는 발표發表할 수 있는 성격性格이지만 여기선 말할 수 없습니다"[29]라고 답한다. 이후 이무영이 자신의 탈퇴 이유를 구체적으로 밝힌 바는 없다. 이무영은 자신의 작품 활동을 돌아보는 글을 여러 번 기고했다.[30] 하지만, '구인회'에 대한 언급은 보이지 않는다. 다만, 비슷한 시기에 발표된 박승극의 글 「조선문학의 재건설－상반기 창작 급及 평론의 비판과 일반문학 문제에 관한 토구討究」에서는 이무영의 '구인회' 탈퇴를 "기성旣成 뿌르문단文壇의 정통正統을 답습踏襲할려는 경향傾向"[31]에 대

26 S.K 生, 「최근 조선문단의 동향」, 『신동아』, 1934.9, 151쪽 참조.

27 『시와 소설』 편집 후기에서는 김유정과 김환태 두 사람이 이 잡지의 간행을 계기로 모임에 합류했음을 밝히고 있다.

28 「'구인회'의 문예강좌」, 『조선일보』, 1935.2.17 참조. 이태준, 정지용, 김기림, 박태원 등 '구인회' 회원 중 일부만이 이 행사에 참여했다.

29 「문예좌담회」, 『조선문단』, 1935.8, 144쪽.

30 이와 관련해서는 『이무영 문학전집』 제6권 중 「산문모음」 참조.

31 박승극, 「조선문학의 재건설－상반기 창작 급(及) 평론의 비판과 일반문학 문제에 관한 토구(討究)」, 『신동아』, 1935.6, 136쪽.

한 반발로 정리한다. 박승극은 이 무렵 '구인회'를 함께 탈퇴한 이무영과 조벽암을 '양심적 작가'로 규정하고 그들에 대한 기대감을 드러낸다. 정황으로 미루어 보면 이무영의 '구인회' 탈퇴는 1934년 하반기에서 1935년 상반기 사이에 이루어졌다. 탈퇴의 이유는 명확히 드러난 바 없지만 「최근 조선문단의 동향」에 언급된 다음 견해는 시사하는 바가 크다.[32]

> 그러면 대중大衆은 동회同會를 어떻게 보는가?
>
> 이태준씨李泰俊氏를 위시爲始하여 전회원全會員의 육할六割이 예술파藝術派에 속屬하는 작가作家요 이무영李無影 조벽암趙碧岩 류치진柳致眞 세 작가三作家만이 그 색채色彩를 달리하고 있다는 점點으로 보아 점차漸次로 동회同會에서도 당파의식黨派意識이 생길 것이오 회원간會員間에서도 한번쯤은 내홍內訌이 있을 것이라고 본다[33]

이 글의 필자는 이무영, 조벽암, 유치진 등이 예술파를 추종하거나 반대로 예술파가 해소되거나 하는 등의 변화를 예견한다. 그러나 예상과는 달리 이무영 등이 예술파를 추종하는 일도, 그와는 반대로 '구인회'에서 예술파가 해소되는 일도 일어나지 않는다. 그보다는 이무영 등 일부 구성원이 '구인회'를 탈퇴함으로써 이른바 내홍이 수습되는 모양새를 취하게 되었던 것이다. 결국은 '구인회' 회원들 사이의 문학적 성향의 이질성이 일

---

32 참고로, 현순영은 이 글의 필자를 이무영으로 보고 있으나 그렇게 해석할 근거가 충분하지 않다. 아울러, 이태준이 이무영에게 탈퇴를 권고했을 가능성에 대해 언급하고 있으나 당시 '구인회'라는 조직의 긴밀도가 높지 않았다는 점으로 미루어 보면 '탈퇴 권고' 혹은 '제명 기도' 등의 추정도 쉽지 않다. 현순영, 앞의 책, 31 · 168~179쪽 참조.

33 S.K 生, 「최근 조선문단의 동향」, 『신동아』, 1934.9, 151쪽.

부 회원의 탈퇴를 가져왔다는 해석이 가능하다. '구인회' 회원들 사이의 문학적 성향의 이질성이 표면화된 구체적 계기는 동인지 『시와 소설』의 발간이었던 것으로 판단된다. 이 잡지를 준비하는 과정에서 구인회를 탈퇴한 회원들은 이무영, 조벽암, 유치진 외에도 이종명, 이효석 두 사람이 더 있다. 이들 다섯 명이 빠져나간 자리를 이상, 김상용, 김유정, 김환태 네 명이 채우게 된다.[34] 동인지를 준비하는 과정에서 '구인회' 회원 절반의 교체가 이루어진 것이다. 이 과정에서 이무영 또한 '구인회'를 탈퇴한 것으로 정리할 수 있다.

4. 나가며

1930년대 초반 이무영의 작품 세계는 이른바 순수문학을 대표하는 문학동인 '구인회'의 성격과는 적지 않은 거리가 있었다. 초기 '구인회'는 문학적 성향면에서 보면 동질성보다는 이질성이 더 큰 집단이었다.[35] 그렇다면 이렇게 이질적인 집단을 하나의 동인으로 묶을 수 있었던 공분모는 무엇이었을까? '구인회'의 창간 과정에 대한 정리는 대체로 1957년 『현대문학』에 발표된 「구인회의 기억」 이후 여러 번 반복되었던 조용만의 회고문에 바탕을 두고 있다. 이 회고문은 더러는 사실과거리가 있고 더러

34 참고로 백석은 동인지 『시와 소설』에 작품을 수록하기는 했지만 동인 명단에는 이름을 올리지 않았다.

35 이무영뿐만 아니라 프롤레타리아 영화 운동에 매진했던 김유영의 경우를 생각하면 더욱 그러하다. 현순영은 김유영이 '구인회'를 구상하게 된 배경이 "프롤레타리아영화 운동의 한계를 타개하려는 생각과 조선 프롤레타리아영화의 시나리오에 대한 문제의식"에 있다고 본다(현순영, 『'구인회'의 안과밖』, 소명출판, 449쪽).

는 내용이 서로 모순되기도 해서 일관성이 부족하다는 비판을 받기도 한다.[36] 그럼에도 불구하고 조용만은 '구인회' 출범 당시 동인 선정 기준에 대해서는 일관된 기술을 하고 있다. '구인회'에 대한 구상을 시작한 이종명과 김유영이 동인을 불러 모은 기준은 그들의 예술관·문학관이 아니라 구성원들의 직업이었다. 조용만, 이태준, 김기림 등이 최우선 후보가 된 것은 이들이 각각 『매일신보』, 『조선중앙일보』, 『조선일보』의 학예부 기자였기 때문이다. 이무영은 당시 『동아일보』 학예부의 객원기자였기 때문에 권유 대상이 되었다고 조용만은 회고한다.[37] 그러나, 이무영이 '구인회' 가입 권유를 받은 이유는 그가 『동아일보』 학예부의 객원기자였기 때문이 아니라 『문학타임스』의 편집 책임자였던 때문으로 보인다. 『문학타임스』는 '구인회'가 출범하던 1933년 당시 국내의 유일한 문학전문 매체였다. 『문학타임스』는 『조선문학』으로 부활하면서 그 첫 호를 사실상 '구인회' 특집호로 편집 발행한다. '구인회' 구성원의 상당수가 여기에 작품을 발표했다. 『조선문학』에 수록된 탐방 기사 「구인회 월평 방청기」는 이제 갓 출범한 신생 문학 단체 '구인회'의 존재를 세상에 알리는 일에 크게 기여했다. 결과적으로 이무영은 '구인회'의 존재를 알리고 문단에 뿌리를 내리는 일에 적지 않은 기여를 한 것이다.

'구인회'의 창립을 알리는 당시의 신문 기사에서는 이 모임의 성격을

36 '구인회'의 결성 과정에 대한 조용만의 회고는 열 차례 이상 이루어졌다. 이에 관한 상세한 정리는 현순영, 『'구인회'의 안과밖』, 65~71쪽 참조. 이 책에서 현순영은 조용만의 회고들을 체계적으로 분석 한 후 그 의미와 한계를 명확히 정리하고 있다.

37 이무영이 『동아일보』의 기자가 되는 것은 동인 결성 이듬해인 1934년이다. 이무영은 『동아일보』 기자가 되면서 『조선문학』에서 퇴사했던 것으로 추정된다. 하지만 이무영은 『조선문학』 퇴사 이후에도 이 잡지의 편집진과 관계를 유지하면서 신인작품 선별을 도왔다. "作品考査에 있어서 몇일 밤을 새워가며 嚴選해주힌 李無影氏에게 저윽히 感謝하며……." 지봉문, 「편집전기(編輯前記)」, 『조선문학』, 1937.2, 2쪽 등의 기사를 통해 이를 유추할 수 있다.

"순연純然한 연구적研究的 입장立場에서 상호相互의 작품作品을 비판批判하며 다독다작多讀多作을 목적目的으로 한 사교적社交的 「클럽」"으로 소개한다.[38] 김기림과 이태준 등 동인들은 이후에도 여러 차례 '구인회'를 단순한 친목단체라고 언급한 바 있다. '다독다작을 목적으로 한 사교 클럽' '구인회'의 창립 동인들은 실제로 1933년도의 대표적인 다작多作 작가들이었다. 이무영은 1933년에 장편소설 「지축을 돌리는 사람들」을 『동아일보』에 연재했을 뿐만 아니라, 그 외에도 8편의 단편소설과 희곡 등을 발표했다. 이는 당해년도 문단 전체를 통틀어 가장 활발한 창작 활동이었다. 이무영에 이어서 이태준이 6편 그리고 이종명이 5편의 작품을 발표했다.[39] 이들이 그 해 문단에서 가장 많은 작품을 발표한 상위 세 명의 산문 작가였던 셈이다. 그 해 가장 많은 시를 발표한 시인 역시 '구인회' 동인 김기림이었다. 김기림은 한 해 동안 『신동아』, 『신가정』, 『신여성』 등에 10여 편의 시를 발표했다. '구인회' 창립으로부터 정확히 1년 뒤에 쓰인 글 「최근 조선문단의 동향」의 필자는 '구인회'가 '아직 이렇다는 목표도 나타내지 않았고 특기할 만한 활동도 보여주지 못했다'고 지적한다. 하지만 "오늘날 문단文壇에 발표發表되는 창작創作은 거의 구인회원九人會員의 작품作品이라는데 동회同會에 특색特色이 있는 것이다"[40]라고 언급한다. 문학적 지향 여부와 관계없이, '구인회'로서는 이른바 소기의 목적을 충분히 달성하고 있었던 셈이다.

창립 당시의 '구인회'는 특정한 문학적 경향을 공유하거나 일정한 목표

---

38 「'구인회' 창립」, 『동아일보』, 1933.9.1.
39 김팔봉(金八峰), 「1933년도 단편 창작 76편」, 22~23쪽 참조.
40 S.K 生, 앞의 글, 151쪽.

를 지향하는 모임이 아니었다. 그렇기 때문에 동인의 문학적 정체성을 드러내게 되는 첫 동인지 발간 과정에서 결속이 아니라 오히려 갈등을 겪었던 것으로 보인다. 신문과 잡지에 종사하는 동일 직업군을 기반으로 한 문학동인의 탄생은 한국문학사의 전개 과정에서는 매우 예외적인 사례에 속한다. 1930년대 한국 문단에 각 신문사 학예부의 '섹트주의'가 팽배했다는 지적은 사실로 보인다.[41] 조용만은 '구인회'의 창립 과정에서 신문사 학예부 기자들을 불러 모은 이유를 '우리들의 단체의 선전을 하는 데 편리하기 때문'이기도 했고 '당시 각 신문사 학예부의 섹트주의를 타파해 문인들의 집필 범위를 넓히자는 목적 때문'이기도 했다고 술회한다. '구인회'가 실제로 문단의 섹트주의 타파에 기여했는지는 단정 지어 말하기 어렵다. 그와 관계없이, 이 시기 문인들에게 각인된 '구인회'의 가장 큰 특징은 '다작多作'이었다. 함대훈은 『조선문단』의 문예좌담회에서 '구인회원들의 다작' 현상에 대해 주목한 바 있다.[42] 하지만 '구인회' 동인들의 다작에 대한 당시 문인들의 시선이 우호적이었던 것만은 아니다. 박승극은 '구인회'의 두 가지 특징에 대해 기술한다. 하나는 "소위所謂 「다독다작」「多讀多作」을 목표目標로 소小뿌르문학층文學層의 일종一種의 호기심好奇心에서 나온 일시적 조감一時的鳥瞰에 불과하는 것"이다. 다른 하나는 "조선문단朝鮮文壇에 있어서 원고原稿를 발표發表하는 데 라던지 또는 稿料를 받는 데 라던지 여러 가지의 불만不滿을 느끼었으므로 그것을 방위防衛하기 위爲한 방편적方便

41 『조선문단』의 문예좌담회에서 안회남은 다음과 같이 발언한 바 있다. "우리文壇에 黨派가 있다고는 볼 수가 없읍니다. 그러나 各 雜誌나 新聞 編輯者들은 그 執筆家들을 제각기 分別하야가지고 어느 雜誌, 新聞社에서는 또다른 部類의 그 사람들에게만 씨우고하야 이것도 勿論 文壇의 黨派는 아니겠지만 第三者가 보면 무슨 確然히 對立되는 黨派나 있는 것 같이 보이게 하며 느끼게 하는 이러한 傾向은 있드군요." 「문예좌담회」, 『조선문단』, 1935.8, 145쪽.

42 「문예좌담회」, 『조선문단』, 1935.8, 144쪽 참조.

的 그룹에 지나지 못하는 것"[43]이다. 이러한 지적들은 분명 초기 '구인회'의 특징을 이해하는 데 참고가 된다. '구인회'가 이른바 순수문학이라는 특정한 문학적 성향을 지닌 동인들의 모임으로 규정될 수 있다면, 이는 출범 이후 적지 않은 시간이 흐른 뒤부터 가능한 것이었다.

43 박승극, 앞의 글, 136쪽.

제2장

카프와 북한의 구인회 비판

양문규

1. 들어가며

구인회가 등장한 시기 그와 대타 의식을 갖고 비판적인 태도를 취했던 이들은 말할 필요도 없이 카프 진영의 작가 내지 비평가들이다. 그러나 식민지 시기 이들의 구인회 비판을 살펴보면, 정작 구인회 단체를 표적으로 삼은 비판들은 그리 많지 않고 그 비판이 생각만큼 공격적인 것도 아니었다. 오히려 카프 비평가들은 구인회와는 별도로 구인회에 속한 개별 작가들의 문학적 성과를 인정하기도 했다.

구인회가 특정 이념을 내세워 집단 활동을 한 것도 아니고, 또 카프 쪽의 비판에 구인회가 적극 대응을 하지도 않았기 때문일 듯싶다. 그러나 해방 이후 분단이 이뤄지고 냉전 상황이 심화돼가는 과정에서 남과 북 양쪽에서 구인회의 평가가 긍정과 부정의 극단으로 갈리면서 그 왜곡이 심화된다. 어찌 보면 현재 구인회에 대한 편견은 카프가 아닌, 냉전 상황에서 남과 북 각자가 구인회에 대해 만들어 놓은 허상에서 비롯된다고 볼 수 있다.

이 글은 식민지 시기 카프 쪽에서 구인회 문학의 어떠한 점을 비판했는지를 구인회 소속 개별 작가 비판의 사례들을 통해 살펴보고자 한다. 현재의 관점서 보자면 과거 식민지 시기 카프의 구인회 비판이 조야하게도 보이지만 당대의 관점에서 볼 때 그 비판이 갖는 나름의 의미를 찾아볼 수 있다. 아울러 북한이 구인회에 가졌던 부정적 인식의 기원을 따져봄으로써 구인회에 대한 문학적 위상을 객관적으로 정립하는 데 도움을 받고자 한다.

2. 카프의 구인회 비판

1) 임화의 김상용 비판

1933년 8월 구인회가 등장하자 카프 쪽은 일종의 진영 논리에 입각해 구인회를 경계하는 비판을 내놓는다. 백철은 구인회를 "현실적으로 존재할 아무 적극적 의의를 갖고 있지 못한 의지와 방향을 잃고 있는 존재"로서 카프로부터 "분열을 위한 분열" 위해 결성된 단체라고 비난한다.[1] 이에 비해 홍효민은 구인회를 긍정하거나 부정하는 식의 차원을 떠나, 구인회가 역사적 전개 과정 안에서 필연적으로 출현할 수밖에 없음을 지적한다.

홍효민은 1930년과 1933년 사이 정치적으로 새로운 반동의 시대 제1기가 도래했다고 본다.[2] 이런 판단은 아마도 1931년 신간회가 해체되고 제1차 카프 검거사건이 일어나며, 바깥으로는 만주사변이 발발하는 등, 사회·정치적 상황의 변화를 의식했던 것으로 보인다. 문단에서도 1930년

---

1 백철, 「사악한 예원의 분위기」, 『동아일보』, 1933.9.29.

2 홍효민, 「1934년과 조선문단-간단한 회고와 전망을 겸하여」, 『동아일보』, 1934.1.1~4.

순문학을 지향하는 『시문학』, 이어 1931년 『문예월간』이 창간되는 등 순수문학의 왕성한 활동이 시작되는 것에 대한 카프의 경계심이 발동한 것으로 보인다.

또 염상섭의 『삼대』1931, 그리고 이광수의 역사소설 『이순신』1931, 브나로드운동으로 등장한 『흙』1932 등 부르주아 문단의 활성화가 경계심을 더욱 부추겼으리라 본다. 홍효민은 구인회가 출현하는 1933년을 계기로 반동시대는 제2기의 과정으로 옮겨간다고 본다. 1933년 문단서 부르주아지의 문예작품이 전체의 2/3을 차지하며, 카프의 관념론적 섹트주의가 결함을 드러내면서 동반자적 경향의 작가들이 구인회를 조직하기에 이르렀다고 보기 때문이다.

홍효민은 그러한 새로운 반동의 시대에 구인회가 반동의 중추적 임무를 맡은 전위파로 파쇼의 길로 가는 한 매개형태의 예술단체가 될 것이라고 전망한다. 예컨대 1920년으로부터 1926년까지 최전성기를 보인 "조선심", "조선혼", "조선민족" 운운하는 민족주의문학국민문학은 막연히 사회주의문예에 대항했지만, 구인회를 매개로 다시 새롭게 일어나는 민족주의문학은 필연적으로 파쇼의 길로 나가는 데 맡은 바 역할을 다할 것이라고 본다.

구인회에 대한 홍효민의 이런 판단은 반은 맞고 반은 틀리다. 임화는 구인회를 겨냥한 것은 아니지만, 홍효민과 비슷한 판단 아래 이 시기 문단에 1920년대 낭만주의가 퇴화하면서 보수적, 복고주의적 경향이 새롭게 등장하는 것을 경계한다.[3] 이러한 부류로 임화는 김동환, 김상용, 모윤숙 등

3 임화, 「33년을 통해 본 현대조선의 시문학」, 『조선중앙일보』, 1934.1.1~1.12.

의 작품을 언급한다. 그 중 후일 구인회의 동인이 되는 김상용의 시 「무제 –만보산萬寶山 참살 동포 조위가弔慰歌 연습하는 것을 듣고」『신동아』, 1933.3를 비판한다.

이 시는 당시 김상용이 자신이 교편을 잡고 있었던 이화여전 사교실社交室에서, 1931년 만보산 사태 당시의 "민족적 참화"를 슬퍼하는 여학생들의 "조위가"를 듣고 솟아오른 감회를 노래한 것이다. 임화는 김상용이 만보산 사태를 제대로 파악하지 못하고 있을 뿐만 아니라, 대중을 유치하고 무력한 민족주의적 감정으로 선동하는 식의 언사 등을 구사한 것을 맹렬히 비난한다.

> 이 시에 나타난 만보산사건은 의식적으로 왜곡되어 오직 불쌍한 중국인에 대한 유해한 적의를 선동하는 데 지나지 않는다. 배외주의와 민족적 참변의 가장 나쁜 아지테이션이 있을 뿐이고 이 참변의 진정한 본질적 성질은 전혀 밀리터리즘의 의향대로 가리어져 있는 것이다. 이러한 선동자는 평양이나 그밖에 중국인 ××의 하수인으로서의 책임의 일부를 지지 않으면 안 될 것이다.
>
> 이러한 것이 과연 밀리터리즘적 유행가와 어느 곳에 차이가 있을까? 또 이러한 현실 생활의 한가운데서 학생이란 그저 웃어야 할 것인가? 이 대답은 필자가 하지 않으려 한다.
>
> 단지 이곳에서 이러한 내용의 시가 관념적인 추상과 빈약한 언어, 시조의 아류적인 언조言調와 힘없는 구조를 통하여 지저귀어져 있는 데 지나지 않는 것을 말해두는 데 그친다. '강산', '이천만 동포' 등의 형용은 벌써 금일의 청년을 울리기에는 얼마나 무력한지를 적어도 시인이면은 알아야 할 것이다.

그러나 홍효민과 임화의 지적과는 달리 구인회 문학이 민족주의 또는 배외주의를 향해 가지는 않는다. 가령 김상용은 이듬해 『시문학』과 『문예월간』의 속간지 격인 『문학』1934.2에 시조 또는 민요풍의 시 「남南으로 창窓을 내겠소」를 발표한다. 구인회 동인이었던 김환태는 『문장』1939.7에 「시인 김상용론」을 싣는다. 김환태는 김상용을 한마디로 '관조의 시인'이라 칭한다.

김환태는 김상용의 「남으로 창을 내겠소」를 결함이 많은 생을 연민하고 어루만져 그를 그대로 받아들여 조용히 관조할 수 있는 높은 경지에 다다른 시로 평가한다. 그리고 이러한 관조 작용을 일종의 직관적, 상상적 작용의 하나로 본다. 김환태가 지적한 김상용의 이러한 시 경향은 임화가 비판한 민족주의 또는 국민주의로의 가는 길과는 다른 것이다.

오히려 김상용은, 구인회의 주축인 이태준과 정지용의 『문장』지가 나아갔던 길, 즉 동양적이고 관조적인 허무의 정서를 지향하는 것과 비슷한 측면도 있다. 그러나 김상용의 경우 이러한 지향은 결국은 식민지 말기 친일로 향하는 도정을 밟는데 이는 홍효민이 지적했듯이 구인회를 매개로 다시 일어나는 민족주의문학국민문학이 필연적으로 파쇼의 길로 나갈 것이라고 한 예측을 일면 입증한다.

2) 임화의 정지용 비판

카프는 1935년 해체되나, 구인회 동인들의 문학적 성과는 그 즈음 연이어 이뤄진다. 1934년 이태준의 단편집 『달밤』이 출간되고, 1935년 10월에는 『정지용 시집』이 출간된다. 카프 쪽의 홍효민조차 정지용을 1934년의 가장 우수한 시인이라고 평가한다.[4] 카프 해체 직후 김두용은 이러한 구인회에 어떻게 대처해야 할지를 이야기한다.[5] 김두용은 구인회가 "중간자적 입장의 문학의 의지"를 갖고, 소부르주아적 문학의 방향을 취하고 있는 집단으로 간주한다.

그러나 카프작가나 비평가가 구인회 작가들을 기계적으로 배척하거나 반박만 하는 것은 우열한 짓이라 본다. 카프는 스스로 과거를 재비판하면서, 구인회 작가들과 손을 잡고 정당하게 이들을 지도하며 전진해 나가야 할 것이다. 단 김상용은 구인회 작가들에게 "자아의 완성에만 매이지 말고 민중을 사랑하는 정신"을 가져야 함을 강조한다. 그가 구인회 작가들에게 갖는 아쉬운 점은 민중, 사회가 아닌 개인, 개성, 자아를 중시하고 그에 갇혀 있다는 점이다.

그러한 식의 비판을 가장 단적으로 보여준 것이, 임화의 『정지용 시집』에 실린 「유리창 1」을 비판하는 글이다. 박용철은 『정지용 시집』이 발간되자 이 시집이 우리 시에 의심할 여지없이 한 개의 새로운 "노정표"가 될 것이라 평한다. 그중에서 지용이 「유리창」을 쓴 것은 그가 비애의 절정에 서서 그의 심정이 민광悶狂하려던 때[6]라는 사실을 지적하며, 시작품과 정지용의 개인사를 관련짓는다.

당시 지용은 자신의 사랑하는 어린 아들을 잃었는데 박용철은 불교 전설까지 인용하여 「유리창」을 설명한다. 영혼이 정착할 곳을 얻지 못해 공중에 방황할 때, 마침 산출하는 애기가 있으면 그 육체에 가서 태어난다는

---

4 홍효민, 「조선 문단 및 조선 문학의 전진」, 『신동아』, 1935.1.
5 김두용, 「구인회에 대한 비판」, 『동아일보』, 1935.7.28.
6 박용철, 「을해 시단 총평」, 『동아일보』, 1935.12.24~28.

이야기가 있듯이, 유리창 시는 시인의 비애의 감정이 유리의 형체에 와서 태어난 것으로 설명한다. 박용철은 창작의 과정에서 개인적 체험과 예술적 영감을 강조한 것인데 이를 임화는 통렬히 비판한다.

> 우리들을 울리고 괴롭히고 때리고 노하게 하는 헤일 수 없는 많은 현실의 대해大海 가운데서, '미사'의 촛불을 밝히고 천국을 빌며 하나의 어린 자식의 죽음을 만 사람의 동포의 죽음死과 불행보다도 아프게 정감情感하는 '영혼'과 '감성'에 대하여 나는 금할 수 없는 적의를 느낀다. 지용 씨의 작품 가운데 「향수」와 같이 슬픈 노래를 나는 버리는 자는 아니다. 그러나 심오心奧에 철徹하는 '슬픔'을 보복의 뜨거운 불길로 고치지 못하는 시인을 나는 조선 사람에게 유태인의 운명을 권함이라고 생각한다.[7]

그러나 「유리창 1」에 대한 또 다른 해석을 참고하자면, 이 시가 개인에 갇혀 사회, 민중을 등한시 한 것이라기보다는, 문인들의 사회적 실천은 물론이고 창작적 실천에 대한 제약이 날이 갈수록 심해가던 암담한 시대 상황에서, 시를 쓰기 위한 미학적 장치로 '유리창'을 발견한 것으로 보는 의견도 있다. 그것은 지극히 폐쇄적인 시대상황에서 예술가로서의 최소한의 자기를 지키려는 안간힘의 산물인 것이다.[8]

해방 직후 김동석은, 오장환만큼 역사의 탁류를 잘 표현한 시인도 없다고 했다. 김기림은 가장 현실 파악력은 있지만 그의 논리가 너무 날카로워 역사를 오리고 저며서 초현실파의 그림처럼 되어버리고 말았다고 했다.

---

7 임화, 「기교파와 조선시단」, 『중앙』, 1936.2.
8 최두석, 「정지용의 시세계」, 『리얼리즘의 시정신』, 실천문학사, 2010, 81쪽.

그렇다면 정지용은? 그는 너무 맑은 나머지 송사리 한 마리 없게 너무도 맑다고 했다. 역사는 탁류가 되어 도도히 흐르거늘, 정지용은 아름답지만 나비처럼 연약하다는 것이다.[9]

지용의 시가 너무 맑다는 것은 지나치게 제한된 순수성을 지향하다보니 삶의 풍부한 가능성을 놓쳤다는 지적일 수도 있겠다. 카프가 구인회 작가들의 개인, 개성의 강조를 비판한 것은 그것이 자칫 사회, 민중에 대한 방관을 낳게 하는 것을 경계하는 것이다. 정지용의 아름다운 시란 세상일에 대한 작자의 극단적인 방관에 의해 가능해졌다고 할 수 있지 않을까?

김동석은 오장환과 함께 해방 후 정지용의 행적에 대해 다소 인신공격적인 비난을 한다. 지용의 순수성은 해방 직후에 지옥 같은 혼탁한 현실을 "귀찮아" 하면서도, 귀국한 우익 지도자임정 요인들 앞에서 헌시「그대들 돌아오시니」를 낭독한다. 이는 정지용이 결국에는 이전梨專의 선생이 되어 안이한 생활로 돌아가고자 하는 것이 아닌가 하는 의구심을 갖게 하는 지경에까지 이른다.

> 일전日前에 오장환 말이 지용은 리전梨專의 선생이 되어 안이한 생활로 들어갔으니 시가 나오기 어렵다 한 것은 동감이라 (…중략…) 지용도 세상이 귀찮거든 전원으로 돌아가 자연시인이 되는 것이 어떨고? (…중략…) 지용은 맑은 샘이어니 대하장강을 이루지 못할진대 차라리 끝끝내 백록담인 양 차고 깨끗하라.[10]

9 김동석, 「탁류의 음악 – 오장환론」, 『예술과 생활』, 박문출판사, 1947, 61쪽.
10 김동석, 「시를 위한 시 – 정지용론」, 『예술과 생활』, 박문출판사, 1947, 53~55쪽.

3) 카프의 김유정 비판

김유정은 구인회가 출발하던 당시가 아닌 나중 참여한 동인이다. 그가 구인회에 입회하던 해인 1935년 「소낙비」가 『조선일보』 신춘문예 현상모집에 1등 당선되고, 「노다지」는 『조선중앙일보』 신춘문예 현상모집에 가작 입선 되는 등 문단의 주목을 끌었을 것으로 짐작된다. 김유정이 구인회에 가입하는 데 몇몇의 반대가 있었는데 이상이 우격다짐으로 가입시켰다는 이야기도 있다.[11]

김유정은, 구인회의 좌장격인 이태준의 「가마귀」1936가 발표됐을 때도 세간의 호평과는 달리 그 소설은 고대소설과 다름없는 통속소설로 전혀 현대성이 없다며 흥분한 어조로 비난했다는 이야기도 있다.[12] 김유정은 구인회의 다른 이들도 사정은 비슷하지만 구인회 소속이라는 정체성에 크게 구속되지 않았던 듯싶다. 오히려 김유정은 구인회 그 어느 작가들보다 프로문학의 사회적 리얼리즘에 대해서 나름대로 자의식을 갖고 있었던 것으로 보인다.[13]

그럼에도 카프 비평가들은 김유정을 구인회와 묶어 비판할 수 있는 가장 만만한 작가라고 생각했던지 대단히 공격적인 비판을 한다. 한효는 김유정의 구인회 가입을 유정의 예술적 행정行程으로 미뤄볼 때 당연한 수순이었다고 본다. 김유정은 부르주아 예술의 가장 대표적 특징인 "언어의 신비화" 또는 "마술성"을 내세워 예술지상주의의 농후한 마술에 빠진 작

11 조용만, 「이상과 김유정의 문학과 우정」, 『신동아』, 1987.5, 561쪽.

12 이석훈, 「유정의 영전에 바치는 최후의 고백」, 『백광』, 1937.5; 김유정전집편찬위원회, 『김유정전집』 하, 김유정기념사업회, 1994, 408쪽.

13 양문규, 「김유정 소설에 나타난 전통과 서구의 상호작용」, 『김유정 문학의 재조명』, 소명출판, 2008, 151쪽.

가이기 때문이다.

카프 쪽 비평가들은, 김유정이 「산골」1935에서 언어의 완롱과 곡예를 부리고,[14] 어휘의 풍족함을 도모하기 위해 만들어낸 방법이 예술적 향기가 부족한 각설이패식의 비속한 문장으로 귀결되었다고 비판한다.[15] 즉 카프가 구인회를 비판하는 주요한 내용 중의 하나가 언어 기교를 위한 기교형식를 추구한다는 점인데, 김유정은 이를 가장 잘 보여주는 작가로 간주됐기에 카프로부터 몰매를 맞았던 셈이다.

그런데 부르주아 진영 역시 김유정 소설의 언어를 주목하거나 이에 대해서 호의적인 평가를 내린 것은 아니다. 해방 후 백철은 김유정을 계용묵과 함께 "인생파 작가"라는 모호한 범주 안에 놓고 나름의 문체 계발에 힘쓴 작가이나, 별다른 주제의식, 문제의식을 보여주지 못했던 작가로 치부한다. 김유정은 1970년대 이전까지 남한의 문학사 연구에서 언어의 차원에서든 리얼리즘 차원에서든 어느 쪽으로도 부각되지 못했다.

구인회가 문학의 언어 측면을 중시한 것은, 그들의 기관지인 『시와 소설』에 실린 작품들을 살펴보면 잘 알 수 있다. 그 언어 성향은 정지용, 박태원, 이상 등이 추구한 언어와 김유정, 백석이 추구한 언어 두 가지로 구별된다. 전자가 모더니즘의 전위적 성격을 띤 언어라면 후자는 방언, 토속어의 세계다. 김유정은 자신의 소설언어에서 방언의 차원을 넘어서 전통적 소설 서술체계를 현대소설문법에 결합해, 카프나 부르주아 진영 양쪽 모두를 당혹스럽게 한다.

---

14 김남천, 「최근의 창작－2. 사회적 반영의 거부와 춘향전의 哀話적 재현, 김유정 「산골」」, 『조선중앙일보』, 1935.7.23.

15 안함광, 「작금 문예진 總檢－김유정씨의 「산골」」, 『비판』, 1935.12.

부르주아 진영에서조차 김유정이나 백석의 언어의식이 지향하는 바가 무엇인지를 제대로 설명해내지 못하고 있는데, 카프의 김유정 비판이 공격적이었던 점은 일면 이해가 간다. 그럼에도 카프가 문학에서 언어가 갖는 여러 가능성들을 일률적으로 무시하고 구인회를 언어의 완롱이나 일삼는 집단으로 보면서, 김유정을 이와 묶어 결국엔 그의 소설언어가 지향하는 민중적 성격 또는 현실비판의 기능을 전혀 주목하지 못한 것은 아쉬움으로 남는다.[16]

3. 북한의 구인회 비판

1) 남한의 구인회 격상

해방 직후 백철은 구인회를, 1930년대 프로문학 이후 파시즘이 대두하는 세계의 위기 가운데 출현한 지식인의 불안을 반영하는 "신흥 예술파" 집단으로 규정한다. 이는 식민지 시기 카프 쪽의 구인회에 대한 규정을 그대로 계승하고 있는 셈이다. 그러나 백철은 이후 자신의 문학사에서 예술파적 경향의 구인회가 우리 현대문학의 중심이 되는 세력으로 성장해갔다고 본다는 점에서 카프와 평가와 궤를 달리 한다.

가령 구인회의 출현이 동기가 되어 이태준과 같은 예술파 작가가 프로작가들을 대신해서 화려하게 무대에 등장했다고 본다. 백철은 이태준을 구인회의 중심작가로 사상이나 사조에 얽매이지 않고 오직 순문학의 길

16 임화는 김유정 소설의 난용된 방언이 미감상으로만 아니라 교육적 의미에서도 옳지 않은 것으로 훈계한다(「언어의 마술성」, 『비판』, 1936.3).

을 걸어간 대표적인 작가라고 본다. 이태준 소설의 인물들은 "사회적인 현실적인 교섭을 가지지 않은 측면의 인물들"[17]로 그 인물들은 "센티멘타리즘"과 결부돼있다.

그럼에도 백철은 이태준이 "소극적인 애수의 문학을 닦아가는 길에서 기회만 있으면 현실적인 대로大路로 나오려는 결의를 가진 작가"[18]라고 다소 애매한 결론을 내린다. 해방 직후만 해도 구인회를 대표하는 이태준을 사회성과 완전히 결별한 단순한 순수작가로만 보지는 않는다. 그러나 냉전체제가 심화돼가는 시기인 1950년대 후반 『현대문학』에 연재된 조연현의 『한국현대문학사』이하 『현대문학사』는 구인회를 오직 순수문학을 지향한 단체로 못 박는다.

『현대문학사』는 우리 현대문학의 발전사는 곧 순수문학의 발전사라고 본다. 순수문학은 기법상의 새로움을 지향한 것을 이르는데, 식민지 시기 중 1930년대는 순수문학이 태동한 중요한 시기로 본다. 이 시기에 순수문학은, "종전의 민족주의나 프로문학이 자체 내의 봉착한 절망"[19]을 극복하고 비로소 그 주도적 위치를 갖는다는 것이다. 그 중심에 『시문학』과 "시문학파의 유력한 실천부대"인 구인회, 그리고 이후 『시인부락』파 문학이 있다.

『현대문학사』는 당대 반공 이념을 그대로 문학사에 대입한다. 근대문학 발전에 역행한 자들로서 좌익 작가들을 노골적으로 가리키며, 그들의 정치적·문학적 과오를[20] 명백히 해야 함을 강조한다. 조연현은, 초기 프로

---

17 백철, 『조선신문학사조사』 현대편, 백양당, 1949, 215쪽.
18 위의 책, 217쪽.
19 조연현, 『한국현대문학사』, 성문각, 1974, 477쪽.
20 조연현, 『한국현대문학사』 1부, 현대문학사, 1956, 4쪽.

문학인 신경향파 문학의 조야성에 초점을 맞춰 프로문학이 반민족적, 반문학적인 파괴행위를 드러냈다고 평가하면서, 그 반대편에 순수문학의 중심으로 구인회 등을 놓고 이를 격상시킨다.

2) 북한의 구인회 비판

남한에서 구인회의 위상이 격상되는 것에 반해, 같은 시기 북한서는 정반대의 현상이 일어난다. 1953년 1월 이후 북한문학비평계 내서 벌어진 임화를 비롯한 남로당계 작가에 대한 정치적 비판과 더불어 구인회에 대한 공격이 집중적으로 이뤄진다. 구인회를 이태준과 동일시해 이 둘은 늘 함께 묶여 비판된다. 1950년대 남한의 조연현이 카프를 반대한 구인회를 한국 근대문학의 중심으로 놓은 데 반해, 북한은 거꾸로 카프를 한국문학의 중심에 놓는다.

1950년대 북한의 문학비평은 프로문학을 한국문학사의 중심에 놓고, 프로문학의 전 단계로 김소월, 이상화, 나도향 등의 비판적 사실주의 문학과, 조명희, 최서해 등의 신경향파 문학을 설정한다. 반면 이 시기 김동인, 염상섭, 현진건 등의 문학은 이광수 문학의 아류로 부르주아의 이해관계를 대변하는 저열한 자연주의 문학으로 간주한다.[21] 그리고 이러한 자연주의 문학이 1930년대의 해외문학파와 구인회의 문학으로 이어진다고 본다.

이태준은 카프를 반대할 목적으로 출현한 소위 "부르주아 반동문학의 조

---

21 이광수는 예술지상주의적 자연주의 문학 사상의 선진자이며 실천자고, 염상섭의 「만세전」 등은 퇴폐적 허무주의 사상의 독소를 퍼뜨리며, 김동인의 「약한 자의 슬픔」은 하나의 색정소설로 본다(안함광, 「리광수 문학의 반동적 본질」, 『문예전선에 있어서의 반동적 부르죠아 사상을 반대하여』 자료집 1, 조선작가동맹 출판사, 1956.7.1, 49~77쪽).

직체인 구인회의 조직가이며 그 지도자이다". 그리고 해방 후 남한 문단에서 활발하게 활동하는 김동리, 최태응, 조지훈, 모윤숙 등은 이태준과 구인회의 영향 하에서 작가가 된 자들로 치부한다.[22] 즉 구인회는 1950년대 남한의 소위 "반동문학"의 출발점이다. 북한은, 구인회가 내세운 순수문학이, 종국적으론 부르주아적 반동사상을 대변하는 것으로 보기 때문이다.

북한이 구인회와 늘 함께 묶어 비판하는 것이 해외문학파다. 해외문학파는 프롤레타리아 국제주의를 반대하여 코즈모폴리터니즘을 선전하기 위한 부르주아 반동 작가들의 집단이다. 이들은 이광수, 최남선 등의 부르주아 반동문학이 또 다른 형태로 발전한 것인데, 민족고전을 부정하고 순전히 외국 극의 번역 상연에만 '광분'하다가, 일제 말 '국민극운동'의 "범죄적인 선도자"의 역할을 감당하여 나서게 된다고 강하게 비난한다.

북한은 구인회의 구성원 개별 작가들에 대해서도 비난에 가까운 비판을 한다. 이태준은 "고답적인 순수문학", 김유정과 이상의 소설은 "기발소설"이라 비난하고, 이상의 경우 병적인 인간을 찾아 근로대중의 의식을 마비시켰다고 비난한다.[23] 그 외 정지용은 "가톨릭 종교시", 김기림은 "초현실적 형식주의에 매달린" "알아볼 수 없는 시모더니즘"로, 이들 모두 부르주아 사상을 내포한 해독의 작품들을 난발한다고 본다.[24]

22 한설야, 「문예전선에 있어서의 반동적 부르죠아 사상을 반대하여(평양시당 관하 문학 예술 선전 출판 부문 열성자 회의에서 한 보고)」, 『문예전선에 있어서의 반동적 부르죠아 사상을 반대하여』 자료집 1, 조선작가동맹 출판사, 1956.7.1, 15~18쪽.

23 한효, 「부르죠아 문학 조류들을 반대하는 투쟁에 있어서의 조선 현대문학」, 『문예전선에 있어서의 반동적 부르죠아 사상을 반대하여』 자료집 2, 조선작가동맹 출판사, 1956.9.10, 14~18쪽.

24 송영, 「림화에 대한 묵은 론죄장」, 『조선문학』, 1956.3, 114쪽.

3) 북한의 이태준 비판

구인회의 좌장 격이었던 이태준은, 식민지 시기에는 카프작가들의 비판에서 오히려 얼마쯤 비껴 있었다. 가령 카프의 임화는 조선의 근대 소설사를 개괄하면서 1930년대의 소설을 민족적 문학과 계급적 문학으로 나누고, 민족적 문학은 주로 소시민의 생활 감정의 묘사에 치중함으로써 계급적 문학과 대비되어 소설의 사상적 방향보다는 주로 예술적 측면의 완성에 노력한다고 본다. 그리고 바로 이를 대표하는 이를 이태준으로 본다.[25]

임화는 민족적 문학 계열의 작가 중에서 이태준을 가장 고평한다. 「장마」1936 같은 소설은 순전한 신변기술이지만 시대적 분위기에 상당한 농도로 부딪쳤다고 본다. 「복덕방」1937에서 자기의 세계를 상실한 노인들에 대한 동정을 보이는데, 이는 단순히 노인의 운명만이 아니라 현대 조선 청년의 절망감을 반영한 것으로 본다. 「손거부」1935에서 바보형의 인물을 그린 것도 이태준이, 사회적 관심이 확장된 명백한 리얼리스트임을 보여준다[26]고 평가한다.

분단 이후 북한 역시 1953년 남로당계 작가들의 숙청이 있기 전까지는 이태준 소설에 대해 나름 균형 있는 평가를 내린다. 이태준이 월북해서 창작한 「농토」1948와 「첫 전투」1948에 대한 안함광의 평가가 그 대표적 예이다. 「농토」는 토지개혁을 중심으로 농민의 성장을 제시한다. 단 이 작품의 주인공 인물설정은 전형적이지 못하며 작품 후반부가 개념적으로 되어버리는 등의 한계를 지적한다. 이태준의 「첫 전투」도 이와 비슷이 평가한다.[27]

---

25 임화, 「조선소설에 관한 보고」, 『건설기의 조선문학』, 조선문학가동맹, 1946.6.

26 임화, 「방황하는 문학정신」, 『동아일보』, 1937.12.12~25.

27 안함광, 「팔·일오 해방 이후 소설문학의 발전과정」, 『평론집 문학의 전진』, 문화전선사, 1950, 29·53쪽.

그러나 1950년대 중반 이태준이 숙청당한 이후부터는 그가 월북해서 창작한 작품도 마찬가지이지만 식민지 시기 발표된 그의 문학을 송두리째 부정하는 비난 일색의 논의가 진행된다. 이태준을 비판하는 북한의 관점을 대별해보면 다음과 같이 세 가지로 나눠진다. 이는 곧 구인회 문학에 대한 북한의 입장을 보여주고 있어 구인회 비판의 타당성을 따져볼 수 있는 중요한 준거가 된다.

첫째, 이태준 문학은 기교를 위한 기교형식만을 추구한다는 점으로, 인물의 내면세계와 관련 없이 묘사된 디테일한 외부적 묘사에 대한 비판이다. 이태준의 「첫 전투」의 서두에 나오는 문장을 예로 들면서, 이런 문장들은 한마디로 "표현을 위한 표현"에서 나온 것으로 비판한다. 가령 아래 묘사된 "싸움터로 가는 빨치산의 길"은, 마치 "약초 채취를 하는 사람이 시름없이 더듬는 길"같기도 하고 "젊은 '유한마담'들이 피크닉을 하는 길" 같이 묘사했다고 비판한다.

> 꽤 가파로운 비탈이면서도 쌓인 나무잎은 떡지가 저 발등을 덮는다. 푹신한 감촉에 마음 놓고 밟으면 속은 물기가 홍건해 미끄럽다. 앞선 동무들이 군데군데 미끄러저 시꺼먼 생흙 자국을 내였다. 어떤 자국에는 더덕과 싱검초 따위 산나물 뿌리가 으스러졌다. 그런데서는 싱그러운 한약 냄새가 풍겨 오른다.[28]

그 밖에도 빨치산들이 타고 넘는 주름진 산등성이를 "반찬가시처럼 양편으로 드러났다"든지, 전신주를 "성냥개비 같이 잘게 늘어선"이라는 식

---

28 이태준, 「첫전투」, 『소설집－8 · 15 해방 4주년 기념출판』, 문화전선사, 1949, 77~78쪽.

으로 표현하고, 총소리와 총 끝에 튀는 불꽃을 "별들"이라고 하고 수류탄 터지는 불빛과 폭발소리는 "보름달 같았다"고 표현하고 있는 것, 노동자 출신의 빨치산에게 오만분지 일 지도를 보이면서 그에게 지도는 "현미경 우에 나타난 박테리아 그림처럼 보였다"[29]라고 비유한 것을 들어 표현의 적절함을 따진다.

해방 전의 작품 「밤길」1940에서는 젖먹이를 산 채로 땅에 생매장하다가 젖먹이의 가냘픈 숨결이 사나이의 손끝에 감촉되는 순간을 황홀하고 아름다운 것으로 묘사했다고 비판한다. 그러면서 이태준은 노동 계급의 형상을 비관적으로 그리면서 그 속에서 그들의 아름다운 것을 찾는 것이 당연한 습성으로 돼있다고 비난한다. 「밤길」의 황폐한 심미감-절망적 페이소스 등에 대한 황홀감은 이태준의 전 창작을 짓누르는 무서운 병독이라고 본다.[30]

식민지 시기 발표된 「밤길」에 대한 북한의 비판은 과장된 일면도 있지만, 작품에 나타난 처절함의 묘사가 세계에 대한 반격이 되지 못하고 묘사를 위한 묘사로 극단화 하고 있다는 인상을 준다는 비판에는 일면 타당성이 있다. 「패강랭」1938의 지식인 내면의 섬세한 묘사와 달리 위의 「첫 전투」의 빨치산이나 절망적 상황의 하층민에 대한 묘사는 묘사를 위한 묘사라는 혐의를 받을 만하다.

> 비비 틀린 목줄에서는 아직도 발랑거리는 것이 보힌다. (…중략…)

---

29 황건, 「산문 분야에 끼친 리태준 김남천 등의 반혁명적 죄행」, 『문예전선에 있어서의 반동적 부르죠아 사상을 반대하여』 자료집 1, 조선작가동맹 출판사, 1956, 179쪽.

30 엄호석, 「로동계급의 형상과 미학상의 몇 가지 문제」, 『조선문학』, 1953.11, 122쪽.

「이거 웨 얼른 뒈지지 않어!」 (…중략…)

「인전 묻어버려두 되나볼세」 (…중략…)

죽은 줄만 알고 안어 올렸던 권 서방은 머리칼이 곤두섰다. 분명히 아이의 입에서 무슨 소리가 난다. (…중략…) 아이는 아직 목숨이 붙었다. 빗물이 입으로 흘러 드러간 것을 개운 것이다.

「제에길 파리새끼만두 못한 게 찔기긴!」[31]

둘째, 이태준은 이광수를 계승한 "부르주아 반동 작가"로, 구인회를 통해 '문학의 정치로부터의 자립'을 주장했지만 실제로는 허위적인 순수예술을 주창한 자[32]라는 점이다. 이태준은 「불우선생」1932 · 「손거부」 · 「복덕방」 · 「영월영감」1939 등에서 먼 지난 시대의 인물을 등장시켜 순수의 입장을 위한다는 구실 아래 무위도식하고 무의미한 생활을 하는 처지의 인물을 그려서, 독자에게 현실의 절박한 사회적 문제들과 정치에 무관심하도록 했다는 것이다.

도시빈민의 비극을 통해 "산다는 것의 처절함"을 보여준 「밤길」조차 노동계급에 대한 악의에 가득 찬 모욕을 보여준다고 비난한다. 실직한 한 노동자가 가난에 몰려 남편을 배반하고 아이를 버린 채 도망한 아내를 비굴하게 찾아 헤매다가 모진 절망과 주림을 못 이겨 두 팔에 안은 갓난아이를 숨도 넘어가기 전에 생매장하는 이야기의 구성은 극단적인 절망과 비탄과 자포자기의 감정을 유포시킨다.[33]

---

31 이태준, 「밤길」, 『문장』, 1940.6 · 7, 153 · 156쪽.

32 한설야, 「문예전선에 있어서의 반동적 부르죠아 사상을 반대하여」, 『문예전선에 있어서의 반동적 부르죠아 사상을 반대하여』 자료집 1, 조선작가동맹 출판사, 1956, 14쪽.

33 김명수, 「반동적 부르죠아 작가들의 반혁명 문학활동의 죄행」, 『문예전선에 있어서의 반동

비극과 비극적인 것에 대한 감각과 견해는 계급적 범주이며 동시에 역사적 범주인 바, 그것은 한 사회의 비극과 비극적 현실이 있는지 없는지의 문제를 따지는 것이 아니라, 그 비극이 어떤 비극이며, 또 그것을 어떻게 느끼느냐 하는 심미감이 문제라는 것이다. 죽음은 개인적 견지에서는 비극이나 그것이 인민들과 연결된다는 의식이 있다면 그를 비극의 의식으로부터 초월케 하며 죽음을 극복하는 낙관주의로 나아가게 할 수 있다는 것이다.[34]

셋째, 이태준의 연애소설『제이의 운명』(1937), 『딸 삼형제』(1939), 『청춘무성』(1940), 『별은 창마다』(1942) 등은 그것이 정치와 관계가 없는 것으로 위장하지만, 오히려 이들은 정치와 사회 도덕적 문제와 인연이 깊다는 것이다. 이태준은 연애소설을 통해 이광수와 마찬가지로 식민지 시기 우리 청년들을 모든 절박한 사회적 문제에 대한 관심에서 따돌려 나약하고 무기력한 자질로 타락시킨다.[35]

이태준이 교편을 잡기도 한 이화여전을 무대로 한『청춘무성』은, "미국적 사고방식"에 젖어 "엽기적 모험"의 사제지간의 삼각관계를 소재로 삼은 "해독 소설"이라는 비판을 가한다. 김동석은 이 작품을 "여학생을 다리고 고비원주高飛遠走하는 희비극을 연출"[36]한 실패한 산문으로 비판한 바 있는데, 이태준의 이러한 통속소설의 무대가 정지용, 김상용 등 구인회의 동인들이 근무한 이화여전이었다는 점에서 인신공격의 성격을 띤 비판의 혐의도 크다.

적 부르죠아 사상을 반대하여』 자료집 2, 조선작가동맹 출판사, 1956, 53쪽.

34 엄호석, 로동계급의 형상과 미학상의 몇 가지 문제,『조선문학』, 1953.11, 127~128쪽.

35 윤세평, 「해방 전 조선의 반혁명적 문학 집단『구인회』의 정체」,『문예전선에 있어서의 반동적 부르죠아 사상을 반대하여』 자료집 1, 조선작가동맹 출판사, 1956, 129쪽.

36 김동석,『예술과 생활』, 박문출판사, 1947, 54쪽.

요컨대 북한의, 이태준으로 상징되는 구인회에 대한 비판은, 첫째, 그들의 문학이 표현을 위한 표현의 문학이라는 점이다. 가령 이태준의, 하층민의 슬픔의 밑바닥을 그리는 극한의 묘사가 현실을 바로 보게 하기 보다는 슬픔을 자족해 하고 향유한다는 것이다. 둘째는 순수를 내세우나 퇴영적이고 복고적인 인물이 등장해 정치와 사회 문제에 무관심하도록 하며, 셋째로 정치와 무관한 연애소설도 실은 식민지 청년들을 무력화시키는 독소로 작용한다는 점이다.

북한의 이러한 비판은 일면 맞기는 하나, 작품에 대한 검토 자체가 부실하고, 어떤 경우 줄거리나 내용조차 왜곡하고 있다. 가령 「달밤」의 신문배달부 '황수건이 기혼자임에도 "신문 배달하는 소년이 술 담배를 배우며 음주 방탕의 구렁텅이 속에 빠지는 과정을 묘사함으로써 청소년들에게 패덕과 타락의 길을 걷도록 고취했다"[37]며 사실에조차 부합하지 않는 지적을 하며 몇몇 논문은 이를 그대로 따른다.

또 통속적 장편소설은 그렇다 치더라도 이태준 단편의 복고적 인물들은, 단순히 퇴영적인 자들이 아니라 자본주의 사회를 특징짓는 생산성의 기준에서 볼 때 값어치 없는 존재로, 근대사회에서 진정한 인간다움의 상실을 대변하는 이들이다. 이들은 근대자본주의 사회가 어떠한 소중한 가치를 희생하며 그 위에 서있는 사회임을 말해준다. 그럼에도 북한서 이태준은, 그가 냉전 시기의 정치적 사건과 관련돼 있어 구인회와 함께 정당한 평가를 받기가 힘든 실정이다.

---

37 엄호석, 「로동계급의 형상과 미학상의 몇 가지 문제」, 『조선문학』, 1953.11, 118쪽; 황건, 「산문 분야에 끼친 리태준 김남천 등의 반혁명적 죄행」, 『문예전선에 있어서의 반동적 부르죠아 사상을 반대하여』 자료집 1, 조선작가동맹출판사, 1956, 168쪽.

4. 나가며

이 글은 식민지 시기 카프 작가들이 구인회 문학의 어떠한 점을 비판했는지를 구인회 소속 개별 작가 비판의 사례들을 통해 살펴보면서 비판의 당대적 의의와 한계를 살펴보고자 했다. 아울러 해방 후 분단 상황에서 남한이 구인회를 격상시켰던 것과는 대조적으로 북한은 왜 구인회에 대해 대단히 부정적인 인식을 하게 됐는지를 살펴 구인회에 대한 문학적 위상을 객관적으로 재정립해보고자 했다.

먼저 카프의 구인회 비판 중 첫째, 임화는 김상용을 비판하면서 구인회가 파쇼의 길로 가는 한 매개형태의 예술단체가 될 수 있음을 예측했는데 일면 맞는 부분도 있지만 이태준, 정지용 등이 걸어간 길은 그와는 다른 동양적 관조주의를 지향한다. 둘째, 임화는 정지용을 비판하면서 구인회 작가들이 민중, 사회가 아닌 개인, 개성을 중시하고 그에 갇혀 있음을 비판하나, 그들의 문학이 폐쇄적 시대상황서 예술가로서의 자기를 지키려는 산물이었음은 보지 못한다.

셋째, 카프는, 김유정이 구인회 등의 부르주아 예술이 갖고 있는 대표적 특징인 '언어의 신비화' 또는 '마술성'으로 예술지상주의의 농후한 마술에 빠진 작가라는 점에서 몰매를 가한다. 이는 카프가 문학에서 언어가 갖는 여러 가능성들을 일률적으로 무시하고, 당시 부르주아 진영도 마찬가지였지만 김유정의 소설언어가 지향하는 민중적 성격 또는 현실비판의 기능을 전혀 주목하지 못하고 있음을 보여준다.

다음 해방 이후 분단과 냉전으로 이어지는 상황서 남한은 반공 이념을 문학사에 대입해 구인회를 순수문학의 중심 단체로 삼아 한국 근대문학사의 주류로 격상시켜 놓는다. 이에 반해 북한서는 1950년대 임화, 이태준 등의 남로당계 작가에 대한 정치적 비판과 함께 구인회에 대한 공격이 집중적으로 이뤄진다. 남한이 카프를 반대한 구인회를 한국 근대문학의 중심으로 놓은 데 반해, 북한은 거꾸로 카프를 한국문학의 중심에 놓고 구인회는 문학사에서 지운다.

북한은 구인회를 이태준으로 설정하고 이태준에 대한 비난에 가까운 비판이 진행되는데 그 비판은 첫째, 기교를 위한 기교형식만을 추구한다는 점, 둘째, 문학의 정치로부터의 자립을 주장했지만 실제로는 허위적인 순수예술을 주창했다는 점, 셋째는 역시 둘째와 관련돼 그들의 문학이 정치와 관계가 없는 것으로 위장하지만, 오히려 이들은 정치와 사회 도덕적 문제와 인연이 깊다는 점이다.

북한의 이태준과 구인회 비판은 일면 맞기는 하나, 작품들에 대한 검토 자체가 부실하고, 어떤 경우 줄거리나 내용조차 왜곡하고 있다. 또 이태준 단편의 복고적인 인물들은, 단순히 퇴영적인 자들이 아니라 근대자본주의 사회가 어떠한 소중한 가치를 희생하며 그 위에 서있는 사회임을 비판적으로 웅변해주는 이들이다. 그럼에도 북한에서 이태준은, 그가 냉전 시기의 정치적 사건과 관련돼 있어 구인회와 함께 정당한 평가를 받기가 힘든 실정이다.

최근 우리 연구는 구인회를 순수문학 대신 "예술의 근대성" 또는 "미적 근대성"을 추구한 세대 또는 집단으로 설명한다.[38] 이는 넓은 의미에서 과거 순수문학의 변종된 표현으로 보인다. 구인회가 추구한 새로운 예술 태

---

38 상허문학회, 『근대문학과 구인회』, 깊은샘, 1996의 수록된 논문들이 대체로 이와 같은 입장을 취하고 있는 것으로 판단된다.

도 또는 형식에 주목하는 것은 중요한 일이다. 그러나 카프와 북한의 구인회 비판과 생산적으로 대화하며 이를 넘어서기 위해서는 새로운 형식으로 포획해낸 사회성의 새로운 내용과 한계가 무엇인지를 따져보는 선결적 문제의식이 요구된다.

제3장

'천변'의 유토피아와 근대 비판

박태원론

하정일

1. 한국 모더니즘과 근대 비판의 정신

모더니즘은 리얼리즘과 더불어 근대문학을 대표하는 양대 조류의 하나이다. 지금까지 양자의 관계는 주로 대립적 혹은 경쟁적 관계로만 인식되어 왔다. 우리의 근대문학사를 되돌아보면, 분명 양자 사이에는 넘을 수 없는 벽이 존재해온 것이 사실이다. 하지만 포스트모더니즘의 도전을 계기로 양자의 공통성 혹은 동질성에 대한 관심이 점차 증폭되면서, 한국 모더니즘 문학의 역사에 대한 새로운 해석과 평가가 다양하게 시도되고 있다. 특히 문학적 근대성의 추구라는 측면에서 보면 리얼리즘과 모더니즘은 의외로 유사한 고민과 문제의식을 보여준다. 이를 한마디로 요약하면 '근대성 비판과 진정한 근대성의 지향'이라 할 수 있을 터인데, 지금까지는 주로 양자의 차이에만 초점을 맞추다 보니까 이 같은 동질성에 대한 탐구가 전체적으로 소홀했다. 따라서 이제는 모더니즘을 근대성의 문제를 중심으로 하여 재조명할 필요가 있다. 왜냐하면 이럴 때에만 리얼리즘과 모더니즘의 차별성과 동질성을 동시에 포괄하는 가운데 근대문학 일반의 원리와 성격을 보다 심층적으로 이해하는 것이 가능해지기 때문이다.

이를 위해서는 모더니즘을 데카당스와 동일시하거나 '순수문학'의 한 흐름으로만 이해하는 일면적 시각을 벗어나는 것이 중요하다. 이런 이해 방식으로는 모더니즘의 진보성을 온당히 평가해주기는 거의 불가능해진다. 뿐만 아니라 근대에 대한 '미적 저항'으로 모더니즘을 설명하는 방식도 이제는 지양되어야 한다. 왜냐하면 미적 자율성이 내포한 근대 비판이란 개념은, 그것이 모더니즘의 진보성에 대한 나름의 적확한 지적임에도 불구하고, 종종 모더니즘의 내용 미학적 함의를 간과하기 십상이기 때문이다. 말하자면 '미적 저항'의 논리는 모더니즘의 이념이나 세계관을 분석해내기에 여러모로 부족하다는 것이다. 중요한 것은 미적 저항이라는 전략을 선택하도록 추동한 모더니즘의 이념과 세계관은 무엇인가 하는 점이다. 이에 대한 내용 미학적 분석 없이는 미적 저항의 논리란 공허한 추상론에 불과할 뿐이다. 모더니즘은 리얼리즘과 마찬가지로, 이매뉴얼 월러스틴의 표현을 빌리면, 자본주의의 '기술의 근대성'에 맞선 '해방의 근대성'의 한 기획이다. '해방의 근대성'이란 간단히 말해 '기술의 근대성'에 기반을 둔 자본주의적 근대화에 저항해 모든 억압과 차별을 극복한 진정한 자유·평등·우애의 민주주의를 실현하려는 지향을 의미한다.[1] 모더니즘은 리얼리즘과 다른 방식으로 이러한 '해방의 근대성'을 추구한 문학 이념이었던 것이다. 그러므로 모더니즘이 지향한 '해방의 근대성'은

---

1 I. 월러스틴, 강문구 역, 『자유주의 이후』 제7장, 당대, 1996 참조. 미적 근대성이 모더니즘 중심적일 수밖에 없는 데 비해 '해방의 근대성'은 리얼리즘을 동시에 끌어안을 수 있는 매우 유용한 개념이다. 특히 리얼리즘이 근대문학의 중심을 이루어 온 한국문학에서는 더욱 그러하다.

어떤 것인가가 먼저 해명되지 않으면 '미적 저항'의 내용 미학적 함의를 이해하기란 불가능할 수밖에 없다.

이와 관련하여 아도르노의 문학론은 중요한 시사를 제공해 준다. 아도르노는 모더니즘의 미학적 원리를 "물화의 근본적 체험을 통한 물화의 극복"이라고 규정한다.[2] 이 명제에서 중요한 것은 두 가지이다. 하나는 모더니즘이 자본주의의 모순이 심화되면서 거기에 맞서기 위한 새로운 대응 방식으로 고안되었다는 점이다. 다시 말해 리얼리즘적 방식으로는 자본주의의 고도화한 복잡성에 대응하기 어렵다는 자각이 모더니즘의 발생을 촉발했다는 것이다. 그러한 문제의식이 물화와 직접 맞서 싸우는 것이 아닌, 물화의 깊은 세계를 체험함으로써 물화의 야수성을 깨닫게 하는 모더니즘 특유의 전략으로 이어진 것이다. 다른 하나는 따라서 모더니즘의 전략은 일종의 '부정의 변증법'과 밀접하게 연관되어 있다는 점이다. 즉 긍정적 계기를 찾아 역사의 진보적 전망을 적극적으로 드러내는 방식이 아니라 부정성의 세계를 극단까지 파헤쳐 들어감으로써 역으로 그것이 극복되어야 한다는 당위성을 표현하는 방식을 채택하고 있는 것이다. 그런데 이럴 때 관건이 되는 것은 자본주의적 근대가 총체적 부정성의 세계임을 입증할 수 있는 가치 평가의 척도를 설정하는 문제이다. 아도르노는 이에 대해 '부재不在하는 본질'을 제시한다. 그것은 현실 속에는 실재하고 있지 않지만, 그럼에도 불구하고 현실을 비판적으로 바라보게 해주는 어떤 기준을 뜻한다.[3] 일종의 유토피아적 이념인 이 '부재하는 본질'이 바로 모더니즘적인 '해방의 근대성'에 해당된다고 할 수 있을 것이다. '부재하는

2 T. W. 아도르노, 홍승용 역, 『미학이론』, 문학과지성사, 1984, 39~46쪽 참조.
3 위의 책, 164~172쪽.

본질'을 척도로 한 근대 비판의 방식은 이상 · 박태원 · 이청준 · 조세희 등 한국 모더니즘의 주요 작가들에게서 두루 발견된다.

2. '천변'의 유토피아와 근대 비판

우리나라에서 모더니즘소설이 본격적으로 등장하는 시기는 1930년대이다. 이상 · 박태원 · 최명익 · 허준 · 유항림 등 한국 모더니즘의 개척자들이 1930년대에 집중되어 있다. 이들의 작품을 근대성 문제를 중심으로 꼼꼼히 분석하고 공통 자질을 유형화함으로써 한국 모더니즘소설의 보편성과 특수성을 해명하는 작업이 시급하다. 특히 이들의 작품에 내재해 있는 근대 비판의 정신과 방법을 찾아내어 리얼리즘과의 연관 관계를 설명하는 것은 근대소설사의 맥락을 새롭게 잡는 데 의미 있는 기여를 할 것으로 생각된다. 이때 주목되는 작가가 바로 박태원이다. 박태원은 해방 이전과 이후에 걸쳐 지속적으로 활동한 모더니스트일 뿐 아니라 여러 측면에서 한국 모더니즘의 역사성을 전형적으로 보여주는 작가이기 때문이다. 하지만 지금까지의 박태원 연구는 나름대로의 성과에도 불구하고 한국 모더니즘의 역사성과 근대문학적 지향을 온전히 밝혀내는 데까지는 나아가지 못한 것으로 판단된다.

박태원에 대한 기존의 연구는 크게 세 유형으로 묶을 수 있다.[4] 첫째는 박태원 문학을 내성소설과 세태소설로 나누어 설명하는 방식이다. 임화

4 박태원 연구사에 대한 전반적 개괄은 정현숙, 「박태원 연구의 현황과 과제」, 『박태원 소설 연구』, 깊은샘, 1995 참조.

에게서부터 본격화된 이러한 접근 방식은 당대 문학의 전체적 구도를 선명하게 유형화해 준다는 강점을 가지고 있다. 하지만 박태원 문학의 초기부터 양자가 혼재되어 있었다는 점에서 이런 식의 설명으로는 두 가지의 경향을 관통하는 내적 동질성을 적절히 해명하기가 난감해진다.[5] 두 번째는 기법이나 형식의 새로움이라는 측면에서 박태원 문학의 특질을 규명하는 방식이다. 박태원 문학에서 기법이나 형식의 새로움이 중요한 비중을 차지하는 것은 사실이고, 그런 점에서 이 같은 연구들이 기여한 바는 적지 않다. 하지만 내용 미학적 연관을 배제한 형식주의적 연구만으로는 박태원 문학의 전체상을 결코 온전히 밝혀낼 수 없는 법이다. 왜냐하면, 너무나 당연한 말이지만, 문학이란 내용과 형식의 통일체이기 때문이다. 세 번째는 박태원을 모더니즘에서 리얼리즘으로 변모해 간 작가로 이해하는 방식이다. 이때 변화의 기점이 되는 작품이 주로 『천변풍경』이 지목된다. 즉 『천변풍경』을 전후하여 박태원이 이전의 모더니즘적 문제의식을 버리고 세태소설로 변신하게 되며, 그것이 『갑오농민전쟁』과 같은 리얼리즘적 역사소설로 귀결되었다는 것이다. 이 같은 논리는 그 자체로는 큰 문제가 없다. 그러나 박태원의 근본적 문제의식에 대한 천착이 부족하다는 것이 이 방식의 문제점이다. 다시 말해 「적멸」과 같은 초기작에서부터 「소설가 구보씨의 일일」과 『천변풍경』을 거쳐 『갑오농민전쟁』에 이르기까지 일관되게 관류하고 있는 문제의식을 지나치게 경시하고 있다는

5 물론 임화는 내성소설과 세태소설의 내적 연원이 말하려는 것과 그리려는 것의 분열이라고 지적한다. 이는 양자의 발생론적 뿌리가 같음을 정확하게 짚어준 설명이라고 할 수 있다. 하지만 이것만으로는 박태원 나름의 소설적 전략과 목표가 무엇인지를 온전히 해명하기 어렵다. 이 책은 박태원의 내성·세태소설이 말하려는 것과 그리려는 것의 분열로부터 나왔다는 임화의 설명에 동의하면서, 그러나 박태원 문학이 그 같은 분열에 함몰되지 않고 모더니즘 특유의 방식을 통해 나름대로 '본격소설'의 전통을 계승하고 있음을 밝혀내고자 한다.

것이다. 박태원과 30년대 모더니즘소설에서 보다 중요한 것은 오히려 이 같은 일관된 문제의식이라는 것이 필자의 생각이다.

기존의 연구사를 간략하게 개괄하면서 확인하게 되는 것은 그동안의 박태원 연구가 그의 일관된 문제의식에 대해 상대적으로 무관심했다는 사실이다. 따라서 이제는 기존 연구 성과의 합리적 핵심을 충실히 계승하는 가운데 박태원 문학의 일관된 문제의식을 밝혀냄으로써 한국 모더니즘소설의 유형학을 세우는 일이 시급하다. 이러한 관점에서 박태원 문학을 바라볼 때 중심에 놓이는 작품이 『천변풍경』이다. 왜냐하면 『천변풍경』은 박태원의 일관된 문제의식과 지향이 무엇인지를 가장 극명하게 보여주는 작품이기 때문이다. 그런 점에서 『천변풍경』을 단순히 세태소설로 규정하거나 변화의 계기로만 읽는 것은 일면적 독해이다.[6] 『천변풍경』은 박태원이 생각하는 유토피아, 아도르노의 표현을 빌리면, '부재하는 본질'의 세계를 형상화한 작품이다. 따라서 '천변'이란 일종의 유토피아적 공간으로서 박태원이 식민지 자본주의적 근대를 비판하는 척도가 된다고 할 수 있다. 하지만 무엇보다 『천변풍경』이 박태원 문학에서 결정적인 의미를 갖는 것은 그의 다른 작품들에서는 현실을 바라보고 비판하는 숨은 척도로만 작용하는 '부재하는 본질'이 실재하고 있다는 점이다. 그런 점에서 『천변풍경』과 「소설가 구보씨의 일일」은 내밀하게 연결되어 있다. 구보가 내세우는 예술의 논리와 '천변'의 논리가 서로 조응한다는 것이다. 그것은 인륜과 의사소통적 합리성이 조화되어 있는 세계 혹은 자족적이고 자

---

6 이 책과는 다른 시각이지만, 임화 또한 세태소설이 갖는 긍정적 문제의식에 주목한다. "작자가 제 눈을 사진기의 '렌쓰'처럼 닦아가지고 현실 생활의 각부(各部)를 노리는데 자기를 약하게 만든 보이지 않는 세계에 대한 한 개의 보복 심리가 들어 있다"(임화, 「세태소설론」, 『문학의 논리』, 학예사, 1940, 351쪽).

기 완결적인 세계이다. 요컨대 박태준이 생각한 진정한 근대의 상인 셈이다. 두 논리가 상호 조응하고 있음은 가령 「방란장주인」에서 분명하게 확인되며, 그것의 궁극적 지향점이 '진정한 근대'임은 『갑오농민전쟁』을 통해 구체적으로 표현되고 있다.

1) '천변'의 자족성과 인륜적 질서

'천변'은 자체적으로 완결되어 있는 무시간적 공간이다. 『천변풍경』에서의 시간은 순환적이며, 다만 공간의 이동만이 나타날 뿐이다. 시간이 순환적이라는 것은 시간이 가져다주는 변화가 무의미하거나 부차적이라는 뜻을 내포한다. 말하자면 '천변'은 본질적 변화가 없는 자기 완결적 세계인 것이다. '천변'의 이 같은 자족성은 공간 문제를 보더라도 분명하게 확인된다. 『천변풍경』에서 공간의 이동이 나타난다고 했는데, 그 이동이란 언제나 '천변'의 안에서 밖으로 혹은 밖에서 안으로의 이동이다. 그런 점에서 '천변'은 안과 밖이 뚜렷이 구별되는 일종의 경계적인 공간이라 할 만한데, 뒤에서 살펴보겠지만, '천변'을 경계로 한 안과 밖의 삶은 너무도 뚜렷하게 대비를 이룬다. 그리고 이러한 대비를 통해 '천변'의 자족성이 더욱 강조된다.

'천변'의 자족적 삶이란 한마디로 갈등이 존재하지 않는 삶, 갈등이 발생하더라도 결국 화해로 귀결되거나 '천변'의 커다란 질서 속으로 해소되는 삶이다. '천변'에는 계급적·계층적 갈등이 존재하지 않으며, 이념적 혹은 세대적 갈등도 찾아보기 힘들다. 물론 '천변'도 사람 사는 곳인 이상 아무런 문제가 없을 수는 없다. 이를테면 민주사나 만돌 아범 같은 타락한 인간들이 활보하는가 하면 생활이 주는 자잘한 걱정과 고통들도 적지 않다. 하지만 그것들 역시 궁극적으로는 '천변'의 자족적 질서 속에 흔적도 없이 녹아버린다. 그러므로 적어도 '천변' 안에서는 서사적 갈등이라 부를 만한 사건이란 존재하지 않는다.

심지어는 '신전집'의 경제적 몰락까지도 간단히 '기울어진 가운'으로 치부될 뿐 '천변'의 자족성에는 아무런 훼손도 끼치지 못한다. 사실 '신전집'의 몰락은 사회 경제사적으로 매우 의미심장한 사건이다. '신전집'의 몰락은 고무신이라는 값싸고 대량 생산이 가능한 새로운 신의 등장 때문이다. 그런 점에서 '신전집'의 몰락은 식민지 자본주의의 침투로 말미암은 토착 소부르주아 계층의 몰락이라는 커다란 사회 경제사적 변화가 낳은 산물이라 할 수 있다. 그런데 박태원은 그것을 단지 '기울어진 가운'으로 돌리며 가문의 흥망성쇠라는 운명의 순환 과정으로 치부해 버린다. 그래서 '신전집'의 몰락은 "그러나 오직 그뿐" '천변'의 자족적 질서와 별 관계가 없을 수 있는 것이다. 이를 박태원의 경제적 무지 탓으로만 해석하는 것은 그야말로 단견短見이다. 왜냐하면 가령 "그게 벌써 한 십년 될까? 고무신이 생겨 가지구 내남직 헐것 없이 모두들 싸구 편헌 통에 그것만 신으니, 그래 징신 마른신이 당최에 팔릴 까닭이 있어? 그걸 그 당시에 으떻게 정신을 좀 채려 가지구서 무슨 도리든지 간에 생각해냈드라면 그래두 지금 저 지경은 안 됐을걸" 같은 말만 보더라도 박태원이 '신전집'의 몰락이 전근대적 경제 논리에서 벗어나지 못했기 때문임을 분명히 인식하고 있음을 알 수 있기 때문이다. 박태원이 '근대화'를 역사의 대세로 이해하고 있음은 '천변'에서 가장 근대화된 한약국집 식구들의 삶을 긍정적으로 형상화하고 있는 데서도 쉽게 확인된다. 그렇게 본다면 '천변'도 결국 근대의 자장 안에 들어 있는 세계 혹은 궁극적으로는 근대화될 세계인 셈이다. 이처럼 근대화가 역사의 거스를 수 없는 대세임을 인식하고 있었음에도 불구하고 작가가 '신전집'의 몰락을 가운의 순환으로 치부해 버린 것은 왜일까. 그것은 '천변'을 자본주의의 힘이 미치지 않는 자족적 공간으로 그리려 한 소설적 의도 때문이라 할 수 있다. 다시 말해 가문의 흥망성쇠 또한 '천변'의 자족적 질서의 한 부분에 불과하다는 점을 작가는 강조하고 싶었던 것이다.

『천변풍경』에서 갈등이라 부를 만한 사건은 유일하게 민주사의 치정담 정도이다. 민주사·안성댁·안성댁의 학생 정부가 벌이는 치정의 삼각관계가 빚어내는 갈등은 상식적으로 보면 나름대로의 심각성을 갖는다. 그러나 실상은 전혀 그렇지 않다. 이들 중 치정에 얽힌 갈등으로 피해를 보는 사람은 아무도 없다. 치정의 삼각관계가 빚은 암투나 비극도 없다. 서로가 알면서도 모르는 척하면서 자기의 생활을 여전하게 영위해 나갈 뿐이다. 특히 민주사가 그러하다. 민주사의 현재 처지는 안팎으로 괴롭기 그지없다. 부회의원 선거에서 떨어진 데다 애첩인 안성댁은 젊은 학생과 바람이 났다. 당연히 안성댁과 한바탕할 법도 한데, 안성댁의 간통에 대해 그가 취하는 태도는 전혀 딴판이다.

(하지만, 내가 바루 내 눈으로 연놈이 희롱허는 걸 봤으니까……)

민주사는 이래서는 안되겠다고, 또 한 번 결코 잊을 수 없는 그 때의 그 장면을 생각 우에 떠올려도 보았던 것이나, 차차 그것도 자기가 의심을 하려니까 그렇게 보였던 것이지, 사실은 계집의 말마따나 참말 남녀는 한 고향 사람이라는 것 이외에, 아무런 별 관계도 없는 것일지 모르겠다는 그러한 생각이 들어도 지는 것이다.

(도적이 제발이 저리다는 말도 있는데……)

그 말을 가지고 논지하면, 만약에 계집에게 죄가 있는 것이라면, 민주사가 행여나 저에게 의혹을 갖지나 않을까 하여서, 이 쪽에서 묻지도 않을 것을, 객적게 제가 끄내어 가지고, 가장 별명을 한답시고 긴 말 짜른 말이 다 있을 듯도 싶은 것을, 이렇게도 말이 없이 언제나 한가지로 태연한 것은, 역시 아무 별 까닭도 없었던 것이기 쉬웁다고, 그는 가뜩이나 끄내놓기 어려웠던 '선고'를 정작 입 밖에 낼 것은 이내 단념하여 버리고, 오래간만에 대하는 계집에게서 도리어 좀더 새로운 매력을 느끼려들며, 그 날 저녁은 자기가 자진하여 안성집을 데리고 '정짜옥'으로 갔던 것이다.[7]

안성댁을 쫓아내려고 갔던 민주사가 도리어 그녀에게 속아 넘어가 '좀 더 새로운 매력'까지 느끼고 함께 요리집에 가게 되면서 치정의 삼각관계는 언제 그랬냐 싶게 끝나고 만다. 그렇다고 안성댁의 간통 행위가 끝난 것도 아니다. 그냥 이렇게 서로 속고 속이면서 흘러갈 뿐인 것이다. 그런 점에서 이 삼각관계란 것도 '천변'의 질서에서 조금도 벗어나 있지 않다. 다시 말해 '천변'의 자족적 일상을 구성하는 부분의 하나에 불과하다는 것이다. 그래서 이들이 벌이는 삼각관계에는 어떠한 심각성도 결여되어 있고 이로 인해 파멸에 빠지는 사람도 없는 것이다. 이와 관련하여 민주사의 성격을 살펴볼 필요가 있다. 그는 마작꾼에다 오입꾼이지만, 반면에 첩의 간통을 알면서도 묵인하는 나약한 인간인 동시에 아들을 끔찍이 사랑

---

7 박태원, 『천변풍경』, 박문서관, 1938, 149~150쪽.

하는 따뜻한 아버지이다. 요컨대 그도 본래는 선량한 사람인 것이다. 유한계급인 민주사를 바라보는 작가의 시선이 부드러운 것도 이 때문이라고 할 수 있다. 물론 '천변'에도 못된 사람이 없는 것은 아니다. 예컨대 포목점 주인이나 만돌 아범이 거기에 해당한다. 하지만 이들은 '천변'의 삶 바깥에서 겉돌 뿐 중심으로는 들어오지 못한다. 요컨대 '천변'의 질서에서 멀리 떨어져 있는 존재에 불과한 것이다. 그렇다면 적어도 '천변'의 질서 중심부에서 살아가는 사람들 가운데는 '악인'이 없는 셈이다. 이는 '천변'의 자족성이 '천변' 사람들의 선한 품성과도 깊은 관련이 있음을 뜻한다.

그렇다고 해서 『천변풍경』에 심각한 갈등이 없는 것은 아니다. 다만 그러한 갈등은 언제나 '천변'의 바깥에서만 나타난다. 즉 '천변'의 바깥으로 나가거나 '천변' 바깥의 사람과 만날 때에만 심각한 갈등이 발생한다는 것이다. 대표적인 경우가 이쁜이와 하나꼬이다. 이들은 모두 '천변' 바깥의 사람과 만나 '천변' 바깥의 세상으로 출가하자마자 불행과 파멸의 경험을 맛보게 된다. 왜냐하면 '천변' 바깥의 세상은 속물들이 지배하는 비정한 현실의 공간이기 때문이다. 그래서 '천변' 안에서는 문제가 되지 않던 것이 '천변' 바깥으로 가면 불화不和의 원인이 되는 것이다. 이쁜이의 가난이라든가 술집 여급이라는 하나꼬의 신분이 그것이다. '천변'에서는 계급·계층적 위상이 아무런 문제가 되지 않는다. 하지만 '천변' 바깥으로 가면 그것은 중대한 결함이 되고 만다. 이를 통해 우리는 '천변'이 현실에서는 존재할 수 없는 유토피아적 공동체임을 다시 한 번 확인하게 되거니와 '천변' 바깥으로 나가기만 하면 불행해지는 것은 그런 점에서 당연한 귀결이라 할 수 있다.

'천변' 안의 유토피아적 공동체와 대립하는 '천변' 바깥의 비정한 속물성은 두 가지의 기반을 가지고 있다. 하나는 전근대적 유제遺制이다. 이쁜이·하나꼬·금순이가 겪는 결혼 생활의 불행은 하나같이 가부장적 전근대성에서 기인한다. 특히 신분의 차이를 뛰어넘은 결혼이 결국 파탄으로 끝나고만 하나꼬의 경우는 가부장적 전근대성이 얼마나 완강한가를 보여주는 좋은 사례일 터이다. 다른 하나는 자본주의적 근대화와 관련이 있다. 따지고 보면, 자본주의적 근대야말로 속물적 현실의 핵심이다. 전근대성 또한 언제나 자본주의적 근대의 빼놓을 수 없는 한 축을 이루기 때문이다. 자본주의적 근대가 만들어낸 비정한 속물성은 무엇보다 금순이의 시아버지가 우미관 골목에서 식당을 하는 옛 친구에게 사기를 당하는 사건에서 환기된다. 금순이 시아버지가 상경하여 옛 친구에게 '칠백오십원'이라는 거금을 주고 별 볼 일 없는 식당을 사게 되는 삽화를 통해 작가가 말하고자 하는 것은 경제적 이해관계 앞에서는 우정마저도 헌신짝처럼 내던지게 만드는 자본의 야수적 논리이다. 요컨대 '천변' 바깥은 자본의 도구적 합리성만이 지배하는 초기 자본주의의 물화된 세계인 것이다. 인신매매범한테 속아 사창가에 팔릴 뻔한 금순의 경우도 마찬가지다. 성의 상품화만큼 자본주의적인 논리가 또 어디 있겠는가. 따라서 '천변'은 공동체적 유토피아와 자본주의적 근대를 가르는 날카로운 경계라 할 수 있다.

'천변'의 이 같은 경계성은 '천변'에 들어오면서 이쁜이, 하나꼬, 금순이의 불행과 상처가 치유되는 모습에서도 쉽사리 확인할 수 있다. 가령 이쁜이와 하나꼬는 '천변'에 되돌아오면서 과거의 상처를 씻고 새로운 삶을 꾸려나가게 되거니와 금순이의 경우는 더욱 시사적이다. 처녀 과부인 금순이는 시어머니의 구박을 견디다 못해 인신매매꾼의 농간에 속아 상경한 인물이다. 일반적으로 이러한 인물이 걸을 운명이란 술집 작부나 매춘

부의 길일 것이다. 그러나 금순이는 '다행스럽게도' '천변'에 들어옴으로써 그 같은 파국적 운명을 피할 수 있게 된다. '천변'의 사람들의 도움으로 인신매매범의 하수에서 벗어나고 일자리도 얻은 데다가 소식이 끊겼던 친정 식구들과 극적으로 해후하게 되는 행운까지 겹친다. 사실 소설적 개연성이라는 측면에서 보면, 금순이가 백화점에서 동생인 순둥이를 만나게 되는 대목은 어색하기 짝이 없는 설정이다. 그 넓은 서울에서, 그것도 서로를 찾으려는 아무런 노력도 없었던 마당에 백화점에서 남매가 딱 마주치다니! 하지만 이처럼 최소한의 개연성까지 무시한 상황을 설정한 작가의 의도는 명백하다. 그것은 '천변'의 질서에 편입되는 순간 자족적이고 공동체적인 삶을 누릴 수 있게 된다는 사실을 보여주기 위해서이다. '천변'의 경계성은 이로써 보다 분명해진다. 그런 점에서 '천변'은 모든 갈등이 해소되는 자기 완결적 공간, 즉 박태원이 상정한 유토피아이자 진정한 근대의 상이라 할 수 있다.

그렇다면 '천변'의 자족성을 가능하게 해주는 근본 원리는 무엇일까. 우리는 그것을 인륜의 원리라고 명명할 수 있다. 여기서 인륜이란 개인의 삶을 공동체의 삶과 자연스럽게 조화시켜 주는 규범이다. 다시 말해 개개의 사람들이 자발적으로 공동체의 질서와 일치되도록 만들어 주는 규범적 원리가 인륜이라는 것이다. 이것이 가능한 이유는 공동체의 운명이 곧 자신의 운명이라는 자각 때문이다. 자각이라는 말을 했지만, 그것은 의식적이라기보다는 무의식적이며, 개인의 성격으로 확고하게 내면화 되었다는 점에서 자발적이다. 구성원 각자는 자기 나름대로의 삶을 영위하지만, 그들의 삶은 언제나 '천변'의 커다란 틀에서 일탈하는 법이 없다. 동시에 그러한 자기 제어가 무의식적이면서 자발적으로 이루어지기 때문에 그로 인해 자신의 자유나 주체성이 속박당한다고 생각하는 사람도 없다. 헤겔이 인륜을 '객관화된 자유'라고 말한 것도 그 때문이다.[8] 이러한 인륜성을 가장 확고하게 내면화하고 있는 사람이 기미꼬이다. 그녀는 '천변' 사람들에 대해 깊은 애정을 갖고 있으며, 금순이와 하나꼬의 경우에서 볼 수 있는 것처럼 공동체적 삶을 위해 자기희생도 마다하지 않는다. 그렇다고 해서 기미꼬가 공동체의 질서를 위해 개인의 주체성까지 포기하는 봉건적 사고의 소유자인 것은 결코 아니다. 그녀는 오히려 자신의 행복을 지혜롭게 도모할 줄 아는 합리적 인간이자 카페 여급이라는 비천한 신분에 개의치 않고 스스로의 운명을 개척해 나가는 주체적 인간이다. 요컨대 그녀는 공동체의 삶과 개인의 삶을 조화시키려는 노력하는 이상적 근대인인 것이다. 그런 점에서 기미꼬는 '객관화된 자유'로서의 인륜의 이념에 가장 근접해 있는 인물임에 분명하다. 그러나 그 이외의 사람들도, 정도의 차이는 있지만 인륜의 원리에 기반해서 살아가기는 마찬가지다. 자신들의 생활을 나름대로 꾸려나가면서도 동시에 주변의 불행을 자기의 불행처럼 가슴 아파하고 어떻게든 도와주려 하는 '천변' 주민들의 모습에서 인륜의 정신을 발견하기란 그다지 어렵지 않다. 그래서 계층적 차이나 세대적 차이를 넘어선, '천변'의 공동체적 조화가 가능한 것이다.

이때 강조해야 할 것이 인륜의 원리가 결코 전근대적 규범이 아니라는 점이다. 오히려 『천변풍경』이 제시하는 인륜의 원리는 하버마스가 말한 의사소통적 합리성에 가깝다. 다시 말해 자본주의의 도구적 합리성에 대립하여 인격적 주체들 간의 상호 인정을 기반으로 한 의사소통적 합리성

8 G.W.F. 헤겔, 임석진 역, 『법철학』, 지식산업사, 1989, 253~265쪽.

이 '천변'의 인륜성의 핵심적 내포인 것이다. 하버마스가 "의사소통의 행위 이론은 인륜적 생활 연관이라는 헤겔적 사상을 재구성한다"라고 기술한 것도 같은 맥락이라 할 수 있다.[9] 의사소통적 합리성의 출발점은 타자의 주체성을 인정하는 것이다. 다시 말해 타자를 자신의 이익이나 목적을 달성하기 위한 객체로 대상화시키는 것이 아니라 인격적 주체로 존중하는 데서부터 의사소통적 합리성은 출발한다. 이를 위해서는 먼저 도구적 합리성만을 특권화하는 데서 벗어나 인지적·도덕적·심미적 합리성을 종합적으로 포괄하는 자세가 필요하다.[10] 그럴 때에만 인간을 한낱 '도구'가 아닌 그야말로 '인간'으로 바라보는 것이 가능해지기 때문이다. '천변'의 구성 원리도 이와 똑같다. '천변'의 공동체적 조화는 무엇보다 인격적 주체들 간의 상호 인정을 기반으로 하고 있다. '천변' 주민들은 서로를 신분·계층·학력·재력 등의 도구적 가치로 평가하지 않는다. 그들에게 서로 서로는 인격적 주체이며 운명 공동체이다. 그들이 카페 여급에 불과한 기미꼬를 존중해주는 것이라든가 몰락해버린 신전집을 동정하고 하나꼬·이쁜이·금순이의 불행에 가슴 아파하는 것은 그래서이다. 인륜의 원리가 근대적 규범이라는 사실은 인륜성을 대표하는 인물이 술집 여급 기미꼬로 설정되어 있는 점을 보면 더욱 분명해진다. 술집 여급이라는 신분적 제약에 얽매이지 않고 스스로의 삶을 주체적으로 개척해 나가는 기미꼬를 어떻게 전근대적 가치관의 소유자로 볼 수 있겠는가. 한약국집 큰아들 부부의 근대적 결혼 생활을 새로운 가족 관계의 모범으로 제시하고 있는 것도 '천변'의 인륜적 질서가 어디를 지향하고 있는지를 잘 말해준다. 그

---

9 J. 하버마스, 이진우 역, 『현대성의 철학 담론』, 문예출판사, 1994, 369쪽.
10 J. 하버마스, 장은주 역, 『의사소통의 행위이론』 제3장, 관악사, 1995 참조.

런 점에서 인륜성은 박태원이 생각한 '진정한 근대'를 가능케 해주는 규범적 원리로 해석하는 것이 보다 온당할 것이다.

2) '천변'의 논리와 예술의 논리

하지만 '천변'은 실재하는 세계는 결코 아니다. 자본주의적 근대화의 물결 속에서 '천변'과 같은 서사시적 공간은 일종의 유토피아일 수밖에 없다. 그러므로 '천변'은 실재하는 세계이면서도 '부재하는 본질'이며, 박태원이 현실을 가치 평가하는 척도이다. 『천변풍경』의 소설적 서사성은 이로부터 연원한다. 만약 '천변'의 공동체적 삶을 묘사하는 데서 그쳤다면 이 작품은 단순한 '전원 소설'의 수준을 넘어설 수 없었을 것이다. 그러나 박태원은 '천변'이 실재하는 세계가 아닌 일종의 유토피아라는 사실을 명확히 인식하고 있었다. '천변' 바깥의 삶을 대비적으로 그린 것은 그 때문이다. 이로써 '천변' 안의 세계와 '천변' 밖의 세계가 대립하게 되는데, 이러한 대립이 만들어낸 중요한 효과는 두 가지이다. 하나는 그 대립으로부터 『천변풍경』의 서사적 긴장이 조성된다는 점이다. 『천변풍경』의 서사적 긴장은 '천변' 안의 인륜적 공동체와 '천변' 밖의 자본주의적 근대 사이의 갈등과 대립이 만들어내는 서사적 긴장이다. 또한 그것은 실재와 비실재, 현실과 유토피아 사이의 대립이 만들어내는 서사적 긴장이기도 하다. 『천변풍경』은 그 같은 서사적 긴장을 통해 자본주의적 근대를 비판하고 인륜적 공동체에 대한 염원을 표현한다.

다른 하나는 두 세계의 대립을 통해 대안적 근대의 상을 모색하고 있다는 점이다. 이 점은 『천변풍경』의 숨은 주제라 할 수 있을 터인데, 말하자면 자본주의적 근대가 초래한 모든 모순과 비극이 해소되는 공간으로 '천변'을 설정함으로써 자본주의적 근대와는 다른, 인륜성에 바탕한 진정한 근대의 상을 제시하고 있는 것이다. 헤겔은 근대사회가 등장하면서 사적인 삶과 공적인 삶이 분리되고, 그로부터 사적인 욕구와 이해에 따라 인간관계가 맺어지면서 인륜성의 붕괴가 초래되었다고 보았다. 하버마스는 이러한 헤겔의 분석을 수용하면서 그 대안으로 '생활세계'를 제시한 바 있다.[11] 즉 '생활세계'를 통한 의사소통적 합리성의 실천이야말로 헤겔의 '인륜적 총체성'을 구현할 수 있는 유효한 전략이라는 것이다. 흥미로운 것은 '천변'이 하버마스가 말한 바로 그 '생활세계'에 해당한다는 점이다. '천변'의 인륜적 공동체가 일종의 유토피아임에도 불구하고 나름의 현실성을 가질 수 있었던 것은 실로 이 때문이거니와 '천변'을 이처럼 자본의 논리로부터 상대적으로 자유로운 '생활세계'로 설정한 데서 우리는 박태원의 현실주의적 안목을 확인하게 된다.

『천변풍경』은 그러므로 자본주의적 근대와는 다른, 소외와 물화를 극복한 진정한 근대를 모색하려 한 노력의 산물이라 할 수 있다. 특히 『천변풍경』에서 그려진 새로운 근대가 헤겔과 하버마스가 제시한, 의사소통적 합리성이 구현되는 인륜적 공동체라는 점에서 박태원문학은 크게 보아 계몽의 전통에 맞닿아 있다.[12] 여기까지 오면, 우리는 다음과 같은 질문을 던지지 않을 수 없다. 그렇다면 박태원이 그토록 강조했던 '예술'의 논리는 무엇인가. '예술'의 논리와 '천변'의 논리는 너무도 어긋나지 않는가.

---

11 위의 책, 제3장 참조.
하버마스는 '생활세계' 또한 '체계'의 논리에 '식민화'되었지만, 그럼에도 불구하고 상대적으로 의사소통적 합리성이 살아 움직일 수 있는 여지가 존재한다고 본다.

12 식민지시대의 문학과 계몽성에 관계에 대해서는 졸고, 「계몽의 내면화와 자기확인의 서사 – 이태준론」, 『근대문학과 구인회』, 깊은샘, 1996 참조.

결론부터 밝히자면, 아니다. '예술'의 논리와 '천변'의 논리는 상호 조응한다. 보다 분명히 말하면, 두 논리는 똑같다. 요컨대 '천변'의 논리는 내밀하게 일치되어 있는 것이다. 구보가 꿈꾸는 예술의 세계란 한마디로 의사소통적 합리성이 구현되는 인륜적 세계이다. 구보가 어머니와의 화해와 소설 창작에의 정진을 동시에 결심할 수 있는 것은 그 때문이다. 그런 점에서 어머니와의 화해를 단순하게 소시민적 삶으로의 퇴행으로 해석하는 것은 일면적이다. 오히려 그것이 박태원이 생각하는 예술의 본질이다.

예술의 논리와 '천변'의 논리가 동일하다는 것은 「방란장주인芳蘭莊主人」에서 잘 드러난다. 다방 '방란장'은 불우한 예술가들이 교류하는 공간이다. 예술가로도 인정받지 못하고 현실에서도 무기력한 예술가들이 서로 의지하며 살아가는 공간인 '방란장'은 바로 자본주의적 근대의 규정력에서 벗어나 있는 예술의 안식처인 셈이다. 그런데 이 안식처에서 예술가들이 교류하는 방식은 인륜의 원리에 기반하고 있다. 수경선생을 중심으로 하여 맺어져 있는 인륜적 관계가 그것이라 하겠는데, 상대방의 운명을 자신의 운명과 동일시하고 예술가 공동체 속에 자신의 삶을 자발적으로 일치시키는 인륜의 원리야말로 '방란장'을 유지시켜 주는 원동력이다.

> 물론 그러한 간략한 장치로 무어 어떻게 한밑천 잡아 보겠다든지 하는 그러한 엉뚱한 생각은 꿈에도 먹어본 일 없었고, 한 동리에 사는 같은 불우한 예술가들에게도, 장사로 하느니보다는 오히려 우리들의 구락부와 같이 이용하고 싶다고, 그런 말을 하여, 그들을 감격시켜 주었던 것이요. 그러기에 '자작'은 자기가 수삼년간 애용하여온 수제형 축음기와 이십여 매枚의 흑반 레코―드를 자진하여 이 다방에 기부하였던 것이요, '만성'이는 또 '만성'이대로 어데서 어

떻게 모집하여 두었던 것인지 대소 칠팔 개의 재떨이를 들고 왔던 것이요, 또 한 편 '수경선생'은 아직도 이 다방의 옥호가 결정되지 않았을 때, 그의 조고만 정원에서 한 분盆의 난초를 손소 운반하여 가지고 와서 다방의 이름은 방란장이라든 그러한 거시 좋을 것 같다고 제의하여 주는 등, 이 다방의 탄생에는 그 이면에 이러한 유의 가화佳話 미담美談이 적지 않으나,[13]

'방란장'이라는 조그마한 다방을 만들기 위해 주인뿐 아니라 자작·만성이·수경 선생 등 모든 이들이 함께 노력하는 모습은 이 예술가들의 강한 유대감을 잘 보여준다. 이 같은 강한 유대감을 가능케 해준 토대는 서로를 운명 공동체로 생각하는 인륜의 정신이다. 화가인 주인이 경영악화에도 불구하고 '방란장'을 포기하지 못하는 것도 그래서이다. 그들은 밖에서 당한 온갖 모욕과 소외를 이곳에서 치유하며, 서로서로 깊이 이해하고 존중하는 진정한 의사소통의 경지를 경험한다. 그런 점에서 '방란장'은 '천변'의 또 다른 이름이다.

주목할 것은 '방란장'이 불우한 예술가들이 공동으로 창조해낸 인륜적 공동체라는 사실이다. 말하자면, '천변'이 자연적으로 형성된 세계인 데 반해 '방란장'은 예술가들의 의식적 창조물, 즉 작품인 것이다. 윗 인용문은 '방란장'이 공동 창작한 작품임을 넌지시 암시한다. 그들이 '방란장'에 그토록 애착을 갖는 것도, 그곳이 예술가 공동체여서만이 아니라, 자신들이 창조한 작품이기 때문이다. 따라서 '방란장'은 박태원이 생각한 진정한 예술의 원형이자 인륜의 원리와 예술의 원리가 만나는 공간인 셈이다.

13 박태원, 「방란장주인」, 『소설가 구보씨의 일일』, 문장사, 1938, 217~218쪽.

「방란장주인」의 후편격인 「성군星群」에서 이 점은 좀 더 확실해진다. 「방란장주인」은 '방란장'이 결국 문을 닫을 수밖에 없는 처지에 빠지고, 젊은 예술가들이 가장 존경하는 수경 선생이 부인의 구박에 쩔쩔매는 서글픈 장면을 목격하면서, 주인공이 "문득, 황혼의 가을 벌판 우에서 자기 혼자로는 아무렇게도 할 수 없는 고독을" 느끼며 끝난다. 이러한 결말은 비정한 현실에 대한 예술가 공동체 — 즉 예술 — 의 무력함을 표상한다. 이를 통해 예술의 논리와 현실의 논리, 다시 말해 의사소통적 합리성과 도구적 합리성이 날카롭게 대립된다. 그런 점에서 「방란장주인」은 현실과 실제로 부딪칠 때 '천변'의 자족성은 도리 없이 무너질 수밖에 없음을 말하고 있는 소설이라 해도 무방할 것이다. 하지만 「성군」으로 오면 상황이 180도 뒤바뀐다. 전편에는 등장하지 않았던 음악가 지망생 윌리암 텔의 아버지가 그간의 반대를 철회하고 적극적으로 아들의 음악 공부를 도와주기로 하면서 해결의 실마리가 풀리기 시작한 것이다. 아버지가 아들을 돕기로 마음을 바꾼 것은 당연히 '인륜' 때문이다. 그 인륜의 아름다움을 바라보며 예술가들은 자신도 모르는 사이에 눈물을 흘리게 되거니와 이 대목에서 인륜은 현실의 비정함을 물리치는 실제적 힘이 된다.

그러나 인륜이 '부재하는 본질'의 단계를 넘어 현실을 바꾸는 실제적 힘이 되는 순간 읽는 이들은 허탈감을 느끼게 된다. 왜냐하면 아버지가 갑자기 나타나 아들과 화해한다는 식의 안이한 해결이 현실과 예술 사이의 팽팽한 서사적 긴장을 순식간에 풀어버리기 때문이다. 「방란장주인」이 예술과 현실 사이의 대립을 끝까지 유지하고 있는 데 비해 「성군」은 인륜을 무기로 엄혹한 대립을 간단히 해결해 버림으로써 서사적 긴장미를 잃어버리고 만 것이다. 현실이 그처럼 녹녹하지 않다는 점에서 「성군」의 문제 해결은 주관적 화해에 불과하다. 박태원 문학의 비판적 힘은 실재와 비실재 간의 날카로운 긴장으로부터 나온다. 따라서 비실재 — 즉 '부재하는 본질'로서의 유토피아 — 가 실재로 전화轉化되는 순간 서사적 긴장의 한 축은 사라지고 만다. 비판을 가능케 해주었던 긴장이 사라졌으니 비판력이 상실되는 것은 너무도 당연하다. 박태원의 '세태소설' 중 상당수가 비슷한 문제점을 보여주는데, 문제는 왜 그렇게 했냐는 점이다. 그것은 한마디로 인륜적 공동체에 대한 과도한 애착 때문이라 할 수 있다. 박태원은 인륜의 원리에서 진정한 근대의 원형을 발견했을 뿐 아니라 예술이 지향해야 할 궁극적 목표까지 찾았다. 특히 '방란장'은 인륜과 예술이 절묘하게 어우러진 유토피아적 공간이었다. 즉 박태원의 모든 이상이 응축된 이상적 세계였던 것이다. 당연히 박태원으로서는 '방란장'의 몰락이 안타깝지 않을 수 없었고, 그 안타까움이 「성군」의 주관적 화해로 이어진 것이다. 결국 박태원의 강렬한 주관적 염원이 서사적 객관성의 포기를 초래한 셈인데, 이를 통해 우리는 박태원 문학에서 인륜의 원리와 예술의 원리가 내밀하게 일치하고 있음을 역설적으로 확인하게 된다.

「소설가 구보씨의 일일」 역시 이 연장선상에 놓여 있다. 구보가 바라보는 현실은 도구적 합리성이 지배하는 세계, 즉 진정한 의사소통이 불가능해진 세계이다. 구보가 하루 종일 서울 거리를 배회하고 숱한 사람들을 만나면서도 끝내 고독감에서 벗어나지 못하는 것은 바로 여기에 기인한다. 친구들과 많은 대화를 나누지만 그것은 언제나 겉돌 뿐이다. 이처럼 대화가 겉도는 까닭은 서로 자기 얘기만 하기 때문인데, 그런 식의 대화란 한갓 '변형된 독백'에 불과하다. 그러니 말과 생각이 따로 놀 수밖에 없는 것이다. 진정한 의사소통에 대한 갈망으로 친구를 찾지만, 친구를 만나면 만

날수록 의사소통의 단절만을 확인하게 된다는 데 구보가 느끼는 고독감의 뿌리가 존재한다. 그런 점에서 구보가 느끼는 고독감은 근본적으로 인간을 사적 존재로 단자화單子化시켜 버리는 자본주의적 사물화가 낳은 산물이 아닐 수 없다. 구보의 관심사인 예술이 운위될 때조차도 서로 딴 얘기만 하게 되는 것도 그래서이다.

이와 관련하여 구보가 끊임없이 가족에 대해 생각하는 점에 주목할 필요가 있다. 가족은 인륜의 최소 단위이다.[14] 그런 점에서 가족은 어쩌면 진정한 의사소통이 가능한 근대사회의 유일한 영역일지도 모른다. 요컨대 구보가 생각하는 가족은 '천변'의 축소판인 것이다. 따라서 구보가 가족을 그리워하는 것도 진정한 의사소통에 대한 갈망 때문이라 할 수 있다. 어머니와의 화해를 소시민적 삶으로의 퇴행으로보다는 진정한 의사소통이 가능한 인륜적 공동체에 대한 희구로 해석해야 하는 것도 이런 이유에서이다. 어째서 구보가 소설 창작과 어머니와의 화해를 동시에 다짐하는지도 이로써 분명해진다. 앞에서 살펴보았듯이, 박태원에게 예술이란 인륜적 정신의 정화精華이고, 어머니로 표상되는 가족 또한 인륜적 세계 그 자체이다. 예술과 가족은 그처럼 인륜의 원리를 매개로 서로 연결되어 있는 것이다. 구보가 소설 쓰기와 어머니와의 화해하기를 동시에 추구하려는 것은 그러므로, 박태원 문학의 내적 원리를 감안할 때, 지극히 당연한 귀결이라 할 수 있다. 그러면서도 「소설가 구보씨의 일일」은 「성군」처럼 안이한 화해에 빠져 서사적 긴장을 잃어버리지 않는다. 그럴 수 있었던 것은 이 작품이 끝과 앞이 맞물려 있는 일종의 순환적 구조를 취하고 있기

14 헤겔, 앞의 책, 94쪽.

때문인데, 말하자면 밤에는 예술과 가족을 화해시키겠다고 굳게 다짐하지만 아침이 되면 그 다짐이 깨져버리고 다시 서울 거리를 배회하는 과정이 되풀이된다는 것이다. 「소설가 구보씨의 일일」의 서사성은 이러한 순환적 구조로부터 나온다. 즉 화해와 배회가 반복되는 순환적 구조를 통해 구보의 주관적 염원과 현실의 객관적 논리가 팽팽한 긴장을 유지하게 되는 것이다. 그런 점에서 이 소설의 비판적 힘은 예술과 가족의 화해가 상징하는 인륜적 공동체에의 염원과 진정한 의사소통을 불가능하게 하는 자본주의적 근대간의 날카로운 긴장 관계로부터 창출된다고 할 수 있다.

3. 나가며 한국 모더니즘소설 연구의 방향

지금까지 박태원 문학에 나타나는 근대 비판의 성격과 원리를 개괄적으로 살펴보았다. 그 결과 박태원 문학의 뿌리를 해명해 줄 수 있는 열쇠가 『천변풍경』이며, 『천변풍경』의 문제의식이 직·간접적으로 그의 소설 전체에 삼투되어 있음을 확인할 수 있었다. 특히 그 과정에서 '천변'이, 박태원이 자본주의적 근대를 비판하는 척도로서의 '부재하는 본질', 즉 인륜의 원리에 기초한 유토피아적 공동체라는 사실이 밝혀졌는데, 이 점은 아무리 강조해도 지나치지 않다. 왜냐하면, 다양한 변형과 굴절을 겪긴 하지만, '천변'의 논리는 박태원 문학을 떠받치는 세계관적 기반이자 자본주의적 근대 비판의 원동력이 되고 있기 때문이다. 다시 말해 '천변'-'예술'-'가족'으로 이어지는 인륜적 공동체에의 염원이야말로 박태원 문학의 뿌리인 것이다. 그런 점에서 박태원 문학은 한마디로 인륜의 원리에 기초한 근대 비판으로 요약된다. 물론 이때의 인륜은 전근대적 규범이 아니라, 의사소통적 합리성에 맞닿아 있는, 진정한 근대의 구성 원리이다. 그가 죽음을 눈앞에 둔 심각한 건강 상태 속에서도 『갑오농민전쟁』의 집필에 그토록 몰두했던 것도 박태원의 궁극적 지향이 진정한 근대에 놓여 있음을 말해주는 하나의 유력한 증거가 될 수 있을 것이다.

하지만 박태원 문학의 근대 비판은 언제나 아슬아슬한 경계를 오간다. 이 같은 아슬아슬함은 근본적으로 '부재하는 본질'로서의 인륜적 공동체가 갖는 취약성에서 기인한다. 무엇보다 이 인륜적 공동체는 실재가 불가능하다. 계급·계층·신분·이념·세대의 차이를 뛰어넘는 인륜적 공동체란 적대적 모순과 비인간적 착취가 지배하는 자본주의 사회에서는 그야말로 '유토피아'에 불과할 뿐이다. 따라서 실재와 비실재간의 서사적 긴장이 만들어내는 비판적 힘이라는 것도 자칫하면 공허한 탄식이 되기 십상이다. 「성탄제」, 「딱한 사람들」, 「사흘 굶은 봄ㅅ달」 등이 보여주는 암울한 막막함이 그런 예이다. 뿐만 아니라 설사 인륜의 원리가 현실화된다 하더라도 문제다. 「성군」, 「전말」, 「윤초시의 상경」처럼, 그것은 대부분 주관적 화해나 통속적 해결로 끝난다. 왜냐하면 비정한 근대적 현실 속에서 인륜의 원리가 스스로를 실현할 객관적 계기를 만나기란 기대하기 어렵기 때문이다. '부재하는 본질'을 기반으로 하는 모더니즘 문학의 근원적 딜레마가 이 점에 있거니와 따라서 모더니즘이 자본주의적 근대에 대한 비판적 힘을 극대화하는 유일한 길은 실재와 비실재의 서사적 긴장을 끝까지 견뎌내는 것뿐이다. 박태원 문학의 성패가 언제나 실재와 비실재의 아슬아슬한 '경계'를 얼마나 철저하게 지켰는가에 달려 있었던 것도 모더니즘의 근원적 딜레마가 낳은 당연한 미학적 귀결이었던 셈이다. 박태원 이후 역사에 관심을 기울이면서 리얼리즘 쪽으로 방향을 선회해간 것도 모더니즘의 근원적 딜레마를 극복하기 위해서였던 것이 아닌가 한다.

『천변풍경』을 중심으로 박태원 문학의 뿌리를 추적하면서 우리는 식민지시대 한국 모더니즘문학이 갖고 있었던 심층적 문제의식의 일단을 엿볼 수 있었다. 하지만 이 글은 여전히 많은 난제를 해결하지 못한 상태다. 박태원의 소설 전체를 꼼꼼히 분석하지도 못했을 뿐 아니라 박태원이 모더니즘과 결별하는 과정과 이유에서부터 식민지시대 모더니즘의 전반적 성취와 한계에 이르기까지 많은 문제들이 해결을 기다리고 있다. 그러나 무엇보다 중요한 과제는 한국 모더니즘의 역사를 계승하는 일이다. 기실 이 글은 그를 위한 하나의 시안試案이라 할 수 있다. 이 글이 시도한 접근 방식을 통해, 한국 모더니즘 전체를 포괄하지는 못하더라도, 적어도 한국 모더니즘의 중요한 한 흐름을 유형화하는 것은 가능하다고 생각된다. 그리고 이러한 작업은 궁극적으로 탈근대적 조류의 거센 도전 속에서 근대문학의 유효성과 가능성을 새로이 정립하는 데까지 나아가야 할 것이다.

---

* 이 글은 고(故) 하정일 교수가 1996년 발표한 것으로, 안타깝게도 지병으로 일찍 타계한 그를 추모함과 동시에 그에 대한 '문학과사상연구회'의 우애와 연대를 기념하는 뜻으로 여기 실었다.

제4장

남북협상과 문인으로서의 김기림

김재용

1. 들어가며

해방 직후 시기 김기림의 활동은 크게 주목을 받지 못하였다. 그럴 수밖에 없는 것은 일제하 김기림의 문학적 궤적과 해방 직후의 문학이 쉽게 이어지지 않기 때문이다. 일제하 김기림의 문학적 활동을 접근할 때 가장 널리 퍼진 견해가 모더니즘인데 해방 직후의 문학은 그것과는 너무나 거리가 멀다. 따라서 일제하 김기림의 문학을 연구하는 이들은 해방 직후의 것을 중요하게 보지 않거나 혹은 궤도를 벗어난 것으로 간주하게 된다. 이러한 연구 경향으로 말미암아 해방 직후부터 한국전쟁까지의 시기에 김기림의 활동은 거의 무시되곤 하였다.[1] 이 책은 해방 직후의 김기림의 문학적 활동을 제국주의/제국의 근대성의 관점에서 읽어내려고 한다. 김기림

1 해방 직후의 김기림에 대한 연구가 없었던 것은 아니나 전 과정을 다룬 연구는 없다. 김유중,「해방기 김기림의 문학 활동과 이념 노선에 대한 일 고찰 – 김기림과 여운형」,『한국현대문학연구』 제48집, 한국현대문학회, 2016 참고.

은 누구보다도 근대성에 민감하게 반응한 문인들 중의 하나이다. 특히 제1차 세계대전 이후 유럽의 변동을 주목하면서 이를 근대성의 각도에서 읽어냈던 이다. 나아가 제2차 세계대전을 계기로 제국주의 근대뿐만 아니라 제국의 근대까지도 읽어낼 정도로 근대성을 역사적으로 고찰하였다. 근대성 일반이 아닌 제국주의 / 제국의 근대성의 측면에서 세계를 이해하였기에 영국과 프랑스의 제국주의를 모방한 일본뿐만 아니라 미국과 소련으로 대변되는 제국의 현실을 파악할 수 있었다. 그렇기 때문에 일제 말의 친일협력으로부터 벗어났을 뿐만 아니라 해방 직후에는 미소의 영향력으로부터 거리를 둘 수 있었던 것이다. 특히 미소공동위원회가 결렬된 이후에는 남북협상파의 일원으로 다양한 문학적 활동을 하게 되었다. 이 책은 모더니즘과 그 연장선의 측면에서 김기림을 읽어내는 기존의 접근과는 다르게 제국주의 / 제국의 근대성 차원에서 이해하고 이를 바탕으로 해방기 남북협상파로서의 김기림의 면모를 살피고자 한다.

2. 남북협상파 문인의 내면, 김기림

해방 직후 남북협상파 문인 중에서 가장 중심적인 인물은 역시 염상섭과 정지용이다. 염상섭은 『신민일보』를 중심으로 남북협상운동의 여론을 주도하였을 뿐만 아니라 이 일로 인하여 미군정으로부터 탄압을 받아 구금되기도 하였다. 또한 『신민일보』를 문학적 근거지로 삼아 남북협상운동에 참여한 문인들의 작품을 발표하게 하여 하나의 문학적 흐름을 형성하는 데 큰 기여를 하였다. 이 신문에는 정지용, 김기림, 설정식을 비롯하여 많은 남북협상파 문인들의 작품이 대거 발표되었다. 또한 염상섭 본인은 소설 창작을 통하여 미국과 소련을 비판하면서 조선인들이 힘을 합쳐 통일독립국가를 세울 것을 강조하였다. 정지용은 미소공동위원회가 진행되는 동안에는 거의 시나 산문을 발표하지 않다가 미소공동위원회가 결렬되고 남북의 분단이 시야에 들어오던 1947년 말 이후 과거와는 비교가 되지 않을 정도로 많은 정론 성격의 산문을 발표하였다. 물론 시는 여전히 드물었지만 산문은 폭발적이었다. 분단을 막고 통일독립정부를 수립해야 한다는 위기의식이 강하게 작용하였기 때문에 그렇게 했던 것으로 보인다. 또한 남북이 분단될 수 있는 위기가 고조되던 1948년 중반에는 『문장』잡지를 복간하여 많은 남북협상파 문인들이 작품을 발표하게 하여 또 하나의 문학적 목소리를 내는 데 큰 기여를 하였다.

염상섭과 정지용에 비해서 남북협상파의 내면 논리를 아주 잘 보여준 이는 김기림이다. 염상섭이 1946년 중반 이후 신의주에서 서울로 내려왔고 그 이후 문학적 활동을 하였기 때문에 해방 직후의 여정은 거의 드러나지 않는다. 또한 정지용은 해방 직후 잠깐 문학창작 활동을 하다가 미소공동위원회가 한창일 때에는 거의 글을 발표하지 않았기에 해방 직후부터의 지적 여정을 파악하는 데에는 제약이 따를 수밖에 없다. 이에 비해 김기림은 해방 직후에 두 권의 시집을 낼 정도로 활발한 시작활동을 지속적으로 하였기 때문에 해방 직후의 정치적 역사적 추이에 대한 문학적 대응 양식을 재구성할 수 있어 남북협상파의 내면을 파악하는 데 염상섭과 정지용에 비해 한층 유리하다. 특히 김기림은 해방 직후부터 미소공위 시작까지, 미소공위 시작부터 마지막까지 전 과정 그리고 미소공위 결렬 이후를 시간대별로 골고루 많은 시를 발표하였기에 그 역사적 도정의 파악이 또한 수월하다. 그런 점에서 김기림은 남북협상파의 세계인식을 살피는 데에 더할 나위 없이 좋은 창구가 된다. 그런 점에서 이 글에서는 해방 직후 김기림을 통하여 남북협상파 문인의 통일독립에 대한 인식을 살피고자 한다.

김기림은 남북협상이 본격적으로 시작되는 1947년 말 이전에 쓴 시들을 두 권의 시집으로 묶어 낸 바 있다. 하나는 1946년 4월에 발간된 시집 『바다와 나비』이다. 이 시집에는 해방 직후부터 1945년 말까지 김기림이 쓴 시들이 실려 있다. 물론 이 시집에는 일제강점기의 시들이 주를 이루고 있으나 해방 직후의 것들도 함께 실려 있어 해방 직후의 김기림의 면모를 확인하는 데 큰 도움을 준다. 다른 한 권은 1948년 4월에 발간된 시집 『새나라』이다. 발간 시점은 1948년 4월로 되어 있지만 대부분의 시들은 미소공동위원회의 시작부터 끝나는 시점까지에 발표된 것들이다. 그렇기 때문에 미소공동위원회가 진행될 때 김기림은 이를 어떻게 보고 받아들였는가를 짐작할 수 있게 된다아주 일부 작품들은 미소공위 결렬 이후 발표된 것이다. 미소공동위원회가 한창 진행될 때 이를 바라보는 문인들의 태도는 매우 한정적이고 단편적이어서 그 전체 면모를 재구성하기 매우 힘들다. 그런데 김기림은 이 시집 한 권 전부가 이 시기의 것이어서 미소공동위원회를 바라보는 문인들의 태도 특히 남북협상파 문인의 시각을 엿보는 데에는 이보다 더 좋은 자료가 없다. 그런 점에서 이 글에서는 이 두 권에 실린 해방 직후의 시들을 일차적으로 살핀다. 미소공동위원회가 결렬된 이후 남북협상에 힘을 쏟을 시기에 발표한 시들은 시집에 묶이지 않았기 때문에 신문이나 잡지를 통해 살피고자 한다.

3. 근대의 파산과 해방조선의 꿈

김기림은 제1차 세계대전이 근대의 위기를 보여주는 것이라면 제2차 세계대전은 근대의 파산을 예고하는 것이라고 생각하였다. 유럽 제국주의 국가들이 식민지 확보를 위해 서로 다투다가 결국 제1차 세계대전이 일어났기 때문에 유럽의 근대와 문명은 더 이상 인류의 모범이 될 수 없었다. 콘라드나 울프 등의 유럽 작가들은 물론이고 타고르와 염상섭 등 많은 비서구 식민지의 작가들은 식민지 획득에 눈이 먼 유럽의 근대 문명에 거리를 두기 시작하였다. 그러던 차에 제2차 세계대전이 일어났기 때문에 그나마 간신히 희망을 가졌던 많은 유럽의 문학인들은 근대의 파산을 이야기하기 시작했다. 제1차 세계대전 이후 파리 베르사유 궁전에 모여 전후 세계를 설계하고 개조를 외쳤지만 결국 전쟁을 막지 못하고 다시 세계는 제2차 세계대전이라는 참화를 겪게 된 것이기에 근대의 신화를 유지하고 선전하는 일은 거의 불가능하게 되었으며 근대를 넘어서는 일에 대해서 많은 이들이 관심을 갖게 되었다. 제1차 세계대전 이후 유럽의 문학이 어디로 가는가를 거의 동시적으로 파악하였던 김기림은 제2차 세계대전 이후에는 더 이상 그곳에 큰 관심을 두지 않았다. 대신에 비서구의 지역에서 새롭게 일어나는 역사적 흐름과 이에 발맞추어 진행되는 문학적 경향들에 관심을 갖게 되었다. 그런 맥락에서 해방조선이 새로운 공화국으로 성장하는 것에 큰 관심을 드러냈다. 해방 직후 낸 시집 『바다와 나비』 머리말에서 다음과 같이 쓰고 있다.

1939년 제2차 세계대전의 발흥은 벌써 피할 수 없는 '근대' 그것의 파산의

> 예고로 들렸으며 이 위기에 선 '근대'의 초극이라는 말하자면 세계사적 번민에 우리 젊은 시인들은 마주치고 말았던 것이다.

1945년 시점에서 세계를 바라보는 김기림의 비전이 아주 분명하게 드러나고 있다. 유럽과 서구에 의해 희생당한 아시아와 아프리카의 문학인들이 이제 스스로 근대를 넘어서는 일에 자기의 목소리를 내야 한다는 것이다. 김기림은 조선의 해방을 단순히 일국가적 차원에서 보는 것이 아니라 지구적 차원에서 보고 있으며 또한 서구의 유럽중심주의적 시각이 아니라 비서구의 입장에서 보는 시각을 견지하고 있었다. 유럽의 근대에 절망한 서구의 지식인들이 근대의 파산을 결산하는 방식과는 확연한 차이를 갖는 김기림의 이러한 태도는 해방 직후에 발표된 시 「세계에 외치노라」[2]에 잘 드러난다.

> 부스러진 거리거리 이지러진 육지에
> 화약 연기 걷히는 날
> 오래인 병석에서 일어나는 것처럼
> 한 새로운 세계의 얼굴은 떠오르리라
> 어지럽던 지옥의 지리가 끝난 곳에
> 어린 천국의 보석 대문은 열리리라 했더니
>
> 묻노니 역사여 너는 무엇 때문에

2 『신조선보』, 1945.12.30.

그렇게도 배부를 줄이 없이
수없는 청춘과 또 꿈
박물관과 도서관과 대학
가장 비싼 세계의 재산을 삼켰더냐.
'자유와 그리고 새로운 세계'
그 밖에는 이 커다란 살육을 용서할
5색 논리로 단장한 아무러한 구실도 거짓이리라

병든 꿈에 배인 어두운 신화와
사나운 열병에 몰린 세 민족이
온 세계의 젊은이와 태양을 묻어버렸던
저 식은 재와 같은 여러 해를 잊었는냐
무명전사의 십자가에 묻노니 그대 어깨에 걸린 것은
누구의 자유를 위한 꽃다발이냐.
구라파의 등에 솟은 해골의 산
'우쿠라이나' '노르망디' 불붙는 화덕에
오- 무럭무럭 거기 풍성한 여러 나라의 청춘을 피웠더라.
녹아 흐르는 불바다 불길 뿜는 섬들
세계의 반조각에 걸쳐 아직도 남아 타오르는 기름과 유황 연기
오 여러 해 꺼질 줄을 모르던 세기의 화장터야

저 동으로 뻗친 살진 동맥
여러 세기를 두고 한 제국을 키워간 탐욕한 핏줄을 보아라

쫀 뽈 씨의 사치한 신경이 거기 얽혀 떨리지 않는냐
저도 모르는 사이에 부엌에서 부엌으로 끌려다니는
사자의 염통 아프리카를 보아라
구라파의 호텔을 부지하는 수입 맞는 영양을
'힌두스타니'는 얼굴 검은 종족에게 주라.
여왕님. 진주 목도리는 독목주 선수들의 것입니다.
사막과 금강석은 말 잘 달리는 주민에게 돌리라.
분주한 문명이라는 시장에 그들은 지각한 죄밖에 없었으니
지구에 휘감긴 삭은 사슬을 아직도 지키려는 자 누구냐

착한 늙은 나라 나라에 황홀한 야시일랑 벌리지 말아라
지혜와 일과 웃음만이 있으면 그만이다.
분과 비단은 '사탄'의 얼굴을 감추는 데만 소용이 되리라.
오 오래인 신전 거룩한 대륙에서
장사치와 '마키아벨리'의 후예를 쓸어버릴
성낸 '헤브라이' 젊은 사나이는 어디 없느냐.
중천에 사무치는 화롯불 피우자
제국을 떠받치던 해골의 서까래도 기둥도
호사와 음란을 길러가던 무지와 부덕도
화톳불에 던져라 어서 살라버려라
세계에 금을 그은 저 요새선들과
대포와 조병창과 투구들도-
전쟁은 벌써 끝나지 않았느냐

제국도 강국도 다 역사의 가슴에 달린
부질없는 사치한 장식 아니냐.

여러 오해와 적의의 가시덤불에 싸여
한 갈래 좁고 가는 이해와 지혜의 길은
아직도 어둔 밤 '플라리나' 머리칼처럼 희미하게 떨릴 뿐
너의 아름다운 세계 현란히 열릴 날 언제냐
오직 하나뿐인 세계 금가지 않은 세계로 향해
'사라센'의 휘장처럼
아침 안개 눈부시게 걷힐 날은 언제냐.

어두운 주검 속에서 꽃처럼 피어나는 논리
해골의 들에도 봄바람이 불면
젖은 잿더미 위에도 벌거벗은 산맥에도
싹은 트리니 푸른 싹은 트리니
이윽고 거기 보랏빛 당홍빛 노랑이
무지개 같이 가지가지 꽃은 우거져 나부껴
인제 어린 '아담'들 눈을 부비며 일어나리라.
세계에 외치노니 어서 길을 비껴라
저기 새로운 날은 녹슬은 사슬을 끊 채
거만한 '프로테우스'처럼 그러나 늠름히 오지 않느냐

조선의 해방을 지구적 차원에서 읽어내는 김기림의 이러한 시각은 곧

큰 장벽에 부닥치고 만다. 아시아와 아프리카에서 식민지로부터 해방된 나라들이 자기 결정권을 가져야 하는데 이것이 그렇게 만만하지 않은 것이다. 신생국들은 스스로 자신의 운명을 결정할 만큼 역량을 갖추지도 못했지만 더 힘든 것은 제국주의를 대체한 제국의 등장 때문이다. 미국과 소련이 파시즘에 맞서 싸웠던 자신들의 공로를 내세우면서 비서구지역들에 자신들의 영향력을 강하게 행사하려고 하였기 때문이다. 제1차 세계대전 직후에 베르사유에 모인 전승국들이 외친 것도 바로 민족자결주의였다. 하지만 당시에도 식민지 해방은 패전국들의 식민지에 국한되었을 뿐 승전국들의 식민지에는 전혀 적용되지 않았기에 대단히 불완전한 것이 되고 말았다. 패전국의 식민지였던 체코나 폴란드가 독립을 쟁취한 반면 전승국 일본의 식민지인 조선이 독립하지 못한 것은 바로 승전국들의 이러한 위선의 결과였다. 그렇기에 제2차 세계대전 이후에는 이러한 민족자결주의가 실행되어야 하는데 현실은 딴판이다. 미국과 소련이 해방군이라는 이름으로 삼팔선 이남과 이북을 장악하였다. 우리 스스로 일본을 물리친 것이 아니기 때문에 마냥 반대만 할 수 없는 일이다. 이런 아슬아슬한 상태를 김기림은 시 「어린 공화국이여」[3]에서 이렇게 드러낸다.

식은 화산 밑바닥에서
희미하게 나부끼던 작은 불길
말발굽 구르는 땅 아래서
수은처럼 떨리던 샘물

---

3 『신문예』 1권 2호, 1946.7.

인제는 모란같이 피어나라 어린 공화국이여
그늘에 감춰온 마음의 재산
우리들의 오래인 꿈 어린 공화국이여
음산한 '근대'의 장열葬列에서 빼앗은 기적
역사의 귀동자 어린 공화국이여
오-명예도 지위도 부귀도 다 싫소
오직 그대 가는 길 멍에 밑 즐거운 노역에 얽매어 주소
빛나는 공화국이여 그러고 안심하소서
젊은 어깨에 그대 얹히었으니

어린 공화국
오- 우리들의 가슴에 차오는 꽃봉오리여
저 대담한 새벽처럼 서슴지 말고
밤새워 기다리는 거리로 어서 다가오소서

어린 공화국이라 칭하면서 조마조마한 마음으로 해방의 새 공화국을 기다리는 시인의 마음에는 미국과 소련이라는 새로운 제국의 강국에 의해 좌우되기는 하지만 그래도 궁극적으로 우리 민족이 기댈 수 있는 곳은 바로 이 땅에서 새롭게 성장하는 민중들 밖에 없다는 인식이 강하게 자리잡고 있다.

4. 미소공동위원회에 대한 비판적 지지

1947년 말 미소공동위원회 결렬 이후 남북협상파 문인들의 움직임이 본격화되지만 이러한 지향은 가깝게는 해방 직후, 멀리는 일제강점기까지 거슬러 올라간다. 특히 제1차 세계대전 이후 세계 재편의 과정에서 시작되었다고 할 수 있다. 영국과 프랑스 등 유럽 제국주의 전승국들이 전쟁의 결과로 침체되고 있을 때 그 대안으로 미국이 부상한다. 윌슨의 민족자결주의가 상징하는 것처럼 미국은 유럽 국가들과 달리 제국주의로부터 자유로운 것으로 인식되었다. 그렇기 때문에 많은 비서구 식민지의 지식인들은 미국에 큰 기대를 걸었다. 이승만이나 안창호 등이 미국에 대한 가졌던 기대도 이러한 흐름에서 배태된 것이라 하겠다. 비서구 지식인들에게 미국과 더불어 큰 기대를 가지고 등장한 나라는 소련이다. 특히 레닌은 유럽에서의 혁명 실패를 만회할 수 있는 원천으로서 아시아 식민지 나라의 민족해방운동에 주목하고 이들 출신들을 세계혁명에 동원하기 시작하였다. 1920년 바쿠에서 열린 회의라든가 1922년 모스크바에서 열린 극동피압박민족대회와 같은 것은 소련이 세계혁명을 위해 아시아의 민족해방운동을 동원한 대표적인 것들이다. 1920년대 한국의 많은 사회주의자들이 여기에 공명하여 추종하였던 것은 널리 알려진 이야기이다. 이처럼 미국과 소련이 제1차 세계대전으로 망가진 유럽 문명을 새롭게 재건할 수 있는 대안으로 등장하고 있을 때 이 모두로부터 거리를 두는 이들이 또한 존재하였다. 얼핏 보아 미국과 소련이 대안으로 보이지만 사실은 이 둘 다 자신의 국가 이익을 위해 이전의 제국주의 방식과는 다른 제국의 새로운 길을 발판으로 비서구 지역을 이용하고 있다는 것을 알았기에 어느 쪽으로도 쏠리지 않고 적절하게 거리를 두었던 것이다. 해방이 되었을 때 미국과 소련이 일본군 무장해제를 이유로 삼팔선 이남과 이북에 들어왔을 때 파시즘과 싸웠던 것에 고마움을 가지고 해방군으로 환영하면서도, 1920년대 이후 미국과 소련의 제국적 형태를 지켜보았기에 이들이 정해진 임무만 수행하고 떠나기를 간절하게 바랐던 것이다. 미국을 신봉하던 이들이 미국이 조선을 떠맡아 주기를 바랐고, 소련을 신봉하던 이들이 소련이 조선을 떠맡아 주기를 바랐지만, 남북협상파 문인들은 파시즘과 맞서 싸웠던 미국과 소련의 야심을 알기에 경계하였다. 그 대신에 미약하지만 이 땅의 민중들이 성장하여 새로운 세상을 만들어 나가기를 바랐던 것이다. 김기림이 '어린 공화국'이라고 지칭했던 것도 바로 이러한 마음에서 나온 것이다. 미국과 소련에 기대지 않고 독자적으로 새 나라를 만들어 나가려고 하는 의지가 강하기에 미국과 소련에 기대어 체제를 만들어가려고 하는 이들에 대해서 비판적인 생각을 갖고 있었다. 하지만 엄연히 우리 스스로 싸워서 얻은 해방이기보다는 미국과 소련이 일본군을 격파한 데서 얻어진 해방이기 때문에 이들의 존재를 완전히 무시하지 못한다. 바로 이러한 자세에서 나온 것이 미소공위에 대한 비판적 지지이다. 미국과 소련의 역할을 완전히 무시하고 일을 하려고 했을 때에는 통일독립과 더 멀어지기 때문에 일정하게 이를 인정하면서도 그 어느 한쪽에 기대는 것은 어리석은 일이라고 생각하였다. 그렇기에 이들은 미소공위가 진행되고 있을 때 이를 완전히 반대하거나 혹은 어느 한쪽을 지지하는 것을 비판할 수 있었던 것이다.

바로 이런 점에서 해방 후 두 번째 시집 『새나라』의 시들은 하나같이 이러한 지향을 드러낸 시들이라고 할 수 있다. 미소공위의 시작부터 끝까지 김기림 시인이 가졌던 기대와 우려를 그대로 드러난다. 특히 「아메리카」[4]는 비판적 지지의 미묘함을 가장 잘 보여준 시라고 단언할 수 있다.

> 아득한 바다 건너 한없이 넓은 하늘 아래 홍성한 나라가 있어
> 아무의 권위도 믿지 않는 자유와 높은 하늘과 들과 일을
> 죽음보다 사랑하는 한 싱싱한 백성들이 거기 산다고 한다
> 만나기도 전부터 그대들 무척 반겼음은
> 우리 또한 얽매임 없는 넓은 대기와 살림 한없이 그리웠기 때문
> 모든 낡은 권위 무너져 부스러져야함을 알았기 때문이다.
> 사슬과 억압을 잠시도 용서 않으며
> 포악과 침략을 가장 미워하는 그대
> 자유와 또 전진만을 노래하는 시의 전통을 가진
> '휘트먼'의 나라 백성이기에
> 그대 손목을 우리는 한없이 뜨겁게 잡으리라 하였다.
>
> 아 잊힐 리 없는 1945년 9월 의로운 우리들의 동무
> 왕없는 나라 귀족없는 나라 인민의 나라 젊은 전사들은
> 바다로 하늘로 구름 같이 덮여온다 하였다.
> 압제와 학살과 협박에 짓밟히고 찢긴 땅에서
> 독사의 무리와 그 앞잡이들 모조리 우리
> 채찍 높이 휘둘러 쫓아내리라 하였다.

---

4 『현대일보』, 1946.7.4.

그대들 또한 우리 옆에 예루살렘 신전의 성낸 젊은이들처럼
서 있으리라 하였다.

그러나 그대는 젊은 조선의 불타는 눈초리를 알지 못했다.
우리가 바라는 것이 한 혁명임을 알지 못했다.
연속이 아니라 단절을 추이가 아니라 청신한 비약이야말로
젊은 조선의 희망이었음을
지나간 날은 너무나 안타까이도 캄캄했던 까닭에
너무나 역사에게 버림받았던 까닭에
그러므로 우리는 커다란 새날만을 바라었다.

1945년 8월은 바로 우리들의 1776년 7월이고자 하였다.
모든 불합리와 모반과 사슬에 대한 불붙는 항의
위대한 인민의 권리와 자유의 선언이고자 하였다.
그대는 우리들의 '7년의 싸움'을 거지 반 도맡아 4년을 싸웠다.
그대는 우리들의 백만의 '라파이에트'
감옥과 지상의 우리들의 전사의 굳은 동맹군
인제 그대들 우리 곁에 있거늘
여기는 오직 오래인 가난과 불결과 회의와 연기
모두가 왜적이 남기고 간 상채기뿐
그대 손 너무 높은 데 있어 도시 잡기가 어렵고나
'프록코트'도 '쌀롱'도 우리는 없다.
비굴이나 아첨이나 예복은

오직 오래 입어본 치들만이 얼른 다시 뒤집어 썼건만
우리는 느꼈다. 그는 도리어 의로운 전사를 대접하는 예의 아님을!
축배를 들자 7월 초나흘을 위하여- 자유로운 아메리카의
성스러운 싸움에 빛나는 지나간 날과 오늘과
또 평화와 희망의 부채 무거운 내일을 위하여-
'워싱턴' '제퍼슨' 그리고 '프랑클린'의 나라
무엇보다도 '에이브람 링컨'의 나라
그대에겐 있건만 아직도 독립없는
우리의 아픔을 아- 누구보다도 그대가 잘 알리라

자유로운 싸움터 위 다만 이해와 존경과 높은 이상으로만
우리들의 굳은 악수를 맺자
장미를 던져라 저 위대한 1776년의 7월을 위하여
우리 모두 축배를 들자
또 하나 축배는 우리들 것으로 남겨두자

이 시에서 미소공동위원회에 대한 김기림 시인의 비판적 지지를 확인할 수 있다. 김기림은 신탁통치에 의한 미소공동위원회를 결코 내키지 않으면서도 이를 지지할 수밖에 없었다. 미국과 소련 어느 체제에 무게를 두는 것이 아니고 통일독립국가를 가장 우선적으로 생각하는 것이 바로 이 비판적 지지라고 할 수 있다. 당시 정지용이나 염상섭이 가졌던 그러한 정치적 전망과 동일한 것이었다. 바로 이러한 비판적 지지의 속내를 이 시에서 잘 확인할 수 있다. 한편으로는 자유와 독립을 사랑하는 미국을 추켜세우

는 것처럼 보이지만 다른 한편에서는 미국과 조선의 사이의 거리 그리고 미국을 추종하는 친일파들의 행태 등을 비판하고 있다. 1776년 미국이 영국으로부터 자유를 찾아 독립운동을 했던 것을 높이 평가하고 나아가 미국이 1941년부터 일본과 싸웠던 것을 아주 높이 평가한다. 그리고 자유를 위하여 목숨을 바쳐 싸웠던 미국 민주주의에 대해서도 고평하고 있다. 하지만 조선이 바라는 것을 제대로 이해하지 못하는 미국에 대해서는 아쉬움도 동시에 표하고 있다. 그리고 가급적 이러한 차이를 미국이 인정하고 존중해주기를 바라는 마음도 간절하게 드러나 있다. 더욱 흥미로운 것은 과거 친일파들의 변신에 대한 비판과 이에 속지 않기를 바라는 마음이다. 과거 친일파들이 미국을 맞이하여 친미파로 변신하여 활동하는데 이것에 속지 않기를 간절하게 바라는 마음 역시 잘 드러나 있다. 이런 것들을 미루어 볼 때 이 시는 미소공동위원회에 대한 시인의 비판적 지지를 가장 여실하게 보여주는 것이라고 할 수 있다. 미국이 과거 영국으로부터 독립하여 민주주의의 역사를 일궜던 과거를 잘 기억하여 현재 조선에 대해 이해를 해달라고 하는 바람인 것이다. 미소공동위원회가 잘 운영되어 조선임시정부가 수립되고 이를 발판으로 통일독립정부를 만드는 꿈을 강하게 가질 수 있었다. 김기림은 미국에 대한 이러한 기대를 바탕으로 자신이 꿈꾸는 한국과 세계를 상상할 수 있었다.

민중들이 자신의 삶을 표현할 수 있는 길을 보장하는 것이 이 새로운 나라의 중요한 지표이다. 시 「부풀어 오른 5월달 아스팔트는」[5]는 이를 잘 보여주는 작품이다.

---

5 김기림, 『새노래』, 아문각, 1948, 22~24쪽

부풀어 오른 5월달 아스팔트는
우리들 소리소리 노래부르며
어깨 걸고 나가기 좋은 길이다.

로타리 환히 터여 활개치고 가기 알맞다
비취빛 하늘이 둥그런 우리들 노래 울리기 좋다.
층마다 창이 뚫려 팔을 휘저어 꽃송이 던지기 한창이고나
이 길을 일찍이 왕과 정승의 행차 호통을 치며 지나갔다.
다음에는 원수의 군대와 경찰이 호기 피우며 휘돌던 길
아리랑 응어리며 새벽서리 밟고 젊은이들 전쟁으로 끌려가던 길

오늘은 네줄 씩 각지낀 인민의 행렬이 온다
이마가 그슬러 뼈대굵은 노동자의 행진이다.
그 옆에 가는 것은 메투리 행견 찬 농군이 아니냐
사무원과 교원과 기자도 그 곁에 있고나
오늘은 뚫어진 먼지길이나
내일은 '아스팔트' 고루 다져 물뿌려두고
백성의 행렬을 모두들 기다리리

이 길은 백성의 길 노래 부르며 구르고 가기가 좋다
그러나 지배자의 군대와 그들의 앞잡이만은
두 번도 다시 이 길을 지나게 해서는 아니 된다.
이 길은 오직 백성의 길 승리로 가는 백성의 길이다.

1947년 노동절에 쓴 이 시는 미소공위가 성공하여 건설할 새 나라에서는 민중이 스스로 자기를 표현할 수 있어야 함을 강조하고 있다. 그것이 바로 민주주의이며 미소도 이를 저버리지 않을 것이라는 강한 희망을 드러내고 있다.

미소공위에 대한 시인의 비판적 지지는 비단 한반도에 그치지 않는다. 세계 특히 식민지를 겪은 나라들의 독립과 연대로 이어진다. 김기림의 시 「눈짓으로 이해하는 전선」[6]은 바로 이러한 지향을 잘 보여준 시이다.

> 손 오케이시의 '가닥과 별'을 읽은 날 밤에
> 애란군대를 꿈에 만났다.
> 공회당이라고 하는 곳에 목이 굵고 눈이 둥근 젊은이들이
> 우중충 앉아 있었다.
> 나는 흰 군복을 입은 사령관과 서로
> 이방사람이 아니라는 듯이 눈알림으로 인사했다.
>
> 말이 없는 군대
> 굽히지 않는 군대
> 사슬을 용서하지 않는 군대
>
> 인도군대를 만나면
> 아마도 손아귀 으스러지라 틀어쥐리라

---

6 위의 책, 38~40쪽.

안남군대를 만나면 껴안고 빰을 비비며 러시아 춤추듯 돌아가리라

손을 버리자
자유찾는 불길이 이는 곳마다
우리들의 동무는 있다.
말이 아니라
눈짓으로 이해하는
전선이 있다.

독립을 쟁취하기 위해 영국제국주의와 맞서 싸웠던 아일랜드와 인도의 병사 그리고 프랑스제국주의와 맞서 싸웠던 베트남 병사와의 연대를 보이는 이 시는 일본제국주의와 싸웠던 조선 사람들과 자연스럽게 겹친다. 미소공동위원회가 성사되어 통일독립국가가 만들어지는 날 이러한 세계적 연대도 자연스럽게 성취되리라는 희망을 담고 있다.

5. 남북협상운동과 김기림

1947년 말부터 한반도의 상황이 급격하게 변하면서 분단의 위기감이 고조되었다. 2차 미소공동위원회가 결렬되고 미국 주도로 한반도 문제의 유엔화가 시작되면서 분단이 가시권에 들어오기 시작하였다. 특히 미소공동위원회에 비판적 지지를 보냈던 문인들은 이런 상황을 돌파하기 위하여 급하게 움직였다. 이미 소련은 삼팔선 이북만이라도 확보하는 것을

최우선 과제로 하고 이를 기반으로 훗날 한반도 전체를 자신의 영향권 하에 두려고 하였다. 미국 역시 삼팔선 이남만이라도 확보하고 이를 기반으로 향후 한반도 전체에 영향력을 행사하는 쪽으로 방향을 잡았다. 그렇기 때문에 소련에 기울어져 있던 좌파의 많은 지식인들은 소련이 움직이는 방향으로, 미국에 기울여져 있던 우파의 많은 지식인들을 미국이 움직이는 쪽으로 갔다. 이들에게 남북의 분단이란 그렇게 큰 일이 아니었던 것이고 자신들이 지향하는 노선을 지키는 것이 중요하다고 생각하였다. 하지만 남북협상파 문인들은 남북의 분단은 필히 내전을 초래할 것이라고 보았기에 전쟁의 방지는 물론이고 남북의 통일을 위해서 반드시 미소가 떠난 자리에서 남북의 지도자들이 협상을 하여 분단과 전쟁을 막아야 한다는 생각이었다. 정지용, 염상섭과 더불어 남북협상파 문인의 주요 일원이었던 김기림은 그들과 뜻을 같이하면서 분단과 전쟁을 막으려고 하였다. 이 무렵부터 김기림의 글에서는 통일이라는 어휘가 빈번하게 등장하기 시작한다. 또한 민족이라는 낱말도 이전에 비해 한층 자주 사용되곤 한다. 그 시작을 알리는 작품이 「새해의 노래」[7]이다. 이 시가 발표될 무렵은 미소공동위원회가 결렬된 이후 조선 문제가 유엔으로 넘어가는 것을 목격하면서 김구가 이승만과 결별하고 본격적으로 남북협상운동에 나설 때이다. 김기림은 남북이 분단될 수 있다는 위기감을 강하게 체감하면서 이를 막기 위해 갖은 노력을 해야 한다는 생각을 하게 된다. 당시 유대인들이 오랜 방랑을 마치고 팔레스타인지역으로 들어와 나라를 세우는 것에 빗대어 조선의 통일을 이야기한 이 시는 앞서 보았던 것처럼 비서구 나라들

---

7 『자유신문』, 1948.1.4.

의 목소리를 지구적 차원에서 읽어내는 김기림의 독특한 시각을 엿볼 수 있어 흥미롭다.

역사의 복수 아직도 끝나지 않았음인가
먼 데서 가까운 데서 민족과 민족의 아우성소리
어둔 밤 파도 앓는 소린가 별 무수히 무너짐인가

높은 구름 사이에 애써 마음을 붙여 살리라 한들
저자에 사무치는 저 웅어림 닿지 않을까보냐?

아름다운 꿈 지님은 언제고 무거운 짐이리라
아름다운 꿈 버리지 못함은 분명 형벌보다 아픈 슬픔이리라

이스라엘 헤매던 2천년 꿈 속의 고향
시온은 오늘 돌아드는 발자국 소리로 소연하구나

꿈엔들 잊었으랴? 우리들의 시온도 통일과 자주와 민주 위에 세울 빛나는 조국
우리들 낙엽 지는 한두 살쯤이야 휴지통에 던지는 구겨진 조각일 따름
사랑하는 나라의 테두리 세 연륜으로 한겹 굳어지라

새해와 희망은 몸부림치는 민족에게 주자
새해와 자유와 행복은 괴로운 민족끼리 나누어 가지자.

이 시를 쓴 이후 분단의 위기가 한층 고조되면서 남북협상운동도 제 궤도에 오르기 시작하였다. 미국의 대한 정책을 그대로 이어나가 단정수립을 획책하는 이승만과는 완전히 결별한 김구는 본격적으로 김규식 등과 함께 남북 지도자협상을 촉구하였다. 김구와 김규식이 북한으로 올라가는 것을 주저하고 있을 때 김기림은 염상섭, 정지용과 함께 문화인 108인 서명에 참여한다. 이 절박한 순간에 나온 것이 바로 시 「통일에 부쳐」이다. 염상섭이 남북협상파의 언론 기지로 생각하여 창간하였던 『신민일보』에 김기림이 시 「통일에 부쳐」[8]라는 시를 썼던 것은 바로 이런 문맥에서 나온 것이다.

우리는 본시 하나이었다.
뼈저린 채찍 아래서도 끌어안고 견디던 하나이었다.
소리소리 지르면 저절로 반항의 합창이던
눈물어린 망향의 쓴 잔도 함께 나눈
오 둘을 모르는 하나이었다.
팃기 없는 하늘 아래
무늬 놓은 기와와 그릇과 비단과 종종한 말투
아름다운 것 죽어지라 사랑하며 살아온 내력도 하나

인제 온 백성을 구복口腹문제의 막다른 골로 몰아넣어
형제 있는 곳과 소식 또 오래인 꿈

8 『신민일보』, 1948.4.18.

돌볼 새 없이 만드는
이 놀라운 실리주의의 천재에 우리 모두 항거하리라
짓밟힌 아름다운 것 함께 모여 소곤소곤 살아갈 길 지키기 위하여

이방 친구들에게 이르노니
한데 뭉친 민중의 민주주의 대신에
조각난 폭군의 민주주의를
그대들에게 우리 언제 부탁한 기억이 없다
사월달 진달래 뿌리 뻗어
달래도 굳이 뻗어
남북으로 만발한 산맥과 핏줄
두드러져 꿈틀거리는 것
뉘 감히 끊을 것이냐?

흐르는 강물도 철로도 전선도 변하는 계절도
오로지 한 소리 아래 움켜지고 싶어
모든 시내 강물 바다로 모이듯
진달래 개나리 우거져 피는 한 보금자리도
우리 모두 한데 엉키어 노나지 말자

틀어쥔 손과 손 악수가 아니라
남과 북의 자국도 없는 용접
모든 열역학의 법칙을 기울어

거만한 이방 사람들의 눈 앞에서
보아지라 우리 모두 감아매리

이 시에서 이방인이라고 한 것은 미국과 소련을 모두 일컫는다. 그리고 미소공동위원회 결렬에 이 양 강국이 모두 책임이 있다고 보는 것이다. 그렇기 때문에 이들은 민주주의를 내세우지만 사실은 폭군의 민주주의이고, 조선인들이 바라는 통일독립의 민주주의는 민중의 민주주의라고 구분하는 것이다. 미소공동위원회 시기에 김기림은 이러한 차이를 알면서도 이를 강하게 강조하지 않고 대신에 민주주의 일반을 강조하였던 것은 그렇게 함으로써 미국과 소련이 협조하여 이 땅에 진정한 통일독립의 민주주의가 성립되기를 간절하게 촉구하기 위한 것이었다. 하지만 이렇게 결렬된 마당에서 더 이상 그런 것에 연연할 필요가 없기 때문에 미소를 다 비판하고 민주주의의 차이를 강조하였던 것으로 보인다.

이 시를 보면 김기림이 남북협상파 문인임이 너무나 분명하게 드러난다. 김기림은 미국과 소련 역시 파산된 근대의 일원일 뿐이라고 보는 것이다. 제2차 세계대전을 거치면서 비서구 식민지 국가들이 스스로 발언하기 시작하는 것을 제국의 강대국들이 틀어막고 자신들의 이익만을 챙기는 것은 과거 유럽의 제국주의 국가들이 행한 것과 별반 차이가 나지 않는 행위라고 보는 것이다. 결국 근대의 파산을 돌파하기 위해서는 비서구 식민지 출신의 지식인과 민중들이 자신의 안전과 행복을 위하여 스스로 나서야 한다는 것이다. 해방 직후 쓴 시 「세계에 외치노라」의 정신과 태도에 이어져 있다.

6. 냉전의 격화로 인한 남북협상의 위기와 최후의 몸부림

백범의 죽음은 남북협상의 결정적 소멸이었다. 남북이 각각 단독정부를 수립한 이후 현실운동으로서의 남북협상운동은 없어졌지만, 이념으로서의 남북협상운동은 근근이 지속되었다. 아무리 남북이 독자적인 정부를 세웠다 하더라도 내부적으로 균열이 생기면 다시 남북협상은 재개될 수 있기 때문이었다. 물론 현실적으로 쉽지 않은 이야기이지만 그래도 여기에 가냘픈 희망을 걸 수밖에 없었던 것이 당시 남북협상을 지지하였던 문인들의 태도였다. 그럴 수 있었던 것은 백범 김구가 존재하였기 때문이다. 삼팔선 이남은 이승만이, 삼팔선 이북은 김일성이 정권의 수반이 되었지만 조국통일을 외쳤던 김구가 암살당하자 실질적으로나 이념적으로나 남북협상파 문인들은 희망을 갖기 어려웠다. 김구가 죽었을 때 남북협상파 문인으로 김기림이 느끼는 절망감은 여간 아니었을 것이다. 이 비탄한 현실을 김기림은 「곡 백범김구」[9] 시에서 그대로 노출시키고 있다.

살 깎고 피 뿌린 40년
돌아온 보람
금도 보석도 아닌
단 한 알의 탄환

꿈에도 못 잊는

9 『국도신문』, 1949.6.30.

조국통일의 산 생리를 파헤치는
눈도 귀도 없는 몽매한 물리여

동으로 동으로 목말라 찾던 어머니인 땅이
인제사 바치는 성찬은 이뿐이든가

저주받을 세 옳은 민족이외다.
스스로 제 위대한 혈육에
아로새기는 박해가 어찌 이처럼 숙련하나

위태로운 때
큰 기둥 뒤따라 꺽여짐
민족의 내일에
비바람 설레는 우짖음 자꾸만
귀에 자욱하구나

눈물을 아껴둬 무엇하랴
젊은 가슴마다 기념탑 또 하나 무너지는 소리
옳은 꿈 사랑하는 이 어떤 멈춰서
가슴 쏟아 여기 통곡하자

눈물 속 어리는 끝없는 조국의 어여쁜 얼굴
저마다 쳐다보며

꺼구러지며

그를 넘어 또 다시 일어나 가리

실제로 백범이 암살당하였을 때 남북협상파 문인의 거두인 정지용도 백범의 죽음을 애도하는 시를 발표하였다. 이처럼 정지용과 김기림이 하나같이 백범의 죽음을 애도하는 시를 썼다는 것은 당시 남북협상파 문인들에게 이 김구라는 존재가 얼마나 컸나를 역설적으로 보여주는 것이기도 하다.

김구 죽음 이후 남북은 극단적인 대립 상태로 들어가게 되어 전쟁이 터지지 않을까 하는 우려가 팽배해졌다. 특히 남북협상파 문인들은 그 누구보다도 전쟁의 가능성을 예상하면서 이를 막기 위한 다각도의 노력을 하였다. 전쟁이 터지면 어느 쪽의 승리가 아니라 모든 민중들의 비참한 결과만을 야기할 수 있다고 판단하였다. 전쟁 직전에 김기림이 발표한 「조국의 노래」[10]는 이런 시대적 위기를 잘 드러내고 있어서 흥미롭다. 과거 근대성에 관한 숱한 사유를 기반으로 시를 썼던 김기림의 시라고 보기에는 너무나 거리가 먼 민족주의적 냄새가 강한 시이다. 신라시대부터 동일한 공동체를 유지하면서 살아온 조국의 역사를 강조하는 이러한 노력은 남북이 왜 나누어지면 안 되는가를 설명하기 위한 것이다.

언제 불러보아도

내 마음 설레는

아 어머니인

10 『연합신문』, 1950.5.24.

조국이여

아득히 먼 듯
삼한 신라에 뻗은 맥맥
그러나 한없이 가까웁게
내 핏줄에 밀려오고 밀려드는
물굽이
구비마다 감기운
그대 숨결

다보탑 돌난간 문수보살 손길에
청자병 모가지에 자꾸만 만지우는
다사론 손길

향가 민요 가사 시조에
되처 되처 울리는 그 목소리
강과 호수와 또 비취빛 하늘
가는 곳마다 비취는 얼굴
아 무시로 내 피부에 닿는 것
귀에 울리는 것 다가오는 것
그는 내 조국
내 자랑일러라

지난날
그대 없어서
우리 너나없이 서럽게 자란 아이
나면서 모두가 인 찍힌 망명자
그대 갖고퍼 북어처럼 여위던 족속

오늘
거리 거리
바람에 퍼덕이는
태극기
꽃이 파린가 별조각인가
아 이는 내 희망
내가 태어나
그 밑에 살기 소원이던 꿈

인류에게 고하라
우리 목숨 앞서
그를 다시 빼았을 길 없음을

역사의 행진
한 모퉁이 떳떳이 나선 우리
삐걱이는 바퀴에
내 약한 어깨 받쳐었음

한없이 보람 있구나

언제 불러 보아도
마음 설레는
아 어머니인
내 조국이여

유럽의 근대 국민 형성과 달리 오래전부터 비교적 단일한 공동체를 형성해온 한국의 역사를 강조하기에 해방 직후부터 유럽중심주의 역사로부터 벗어나 비서구와 조선의 목소리를 강조해온 그를 생각할 때 이러한 경향은 매우 자연스럽다. 특히 남북이 극단적으로 대립하여 자칫 전쟁을 야기할지 모르는 상태에서 이렇게 조국을 강조하는 것은 한편으로는 남북이 이렇게 분단되어 있는 것이 결코 정상적인 것이 아니기에 하루빨리 재조정되어 합쳐져 한다는 것이고 다른 한편에는 대립이 동족상쟁으로 번질 수 있는 가능성을 막기 위한 것이다. 김기림이 이 시기에 통일 조국 민족 등의 어휘를 빈번하게 사용하는 것이 바로 이런 맥락에서 이해될 때 비로소 그 진정한 의미가 부각될 것이다. 그렇지 않고 이를 민족주의적 수사 정도로 이해하게 되면 그 진정한 의미를 읽어내기 어렵다.

7. 나가며

한국근대문학에서 근대성에 관한 가장 투철한 인식을 보이면서 문학적 실천을 했던 김기림은 제1차 세계대전 이후의 유럽 근대의 위기를 느끼면서 제국주의 근대성에 대해 눈을 뜨기 시작했고, 제2차 세계대전을 겪으면서 서구 근대의 파산을 감지하고 본격적으로 제국의 근대성의 논의를 펼쳤다. 이 과정에서 유럽중심주의에서 벗어나 비서구 식민지의 중요성과 정체성에 눈을 떴다. 이런 인식의 도정을 걸었기에 해방 직후 남북협상파 문인으로 자기 인식을 강화하면서 통일독립운동에 매진하게 된다. 영국과 프랑스를 그대로 모방한 제국주의 일본의 지배를 통찰할 수 있었던 것은 바로 이러한 제국주의 근대성의 세계인식 덕분이라고 할 수 있으며, 해방 직후 미소공동위원회에 대한 비판적 지지를 견지할 수 있었던 것은 제국의 근대성에 대한 성찰이 전제되었기에 가능한 것이었다. 제국주의 / 제국의 근대성에 대한 이러한 날카로운 통찰이 없었더라면 일제 말 저항도 불가능했고 해방 직후 남북협상파로서의 실천도 불가능했을 것이다. 그런 점에서 남북협상파로서의 김기림의 태도는 이 시기 다른 이들과 달리 매우 시야가 넓은 독특한 관점을 보여주었다고 평가할 수 있다. 김기림을 단순히 모더니즘의 문인 정도로 평가하는 것이 얼마나 협소한 평가인가 하는 점도 남북협상파로서 통일독립에 힘을 쏟고 창작한 김기림을 살필 때 잘 드러난다.

제5장

분단 비극과 남북 통합의 상징 '정지용'

김재용

1. 1980년대 이후 남북이 함께 사랑한 시인

미소공동위원회가 결렬된 직후부터 정지용은 본격적으로 남북협상운동에 뛰어들었다. 미국과 소련을 별로 신뢰하지 않았지만, 국제정세상 달리 길이 보이지 않았기에 공동위원회에 대해 비판적 지지를 하였던 정지용은 미소공동위원회 결렬 이후 염상섭과 더불어 이 운동의 최전선에 섰다. 시보다는 정론적 성격이 강한 산문을 연이어 발표하면서 격정적인 호소를 하였다. 염상섭의 『신민일보』와 호흡을 같이 하면서 일하다가 단선이 실시된 이후에는 일제강점기에 폐간되었던 『문장』을 복간하고 이를 무대로 평화적 통일독립운동에 박차를 가하였다. 하지만 정지용이 그토록 기대했던 김구마저 저격당한 다음에는 간신히 자신을 지탱하다가 전쟁의 소용돌이에 빨려들었다. 전쟁을 막으려고 백방으로 노력하였던 것이 일거에 사라지는 것을 목도하면서 정지용은 공동체의 미래에 큰 불안을 느꼈다. 미소는 물론이고 이들에 영합하였던 남북의 위정자들에 대해서 비판적이었던 정지용은 결국 인민군들의 후퇴 과정에서 타율적 죽음을 맞이하였다.

한국 근대시의 주요한 축을 창출하였던 정지용은 전쟁 후 한반도에서 사라졌다. 남에서는 정지용을 월북시인이라고 규정하면서 작품의 출판을 허락하지 않게 되자, 사람들의 기억 속에서는 사라져버렸다. 물론 정지용의 문학적 성과를 아는 이들이 적지 않았으나 공개적으로 불러내지 못하였다. 북에서도 마찬가지였다. 남북협상운동을 하였던 정지용이었기에 후퇴하면서 데리고 가려고 시도할 정도로 관심을 보였지만 남북의 단독정부를 완강히 반대하였던 그를 설득할 수는 없었다. 결국 정지용은 북에서도 완전히 잊히게 되었다. 분단을 막고 통일독립국가를 세우려다 비명에 간 정지용은 분단 비극의 상징이 된 채 남북 모두에서 거부당하였다. 그러던 정지용이 한반도에서 다시 살아난 것은 1980년대 이후이다. 남북에서 마치 약속이나 한 듯이 정지용을 복권하기 시작하면서 부활하였다. 전쟁 이후 한반도에서 완전히 사라졌던 정지용이 1980년대 냉전의 끄트머리에서 우리 곁에 온 것이다.

이 글은 1980년대 이후 남북에서 서서히 등장하기 시작하여 오늘날에는 남북이 함께 사랑하는 시인이 된 정지용의 부활 과정을 다룬다. 연구양이 적지만 매우 낯선 북의 경우는 평자별로 길게, 양도 많고 매우 낯익은 남의 경우에는 평가 경향 중심으로 짧게 살피고자 한다.

2. 북에서의 정지용

북 내부에서 공식적으로 정지용을 언급하기 시작한 것은 1984년 무렵이다. 1980년대 들어 많은 문학 연구자들이 기존의 문학사적 정전이 갖는 협량함을 극복하기 위하여 다양한 노력을 하게 되었는데 당은 이러한 요구에 응답한 것으로 보인다. 면밀하게 해당 작가들의 정치적 궤적을 조사하고 문제가 없다고 판단한 작가들은 해금을 시켰는데 그중의 한 명이 바로 정지용이었다. 앞서 언급한 것처럼 정지용은 미소공동위원회 결렬 이후 단선반대운동을 열심히 한 인물이었을 뿐만 아니라, 자신들이 후퇴하는 과정에서 데리고 갈 정도였던 인물이기에 크게 문제가 되지 않았던 것으로 보인다. 정지용이 공식적으로 해금될 때 김소월 이광수 등 적지 않은 작가들도 풀렸기 때문에 북의 문학연구자들은 이러한 새로운 정황을 담아낼 문학사 서술이나 문학선집 계획을 급히 세울 수밖에 없었다.

새로운 정전을 담아낼 근대문학사를 쓸 수 있는 연구자들이 속한 집단은 사회과학원 문학연구소와 김일성종합대학 문학대학 정도였다. 사회과학원 문학연구소는 격변하는 이러한 현실을 반영하기 위하여 급히 문학사 서술 그룹을 만들었고 근대와 현대 분야는 류만이 주도하였다. 김일성종합대학 역시 정전의 격변을 맞아 문학사 서술을 계획하였는데 근대 현대 분야는 은종섭이 맡았다. 이 두 연구자는 앞을 다투어 새로운 문학사를 서술하게 되었는데 해금 문인들에 대해 연구 축적이 없었기에 결코 쉬운 일이 아니었다. 하지만 새롭게 정전의 변화를 기술하는 문제는 중요한 사안이었기에 연구자들 혹은 문학사가들은 어떤 방식으로도 응답을 해야 하는 상황이었다.

문학사적 형태로 먼저 나온 것은 류만이 중심이 되었던 사회과학원 문학연구소였다. 새롭게 변한 정전을 담아내야 하지만 연구 축적이 많지 않기에 본격적인 문학사 대신에 개론적인 문학사론으로 방향을 잡았다. 1986년에 나온 『조선문학개론』은 이러한 노력의 산물이다. 그런데 시간적 여유가 없는 탓으로 하여 새롭게 평가하는 작가들 중 평가가 상대적으로 쉬운 작가들을 삽입하는 것으로 만족하여야 했다. 1984년에 해금되었던 이인직 이광수 최남선, 김소월, 한용운 등을 수록하여 서술하였지만 정지용은 제외했다. 일정 시간이 흐른 후인 1995년에 나온 문학사에서는 정지용은 다른 해금 문인들과 함께 평가되었다. 류만은 정지용에 대해 다음과 같이 종합적으로 언급하였다.

> 정지용1903~1950은 충청북도 영동군 빈농가정에서 출생하여 1923년에 서울 휘문고등보통학교를 마치고 1929년에는 일본 도시샤대학 영문학과를 졸업하였다.조국에 돌아온 그는 해방전까지 근 20년간 교원생활을 하면서 시창작을 진행하였다. 1920년대 중엽에 시단에 등장한 그는 1941년 시집 『백록담』을 낼 때까지 시를 썼으며 이 과정에서 그의 시창작은 대체로 1930년을 전후하여 일련의 변화를 보여주었다. 시문학의 진보성과 민족성을 두고 말할 때 다분히 20년대에 창작된 그의 시들이 여기에 해당된다고 말할 수 있다. (…중략…) 그러나 정지용은 1930년대에 들어서면서 점차 형식주의적이며 기교주의적인 경향으로 기울어졌으며 순수문학을 표방해나선 '구인회'의 동인으로서 그의 시는 사실주의적 경향으로부터 더욱 멀어졌다.[1]

1 류만, 『조선문학사』 9, 과학백과사전출판사 1995, 79~82쪽

류만의 언급 중 눈에 띄는 대목은 정지용의 작품을 1920년대와 1930년대로 나누고 전자의 것을 고평한 반면, 후자에 대해서는 혹평을 하였다는 점이다. 정지용은 구인회의 핵심 인물인데 북에서는 구인회를 전통적으로 예술지상주의자들의 집단으로 평가했기 때문이 이러한 평가가 나온 것이 아닌가 한다. 류만은 이런 배경에서 1920년대의 시와 1930년대의 작품을 나누고 상반된 평가를 하였다.

김일성종합대학 역시 오랜 문학사 서술의 전통을 가지고 있었기에 이 새로운 정전의 전환기에 그냥 있을 수는 없었을 것이다. 대학생들의 문학사 교육을 담당하고 있기에 마냥 미룰 수는 없었을 것이다. 근대현대문학을 담당하였던 은종섭은 1991년에 새로운 문학사를 서술한다. 은종섭은 그 이전에 문학사는 아니지만 소설사를 통하여 어느 정도 이런 변화된 정전을 반영한 경험을 이미 가지고 있던 인물이다.[2] 이인직, 이광수를 비롯한 해금된 소설가들을 다루었다. 이러한 경험을 토대로 새롭게 쓴 문학사에서는 정지용을 비롯한 새로운 정전들을 다루었는데 류만과는 일정한 차이를 보여주었다. 전체 분량이 적은 문학사이기에 정지용에 대한 언급 역시 매우 소략하다.

> 이 시기 민족주의적 경향의 시인들이 쓴 시 가운데는 민족적 정서가 살아있는 시작품들이 부분적으로 있었다. 이러한 시들은 일제의 가혹한 민족말살정책이 실시되는 당시의 조건에서 일정하게 진보적 의의를 가졌다. 그 중에서 대표적으로 정지용의 시를 들 수 있다. 정지용1903~?은 1920년대 중엽부터 서정

2 은종섭, 『조선근대및해방전현대소설사연구』, 김일성종합대출판사, 1986.

시를 썼으며 1930년대에 들어와 많은 시작품들을 내놓았다. 그의 시집 『백록담』에는 민족적 정서가 풍기는 시작품들이 적지 않게 실려있다. 실례로 시 「폭포」를 보면 폭포에 대한 개성적인 시적 파악과 생동한 시적 표현 속에서 민족적 정취가 강하게 풍기는 것을 알 수 있다. 정지용의 창작은 후에 순수문학 경향으로 흘러갔다. 일제 식민지 통치 하에서 우리 인민이 당하고 있던 비참한 생활을 외면하고 순수자연만을 노래한 그 순수문학적 경향에서 우리는 현실도피적인 측면을 비판적으로 예리하게 보아야 한다.[3]

은종섭은 정지용의 시가 갖는 현실도피적 측면을 지적하면서도 류만과 달리 1930년대 중후반에 발표된 시들을 묶은 시집 『백록담』을 높이 평가하고 짧은 지면 속에서라도 시 「폭포」에 대해서는 언급하기도 한다. 구인회 가입 이후의 정지용의 시들을 1920년대의 시들보다 더 높이 평가한다는 점에서 류만과는 확연하게 차이가 난다. 은종섭은 1991년의 문학사를 증보한 1996년의 문학사에서 정지용의 생몰 정보를 추가하면서 다소 확장된 논조로 다시 언급한다.

이 시기 민족주의적 경향의 시인들이 쓴 시 가운데는 민족적 정서가 살아있는 시작품들이 부분적으로 있었다. 이러한 시들은 일제의 가혹한 민족말살정책이 실시되는 당시의 조건에서 일정하게 진보적 의의를 가졌다. 그 중에서 대표적으로 정지용의 시를 들 수 있다. 정지용1903~1950은 1920년대 중엽부터 시를 쓴 서정시인으로서 특히 1930년대에 들어와 많은 시작품들을 내놓았다. 그

3 은종섭, 『근대현대문학사』, 김일성종합대학출판사, 1991, 209~210쪽.

의 시는 민족적 정서가 짙으며 고유한 우리말 가운데서 고른 아름다운 시어들로 감각적이고 서정적인 화폭을 펼쳐 놓은 것으로 특징적이다. 그의 시집 『백록담』에는 이러한 시들이 적지 않게 실려 있다. 실례로 시 「폭포」를 보면 폭포에 대한 개성적인 시적 파악과 감각적 시적 표현 속에서 민족적 정취가 강하게 풍기는 것을 알 수 있다. 정지용의 시에서 풍기는 민족적 정서에는 나라 없고 가난한 우리 인민이 채험하는 서글픔이 일정하게 비껴있다. 정지용의 창작은 후에 순수문학 경향으로 흘러갔다. 자연을 노래하는 데서 표현된 순수문학적 경향에는 현실도피적인 측면이 발로되고 있다. [4]

은종섭은 시종일관 정지용 시인의 우리말 시어의 품격 있는 구사와 민족주의적 측면을 강조하였다.

북한의 문학사는 당의 입장을 그대로 말하는 것이라고 믿는 이들 혹은 북한 문학계 내부의 다양한 목소리를 부정하는 이들은 이러한 문학사 서술자의 개인별 차이를 발견하기도 어려울 것이고 또 찾았다 하더라도 그 의미를 이해하기 어려울 것이다. 하지만 류만과 은종섭의 정지용 평가에서 분명하게 드러나는 것처럼 그 차이는 작지 않다고 할 것이다.

이러한 다양한 관점 사이의 경합이 진행되고 있다는 점을 아주 잘 보여주는 사례가 바로 『현대조선문학선집』이다. 북의 문학계는 1987년부터 현재까지 『현대조선문학선집』을 발간하고 있고 해방 전까지의 것은 2011년 53권을 마지막으로 모두 출판되었다. 정지용의 시 중에서 1920년대 작품은 1920년대의 3권에, 1930년대 작품은 1930년대의 1권에 수록되

4 은종섭, 『조선근대현대문학사』 1, 김일성종합대학출판사, 1996, 294~295쪽.

었다. 이 점은 앞서 언급한 류만과 은종섭의 상이한 견해들이 건강하게 공존함을 말해준다. 이 선집의 편집위원회에는 류만과 은종섭은 물론이고 다른 연구자들이 참여하고 있는데 다양한 의견을 담았다.

그런데 이 선집에서 흥미로운 것은 정지용의 바라보는 관점이 비단 류만과 은종섭에 그치지 않는다는 점이다. 1920년대의 정지용의 시들을 수록하고 있는 『1920년대시선』 3의 해설을 쓴 리동수의 관점은 류만 및 은종섭과도 다르다.

> 시인 정지용의 시 「향수」, 「압천」, 「바다」, 「고향」을 비롯한 1920년대 발표된 시들은 다소 애수적인 색채를 띠고 있긴 하지만 빼앗긴 고향과 향토에 대한 절절한 사랑과 그리움을 짙은 서정으로 노래하고 있을 뿐만 아니라 민족적 정서가 넘치는 민요풍의 양상으로 형상하고 있다는 점에서 주목된다. 시 「향수」1923는 창작 초기 시인의 개성과 정서적 특성을 생동한 시적 화폭으로 펼쳐 보여준다. (…중략…) 그러나 향토적 정서를 노래한 초기 작품들에도 이후 시기 그의 창작에 나타난 형식적이며 예술지상주의적인 경향이 점철되고 있음을 보게 된다. (…중략…) 이 시는 「카페 프랑스」의 전반부이다. 시에서는 이국땅 어느 한 카페에 앉은 나라도 집도 없는 식민지 연약한 한 인테리의 서글픈 체험을 노래하고 있다. 그럼에도 불구하고 추상적인 상징과 외래어의 난발 등으로 난해한 인상을 남기고 있다.[5]

리동수는 정지용의 시는 1920년대의 것을 고평하고 있다는 점에서 은종섭과 다르며 류만과 비슷하다고 할 수 있다. 그런데 류만은 구인회 가입

---

5 『1920년대 시선』 3, 문예출판사, 1992, 43~44쪽.

이후 1930년 중후반의 시들은 부정적으로 본 반면 1920년대의 것에 대해서는 대체로 긍정적인데, 리동수는 1920년대의 일부 작품들에서도 1930년대 작품에 드러나는 예술지상주의적 경향이 이미 드러난다고 보는 것이다. 리동수는 문학사를 서술한 적은 없지만 당시 새로운 정전의 전환기에서 자기 식으로 개입한 논자이다.[6] 류만과 같이 사회과학원 문학연구소에 적을 두고 있는 연구자이지만 류만과 미세한 차이를 보여주고 있다.

1984년 정전의 전환을 맞이하여 정지용을 바라보는 북의 세 가지 관점을 확인했다. 1920년대시보다 1930년대 중후반의 시를 고평하는 은종섭, 1920년대 시는 긍정적이지만 1930년대의 시는 예술지상주의로 흘러 부정적이라는 류만, 1920년대 시가 좋긴 하지만 거기에도 이미 1930년대 시가 갖는 예술지상주의적 경향이 내재하고 있다는 리동수, 이 세 사람의 평가는 열린 텍스트의 역할을 하는 『현대조선문학선집』에서 공존하였다.

3. 남에서의 정지용

분단 이후 남에서도 정지용은 금기였다. 남북협상운동을 펼칠 무렵 정지용은 조연현 등으로부터 집중적인 공격을 받았지만 버틸 수 있었다. 하지만 단독 정부 수립 이후 김구의 암살, 보도연맹의 강요된 가입 등으로 인하여 거의 소진되었던 그는 전쟁이 터지면서 모든 것을 놓았다. 정지용의 가치를 눈여겨 본 북이 후퇴하는 과정에서 데리고 가려다 타율적인 죽

6 리동수, 『우리나라 비판적 사실주의 문학 연구』, 과학백과사전종합출판사, 1988.

음을 맞이하였다. 남에서는 더 이상 언급해서는 안 되는 존재가 되어 버렸다. 그러던 정지용이 남쪽 독자의 품으로 돌아온 것은 1988년 무렵이다. 남쪽의 문학인들이 정지용의 해금을 요구하였지만 여의치 않다가 올림픽을 앞둔 1987년의 6월항쟁 등 여러 사건의 여파로 1988년 공식적으로 해금되었다. 1987년에 출판사가 제출한 납본을 허가하는 방식으로 시작된 1987년의 해금은 1988년의 납월북 작가의 공식적인 해금이란 국가의 결정으로 완전히 독자의 품으로 들어왔다.

여기서 눈여겨보아야 할 것은 정지용의 옹호 논리가 순수문학론이라는 점이다. 정지용의 해금을 바라는 이들이 순수문학을 강조한 것은 당시 정황을 고려할 때 충분히 수긍할 수 있지만 이후 이러한 평가가 아무런 자의식 없이 지속되어 정지용의 문학을 평가하는 논거로 화석화되었다는 점이다. 이것이 문제인 것은 정작 정지용 자신은 자신을 순수문학론자로 보는 것에 큰 거부감을 가지고 있었기 때문이다. 남북협상의 평화적 통일문학을 주장할 무렵 『문학』에 발표한 「산문」에서 자신의 문학을 순수문학이라고 것에 강하게 반대하였다.

> 일제강점기에 내가 시나 산문이나 죄그만치 썼다면 그것은 내가 최소한도의 조선인을 유지하기 위하였던 것 이외의 아무 것도 아니었다. 해방 덕에 이제는 최대한도로 조선인 노릇을 해야만 하는 것이겠는데 어떻게 팔일오 이전같이 왜 녀구축한 문학을 고집할 수 있는 것이랴? 자연과 인사에 흥미가 없는 사람이 문학에 간여하여 본 적이 없다. 오늘날 조선문학에 있어서 자연은 국토로 인사는 인민으로 규정된 것이다. 국토와 인민에 흥미가 없는 문학을 순수하다고 하는 것이냐? 남들이 나를 부르기를 순수시인이라고 하는 모양인데 나는 스스로

> 순수시인라고 의식하고 표명한 적이 없다. 사춘기에 연애 대신 시를 썼다. 그것이 시집이 되어 잘 팔리었을 뿐이다. 이 나이를 해가지고 연애 대신 시를 쓸 수야 없다. 사춘기를 훨씬 지나서부텀은 일본 놈이 무서워서 산으로 바다로 회피하여 시를 썼다. 그런 것이 지금 와서 순수시인 소리를 듣게 된 내력이다. 그러니까 나의 영향을 다소 받아온 젊은 사람들이 있다면 좋지 않은 영향이니 버리는 것이 좋을까 한다. 시가 걸작이든지 태작이든지 옳은 시든지 그른 시든지로 결정되는 것이지 괴테를 순수시인이라고 추존한다면 막심 고리끼를 오탁소설가라고 할 수 있는 것이냐?[7]

유엔 한국위원단이 삼팔선 이북지역으로 들어가려고 하던 것이 좌절되면서 한반도의 분단 위기는 증폭되었다. 정지용은 그 동안 미소공동위원회를 불안하게 생각하였지만 비판적 지지로 일관하였다. 그런데 유엔한국위원단이 삼팔선 이북으로 들어가지 못하게 되면서 분단의 위기가 짙어지자 시인으로서 이를 그냥 두고 볼 수 없었기에 적극적으로 정론적 산문 등을 통하여 자신의 견해를 밝혔다. 정지용의 이러한 활동을 보면서 남북협상운동의 중요성을 각성한 많은 젊은 문인들이 동참한 반면, 조연현을 비롯한 일부의 문인들은 정지용의 이러한 활동에 대해 비판적인 견해를 제시하였다. 이들이 정지용을 비판할 때 동원된 논리가 바로 정지용의 순수문학론 배신이었다. 일제강점기 한국근대문학사에서 순수문학을 내세웠던 이가 바로 정지용인데 오히려 그가 순수문학을 버렸다고 비판하였다. 조연현을 비롯한 당대 청년문학가협회의 이러한 비난에 대해 정지

---

7 정지용, 「산문」, 『문학』 7호, 1948.4.

용은 강한 비판을 하였다. 과거 자신이 일제 말에 순수자연을 노래하였던 것은 가혹한 일정의 억압 때문에 어쩔 수 없는 데서 비롯된 것이지 결코 문학의 본래의 모습은 아니라고 하는 것이다. 그런데 자신의 문학적 도정에 대한 이해 없이 자신을 순수문학의 주창자라고 이야기하면서 비판하는 것은 맞지 않다는 것이다.

정지용은 순수문학을 비판함과 아울러 문학의 현실 개입을 적극적으로 옹호하였다. 모든 위대한 문학은 자기가 속한 공동체의 운명에 관여하지 않은 것이 없다는 주장이다. 공동체의 현실에 무관심한 것이야말로 문인이 가야할 길이 아님을 아주 분명하게 하였다. 정지용이 이렇게 강하게 현실 관여를 주장하였던 배경에는 바로 남북이 분단될 뿐만 아니라 내전이 터질 수 있다는 위기감이 강하게 놓여 있다. 남북 지도자의 협의가 마련되지 않는 한 남북의 분단은 궁극적으로 전쟁으로 치달을 수밖에 없다는 것이 당시 정지용의 판단이었다. 그렇기 때문에 남북협상운동의 평화적 통일독립운동을 적극적으로 추진하였고 김구와 김규식이 남북협상을 위한 평양행을 머뭇거릴 때 문화인 108인 서명운동에 참가하였다. 이러한 자신의 생각을 문학사적으로 정리한 것이 『문장』 복간호에 발표한 「조선시의 반성」이다.

> 시와 예술은 현실에 입각하여 현실에서 다시 전진하기를 이념적으로 부담할 수 있는 것이고 보면 정치적 영향에서만 위축되고 부상할 것이 아닐 것인데 사십년간 조선 신문학은 약소민족문학으로서 현상타개의 자랑할 만한 업적을 볼 수 없는 것은 그것이 일제의 민족문화 탄압정책에서뿐만 아니라 조선 문학예술인 자체의 지적 부담에 책임성과 비판의식이 박약한 것이었다. 말하자면 문학

> 인이 약간의 시문 소설류를 현해탄을 건너온 외화와 함께 무반성하게 소화하려는 것으로써 문학전공일 줄 알았던 것이다. 정치 경제사나 계급혁명사나 민족해방운동사 등을 섭렵하는 것이 시인의 '천래적 영감'에 무슨 지장이 되는 듯이 외도시하였던 것이다. 민족적으로 항시 당면하여 있는 시사나 사건이나 정세나 국제동향 등 일반 현실사태에 몰간섭하기를 자랑으로 삼았던 것이니 일개 시민으로는 신문기자나 상인에 불급하도록 현실에 우매하였던 것이다. 더욱이 노동과 생산, 혁명과 투쟁에서 문학적 창의와 구상을 얻는다는 것은 조금도 기대하지 못한 것이요 도리어 이러한 문제가 문학적으로 논변에 오르고 보면 반드시 반동적 흥분을 하는 것이며 진보적 작가의 경향적 작품에 대하여서는 사감적 타매를 가함으로 안여할 줄로 여기는 모양이요 그들이 언필칭 괴테 하이네 등을 들어 방위구실을 삼으려고 하나 실상은 아리스토파네스부터 하이네에 이르기까지 무릇 위대한 시인들은 한양 경향이었다는 사실을 어찌 하랴?[8]

아리스토파네스부터 하이네에 이르기까지 모든 위대한 문학인들은 자신들이 속한 공동체의 현실에 개입하면서 방향을 고민했다는 대목에서 정지용이 얼마나 자신에게 향한 순수문학론을 거부하였는가를 짐작할 수 있다. 그런데 1980년대 해금을 요구하면서 내세웠던 순수문학론을 논거로 삼는 것은 정지용의 올바른 이해와는 거리가 멀다고 하지 않을 수 없다.

순수문학의 측면에서 정지용을 평가하는 것에 대한 자성이 일어나면서 나온 것이 모더니즘의 시각이다. 정지용의 시가 갖는 근대성에 대한 성찰을 담고 있다는 점에서 이전의 순수문학론과는 결이 다른 것으로, 정지용

8 정지용, 「조선시의 반성」, 『산문』, 동지사, 1949.

문학을 새롭게 읽을 수 있는 긍정적 측면이 매우 강하다고 할 수 있다. 순수문학론으로는 읽을 수 없는 정지용의 시적 특성을 해명한다는 점에서 이러한 접근법은 적지 않은 호응을 받고 있다. 하지만 해방 직후 특히 미소공위 결렬 후에 보여준 정지용의 인식 즉 남북협상의 태도를 미루어 볼 때 모더니즘의 시각에서 정지용을 바라보는 것 역시 매우 제한적이라고 할 수 있다. 지구적 시야 속에서 유럽중심주의적 근대를 비판하고 있는 정지용의 문학적 태도를 모더니즘의 각도 즉 근대성 일반에 입각해서 읽어내는 것은 매우 제한적일 수밖에 없는 것이다. 오늘날 일각에서 논의되고 있는 글로벌 모더니즘론을 활용한다 하더라도 사태는 크게 나아지지 않는다. 해방 직후를 비롯한 정지용 문학 전반을 포괄할 수 있는 새로운 접근이 필요하다.

4. 다층적 통합을 위하여

정지용이 남북에서 해금된 지 거의 30년이 넘었다. 남북 모두가 정지용을 우리 문학의 중요한 원천으로 평가하고 있지만 그 결은 다소 다르다. 남에서는 최근 모더니즘론에까지 미치고 있지만 여전히 해방 직후 냉전기에 형성된 순수문학관을 크게 벗어나지 못하고 있는 것이 아닌가 한다. 북에서는 민족적 특색을 갖는 혹은 향토적인 시인으로 평가하지만 구인회 활동을 예술지상주의로만 해석하는 한계를 크게 벗어나지 못하고 있어 정지용의 시를 포괄적으로 읽어내기는 어려운 현실이다.

미소공동위원회 결렬 이후 남북이 분단될 기로에 서 있을 때 남북협상운동을 하면서 정지용이 쓴 글 「조선시의 반성」에서 잘 드러나는 것처럼, 정지용은 문학은 공동체의 운명에 대해 깊은 관심을 가져야 한다고 믿었고 그렇지 않은 것은 제대로 된 문학이 아니라고 생각하였다. 또한 미소로 대표되는 유럽의 근대에의 추종이 아닌 제국주의적 근대로 점철된 조선의 현실에 대한 치열한 인식을 주문했다. 정지용의 이러한 현실인식은 이 시기에 부상한 것이 아니고 1920년대 이후의 지구적 현실에 대한 통렬한 자의식에서 비롯된 것이다. 유럽의 문명화론 대신에 근대화론을 내세우면서 식민지 약소민족을 대상화하였던 미국과, 민족해방운동의 지원이란 명분으로 러시아의 고립을 극복하려고 하였던 유럽중심주의의 소련을 직간접으로 겪으면서 얻은 것이다. 남북에서 정지용을 평가하기 시작한 것은 한국어를 사용하는 언어 공동체에 큰 축복이라고 할 수 있지만 여기에 그쳐서는 안 된다. 향후 냉전기 남북의 틀에서 파생한 미학관에서 벗어나는 다양한 정지용론이 제출되어야 할 것이다. 이는 남북의 문화적 통합을 성취하는 길일 것이다.

제6장

근대의 종언·근대의 결산·근대의 초극*

김기림의 '근대' 인식에 관한 몇 개의 질문들

한수영

1. '근대'는 과연 끝난 것이었을까

이 글은, 김기림의 '근대'에 관한 인식 혹은 사유를 검토하면서 떠오른 몇 가지의 단상을 적어본 것이다. 그 전에 두어 가지의 전제를 미리 이야기해 두고자 한다. 첫째는, 김기림이 가장 활발하게 활동하던 1930~1940년대는 문인과 철학자 포함하여 거의 모든 지식인들이 '근대'에 관한 논의에 직간접으로 참여했었고, 이른바 근대성 담론의 다양한 스펙트럼이 형성되었던바, 당대의 그러한 논의 가운데에서도 김기림의 사유의 깊이나 그의 박람강기의 수준은 그 시기의 누구보다도 뛰어났다는 사실이다. 또 한 가지는, 그의 '근대'에 관한 사유에서 내가 들여다 보고자 하는 것이

* 이 글은 일종의 '연구노트'로 쓴 글로서 제대로 내용과 형식을 갖춘 논문이 아님을 미리 밝힌다. 특히, 김기림과 근대성에 관한 선행연구와 서지사항은 거의 생략되어 있다. 추후 더 많은 작업을 통해 좀 더 완성된 형태로 수정 · 보완하고자 한다.

'표상'과 '실재'의 간극間隙이나 차이에 관한 것, 좀 더 정확히 말하면 그 간극이나 차이에 관한 자기의식의 문제이고, 결론을 미리 말하자면, 김기림에게서 그러한 자기의식이 아주 첨예하게 형성되어 있었던 것 같지는 않다는 점을 이야기하게 될 터인데, 이러한 자기의식의 둔예鈍銳의 문제를 따질 경우, 그것은 사실 김기림에게서만 드러나는 특징이라기보다는 당대의 논자들에게서 두루 확인되는 보편적 현상이라는 사실이다. 그리고 이 자기의식의 결여나 부족은 지금도 여전히 형태를 달리 하면서 반복 혹은 지속되고 있는 것이기도 하다.

그럼에도 불구하고, 이 문제를 김기림을 매개로 이야기하려는 이유는, 역설적으로 그가 당대의 누구보다도 근대(성)에 대해 활발하게 발언했을 뿐 아니라, 매우 높은 수준의 담론을 펼쳤기 때문에, 그는 일종의 대표단수로 선택된 것이라고 할 수 있다. 다시 말하면, 그를 통해 표상과 실재의 간극이나 차이에 관한 자기의식을 들여다보는 것은, 사실 당대의그리고 지금의 모든 담론과 담론생산자들에 두루 해당하는 문제이기도 하다는 것이다. 물론, 그런 보편적인 현상 이외에도 김기림에게서 고유하게 드러나는 특징은 특징대로 이야기할 만한 것이 없지 않으며, 그것은 그것대로 따로 논의하게 될 것이다.

'근대(성)'에 관한 논의는 지나치게 방대해서 이렇게 적은 지면紙面으로는 애초에 감당하기 어려운 주제이지만, 설사 책 한 권을 다 소진한다고 해서 명쾌하게 정리될 수 있는 것도 아니다. 우선 '근대(성)란 무엇인가'라는 근본적인 질문부터가 그러하지만, 그로부터 파생되는 세부의 질문들을 생각하면 논의할 사항들이 너무 많은 주제다. '근대'라는 보통명사를 특정한 역사 시기로 구획하게 만드는 그 '성격'을 김기림은 무엇이라고 생각했는가를 따져보아야 하고, 동시에 그것이 지닌 긍정성과 부정성 혹은 역사발전 단계에서 발현되는 진보적 성격과 그 한계 같은 것에 대해 그가 어떻게 생각하고 있었는가도 검토해 봐야 할 것이다. 그 외에도, '근대성' 혹은 '근대화'가 실제로 당시의 조선 사회에 어느 정도로 진척되거나 구현되었는가에 대한 그의 이해 내지는 파악도 중요할 것이다. 또한, 근대(성)의 한계나 부정성을 극복하는 방법이나 과정은 무엇이라고 생각했는지도 우리의 중요한 관심 사항이 아닐 수 없다. 요컨대, '근대'에 관한 그의 인식을 살피기 위해선, '근대성'과 '근대(성)의 역사적 성과와 한계', 그리고 '근대의 극복그 과정에서 필연적으로 요청되는 지양(止揚)' 등이 반드시 검토사항이 되어야 옳을 것이다.

논의할 내용이 이토록 많고 복잡한데도 불구하고, 이런 문제들에 대한 깊은 학문적 논의들이 상당히 축적되어 왔고, 그러한 연구성과 덕분에 김기림의 '근대'에 관한 사유와 인식의 상당 부분이 정리될 수 있었다고 생각한다. 나의 이 글은, 그러한 기존 연구들과는 구분되는 새로운 해석이나 평가를 시도하려고 쓴 글은 아니다. 문자 그대로, 그의 '근대'에 관한 사유를 따라가는 동안 떠오른 몇 개의 질문들 혹은 궁금증을 정리한 것이다.

그의 사유를 줄곧 따라가다 보면 만나게 첫 번째의 질문은, 그가 그토록 단호하게 '파산과 종언'을 선언한 '근대'는 정말로 '파국' 또는 '파산'의 상황이었던가, 만약 '파산'이라면 그 이후 어떻게 되었는가 하는 것이다.

> '근대'라는 세계는 실로 바로 우리의 눈앞에서 드디어 파국에 부딪쳤다. 그것은 '근대' 그것의 내부에서 부분적인 어느 시대의 국부의 파탄이라든지 그런 것이 아니다. 실로 '근대' 그것의 전부를 한데 묶어서 역사는 그것을 한 결정적인 시련

속에 던졌다.[1]

그러나 당장의 문제는 그런 데만 있는 것은 아니다. 실은 엉뚱한 딴 곳에서 튕겨져나왔다. 그것은 이것이다. 우리가 개화당초부터 그렇게 열심히 추구해 오던 '근대'라는 것이 그 자체가 한 막다른 골목에 부딪쳤다는 것이 바로 그 일이다. (…중략…) 결국은 근대라는 것은 이 이상 발 하나 옮겨 놓을 수 없는 상태에 다달았다는 심각한 인상이다. '파리'의 낙성으로써 가장 상징적으로 표현된 곤혹이 바로 그것이다. (…중략…)

사실 오늘에 와서 이 이상 우리가 '근대' 또는 그것의 지역적 구현인 서양을 추구한다는 것은 아무리 보아도 우스워졌다. '유토피아'는 뒤집어진 셈이 되었다. 구라파 자체도 또 그것을 추구하던 후열의 제국도 지금에 와서는 동등한 공허와 동요와 고민을 가지고 '근대'의 파산이라는 의외의 국면에 소집된 것이다.강조—필자[2]

나의 궁금증과 질문을 조금 달리 말하면, 그는 어떻게 해서 이토록 확고하고 단호하게 '근대는 끝났다'고 선언할 수 있었는가 하는 것이고, 또 동시에 그렇게 단호하게 '파산'을 선언했던 '근대'는 과연 '끝난 것인가'에 대한 질문이라고 할 수도 있다.

'근대의 파산' 혹은 '근대의 종언' 그리고 '종언 이후'에 관한 그의 시적 상상력은, 우리가 잘 알다시피 그의 시집 『기상도』1936에도 잘 함축되어 있

---

1 김기림, 「시의 장래」, 『조선일보』, 1940.8.10. 여기서는 『김기림전집』 2, 심설당, 1988, 338쪽을 인용함. 이후 김기림의 글을 인용할 경우는 '전집 2 : 338'의 형식으로 표기함.

2 김기림, 「30년대의 소묘」, 전집 2 : 48, 1940.10.

다. 『기상도』는, 물론 다양한 각도와 맥락에서 해석할 수 있지만, 이 시 전체를 가로지르고 있는 '태풍'의 신화적혹은 기독교적 상상력이말로 그 근대적 파국을 선언한 '단호함'과 일정한 유비적 관계를 구성한다고 말할 수 있을 것이다. 여러 신화에 나오는 모티프겠지만, 우리에게 비교적 익숙한 성서적 모티프를 생각해 보면, 이것은 새로운 세계를 만들기 위한 신화적 장치로서의 '홍수'노아의 방주나 '불기둥'소돔과 고모라과 같은 계열체에 속한다. 『기상도』를 무엇이라고 해석하든, 가장 강력한 이 시적 상상력의 추동력은 새로운 세계에 대한 뜨거운 소망동시에 현세계에 대한 강렬한 혐오와 부정이고, 그 새 세계를 가능하게 만들어 줄 '태풍'에 관한 기대와 희망이라고 볼 수 있다.

나는 근대의 파국에 관한 이 단호한 태도와 '태풍'에 매개되는 신화적 상상력의 근원에는 어떤 동질성이 작동하고 있다고 생각한다. 『기상도』는 엘리엇의 『황무지』와 종종 비교되어 해석되지만, '태풍'이라는 이미지나 그것의 시적 기능신화적 장치로서의을 떠올릴 때, 내게 직접적으로 연상되는 것은 셰익스피어의 희곡 「태풍Tempest」에서의 '태풍'이다. 셰익스피어의 「태풍」의 구조가 '태풍 전'과 '태풍 후'로 나누어지듯, 『기상도』의 구조 역시 크게 보면 '태풍 전前'과 '태풍 후後'로 나누어지고, '태풍'은 태풍 이전의 세계를 '끝장내고' 새로운 세계를 여는 중요한 기제인 것이다.[3]

『기상도』의 '태풍'이 곧 밀어닥칠 새로운 세계전쟁을 암시한다는 해석도 있는데, 그렇다면 이 '태풍'은 '근대세계'를 끝장내고 '근대 이후'의 세

3 내가 셰익스피어의 「태풍(Tempest)」를 언급한 이유는, 비교문학적 차원의 영향관계를 말하려는 것이 아니고, '태풍'의 텍스트 내의 기능과 역할의 유사성을 이야기하기 위해서이다. 두 가지 점에서 그것은 유사한데, 하나는 본론에서 말한 '낡은 세계'와 '새 세계'의 극적인 대비와 교체이고, 다른 하나는, 태풍 이전의 세계의 갈등과 부정성이 '세계-내'의 '힘'에 의해 해결되는 방식이 아니라, '태풍'이라는 '세계-밖'의 힘에 의해 종결된다는 점의 유사성이다.

계, 즉 '근대의 초극'이 실현된 세계를 가져오는 것이라고 보아야 할까? 물론, 『기상도』의 마지막 장인 「쇠바퀴의 노래」는 태풍이 휩쓸고 지나간 현재 시점을 묘사한 것이 아니라 모든 싯구가 '~일게다'라는 미래형시제로 되어 있어, '태풍' 이후에 도래할 세계에 대한 희망을 노래한 것으로 읽힌다. 현재의 시점에서 묘사된 것은 바로 그 직전의 챕터인 「올배미의 노래」까지이고, 여기서 시의 화자는 태풍의 내습을 피해 "나는 갑자기 신발을 찾아 신고 도망할 자세를 갖추"지만, 그러나 "길이 없다"고 절망적으로 읊조린다. 그럼에도 이어지는 「쇠바퀴의 노래」에서 그려지는 '태풍 이후'의 세계는 갑자기 밝고 희망찬 유토피아로 묘사된다.

허나
이윽고
태풍颱風이 짓밟고 간 깨여진 「메트로폴리스」에
어린 태양太陽이 병아리처럼
홰를 치며 일어날게다
하루밤 그 꿈을 건너다니던
수없는 놀램과 소름을 떨어버리고
이슬에 젖은 날개를 하늘로 펼게다
탄탄한 대로大路가 희망希望처럼
저 머언 지평선地平線에 뻗히면
우리도 사륜마차四輪馬車에 내일來日을 싣고
유량한 말밥굽 소리를 울리면서
처음 맞는 새길을 떠나갈게다[4]

물론, 『기상도』의 득의의 장처는 종장終章보다도, 태풍이 휩쓸고 지나가게 될 세계 도처의 사건과 현상들을 묘사하는 김기림의 탁월한 세계정세 인식과 역사적 안목, 그리고 지정학적 위계나 인종 간 위계에 대한 날카로운 비판 정신, 자본주의의 폐해에 대한 정당한 지적 등이 펼쳐지는 종장 이전의 부분들이라고 보아도 좋을 것이다. 그럼에도 불구하고, 아니 오히려 바로 종장 이전의 부분들이 보여주는 그러한 시적 성취 때문에, 종장의 이 갑작스러운 유토피아적 희망, 예컨대

> 시민市民은
> 우울과 질투와 분노와
> 끝없는 탄식과
> 원한의 장마에 곰팽이 낀
> 추근한 우비雨備를랑 벗어버리고
> 날개와 같이 가벼운
> 태양太陽의 옷을 갈아 입어도 좋을게다[5]

와 같은 결구結句의 무매개적인 낙관성이나 추상성, 무엇보다도 나의 궁금증이기도 한 '근대는 과연 끝났는가?' 혹은 '근대는 언제 어떻게 끝난다는 것인가?' 하는 질문은 김기림의 사유에서는 문득 더 이상 나아갈 길을 찾지 못하게 되는 것이다.

실제로, 김기림은 해방 후에 쓴 글에서 "우리는 일찍이 이번 전쟁이 일

---

4 김기림, 「기상도」, 전집 1 : 151.
5 김기림, 「기상도」, 전집 1 : 154.

어나던 1939년에 이 전쟁이야말로 '르네상스'에 의하여 전개되기 시작했던 '근대'라는 것이 한 역사상의 시대로서 끝을 마치고 그것이 속에 깃들인 뭇 모순과 불합리 때문에 드디어 파산할 계기라고 보았"[6]노라고 고백하고 이어서 "오늘 전후의 세계는 물론 '근대'의 결정적 청산을 가져오지 못하고 있다"[7]고 함으로써, 자신이 그토록 단호하게 '종언'이자 '파국'임을 선언한 '근대'가 여전히 지속되고 있는 '현실'을 인정한다. 그럼에도 김기림은 변함없이 "우리들의 신념은 오늘에 있어서도 그것을 수정할 아무 필요도 느끼지 않는다"고 재차 천명하고 "이 땅에서 실패한 근대의 반복을 보아서는 아니될 것"이며 "근대를 부정하는 새로운 시대가 지구상의 어느 지점에 시작되어도 상관이 없을 것이다"라고 선언한다. 이것을 모두 뭉뚱거려 '초근대인'이라고 명명하고, "오늘에 있어서 다시 초근대인임을 선언하는 것이야말로 새 시인들의 자랑일 것이다"라고 마무리 짓는다.

우리가 사상사思想史의 맥락에서, '근대'에 관한 과거 사유의 궤적과 그 가치를 오늘날 다시 질문한다고 할 때, 누가 얼마나 가열 차게 '근대의 종언'이나 '파국'을 선언했는가, 또 그토록 단호하게 '근대의 파국'과 '종언'을 선언하기 위해 '근대의 부정성'을 묘파하기에 집중했는가를 따지는 것도 중요할 터이지만, 그것 못지않게, '근대는 왜 이리도 끈질기게 망하지 않는 것일까?'를 질문하는 사유의 힘이 중요할 수도 있지 않을까 하는 생각이 든다. 이를테면, 안토니오 그람시의 역설적인 질문이 지닌 가치에 대한 이끌림 같은 것이다. 주지하다시피, 옥중에서 그람시를 대오 각성케 한 질문은 '자본주의는 언제 망하나?'가 아니라, '자본주의는 왜 망하지 않을

6 김기림, 「전국문학자대회에서의 강연」, 전집 2 : 141, 1946.2.
7 김기림, 위의 글, 142쪽.

까?'였다. 나는, 1930~1940년대에 지속적으로 '근대의 종언'과 '파탄'을 단호하게 선언했던 김기림이 한번쯤은 '근대'가 왜 그의 희망대로 '파탄'에 이르지 않는지를, 혹은 그가 생각하는 '근대의 파탄'과 '근대의 초극'이 무엇인지를 조금 다른 방향과 각도에서 다시 한 번 질문해 보았으면 더 좋지 않았을까 상상해 보는 것이다.

2. '서구', '근대', '자본주의'의 혼효

그의 '근대'에 관한 인식과 사유에서 제기되는 다른 궁금증 하나는, '근대'를 사유하는 그의 '위치'에 관한 것이다. '근대'를 둘러싼 논의에 서 종종 우리를 어렵게 만드는 것 중의 하나는, 특히, '근대'에 관한 논의의 주체가 조선이나 일본, 혹은 중국과 같은 '아시아'를 비롯한 비서구의 주체들일 경우에는, 그 논의 주체들의 '위치' 때문에, '근대적인 것'과 '서구서양적인 것'의 엄밀한 구획이 어려워지는 경우를 종종 보게 된다. 다시 말하면, 비서구의 '위치'에서 '근대(성)'와 관련된 담론을 구성할 때에는, 이른바 '근대(성)'의 출발점이 '서구'라는 사실을 미리 의식할 수밖에 없으며, 따라서 '근대의 긍정성'과 '근대의 부정성', 혹은 '근대의 초극'[8]을 이야기

8 '초극(超克)'은 '극복'과 거의 의미상 동일한 어휘이다. 다만, 김기림이 활동하던 1930~1940년대의 '근대성' 논의에서는 '근대의 초극'이란 어휘가 좀 더 널리 통용되고 있어서 '극복'과 '초극'을 번갈아 쓰기로 한다. 특히, 1940년 전후의 당시 '근대성 논의'의 분위기를 전할 필요가 있을 때에는 '초극'을 쓰기로 한다. 김기림의 글에는 '근대의 초극'이란 말과 '근대의 극복'이란 말이 함께 등장하고 있다. 맥락상 특별히 의식을 하면서 구분해서 사용한 것처럼 보이지는 않는다. 해방 후의 글에서는 '초근대'라는 어휘도 쓴다. 이 역시 '근대의 초극'이란 의미를 지니고 있다. 일본의 경우는, 1930~1940년대나 지금이나 '초극'이라는 어휘가 훨씬 널리 통용된다. 영문으로 옮겼을 경우는, 둘 다 'overcoming'으로 번역된다.

할 때에는, 불가피하게 '서양the West'을 하나의 대타항으로 설정하게 되는 것이다.[9]

'근대'에 관한 논의를 하는 '주체'의 '위치'가 어디인가, 혹은 그 위치로부터 비롯되는 시각또는 관점이 무엇인가에 따라 많은 것들이 달라지는데, 그런 것들 중 흔하게 목도할 수 있는 것의 하나는, 종종 '서양'과 '서양적인 것', 그리고 '근대적인 것'이 서로 뒤섞인 채 사유된다는 것이다. 조금 더 세부적으로 구분하자면, '서양적 근대'와 '동양적 근대' 같은 범주들도 1930~1940년대 글에서 종종 목격된다. 특히 일본의 일부 논자들은 '일본적 근대'라는 말을 종종 쓴다. 조선의 지식인들도 '조선적 근대'라는 말을 쓰는 경우가 있고, 김기림의 글에서도 '조선의 근대' 혹은 '조선의 근대문학'과 같이 '근대' 앞에 '조선(적)'이라는 관형어를 붙이는 경우가 있다. 이 경우의 '근대' 앞에 놓이는 관형어는, 맥락에 따라 '보편에 미달하는'이라는 의미를 띨 때도 있고, '단순히 서양의 근대와 구분되는 개별성'이라는 의미를 띨 때도 있으며 '보편과는 다른 특수한'이라는 의미를 띨 때도 있다. 매 경우의 의미를 따지는 일은 지난한 작업이지만 필요한 작업이기는 하다. 왜냐하면, 그러한 관형어의 내재적 의미를 검토함으로써, 실제로 '보편성에 관한 욕망'이 어떻게 발현되는가를 확인해 볼 수 있기 때문이다그러나 이 글에서는 그러한 작업을 다 감당하지는 못한다는 점을 미리 밝혀둔다.

김기림의 글에서도 이런 장면들이 종종 목도된다. 그리고 엄밀한 의미에서 이런 혼동이나 착종은, 비단 김기림에게만 보이는 현상은 아니고, 그

9 '위치'의 문제와 관련해서 보자면, 서구의 주체도 똑같이 '비서구'를 타자화한다는 점에서는 동일하다. 다만, 그러한 타자화의 내용과 담론의 전략, 그리고 그렇게 해서 획득되는 자기정체성 등이 달라진다.

당시의 많은 지식인들에게서 두루 확인되는 현상이며, 사실은 지금도 여전히 이 범주들은 서로 뒤섞인 채 논의되는 경우가 흔하다.

> 근대문화의 말기현상은 반드시 '스펭글러'의 '서양의 몰락'을 기다릴 것 없이도 식자의 걱정을 사기 시작하였던 것이다. 그리하여 근대문화는 모순 상극에 찬 그 말기 징후를 조만간 청산할 국면에 직면하여야 하였다. (…중략…) 오늘 독일이 이상理想하는 문화란 '게르만'정신에의 복귀에 의한 근대문화 수정안에 틀림없다. 그러나 이러한 이질문화異質文化 상호간의 접촉, 교류의 예로서는 근대문화와 동양문화와의 상봉보다도 더 규모가 크고 결과에 있어서 심각한 경우를 역사상 찾아볼 수가 없다. 바로 동양이 늙어 지쳤을 때 그는 젊은 서양과 만났던 것이다. 일찍이 동양이 처음으로 이질의 서양문화를 받아들일 적에는 열광적 경도傾倒로 나타났던 것은 피할 수 없는 일이었다. (…중략…) 그런 때에 마침 들어온 것이 면목面目이 아주 다른 서양문화西洋文化였고 또 오늘 와서 생각하면 이윽고 포화상태에 다닥칠 서양문화로서도 동양문화라는 아주 다른 풍토 속에 전지轉地한 셈이었다. 동양이 서양문화를 받아들일 적엔 전혀 수동적인 자세에서 한 것은 당시 동양문화가 완전한 정체, 부식상태에 있은 때문이었다. (…중략…) 동양은 그저 덮어놓고 경도傾倒될 것이 아니라 다시 발견되어야 하리라고 말했다. 그러면 어떻게 발견될 것인가. 서양적인 근대문화가 우리들의 시야視野에서 한창 관찰되기에 알맞은 거리로 마침 우리가 물러선 기회에 우리는 근대문화의 심판장에서 무엇을 명일明日의 문화로 가져갈 유산인가를 반성해야 할 것이다. (…중략…) 동양문화와 서양문화의 결혼 — 이윽고 세계사世界史가 구경하여야 할 향연饗宴일 것이고 동시에 한 위대한 신문화 탄생의 序曲일 것이다.[10]

인용문은 김기림의 글 「동양에 관한 단장」이다. 이 인용문에서 우리가 주목해 볼 지점은, 서양, 서양문화, 동양, 동양문화, 근대문화, 서양적인 근대문화 등의 용어가 다소 복잡하게 사용되고 있다는 점이다. 그가 '서양'이나 '서양문화'라고 말하는 것도, 문맥을 따지고 보면 '서양의 근대문화'를 지칭하는 것이라고, 그의 용어 사용의 일관성을 방어할 수도 있겠으나, 사실 김기림에게서 이런 용어들의 실제 용례는 그리 간단하지 않다. 위의 글에서만 보더라도 '서양적 근대문화'라는 용어가 등장하는데, 이것은 그 앞에 등장하는 '근대문화'와 같은 의미라고 바로 이해하는 것이 옳은지 나로서는 망설여진다. '서양적 근대문화'는, 의미구조상 '동양적 근대문화'라든지, 혹은 포괄적으로 말해서 '비서양적 근대문화'에 대한 상대개념으로 썼음이 틀림없고, 그렇다면 논리적으로 '근대문화'가 있고, 그것을 상위범주로 하는 아래쪽에 각각 '서양적인 근대문화'와 '비서양적인 근대문화'동양적 근대문화를 포함하여가 배치되어야 할 것이다.

만약, '서양적 근대문화'가 곧 '근대문화'를 가리키는 개념과 동의어라고 한다면, 그것은 또 다른 질문을 만들어낸다. 서양적 근대문화가 곧 근대문화의 '보편자'이고, '동양적 근대문화'를 포함한 '비서양적 근대문화'는 그 '보편자'에 대응하는 하나의 '특수자(들)'란 논법일까 하는 의문이다. 그보다 더 근본적인 질문은, '근대문화'의 '보편자'가 곧 '서양의 근대문화'라는 근거는 무엇일까 하는 것이고, 그 때의 '보편자'의 근거는 '기원 = 출발지'이기 때문인가 하는 질문과도 이어진다.

용어의 이러한 혼란스러운 사용은 김기림에게 뿐만 아니라, 그를 연구

10 김기림, 「동양에 관한 단장」, 전집 2 : 52~55, 1941.4.

하는 연구자들에게서도 종종 목도되는 현상이다. 김기림의 '근대'인식에 관한 총체적인 연구를 지향한 가장 최근의 저서에서도 '자본주의적 근대', '자본주의 근대 문명', '근대 자본주의 문명', '근대문명', '자본주의의 내재적 모순' 등의 용어가 한 페이지에도 여러 차례에 걸쳐 동시에 등장하고 있다. 이 모든 용어가 사실상 동일한 기의記意를 지니는 것이고, 같은 단어를 반복하는 것이 지루하기 때문에 문맥에 따라 적절히 변용하거나 바꾸어 쓴 것일 뿐이라고 한다면 더 이상 따져 묻는 것이 곤란해지기는 하지만, 설령 그렇다고 하더라도 '자본주의적 근대'와 '자본주의 근대 문명'은 과연 같은 것인지, 아무런 수식 없는 '근대 문명'과 그것은 또 같다고 할 수 있는지 여전히 의문이 해소되지 않는다.

이 문제가 간단하지 않은 이유 중의 하나는, '근대의 초극'이라는 지향이 '서구적인 것의 초극'인지 '서구적인 근대의 초극'인지에 따라 그 '초극'의 방향과 방법이 달라지는 것이라는 논의가 존재하기 때문이다. 가령, '세계사적 입장과 일본'이라는 타이틀을 걸고 『중앙공론中央公論』에 실린 좌담회에서, 서양사학자인 스즈키 시게타카鈴木成高는, 유럽이 가진 우월의식의 근원이 직접적으로 문화에 있다기보다는 "경제적이고 기술적인, 그리고 그것에 기초한 정치적인 지배성에 있다"[11]는 고야마 이와오高山岩男의 발언이 발언의 진의는 곧 '자본주의' 문제가 유럽 위기의 핵심이라는 뜻—필자에 대해 이의를 제기하면서 다음과 같이 말한다.

> 스즈키 : 아니오, 저는 그 근본은 문화라고 생각합니다. 왜냐하면 자본주의, 즉 생산의 새로운 방법, 기계 생산 같은 것은 문명이 낳은 것이기 때문에, 예컨

---

11 나카무라 미츠오 외, 이경훈 외역, 『태평양전쟁의 사상』, 이매진, 2007, 154쪽.

대 유럽에서 과학은 지식일 뿐만 아니라 그 지식에 의해 사회와 문명이 변화됩니다. 다시 말해 학문이 지식으로 존재할 뿐 아니라 과학문명이라는 문명의 종류를 규정하고 있습니다. 그런 문명이-합리적 문명이랄까, 그런 것에서 자본주의도 지반을 얻고 있습니다. 그런 점에서 저는, 자본주의는 어디까지나 유럽에 기원을 둔 것이라고 생각하거든요. (…중략…) 그래서 기계문명이라든가 그런 유럽적 문명이 도달한 것이 나쁘다는 것, 그런 데에 근본적인 문제가 있습니다. 그러므로 문명의 위기와 유럽의 위기는 따로 떼어놓기 힘들지요.[12]

스즈키는 자본주의나 기계문명이 서구적인 문명문화의 결과물로 나타난 것이라고 본다. 이 논리를 확대해 보면 '서구적인 문명'이 근본적으로 있고, '서구적 근대'는 그것의 하위범주로 자리한다. 자본주의나 기계문명은 다시 그 '서구적 근대'의 하위범주로 자리하게 된다. 이런 논법이라면 '근대의 위기'나 '근대의 초극'은 단지 '근대'에 국한되는 것이 아니고 '서구의 위기'이거나 '서구의 초극'이어야만 하는 것이다. 스즈키의 발언의 마지막 문장에도 있듯이, 그것은 결국 '자본주의의 극복'이나 '근대적인 것'의 극복이 아니라 '서구적인 것'의 극복이 더 근본적이고 우선적인 것이다.

문제가 한결 복잡해지는 대목은, 동양이 받아들인 '근대문화'도 '서양'에서 출발한 것이지만, 그러한 '근대문화'의 위기나 파국, 혹은 종언에 관한 '담론' 또한 '서양'에서 출발하여 '조선'(을 비롯한 비서구)으로 유입된 것이다. 위 인용문의 제일 첫 문장에도 등장하지만, 슈펭글러의 『서구의 몰락』 제1권이 출간된 것은 1918년의 일이었고, 김기림도 "『서양의 몰락』을 기다릴 것도 없이……"라고 쓰고 있듯이, 이미 19세기 중반을 넘어

12 나카무라 미츠오 외, 앞의 책, 154~155쪽.

서면서 수많은 철학자들과 문학자들에 의해, 19세기 서구사회의 위기적 징후와 그 정신사적 · 문명사적 배경과 맥락을 논하는 담론들은 다양한 형태로 전개되어 오고 있었던 것이다. 그러므로, '서양', '서양문화'라고 하는 순간, 그 안에는 '근대(적인 것)'도 포함되지만, 동시에 '반근대적인 것'이나 '탈근대적인 것'도 함께 포함될 수밖에 없게 된다. '비서양'에게 '서양'이나 '서양문화'란, '근대'의 기원이자 출발이기도 하면서, 동시에 그 '근대'의 위기와 파국과 종언에 관한 담론의 기원이자 출발이기도 한 것이다. 그러므로, '서양'이나 '서양문화'는 맥락에 따라 너무도 다양하게 쓰이고 해석됨으로써, 참으로 종잡기 어려운 것이 되고 만다.

내가 이런 '위치'의 문제를 글의 앞머리에 꺼내는 이유는, 그러한 범주들이 매우 뚜렷한 개념적 경계를 지니고 있는데, 김기림(을 포함한 당대의 지식인들)이 그런 범주적 경계를 잘 모르고 뒤섞어 사용했음을 지적하려는 데 있지 않다. 그런 개념적 경계의 불분명함, 혹은 그 개념이나 범주들을 사용하는 사람들연구자나 지식인의 오용誤用이나 혼용混用의 가장 근본적인 이유는 그것들이 일종의 '표상'형식이라는 사실 때문임을 환기하려는 데 있다.

3. 표상과 실재의 간극 1 근대, 자본주의, 국민국가, 과학

'근대'가 일종의 표상형식, 혹은 표상체계임을 환기하고자 하는 것은 두 가지 이유 때문이다. 그 하나는, '근대(성)'에 관한 논의가 종종 이것이 하나의 '표상체계'임을 잊어버림으로서다시 말하면 그것이 곧 어떤 '실재'의 언어적 반영이라고 믿어버림으로써, 실재를 그것으로 대체하거나 치환하는 인식의 착종을 일으킨다는 점을 다시 환기해보고 싶어서이다. 다른 말로 하자면, '근대가 끝난다는 담론이 있다'는 것은 하나의 '사실'일 수 있으나, '근대가 곧 끝난다'거나 혹은 '근대가 끝났다'는 것은 '사실'일 수는 없는 것이고, 그것은 그저 어떤 '실재'의 특징적 국면을 언어로 재현한 하나의 '표상'이라는 점을 다시 한번 확인할 필요가 있다는 것이다.

'표상'형식이란, 근본적으로 언어적 재현의 '대상'을 균질적이고 단일한 특성으로 만들어야만 한다. 그리고, 그렇게 만들어진 '언어적 재현'을 다시 그 '대상'에 투사함으로써, '균질적이고 단일하게 언어적으로 재현'된 것이, 실재의 '대상'과 동일한 것임을 자기환원적으로 인식하는 것이다. 그래야, 비로소 표상형식은 표상형식으로서 완결될 수 있다. 표상형식이 지닌 이런 본질적 기제에 근거하면, '근대'는 '근대'라는 '대상'이 실재하는 것이 아니고, 어떤 지역이나 어떤 시기, 혹은 어떤 국면에서 나타나는 현상의 '특징'을 균질적이고 단일한 것으로 만들어 언어로 '재현'한 것이다. 그러므로, '근대란 무엇인가?'라는 질문에 끝도 없는 대답이 가능한 것, 혹은 그 대답을 둘러싸고 끝없는 논쟁이 일어나는 것은 너무도 당연한 일이다. 왜냐하면, 그 균질적이고 단일한 표상을 무엇으로 파악하는가에 따라 '근대'라는 '표상'의 내용성은 달라지기 때문이다.

한 가지 예를 들어보기로 하자. 표상체계로서의 '근대'를 구성하는 어떤 특징적 국면 혹은 사태나 지표로 '자본주의'를 들 수 있다. '자본주의'는 표상으로서의 '근대'를 구체화하는 한 조건인데, 이 '자본주의'를 극복하고자 하는 '공산주의'나 '사회주의'는, 과연 '근대(적인 것)'인가 아니면 '근대'가 '초극'된 상태의 것, 즉 '근대초극적인 것'인가? 혹은, 그것이 곧 '자본주의' 자체라고는 할 수 없지만, 에너지 혁명과 기계, 기술의 발달에 힘입은 대규모공장제 '산업'의 발달은 '자본주의' 못지않게 '근대'를 구체화하는 조건 혹은 근거라고 할 수 있는데, 이 '산업'마르크스적으로 말하면 생산양식의 범주에 속한다고 할 수 있는은, '근대적인 것'인 것으로 한정할 수 있는가, 혹은 '근대의 초극'에서도 이월 / 지속되는 것인가?[13]

『근대의 초극近代の超克』이란 책을 쓴 스즈키 사다미鈴木貞美는, "무엇을 '근대'의 지표로 삼는가에 따라, 근대에 등을 돌리는 '반근대'도, 근대의 폐해를 고치고자 하는 '근대의 초극'도, 그 위치를 바꾼다. 또 '반근대의 사상'도, 그것을 수용하는 사람이 '근대의 초극'으로 전환하기도 한다. 이런 것들이 '근대의 초극'이란 주제를 논할 때에 혼란을 부르는 큰 원인이 되어 왔다"[14]고 적고, 그런 사례의 하나로 일본의 마르크스주의를 든다. "19세기부터 20세기 전반기에 걸쳐, 국가의 폐절을 목표로 한 움직임도 활발했지만, 그 세력 가운데 가장 큰 영향력을 가졌던 것은 '과학'을 표방하는 마르크스주의였다. '과학'을 표방하기 때문에 근대주의로 생각되지만, 자본주의를 사회주의로 전환하는 전략목표는 '근대의 초극'이다"[15]라고 본다. 요컨대, '과학'아마도 이 말에 함축된 것은, '자연과학'의 '과학다움'을 인간 사회와 역사에도 그대로 적용시킬 수 있다는 어떤 신념 차원에서의 마르크스주의의 지향을 가리킬 것이다. 실제로 사회과학은, '자연과학'의 과학적 방법론을 인간사회와 역사에도 똑같이 적용할 수 있다는 신념체계에서 비롯되었다이라는 지표로 보자면 '마르크스주의'는 '근대적인 것'이지만, '근대적인 것'으로

---

13 주지하다시피, 이매뉴얼 월러스틴의 경우는, 자본주의와 사회주의를 모두 근대체제 내부의 것으로 파악한다. '사회주의'가 근대 내부인지 근대를 넘어서고자 했는지는 논자에 따라 다를 것이다. 다만, 월러스틴은, 철저히 그것이 '근대 내부적인 것'으로 본다는 점에서, '근대란 무엇인가?'라는 질문이 얼마나 답을 구성하기가 어려운 질문인가를 환기하고자 예를 들었다.

14 스즈키 사다미(鈴木貞美), 『근대의 초극(近代の超克)』, 作品社, 2015, 12쪽.

15 스즈키 사다미(鈴木貞美), 앞의 책, 18쪽.

서의 '자본주의'를 부정하고 그 이후의 세계를 기획했기 때문에 그런 맥락에서는 '근대초극적'이라는 것이다.

좀 더 흥미로운 것은, '반근대'와 '근대의 초극', '근대적인 것' 사이에도 명료한 경계가 확보되는 것도 아니라는 점이다. 이를테면, 다케우치 요시미가 사상사의 창고에서 다시 1930~1940년대의 '동아시아론' 특히 '일본낭만파'을 호명하고 그것에 내려진 '역사적 시효만료 선언'이 무효였음을 강변하면서 '근대의 초극'의 맥락에서 재활용하고자 하는 것에 비판적 논의를 전개한 고야스 노부쿠니子安宣邦는, '일본낭만파'가 '반근대'나 '근대의 초극'이 아니라 오히려 역설적인 의미에서 '진짜 근대'를 추구했던 것이라고 주장한다.

> 일본의 근대가 유럽적 근대를 지향하는 것인 한, 그 〈반反〉으로서의 민족주의는 토착적 아시아에의 지향이다. 그리고 일본에 있어서의 근대가, 표층적 변용으로서의 근대인 한, 그 〈반反〉으로의 민족주의는 바닥 깊이 아시아적 심부로부터의 변혁의 주체를 추구해 간다. 혹은 또 일본의 근대국가가 선진 유럽 문명의 모방적 수용으로 이루어진 유사근대국가로 간주되는 한, 그 〈반反〉으로서의 민족주의는 민족의 혼을 가진 진정한 민족국가를 추구한다. 요컨대 일본의 근대가 가짜라면, 그 〈반反〉으로서의 민족주의는 아시아의 '진짜' 근대를 주장한다.[16]

물론, 표상체계나 표상형식이 그러한 본질을 지니기 때문에 실재와의 관계에서 '허구'라는 의미는 결코 아니다. 우리가 주목해야 할 지점은, 그

16 子安宣邦, 『近代の超克とは何か』, 青土社, 2008, 14쪽.

것이 '실재'의 어떤 국면이 지닌 특징을 '반영'하는 것임은 분명하고, 그러한 범위 안에서 (부분적) 실재를 '적절히' 반영한 것일 가능성도 있으나, 그것이 곧 '실재' 자체의 반영이라고 믿어버리기 쉽다는 점이다. 논쟁과정에서 어떤 특정한 '표상'체계나 이론이 우위를 차지할 수는 있겠으나, 그것은 엄밀한 의미에서 말하는 '진리(값)'으로서의 확정적 승리는 아니다. 이런 당연한 이야기를 다시 꺼내는 이유는, 김기림의 '근대'에 관한 사유를 따라가다 보면, 그가 이것이 지닌 '표상'으로서의 본질을 너무 간과하고 있는 것은 아니었던가 하는 의구심이 들기 때문이다. 다른 맥락에서 말하면, 김기림은 '근대'의 표상에 너무 경사되어 있었던 것은 아니었는가 하는 질문이다.

이런 '표상'에의 경사는, 앞에서 언급한 바 있지만, 사실 김기림에게만 나타나는 특징은 아니다. 그 당시의 대부분의 지식인들에게 두루 나타나는 현상이고, 그것은 지금도 그다지 크게 달라진 것 같지는 않다. 그러므로, 이 '근대'라는 것이 일종의 표상체계이자 표상 형식임을 계속 의식하면서 김기림의 '근대'인식을 검토할 필요가 있다.

김기림의 글에는 '근대'와 '현대'가 함께 쓰이는 경우도 많다. 그가 정확히 이 두 어휘를 어떻게 정의하면서 쓰고 있는지는 분명하지는 않지만, 구분해서 쓰고 있는 것만은 틀림없는 것으로 보인다. 요컨대, '근대'라고 쓰는 경우는 어떤 단일하고 균질적인 '특질'이 편재하거나 지배적인 '역사적 시공간'을 가리키는 것이라면, '현대'는종종'오늘' 또는'오늘날'이라고 대체용어로 등장하기도 하는, 그러한 '근대'가 더 이상 유효하지 않은 '국면'이나 '사태'를 지칭한다고 짐작된다. 그러므로, '근대'는 '균질적인 특성'을 지닌 것으로서 '더 이상 아님no longer'이 분명하지만, '지금 = 현대'는 무엇이라거나 어떤 하다고 규정할 수 없는 '지금 · 여기'로서의 시공간을 가리키는 것으로 보인다.

비교적 초기의 글 중의 하나인 「정조문제의 신전망」1930에서, 이러한 구분에 입각해서 사용한 '근대(인)'와 '현대(인)'이란 어휘의 용례를 볼 수 있다.

> 여성이 인격적 준재로서 지구의 표면이 총인구 속에 지위를 주장하여 획득한 것은 근대에 속한 일이다. 오래인 동안 여성은 '물품'이었다. 남성의 재산이었다. 이것은 특수한 예이지만 돈을 치르고 구입해 오는 것은 우리의 바로 선대까지의 일이었다. 아니 현대에도 어떤 지방에서는 이러한 풍속이 아무 치욕이 없이 행하여진다. (…중략…) 현대는 모든 제도에 관한 신앙과 확신이 동요하지 않고는 마지않을만치 현대인의 생활의욕과 그것을 포위하고 있는 선시대의 약속 사이에 근본적 모순을 유기誘起하지 않고는 마지않는 절박한 정세에 도달한 것이다.[17]

김기림의 '끝났다'고 선언하는 '근대'는 어떤 '실재'가 아니라 일종의 표상형식임을 환기하는 일의 필요성과는 별도로, '근대' 이후를 떠올리는 그의 상상력에는 여전히 '근대(적인 것)'가 아닌가 여겨지는 것들이 무척 많다. 그 중의 하나가 그의 사유에서 발견되는 '국민국가'에 관한 지향이다. 그는, 해방 전부터도 그러했지만 해방 후에도 민족 단위의 '국민국가' 시스템에 대한 확고한 지향을 지니고 있었다. 물론, 해방 전과 해방 후에는 일정 정도의 차이가 있지만, 그 차이는 이 국민국가 시스템에 대한 지

17 김기림, 「정조문제의 신전망」, 전집 6 : 16, 1930.10.

향의 본질에 비추어, 그리고 그것이 움직일 수 없이 '근대'의 한 속성임을 감안하면 결정적으로 중요한 것은 아니라고 생각한다.

> 개인의 창의가 아무리 뛰어났다 할지라도 한 민족의 체험으로써 결정되고 조직된 연후에 비로소 시대의 추진력이 될 수 있게 된 것이 '오늘'이라는 역사적 일순의 특이한 성격인 것 같다. 왜 그러냐 하면 오늘의 이 창조와 결산의 이상스러운 향연에는 실로 각 민족이 민족의 자격으로서 참여하고 있으며, 그것이 유일한 방식이 되어 있기 때문이다. 서양에서도 동양에서도 돌진하고 대립하는 것은 오직 이 민족뿐이다. 민족은 민족을 부른다. 그것은 개인주의의 제국에서조차 낮잠 자던 민족을 불러 일으켰다. 제민족의 전람회라 일컫는 미국에서조차 그 발언은 어떤 단일한 민족적 보증을 얻으려 하고 있다. 그래서 이번 역사의 전환은 한 철인이나 문인의 창조라느니보다도 각 민족 즉 그 성원의 집단적 체험과 의욕의 투자를 요구한다.
>
> 그러나 여기는 한 한계가 있다. (…중략…) 오늘에 와서는 한 민족만을 구할 수 있는 원리라는 것은 벌써 있을 수 없다. 한 민족을 건질 수 있는 것은 동시에 세계적인 원리이어야 한다. 그것은 한 민족의 창조적 의욕을 제 민족의 지지 위에 실현할 수 있는 보편적인 원리이어야 할 것이다.[18]

이 글은 해방 전1940에 쓴 글이므로, 대놓고 '국민국가'를 연상시키는 어휘를 등장시킬 수는 없지만, 내용과 맥락상 그것은 명백히 민족 단위의 '국민국가'를 지향하고 있다. 그리고, 해방 전 식민지 상황임을 감안하면 이것은 민족해방에 대한 소망을 나타내고 있는 동시에, 유럽에서 제1차

---

18 김기림, 「30년대의 소묘」, 전집 2 : 50.

세계대전 이후, 그리고 제2차 세계대전의 발발의 한 동력이 되었던 '민족(주의)' 문제를 민감하게 의식하고 있음도 감지된다. 특히, 인용문의 끝단락은 '보편성'을 향한 욕망이 읽혀지는 대목이다.

앞에서 인용문의 한 구절로 제시한 바도 있지만, 김기림은 서구(근대)의 몰락이, '근대의 초극'이라는 과제 앞에서는 '동등한 자격'을 부여받게 되었음을 공표한다. 예컨대, "사실 오늘에 와서 이 이상 우리가 '근대' 또는 그것의 지역적 구현인 서양을 추구한다는 것은 아무리 보아도 우스워졌다. '유토피아'는 뒤집어진 셈이 되었다. **구라파 자체도 또 그것을 "추구하던 후열의 제국도 지금에 와서는 동등한 공허와 동요와 고민을 가지고 '근대'의 파산이라는 의외의 국면에 소집된 것**"[19]이라고 선언하는데, 이것과 "한민족을 건질 수 있는 원리는 동시에 세계적인 원리이어야 한다"는 것과는 서로 상통하는 '보편성에의 욕망'을 보여주고 있다. 서양의 근대를 모방하던 후발 주자로서의 '조선의 미달'을 일거에 만회할 수 있는, '근대초극에 관한 동등한 자격'과 그에 연속되는 '보편성에의 욕망'이 가장 함축적으로 표현되는 부분은 다음과 같은 구절이다.

> 이런 의미에서 우리는 오늘을 단순한 서양사의 전환이라고 부르지 않고 보다 더 함축있는 의미에서 세계사의 전환이라고 형용한다. 또 원리의 발견이라는 세계사적 계기는 반드시 구라파만의 당면한 특권이 아니다. 왜 그러냐 하면 종점에서는 선후의 구별없이 한데 모여서게 되는 것이고 동시에 새로운 출발점에서는 한 열에 설 수 있기 때문이다. 우리의 초조와 흥분은 실로 여기에서 유래하는 것이다.[20]

19 김기림, 「30년대의 소묘」, 같은 곳.
20 김기림, 위의 글, 49쪽.

물론, 민족 단위의 국민국가 시스템에 수반되는 일종의 위계와 국제사회의 권력관계, 더구나 제국주의 / 식민지 시스템에 야기되는 지배와 침략, 수탈, 폭력에 대해 단호하게 반대한다는 견해를 표명하고 있지만, 근본적으로 '민족' 단위의 국민국가 시스템 그 자체에 대해서는 비판하거나 부정하지 않는다. 그런데, 민족 단위의 국민국가 체제는 사실상 근대적 시스템이라고 할 수 있다. 논자에 따라서 '중세가 언제 끝났는가?'라는 물음에 다양한 대답을 제시할 수 있지만, '국민국가'와 관련된 세계체제의 실질적 완성이라는 관점에서, 제1차 세계대전이야말로 '중세'가 비로소 끝났음을 알리는 결정적 '사건'이라고 보는 견해는, 이 전쟁으로 말미암아 '합스부르크 왕가'오스트리아-헝가리제국를 비롯하여, 오스만투르크 제국 등 유럽을 비롯한 세계 여러 지역에서 중세적 형태의 정치-경제시스템이 해체되고, 그야말로 '민족'단위의 '국민국가' 시스템이 비로소 일정한 완결 형태를 구성했기 때문이라고 할 수 있다. 당초 윌슨의 '민족자결주의self-determination to nation'가 제1차 세계대전 후後의 유럽세계 재편을 위한 아젠다로 등장한 것도 이런 관점의 연장선상에 놓인다고 할 수 있다. 국가형태를 둘러싼 이런 역사적 맥락에서 볼 때 민족 단위의 '국민국가'에의 지향은 '근대적인 것'으로 이해하는 것이 좀 더 자연스럽다. 그러므로, '근대의 파산'을 선언하면서, 다른 한편으로는 민족 단위의 국민국가에 대한 강한 지향을 보여주는 것은, 일견 아귀가 맞지 않는 것으로 보인다.

그러한 '파산'의 선언과 모순을 빚는 것의 또 다른 예가 '과학'에 관한 그의 집요한 관심과 강조이다. 주지하다시피, 그는 해방 전부터 '시'와 '시론'이 '형이상학'이 아니라 '과학'이 되어야 함을 줄기차게 주장해 왔고, '과학'은 단지 문학뿐 아니라 우리 삶의 전 영역에서 가장 중요한 세계관이자 학문의 요체이어야 함을 강조한 바 있다. 해방 후에는 「과학개론」1948을 직접 번역하여 새나라 건설의 기초를 삼고자 했다. 그가 번역자의 머리말에 쓴 "우리의 '새나라' 건설의 구상은 과학의 급속한 발달과 계몽을 한 필수 사항으로 넣어야 됨"을 강조하고, 그 이유가 "한시 바삐 우리나라를 우선 근대화近代化해야 하였으며, 과학은 바로 그 이른바 '근대近代'의 순수純粹였던 때문"[21]이라는 구절에, '과학'에 대한 그의 일관된 태도가 잘 드러나고 있다. 김기림의 말에서도 잘 표현되고 있듯이, '과학'이야말로 '근대'라는 표상을 구체화하는 가장 중요한 지표임에는 재론의 여지가 없다. 18세기 이후, 특히 유럽에서 자연과학의 눈부신 발전과 다양하나 성과들은 다른 모든 학문들을 압도한 바 있으며, 모든 학문들이 '자연과학'의 방법을 배우고 따라하고자 욕망했다. 사회과학이며 인문과학이라는 용어에 따라붙는 '과학'도 그러한 모방욕구의 한 결과이며, 심지어는 자연과학에 쏠리는 과도한 여타 학문들의 모방욕구와, 자연과학 스스로 그 자체에 부과한 과도한 학문적 / 방법론적 지위를 비판하고자 했던 신칸트주의조차 '정신과학'이라는 용어를 채택함으로써, 결국은 '과학'에 포박당하는 모양새를 취하게 되기도 했다. 김기림의 시론에서의 '과학'은 "단순히 과학적 방법론을 의미하는 것이 아니라 자연과학의 방법론을 의미하는 것"[22]이라는 기존 연구의 성과도 있지만, '근대'라는 표상의 가장 중요한 요체를 구성하는 '과학'을 유지하면서 '근대의 전면적 파산'을 선언하는 것은, 김기림이 생각하는 '전면적 파산'이 무엇을 가리키는지를

21 김기림, 「『과학개론』의 譯者 序」, 전집 6 : 153, 1948.
22 윤대석, 「김기림 시론에서의 과학」, 『한국근대문학연구』 7, 2007, 251쪽.

다시 궁금하게 만드는 지점이다.

더욱이, 『과학개론』의 머리말에 나오는 새 나라의 필수 요건이 '근대화'라고 규정하는 대목과, 해방 직후의 글 「우리 시의 방향」에 등장하는 '초근대인'에서 우리가 본 바 있듯이, 근대는 청산되지 않았지만, 근대를 청산하고자 했던 해방 전 우리의 과제를 수정할 필요를 조금도 느끼지 않는다는 구절이 빚는 상충相衝은 어떻게 해결해야 할 것인지도 궁금해진다.

4. 표상과 실재의 간극 2 동양과 서양

'근대'와 더불어, 김기림의 '근대'에 관한 사유와 인식을 읽고자 할 때, 또 한 가지 우리를 곤혹스럽게 만드는 것은, 이 '근대' 논의와 직접적인 연관을 지니는 '서양 / 동양'이라는 또 다른 표상의 체계들이다.

> 대체로 동양인은 사물을 전체적으로 통솔하는 지성이 결여한 것이 통폐다. 서양인의 〈피아노〉는 〈키〉가 수십 개나 되는데 동양인의 피리는 구멍이 다섯 개밖에 아니된다. 인간의 결핍이 아니라 지성의 결핍은 동양의 목가적 성격의 결함인 것 같다. (…중략…)
>
> 건축을 한 대도 밤낮없이 3간초옥이나 짓는 데 익숙하다. 그러한 집은 '타고어'가 살기에 얼마나 알맞은 집이냐. 주밀한 설계도는 물론 해본 일이 없고 거대한 구조를 가진 대건축에 우리는 어떻게 서투른지 모른다. (…중략…)
>
> 내가 기회있는 대로 지성을 고조하고 〈센티멘탈리즘〉을 배격하려고 하는 것은 이 순간에 있어서의 모든 모양의 육체적 비만과 동양의 성격적 결함으로부

터 애써 도망하려는 까닭이다.[23]

행복이란 것은 일종의 가사상태假死狀態라고 나는 생각한다. 아름다운 아내를 동반한다든지 귀여운 아기들을 안고 데리고 저녁 거리를 산보하면서 '소크라테스'의 머리에 위대한 사상이 움직였으리라라고는 생각되지 않는다. 신혼여행 중에 발생했다는 철학을 나는 아직 구경한 일이 없다. 이러한 서양적 행복의 내용에 하나 더 동양적인 조건을 가할 때, 나는 비로소 그 행복에 견딜 수 있으리라. 그것은 명상이다. 호화스러운 궁전이나 휘황한 야회를 차라리 피해서 한떨기 수선화水仙花를 가꾸거나 어린 사슴의 등을 어루만지는 시간에 오히려 더 행복을 느끼는 경우가 있다. 역시 그것은 동양의 미덕의 하나인가 보다. 혹은 가족과 사무를 함께 버리고 혼자서 산이나 바다로 간다든지 그렇지 않으면 가족을 모두 시골이나 극장으로 보내놓고 다만 혼자 자빠져서 달을 쳐다보는 괴벽怪癖의 효용을 가장 잘 아는 것은 동양사람일 성싶다. (…중략…) 나는 물론 '노승老僧이 망세월忘歲月하고 석상石上에 간강운看江雲'하는 그러한 허무에의 도망을 권하는 것은 아니다. 동양에는 확실히 그러한 유의 명상이 횡행했다. 굴욕과 무위에 찬 낡은 동양의 풍속이다.[24]

가계家系를 버리고 처자를 버리고 지위를 버리고 드디어 온갖 욕망의 불덩이인 육체를 몹쓸 고행苦行으로써 벌하는 수도승의 생애는 바로 그런 것이다. 그것은 무에 접하는 것이다. 그런데 이와는 아주 반대로 끝없이 새로운 것을 욕망하고 추구하고 돌진하고 대립하고 깨트리고 불타다가 생명의 마지막 불꽃마저 꺼진 뒤

23 김기림, 「동양인」, 전집 2 : 161, 1935.
24 김기림, 「동양의 미덕」, 전집 5 : 232~233, 1939.

에야 그치는 생활태도가 있다. (…중략…) 이 두 길은 한 가지로 영웅英雄의 길이다. 다만 그 하나는 영구한 적멸寂滅로 가고 하나는 부단한 건설로 향한다. 이 두 나무의 과실로 한편에 인도印度의 오늘이 있고 다른 한편에 서양문명이 있다.[25]

동양사상東洋思想의 가을은 암만해도 벌써 2천년 예전에 시작된 것 같고 다만 온 대륙大陸에 딍구는 썩은 열매들을 소제掃除할 기력을 그 뒤의 자손들이 가지지 못하였을 따름인 것 같다.

사상思想에 있어서 문학에 있어서 예술에 있어서 취미에 있어서 어느새 벌써 우리가 작은 가을을 완성하려고 꾀한다면 이는 수천 년 동안 썩은 열매들이 뿜는 독소毒素의 중독中毒 때문이 아닐까.

일생을 쉴 줄 모르던 저 초조한 '레오날드. 다빈치', '미켈란젤로', 가까이는 '로당', '피카소'의 정신은 오늘 구라파문명을 이룬 그 굳센 탐구探求의 정신이 아니고 무엇이냐.[26]

김기림의 많은 글에는 서양과 동양의 이분법적 구획 아래 많은 것들이 서로 비교되고 있다. 그것은 때로 첫 번째 인용문에서 보듯이 '구멍 다섯 개짜리 피리'와 '수십 개의 키를 가진 피아노'라는 '비유'를 통해 '전체를 통어하는 지성 = 서양문명'과 '지성의 결핍 = 동양문명'이라는 추상적 결론으로 연결된다. 이런 '비유'를 통한 서양과 동양의 이분법적 대비 중에는 '비지를 먹는 작가는 비지 수준의 정신활동밖에 못하지만, 치킨이나 비프스테이크를 먹는 서양작가들은 그에 걸맞은 ''위대한 작품'을 쓴다'

25 김기림, 「단념」, 전집 5 : 234, 1940.
26 김기림, 「사상의 가을」, 전집 5 : 429, 1939.

는 논지의 글「비지」도 있다. 물론 「비지」라는 에세이의 전체적인 톤은 '자기풍자'에 가까운 것이어서, 그런 대비를 문자 그대로 읽어서는 곤란하다고 지적할 사람도 있겠으나, 기본적으로 이 글은 서양 작가들의 위대한 문학은 그들의 물질적 풍요음식으로 대표되는에서 비롯되는 것이며, 동양의 작가들이 대작을 쓰지 못하는 이유 중의 하나는 '물질적 빈곤' 탓이라는 구도인 것만은 틀림없다. 서양의 물질적 풍요와 동양의 빈곤, 서양의 행복과 동양의 무위와 굴욕, 동양의 영구한 적멸과 서양의 부단한 건설, 2천 년 동안이나 '가을'의 상태인 '동양'과 지칠 줄 모르는 굳센 탐구의 정신을 가진 '구라파문명'. 이런 간편한 이분법적 대위代位는 김기림의 비평과 에세이의 지배적인 구도를 형성하고 있다. 김기림의 이런 서양관과 동양관은, '오리엔탈리즘'이라는 혐의로부터 자유로울 수 없다.

그러나, 나는 그의 서양 이해나 동양관이 지나치게 단순하다거나, 자기비하적이라거나 혹은 서구중심적이라는 지적을 함으로써 김기림을 비판하려는 것은 아니다. 단순하다거나 자기비하적이지 않으려면, '동양적인 것'에 더 풍요롭고 다양한 지표와 내용들을 보충하면 되고, '자기비하적인 태도'를 극복하려면, 서양문명에 못지않은 좋은 전통과 유산들, 때로는 서양문명보다 더 우수한 동양문화의 사례들을 거론함으로써 극복할 수 있을는지도 모른다. 혹은, 서양의 그러한 풍요와 번영, 창의력과 역동성은 사실 '비서구'에 대한 침략과 수탈, 착취, 지배와 강압, 폭력에 의한 것임을 고발함으로써, 서양의 추악한 면모를 폭로하는 방식도 가능할 것이다.

그러나, 내가 김기림의 동양관이나 서양관을 통해 이야기하고자 하는 바는, 앞 절에서 지적한 바 있듯이, 김기림도 지금의 우리도, 모두 '동양', '동양적인 것' 혹은 '서양', '서양적인 것'이라는 표상을 종종 실재 그 자체로 혼동하는 경우가 많다는 점이다. 김기림은 '서양'이 '근대'에 도달하기까지의 역사적 과정을 매우 잘 이해하고 있는 듯이 보인다. 그는 뛰어난 영문학도였고, 두 번이나 일본유학을 통해 유럽과 북미의 선진학문과 문학, 예술을 경험했고, 또한 신문기자로서 조선의 어떤 지식인보다도 빠르게 세계의 소식과 국제정세 및 정치경제적 지형도를 이해하는 지식인이었다. 그럼에도 불구하고, 그의 글에 나타나는 '서양관'은 매우 선형적線形的이다.

한 인류학자가 요령 있게 간추린, 선형적이고 전형적이며 동시에 단순하기도 한, 그러나 동서양을 막론하고 막강한 힘을 지닌 '유럽관'은, 김기림을 포함해 많은 사람들이 공유하고 있는 표상의 내용이 아닌가 한다.

> 우리가 지금껏 교실 안에서나 밖에서나 가르침을 받기로는, 서양이라고 부르는 어떤 실체가 존재하며 또 이 서양은 하나의 사회이자 문명으로서 다른 사회들이며 문명들과 독립돼 있어서 대비되는 것으로 생각할 수가 있다. 우리들 가운데 상당수는 심지어 이 서양에는 하나의 계보가 내려온다고 믿으며 컸는데, 여기에 따르면 고대 그리스가 로마를 낳았고, 로마는 기독교 유럽을 낳았고, 기독교 유럽이 르네상스를 낳았고, 르네상스는 계몽운동을 낳았고, 계몽운동이 정치적 민주주의와 산업혁명을 낳았다. 산업은 민주주의와 교배돼서 이번에는 미국을 낳았으니, 이로써 저 생명권, 자유권, 행복추구권이 구현된다. 이런 발전 도식은 오해를 부른다. 이 도식이 오해를 낳는 것은 먼저 역사를 어떤 도덕적 성공담으로, 곧 각 주자가 다음 주자에게 저 자유의 횃불을 넘겨주는 무슨 시간 속의 경주 같은 것으로 바꿔버리기 때문이다.[27]

27 에릭 R. 울프, 박광식 역, 『유럽과 역사없는 사람들』, 뿌리와이파리, 50~51쪽.

나는 이 인용문이 표상으로서의 '서양'이 서양인 자신에게도 또 비서양인들에게도 어떤 방식으로 작동해왔는지를 요령 있게 요약, 정리한 것도 흥미롭지만, 무엇보다도 '성공담'과 '시간 속의 경주'라는 비유가 '표상'의 위력과 그 부작용을 동시에 보여준다는 점에서 이채롭다고 생각한다. 앞 절에서 언급한 바 있지만, 김기림은 서구 근대의 몰락이 우리에게 새로운 기회와 자격을 부여했다고 다소 흥분된 어조로 말한다. 다시 한 번 인용하지만, "사실 오늘에 와서 이 이상 우리가 '근대' 또는 그것의 지역적 구현인 서양을 추구한다는 것은 아무리 보아도 우스워졌다. '유토피아'는 뒤집어진 셈이 되었다. 구라파 자체도 또 그것을 추구하던 후열의 제국도 지금에 와서는 동등한 공허와 동요와 고민을 가지고 '근대'의 파산이라는 의외의 국면에 소집된 것"이라는 발언이나, 그에 이어지는 "원리의 발견이라는 세계사적 계기는 반드시 구라파만의 당면한 특권이 아니다. 왜 그러냐 하면 종점에서는 선후의 구별 없이 한데 모여 서게 되는 것이고 동시에 새로운 출발점에서는 한 열에 설 수 있기 때문이다. 우리의 초조와 흥분은 실로 여기에서 유래하는 것이다"와 같은 대목에서 확인되는 이 '초조와 흥분'은, 사실상 '보편성에의 욕망'이라고 할 수 있고, 그것은 에릭 울프가 말한 '성공담'이나 '시간 속의 경주' 같은 것과 무척 흡사한 것으로 내게는 보이는 것이다.

물론 김기림은 "근대 서양의 파탄을 목전에 보았다고 곧 그것의 포기·절연을 결의하는 것"은 '문화적 감상주의'에 불과한 것이라고 비판하고, 이어서 "서양은 돌아볼 여지조차 없는 것이라 속단하고 그 반동으로 실로 손쉽게 동양문화에 귀의하고 몰입하려는 태도" 또한 '문화적 감상주의'에 속한다고 지적한다. 그럼으로써, "서양 문화가 일정한 거리에까지 물러선 것처럼 동양문화도 한번은 어느 거리 밖에 물러가서 우리들의 새로운 관찰과 평가에 견디어야 할 것"[28]이라는 유연하고 균형 잡힌 시각을 제시한다. 짐작컨대, 이러한 발언은 '일본낭만파'를 위시한 일본판 국수주의자들이 내건 '동양론'에 일방적으로 함몰되지 않으려는 그 나름의 저항의 의도도 있고, 또 그 자신이 견지해 온 '동양론'이 담고 있었던 일정한 표상의 내용그것은 대체로 서양의 표상에 견주면 부정적인 것이었음을 기억하자을 일거에 부정하기 어려운, 다소 엉거주춤한 자세도 읽힌다.

「동양에 관한 단장」에서 우리가 건져낼 수 있는 서양문화와 동양문화의 도식은 대체로 이렇게 정리할 수 있다. 김기림은 서구의 근대의 파산은 분명하나, 거기서 건져 올릴 유산은 '과학하는 정신 = 태도 = 방법'이라고 규정한다. 그리고, 동양문화는 근세 이후는 도저히 서양의 그것과 견줄 바가 없는 것이 명확하니 '고대와 중세에서 찾아야 할 것'이라고 주장한다. 그에게 근세 이후의 동양문화는 "어느 시기에 벌써 완숙한 경지에 도달했던 문화의 한 여운"[29]에 불과한 것인 까닭이다. 그리고, 동양의 고대와 중세에서 무엇을 건져 올려야 할 것인지는 이제 우리 앞에 놓인 과제로 이월된다. 그가 다소 막연하게 찾아낸 것은 동양의 고대와 중세의 예술이 보여주는 '창조력'이다. 그러므로, 결국은 이렇게 그 도식은 완성된다고 할 수 있을 것이다. 서양의 근대의 유산인 '과학정신'과 동양의 고대와 중세의 유산인 '예술적 창조력'. 이것이, 그가 말하는 '근대의 파탄'이 아닌 '근대의 결산'의 한 결실이고, 또한 '동양의 재발견'의 어떤 항수恒數인 셈이다. 그러나, 한 가지 분명한 것은, 그 나름으로 '지양止揚'을 실천하려는 이의

28 김기림, 「동양에 관한 단장」, 앞의 책, 51~52쪽.
29 김기림, 위의 글, 53쪽.

지적 과정에도 움직일 수 없이 '서양 / 동양'이라는 이분법과 표상 체계는 굳건하게 유지되고 있다는 점이다. 왜 이토록 '서양'은 '실체'도 분명하지 않으면서 그토록 의식되어야만 하는 것일까. 실재 아닌 '서양'의 표상이 강화되면 될수록 (그것이 긍정적이든 부정적이든), 그 대타항으로서의 '동양' 또한 더욱 강하게 표상될 수밖에 없는 이 딜레마를 생각할 때, '서양'은 모든 '비서양 지식인'들을 빨아들이는 블랙홀 같은 것은 아닐까 문득 궁금해지는 것이다.

5. 종언 이후

김기림이 해방 후인 1949년에 쓴 수필 「나의 서울 설계도」에는, 앞부분에 당시 서울의 낙후된 수준이 묘사되고, 이어서 자신이 꿈꾸는 서울의 청사진이 길게 펼쳐지고 있다. "나의 사랑하는 서울은 나날이 눈을 떠보면 딱한 이야기와 먼지만 쌓여 간다"는 토로와 함께 시작되는 이 글은 올더스 헉슬리의 『멋진 신세계』를 떠올리면서 "그의 '파라독스'를 나의 서울 위에 연상해야 옳을까"라고 자문한 후, "그는 현대문명의 물질주의와 기계론이 끌고 갈 끝판의 세계의 바삭바삭한 기계 그것과 같은 생활과 환경을 가상해 놓고 그것에 빈정대는 의미에서 '훌륭한'이라는 형용사를 붙였던 것"이라고 자답自答한다. 그리고 그와는 너무도 판이한 당시 서울의 물질문명의 수준을 아래와 같이 길게 묘사한다.

그러면 도대체 나의 서울에는 그런 의미의 물질문명이나 기계문명이라도 진행하고 있는 것일까. 무엇보다도 저 19세기의 해어진 선로를 달리는 박람회博覽會 퇴물 같은 깨어진 전차를 보라. 원자력原子力 이야기나 양자론量子論을 외우는 젊은 자손들이 타고 다닐 물건짝인가 아닌가. 불란서 '코티'와 연지를 바르고 전기장치로 머리에 인조人造 '웨이브'를 나부끼며 익숙지 못한 굽 높은 구두를 간신히 조종하는 우리 나라 아가씨들을 위하여도 실로 미안하기 짝이 없다. 승강기 하나, '에스칼레이타' 하나 구경할 수 없는 서울— 그러면서도 국제정국의 사나운 바람이란 바람은 모조리 받아들여야 하는 벽찬 도시— 낙관론樂觀論도 비관론悲觀論도 끌어낼 수 없는 기실은 말할 수 없이 딱한 도시—.[30]

이런 탄식 이후 이어지는 내용은, 그가 생각하는 이상적인 서울의 다양한 미래 모습설계도인데, 그것은 마치 일종의 공상소설 같은 느낌으로 다가온다. 이 수필이 쓰인 때로부터 70여 년이 지난 현재와 견주어보면 어떤 대목은 일정 정도 실현된 대목들도 있다. 이를테면, "진고개 어구로부터 구리개, 종로 네거리에 이르는 일대는 공공기관과 백화점 및 대내, 대외의 '비지네스 센터'로 고층건물의 '불럭'이 된 것으로 그 적에는 '반도호텔' 쯤은 어느 틈에 끼어버려서 그리 눈에 뜨이지도 않을 것"이라는 구절, 혹은 "창경원昌慶苑에서 연건동蓮建洞을 돌아 혜화동惠化洞'로타리'에서 끝나는 일대는 이른바 대학가大學街로서 '아스팔트'로 쭉 포장한 한길 양편에는 주로 학생을 위한 책점, 찻집, 간단한 '밀크 홀', '비어 홀', 학용품점만이 허락될 것"이라고 상상하는 대목들이다. 장소는 다소 차이가 있지만, 그의 상상과 비슷한 관공서단지나 공단이 존재하고, 이른바 '대학촌'이 형성된

30 김기림, 「나의 서울 設計圖」, 전집 5 : 404.

곳은 그의 상상과 같은 공간구획이 어느 정도 실현되었기 때문이다.

그러나, 이 수필이 흥미로운 이유는, 그가 상상한 '미래'의 서울의 모습 중에서 오늘날 얼마나 실제로 구현되었는가를 따져보는 데 있지 않다. 이 글에는, 그가 해방 전부터 생각해 오던 '근대'에 관한 사유, 좀 더 구체적으로 말하면 '근대의 몰락 / 극복'에 관한 김기림의 선언이나 구상과, 실제 조선에서 구현되고 있는 '근대(화)' 사이에 존재하는 어떤 '차이'나 '이격離隔' 같은 것이 잘 드러나 있기 때문이다.

「나의 서울 설계도」에는 물질주의와 기계문명으로 타락한 '근대의 파산'이나 '몰락'에 관한 선언이 아니고, 거꾸로 그런 물질문명과 기계문명이나마 '일정한 수준'에 도달하기를 희망하는 '근대(화)에의 꿈'이 지배적이다. 김기림은, "적어도 1만 톤 급의 상선이나마 인천 부두에 두세 척 놓아서" 거기서 원료를 부리고 가공품을 실어내는 19세기에 어울릴 만한 꿈을 피력한다. 월미도에서 서울까지 이르는 부평, 영등포 일대에는 '공장지대'가 들어서고 "이글이글 타는 전기로와 '콘베어'의 '벨트' 소리를 보고 들으면서 외국 손님들"이 몰려오는 장면을 상상한다.

어떤 대목은 사회주의 사회의 일상을 연상케 하는 장면도 나온다. 이를테면, 일터의 근무시간은 오후 3시까지이며, 젖먹이는 '탁아소'에, 식사는 본인의 의사에 따라 전문가의 '칼로리' 계산을 기초로 한 영양식을 '국가'의 감독 아래 부락마다 있는 '공영식당'이 제공한다는 것. 일터에서 나온 시민들은 저마다 산보를 즐기거나 극장과 영화관에서 창조적 예술가들의 예술을 자유롭게 구가한다. 강력범죄가 사라진 서울에서 경관의 사무는 교통정리나 집 잃은 아이 맡아보기가 고작일 것이라고 전망한다.

이 수필은, 허두에 짧은 '탄식'이 나오지만, 곧 그것과는 전혀 다른 분위기의 밝고 명랑한 어조로 서울의 상상도가 펼쳐진다. 그러나 이 상상의 말미는 다시 "그러나 어쩌랴. 이도 저도 한바탕 꿈이 아닌가. 꿈으로서는 너무나 억울한 꿈이다"로 맺고 있다. '현실'의 서울은 '탄식'의 대상이고, 그 '탄식'을 잠시나마 잊을 수 있는 것은 '상상' 속에서 서울의 미래를 생각할 때이다.

이 글의 제목을 '근대의 종언 · 근대의 결산 · 근대의 초극'이라고 붙였거니와, 김기림의 '근대'인식의 도정을 생각하면 사실은 그 앞에 1930년대 조선의 '근대 수준'에 관한 규정으로서의 '근대의 미달'이나 '근대의 결여'가 하나 더 보태져야 할 것이다. 요컨대, 그의 '근대'에 관한 사유나 인식은 '결여'로부터 '파산'으로, 다시 '결산일종의 지양으로서'에서 '초극'으로, 그리고 마침내 해방 후에는 결여나 미달을 재확인하면서 가장 시급한 '새나라'의 과제인 '근대화'로 되돌아 온 형국이다. 물론, 이러한 형국은 단순히 처음의 그 자리로 회귀한 것이라고 할 수는 없다. 거듭 밝히거니와, 나는 이 글을 김기림의 '근대'인식이나 사유가 지닌 어떤 결함이나 한계를 드러내기 위해 쓴 것이 아니다. 사물과 세계를 인식하기 위해서는 무언가 끊임없이 '언어'를 통해 그리 할 수밖에 없으며, '언어'로 그 대상을 파악하고 규정할 수밖에 없다고 전제할 때, 그러한 언어적 규정내가 이 글에서 시종 '표상'이라고 표현한과 실재 사이에 존재하는 간극을 이야기하려는 것이었다.

김기림의 '근대'인식과 사유에서 내가 제기하고자 하는 질문은 결국 두 가지라고 요약할 수 있는데, 그 하나는, 그의 인식 구조 내에서 발견되는 어떤 부정합, 예컨대 그가 '근대초극적인 것'이라고 보는 것과 '근대적인 것'이라고 보는 것 사이의 어떤 부정합 같은 것이고, 다른 하나는 '근대'나 '동양', '서양'과 같은 이런 표상형식들에 대한 자기의식에 관한 것이었다.

사람마다 모두 다르겠지만, 내 개인적으로, '종언'이라는 말이 실제의 삶이나 체험과 부합되면서 감각적으로 가장 강하게 다가왔던 것은, 1990년을 전후한 한 시기였다. 베를린장벽의 붕괴, 소비에트연방의 해체, 동유럽 사회주의 정권의 연속적인 붕괴 등등으로, 그 때도 김기림의 1930, 1940년대만큼이나 '종언'이나 '파산'과 같은 용어들이 난무했었다. 지식인들이 제출한 그 '종언' 시리즈 중에서 가장 많이 회자되었던 것은, 프랜시스 후쿠야마의 '역사의 종언'이었다고 기억된다. '사회주의의 종언', '근대의 종언', '이성의 종언', '자유주의의 종언' 등등, 시대와 국면을 어떤 형태로든 규정하고 언어화하려는 시도가 '종언'이라는 어시語辭에 올라타고 난무했었다. 갖가지 '종언'론이 유행하는 만큼이나, 그에 대한 반동反動으로 '결코 종언이 아님'을 주장하거나 '아직 종언이 아님'을 주장하는 태세도 만만치 않았다. 그로부터 30여 년이 지난 지금 다시 그때를 회상하는 이유는, 그 모든 '종언'론에 삼투되었던 언어적 노력이 전부 무망한 것이었음을 말하려는 것은 아니다. 그 어떤 '표상'보다도, 실제의 삶이 지니고 있는 지속성과 관성, 그것의 거부할 수 없는 인력引力. 그것이 새삼 환기되기 때문이다. 김수영의 시구를 빌리자면, 그것은, "규정할 수 없는 물결이 / 무엇을 향하여 떨어진다는 의미도 없이 / 계절과 주야를 가리지 않고", 쉴 사이 없이 진행되고 있는, 완강한 힘이다.

제7장

소설가 구보 씨의 고민

모더니스트와 전업 작가 사이에서*

이현식

1. 박태원의 삶에서 주목해야 할 것들

소설가 박태원은 음력으로 1909년 12월 7일 경성부 다옥정 7번지에서 태어났다. 이를 양력으로 환산하면 1910년 1월 17일, 월요일이다. 박태원의 장남 박일영이 쓴 『소설가 구보씨의 일생』을 기준으로 생년월일을 따졌을 때 그렇게 된다.[1] 대한제국이 일제에 의해 패망하게 되는 경술국치일은 1910년 8월 29일이다. 박태원이 태어난 후 7개월 12일 뒤에 나라가 망한 건데, 그가 아직 첫돌을 맞이하기 전 강보에 싸여있을 때이니 당시에는 그런 사실을 알지 못했을 것이다.

---

* 이 글은 필자가 발표한 「전업작가 박태원, 혹은 소설가 구보씨의 고민」(웹진 『작가들』, 2023년 여름호, https://webzinewriters.com/)의 전면적 개고이다. 논지도 대폭 달라졌고 내용도 보완했다. 이 글을 읽고 논평을 해준 '문학과사상연구회' 선생님들께 감사드린다. 그분들의 조언으로 필자의 단견을 깨우칠 수 있었다.

1 박일영, 홍정선 감수, 『소설가 구보씨의 일생』, 문학과지성사, 2016, 13쪽.

박태원의 생년이 1910년이라는 점은 그냥 넘길 일은 아니다. 1892년생인 이광수나 1897년생인 염상섭, 1900년생 김동인과 현진건 같은 1세대 문인들과는 다른 세대에 속한다. 1908년생인 김유정, 김기림, 임화나 1910년생인 이상, 1911년생인 김남천이 그와 같은 연배의 문인이다. 박태원은 나라가 망하는 과정을 직접 눈으로 본 것도 아니고 1919년의 3·1 운동도 아직 철모르는 아이의 시선으로 바라보았을 것이다. 나라가 식민지라는 것을 그 역시 알고는 있었을 터이지만 대한제국의 패망과 일본에 강제 합병되던 과정을 직접 지켜본 그 앞 세대와는 분명히 다른 시대감각을 가졌을 수 있다.

한편 박태원의 집안은 아버지 형제가 양약방과 의원을 하고 있었으므로 유복한 편이었다. 양약방이라고 하더라도 소규모 약방이 아니라 요즘으로 치면 작은 제약회사나 마찬가지 규모였으니 아들을 동경 유학까지 보낼 수 있을 만큼 경제력을 갖고 있었다. 학교 역시 식민지시대라는 제한이 있었기는 해도 정규 교육 과정을 모두 정상적으로 이수하였다. 보통학교를 졸업하고 경성제일고등보통학교현재의 경기고등학교를 졸업했다. 학교는 당연히 다니는 것이라 생각했을 것이고 상급학교 진학에 대해서도 동시대의 대다수 사람과는 달리, 고민할 형편도 아니었다. 게다가 그 집안은 당시 문화적 엘리트들과의 교유도 많았다. 성장 과정에서 소설가 이광수나 양건식梁建植, 1889년생 등과 만나서 직접 조언도 듣고 수업도 받았을 정도이다. 이들은 소년 박태원에게 아저씨나 아버지뻘이었다. 집도 유복하고 문화적으로도 조선에서는 최상층에 드는 환경에서 성장한 박태원은 자기의 인생을 설계할 때 그렇지 않은 사람들이 겪을 경제적 고충이나 심리적 압박감에서는 자유로울 수 있었다. 그 이전 세대나 동시대의 평균적 사람들에 비해 상대적으로 사회적, 문화적, 경제적 억압이 적었을 것이라는 추정이 지나친 과잉 해석은 아닐 것이다.

게다가 그는 학교에 진학하기 전부터 큰 할아버지에게 한문 수업을 받았다. 천자문과 통감 등의 서적을 읽으며 한문적 교양 안에서 성장하였다. 18살 무렵에는 신문학 개척자이자 기자이던 양건식에게 한학漢學을 지도받았다는 사실을 감안하면 그의 한문 실력이나 정신세계가 어떠했을 것인지 짐작할 수 있다. 이 시기는 사회 전반이 근대로 전환하는 과정이었다고는 해도 천 년 이상 내려오던 한문 교양과 유교 윤리가 일상에서는 여전히 힘을 발휘하던 시기였다.

그러면서도 박태원은 외국어에 대한 관심도 매우 컸다. 중학 시절 순 한문으로 써오던 일기를 영어로 쓰기로 작정했다거나 실제로 영어 소설을 번역했다는 회고를 보면 그가 외국어 습득에 남다른 관심을 가졌을 것이라는 짐작은 충분히 가능하다.[2] 여기에 고교 졸업 무렵까지 과도한 문학적 관심으로 독서와 창작을 거듭하면서 건강까지 해쳐 휴학을 했다는 것도 특이한 일이다. 감수성이 가장 예민하던 시절에 닥치는 대로 소설을 읽고 창작에 몰두했던 박태원이 후일 소설가의 길로 들어서게 되는 것은 자연스러운 결론이다. 넉넉한 집안의 둘째 아들이었으니 가업을 잇는다거나 직장을 구해 돈을 벌어 집안 경제를 이끌어가야 할 책무에서도 상대적으로 자유로운 편이었다.

2 박태원은 1931년 5월 『동아일보』 지상에 「하르코프에 열린 혁명작가회의」라는 이름으로 미국 잡지(번역자는 "프롤레타리아 문학잡지"라고 소개했다)에 실린 기사를 전문 번역하여 소개하기도 했다. 만으로 21세 때이고 일본 유학시절로 추정된다. 그런데 그가 이런 글을 번역했다고 해서 그를 사회주의문학에 동조했다고 평가하기는 이르다. 그렇다고 철없는 청년의 외국사상에 대한 막연한 동경으로 읽어서도 안 된다. 적어도 박태원이 문학의 사회성에 대해 관심을 갖고 있었다는 점은 확인된다고 보아야 하지 않을까 한다.

박태원은 1930년에서 1931년까지 일본 도쿄의 호세이法政대학 예과를 다녔다.[3] 졸업을 하지 못하고 중도에 그만두기는 했어도 일본의 정규 대학에 적을 두고 학창 시절을 보낸 것 역시 누구나 누리는 일은 아니었다. 호세이대학은 도쿄의 주요 사립대로 자유로운 학풍을 자랑하는 법률 계통의 명문대학이다. 프랑스의 문화적 영향 아래 있었던 호세이대학은 도쿄제국대학이나 교토제국대학 같은 국립대학들과는 달랐고 와세다대학이나 게이오대학처럼 같은 사립대학이라고 하더라도 일본적 전통 위에 있는 대학이 아니었다. 상대적으로 서구적 학풍의 영향이 훨씬 더 강한 대학이었다.[4]

그런데 박태원이 유학한 1930년은 1923년 관동대지진이 일어나고 7년이 흐른 시점이라는 점도 주의 깊게 봐야 한다. 도쿄가 대지진의 재난을 겪고 중세시절의 '에도'가 아닌 모던한 도시 '도쿄'로 재탄생하고 있던 시기였다. '쇼와모던'이라는 말이 있을 정도로 이 시기는 서구식 건물이 들어서고 가로와 교통망이 새로운 시스템으로 탈바꿈하는 것과 더불어 문화도 서구풍이 압도적 영향을 끼치던 무렵이었다. 도쿄 최초의 지하철이 개통된 것이 1927년이었으며 출판 잡지 등을 통해 각종 대중문화가 전면에 등장하던 시기였다. 박태원이 유학하던 시점의 도쿄 풍경이 어땠을지 짐작할 수 있다. 이런 성장 환경이 교육 과정이 그의 소설을 만들어낸 원초적 조건일 터이다.

3 비슷한 연배인 김남천 역시 호세이대학을 중퇴했다. 동년배이므로 박태원과 유학 시절에 마주쳤을 수도 있지만 김남천의 유학기간이 박태원보다 1년 정도 앞선다는 점에서 그렇지 않을 수도 있다. 그래도 동문수학한 관계로 서로 모르는 사이는 아니었을 것이다.

4 호세이대학의 역사에 대해서는 호세이대학 홈페이지(www.hosei.ac.jp) 참조.

2. 「소설가 구보씨의 일일」, 고독한 단독자와 모더니즘

1934년 8월부터 9월까지 『조선중앙일보』에 연재된 「소설가 구보씨의 일일」은 누가 뭐라 해도 박태원의 대표작이다. 오늘날 박태원을 있게 한 작품이라고 해도 과언이 아닐 정도로 「소설가 구보씨의 일일」을 빼놓고 그의 문학세계를 말할 수 없다. 1936년에 발표된 이상의 「날개」와 함께 이 작품은 한국 근대모더니즘 소설의 대표격으로 거론된다. 더구나 그 발표 시기가 1934년으로 이상의 작품보다 2년 정도 앞서기까지 하므로 한국 최초의 모더니즘 소설이라고 해도 틀린 말은 아니다.

개인 박태원의 면모가 깊게 투영되어있는 소설가를 주인공으로 한 소설이 「소설가 구보씨의 일일」이다. 11시나 12시쯤 느지막하게 일어나 하루 종일 서울 시내를 배회하다가 새벽 두 시가 넘어 집으로 들어가는 하루 일과를 주인공인 '구보'의 시선으로 담아낸 작품이다. 사건이나 인물 중심의 서사적 얼개가 뚜렷한 전통적인 소설의 문법과는 달리 일종의 의식의 흐름 기법을 도입했다거나 소설의 몇몇 대목을 자유 연상 기법에 의해 서술하고 있다는 점, 언어 예술로서 소설의 문장에 대한 자의식, 경성이라는 도시 공간을 등장시키고 있다는 점에서 모더니즘으로서의 특징을 지적하는 논자들이 많다. 「소설가 구보씨의 일일」은 일반적으로 주인공 구보가 서울 시내를 배회하면서 식민지 현실 아래에서 무기력한 지식인의 일상을 모더니즘 기법으로 잘 드러낸 작품으로 평가받고 있다.[5]

---

5 포털사이트인 '네이버' 검색 결과(2023년 7월 기준), '한국민족문화대백과사전'의 「소설가 구보씨의 일일」 항목에 따르면 이 작품이 "민족항일기에 문학을 하는 당대 지식인의 무기력한 자의식에 비치는 일상의 모습을 형상화하였다"고 되어 있으며 '위키피디아'에는 "일제강점기 조선 경성부에 거주하는 지식인의 무기력함과 그 일상을 표현하고 있다"는 설명

그런데 「소설가 구보씨의 일일」이 '식민지'시대, 경성의 '도시'를 탐사하고 있다는 평가가 많은데 과연 그런가는 따져볼 필요가 있다. 「소설가 구보씨의 일일」에서 실제로 '식민지'로서의 '현실'은 쉽게 발견하기 어렵다. 소설의 시대적 배경이 식민지라는 건 작품에 나와 있어도 식민지시대의 '현실', 식민지이기에 벌어질 수 있는 일들은 뚜렷하게 드러나지 않는다. 작품 안에서 온전한 의미의 '식민지 현실'은 찾기 어렵다. 암호 풀기처럼 자구字句를 이리저리 해석하고 근거 자료를 뒤져야 간신히 드러나는 식민지 현실이라면 그건 온전한 식민지 현실이라고 보기 어렵다.[6] 있다 하더라도 먼 배경으로만 존재할 뿐이다. 포괄적 맥락에서 식민지라는 조건을 작품 해석의 전제로 삼아야 한다는 건 수긍할 수 있으나 이 작품을 보편적 세계문학의 관점에서 본다면 식민지 현실이 그려진 구석은 거의 없다.

마찬가지로 그가 경성을 '도시'로서 탐사하고 있는 것도 아니다.[7] 도시 공간을 배회하면서 여러 지명이나 건물 이름, 전차 노선 등이 등장한다고 해서 그의 눈이 경성이라는 도시의 '공간'을 관심 있게 '탐색'한다고 단정할 수 없다. 산책이라 불러도 되고 배회라고 불러도 좋겠지만 구보의 목적

이, 네이버 지식백과 '한국근대문학해제집'에는 "작가 자신의 자전적 체험을 바탕으로 당시 식민지 치하의 경성을 살아가는 도시인의 일상을 객관적인 방식으로 서술했다"고 나와 있다. '사전'이 특정 대상에 대한 보편적 지식을 압축시켜 표현하므로 과도한 단순화라는 문제점도 있겠지만 동시대 일반적 평가나 표준적인 지식이라는 점에서 참조가 될 만하다.

6 권은, 「경성 모더니즘 소설 연구–박태원 소설을 중심으로」, 서강대 박사논문, 2012가 이런 대표적 사례라 할 수 있다. 구보가 전차를 타기 위해 동전을 꺼내어 들여다보는 장면에서 동전들에 박힌 일본식 연호를 일일이 찾아 그해에 일어난 항일사건을 연결시킨다거나 소설 속에서 구보가 읽거나 인용한 작가들의 이념적 지향을 들어 소설의 저항성에 의미를 부여하고 있다. 작가가 설령 그렇게 의도했다고 하더라도 그 의도가 문학적으로 성공한 것이었는지는 별개의 문제이다.

7 윤대석, 「경성의 공간분할과 정신분열」, 『국어국문학』 144집, 2006에서도 작가가 도시공간을 대상화하지 못하고 있음을 지적하고 있다.

은 서울이라는 공간을 관찰하고 연구하려는 것이 아니다. 이렇게 도시 이곳저곳을 돌아다니는 것이 늘 하는 일로 보인다. 굳이 특별할 게 없는 나날이라는 것이다. 「만세전」의 주인공 이인화가 부산항에 내려 부산의 도시가 어떻게 변해가고 있는가를 묘사하는 대목과 비교해 보아도 이점은 명백하다.

> '아무개 집이 이번에 도로로 들어간다데' 하며 곰방담뱃대에 엽초를 다져 넣고 빽빽 빨아가며, 소견消遣 삼아 숙덕거리다가 자고 나면, 벌써 곡괭이질 부삽질에 며칠 어수선하다가 전차가 놓이고, 자동차가 진흙 덩어리를 튀기며 뿡뿡 달아나가고, 딸꾹 나막신 소리가 날마다 늘어가고, 우편국이 들어와 앉고, 군아郡衙가 헐리고 헌병주재소가 들어와 앉는다. 주막이니 술집이니 하는 것이 파리채를 날리는 동안에 어느덧 한구석에 유곽이 생겨 사미센 소리가 찌링찌링 난다.[8]

「만세전」의 주인공 이인화는 시모노세키에서 연락선을 타고 와 부산항에 내려 부산의 골목골목이 변화해 가고 있는 모습을 이렇게 드러내고 있다. 이미 시모노세키 부두의 승선 과정에서 기관원으로 보이는 사람에게 가방 수색과 심문을 당하고 조선의 노동자를 모집하기 위해 배를 탄 일본인들의 모습을 지켜본 이인화는 부산 시내가 바뀌어 가고 있는 것을 확연하게 직감하고 있다. 구체적인 지명이나 건물 이름이 등장하지 않아도 도시 공간의 변화와 식민지 현실을 드러내는 것은 「소설가 구보씨의 일일」과 비교되는 바가 있다. 「소설가 구보씨의 일일」은 '도시 탐사'라고 하기

---

8 염상섭, 『만세전』, 문학과지성사, 2014년, 77쪽. 이 작품의 저본은 1924년 고려공사에서 발행한 판본이다.

에는 공간을 바라보는 시선에 긴장감이 느껴지지 않는다.

그런 점에서 「소설가 구보씨의 일일」에 등장하는 장소는 도시 공간 탐사를 위한 의도에서 기획된 것은 아니다. 작가의 관심이 거기에 가 있지 않은 것이다. 다만, 이 소설에서 유일하게 도시를 제대로 관찰하는 대목은 경성역 장면이다. 도시 공간을 바라보는 구보의 시선이 날카로워지는 게 바로 이 부분이다.

> 구보는 고독을 느끼고, 사람들 있는 곳으로, 약동하는 무리들의 있는 곳으로, 가고 싶다 생각한다. 그는 눈앞에 경성역을 본다. 그곳에는 마땅히 인생이 있을 게다. 이 낡은 서울의 호흡과 또 감정이 있을 게다. 도회의 소설가는 모름지기 이 도회의 항구와 친해야 한다. 그러나 물론 그러한 직업의식은 어떻든 좋았다. 다만 구보는 고독을 삼등 대합실 군중 속에 피할 수 있으면 그만이다.
>
> 그러나 오히려 고독은 그곳에 있었다. 구보가 한옆에 끼어 앉을 수도 없게끔 사람들은 그곳에 빽빽하게 모여 있어도, 그들의 누구에게서도 인간 본래의 온정을 찾을 수는 없었다.[9]

구보는 경성역을 바라보다가 대합실에 앉아 있는 여러 군상을 묘사한다. 그런 군중들을 바라보면서도 오히려 그들 가운데에서 고독을 느낀다. 뒤에서 언급하겠지만 고독과 외로움은 이 소설의 주된 정서이다. 대합실에서 구보는 사람들이 모여 있어도 모두 저마다 홀로 있는 타인으로서의

---

9 박태원, 『소설가 구보씨의 일일』, 문학과지성사, 2005, 114쪽. 이 작품의 저본은 을유문화사에서 1948년에 출간된 『성탄제』이다. 이하 이 책에서의 인용은 별도의 서지 없이 본문에 쪽수만 표기하기로 한다.

단순 집합을 발견한다. 아낙네와 시골 신사, 힘없어 보이는 노동자, 그리고 금광 브로커의 모습이 동시대 군중의 존재들로 생생하게 다가온다. 타자, 개별자들의 단순한 집합체가 근대 도시의 군중이다. 그들을 묘사하려다 감시자가 있는 것을 눈치 채고 노트를 접어 자리를 뜨는 대목까지 이 작품에서 구보의 눈에 포착된 도시공간과 사람들의 모습은 빛을 발한다. 그러나 도시 공간을 의식적으로 바라보는 소설가적 긴장감은 이 정도에 그친다.

그렇다면 「소설가 구보씨의 일일」은 과연 무엇을 그리고 있는 것일까. 이 소설을 냉정한 눈으로 다시 읽어보자. 이 소설은 처음부터 마지막까지 도시의 공간이 아니라 그 도시 공간에서 살아가는 사람들을 발견하고 만나면서 일어나는 일들을 다루고 있다. 과거에 만났거나 알고 지내던 사람들을 떠올리는 상념도 소설의 주요 내용이다. 그들이 도시공간의 문제와 긴밀하게 연결되어있는 건 아니다. 도시 공간은 거리를 걷고 전차를 타고 다방에 들어가는 과정에서 배경으로 등장하는 것일 뿐, 정작 소설의 주요 내용은 사람들에 대한 이야기이다.

20대 중반의, 동경 유학까지 다녀왔으나 소설을 쓴다는 핑계로 변변한 직업도 없고 결혼도 안 한 남자, 스스로는 궁핍하다고 말하지만 실제 씀씀이는 전혀 궁핍하지 않은 유복한 룸펜이 하루 종일 서울 시내를 돌아다닌다.[10] 왜 돌아다닐까. 작품을 자세히 읽어보면 행복을 찾기 위해서이다.

---

10 20대 중반에 결혼을 하지 않았다는 것은 당시 풍토로 보자면 노총각 소리를 들을 수준이었다. 국가기록원 나라기록포털에 의하면 1960년 남성의 초혼 연령은 25.4세였고 통계청 KOSIS에 따르면 1938년 기준으로 남성의 경우 24세 이하 혼인 비율이 60%에 이를 정도였다. 한편, 구보가 이날 하루 찻집을 세 번 방문하고 저녁 식사로 설렁탕, 길가에서 친구의 조카를 만나 수박 두 통을 사주고 밤에는 카페에서 여급과 어울려 술을 마셨다. 전차 비용은 빼더라도 그가 이날 쓴 돈은 요즘 물가 기준으로 보더라도 10만 원은 훨씬 넘었을 것이다.

사람들의 모습을 보면서 저들은 행복할까, 나는 어떻게 사는 것이 행복한 삶일까를 궁리하는 것이 이 소설의 주된 내용이다. 그는 행복을 찾으려 길을 나선 것이다. 여기에서 행복이란 삶의 의미, 충분히 살아갈 이유가 된다는 내적인 신념이나 확신 같은 것이다. 구보는 그런 행복이 어디에 있을지, 누가 행복하게 사는지 찾아보려는 막연한 기대로 집을 나선다.

그래서일까, 소설에서 그가 만나거나 떠올리는 사람들은 서른 명을 훌쩍 넘는다. 만나서 대화를 나누건 과거를 떠올리건 소설에 등장하는 사람은 여럿이다. 그 가운데에는 여성들이 많다. 미혼의 젊은 남성이 이성에게 관심을 갖고 낭만적인 연애를 꿈꾸거나 미래의 배우자를 상상을 하는 건 자연스럽다. 구보가 꿈꾸는 행복, 삶의 의미는 구원의 여성을 만나거나 이상적 연애를 하는 일도 포함된다. 길을 걷거나 전차를 타면서 그는 여러 여인을 바라보기도 하고 과거의 여자를 떠올리며 이상적 연애에 대한 욕망을 드러낸다. 그러나 그게 진정 행복이 될 것으로 생각하지는 않는다. 구보는 사랑이 잠시의 행복은 될 수 있을지언정 살아가는 궁극적 의미를 찾아줄 정도는 아니라고 생각하는 것 같다.

경제적 풍요로움도 마찬가지이다. 구보는 낭만적 사랑을 꿈꾸면서도 다른 한편으로 경제적 풍요가 과연 행복을 주는 걸까 생각해본다. 화신백화점에서 중산층으로 보이는 부부를 앞에 두고 "업신여겨 볼까 하다가, 문득 생각을 고쳐, 그들을 축복해" 주는 데에서도 짐작할 수 있듯이 구보가 생각하는 진정한 행복은 세속적으로 안정된 생활은 아니다. 호기롭게 동료들과 술을 마실 수 있는 보험회사 외교원은 경멸의 대상이며 예쁜 여인

술값이나 저녁식사 값은 누가 냈는지 알 수 없지만 정말 궁핍한 소설가라면 이렇게 돈을 쓰지는 못했을 터이고 설령 돈을 쓰더라도 주머니 사정을 의식했을 것이다.

을 애인으로 삼을 수 있는 중학 시절 동창생의 경제력이 부러운 것도 아니다. 일확천금을 노리는 황금광들도 경멸의 대상이다. 오히려 그들의 교양 없음과 속물근성은 비판의 대상일 따름이다.

그런 점에서 구보가 사회부 기자이자 시인김기림일 것으로 추정된다인 친구를 불러내 찻집에서 만나는 대목은 자못 의미심장하다. 고독을 달래려고 만남을 청했으나 구보는 생각보다 그와 즐거운 시간을 보내지 못한다. 기자이자 시인인 친구는 왕성한 생활력을 갖고 있으면서도 문학적 열정이 남다르다. 그러나 구보는 그에게 미묘한 감정을 느낀다. 구보의 눈에 그는 생활을 갖고 있는 사람이지만 구보가 생각하는 그런 행복을 갖고 있는 건 아닌 것으로 보인다. 구보는 친구가 자기와는 다른 생활을 갖고 있어서인지 그와 충분히 소통되지 않는다고 느낀다. 그와의 저녁 시간을 기대했으나 친구는 훌쩍 집으로 가버린다. 마침내 찻집을 운영하는 다른 문우이상으로 추정된다와 함께 카페로 들어가 여급들과 어울려 술을 마시다 새벽이 되어 집으로 돌아가는데 집으로 돌아가며 친구에게 하는 말이 주목할 대목이다.

> 이제 나는 생활을 가지리라. 생활을 가지리라. 내게는 한 개의 생활을, 어머니에게는 편안한 잠을, 평안히 가 주무시오. 벗이 또 한 번 말했다. (…중략…) 구보는 잠깐 주저하고, 내일, 내일부터, 내 집에 있겠소, 창작하겠소 —.
>
> "좋은 소설을 쓰시오."
>
> 벗은 진정으로 말하고, 그리고 두 사람은 헤어졌다. 참말 좋은 소설을 쓰리라. 157~158쪽

소설의 거의 마지막 대목인 이 부분에 오면 구보의 행복 찾기 결말이 실

체를 드러낸다. 그건 창작을 열심히 하고 그것으로 자기의 생활을 삼겠다는 의지를 확고히 하는 것이다. 아직 삶에 대한 뚜렷한 확신도 없고 이렇다 할 문학적 성취를 거둔 것도 없는 소설가가 하루 종일 거리를 배회하다 이제는 목적 없이 방황하는 시간을 정리하고 소설을 열심히 써야 하겠다고 다짐하는 것은 자연스러운 결론이다. 그렇게 하루를 낭비한 것이 얼마나 허탈한 것인지, 과연 이런 방황을 계속하는 게 의미 있는 삶인지 깊은 회의에 빠졌으리라.

이 작품은 하루라는 시간 안에 청년 소설가 내면의 유동성을 훌륭하게 담아내었다. 불투명해서 다루기 어려운 인간의 내면이라는 실체를 소설이라는 객관화된 문학적 틀로 구현해 내었다는 점에서 그 성과는 분명하다. 소설을 쓰는 일로 생활을 삼겠다는 구보의 결심이 일목요연하게 서사적 얼개로 잘 구성된 건 아닌데, 주목할 점은 우리의 실제 생활이나 내면도 그렇게 잘 짜인 게 아니듯 「소설가 구보씨의 일일」은 그 흔들림이나 유동성을 적절한 형식으로 구현해 내는 데 성공을 한 것이다.

그런데 정작 우리가 조금 더 깊이 생각해보아야 할 것은 구보가 찾는 행복, 즉 삶의 의미이다. 구보가 찾는 행복은 살아가는 의미이다. 소설가 구보는 삶의 의미를 찾지 못해 방황하고 있다. 무슨 이유인지는 몰라도 구보는 삶이 공허하다고 느끼고 어떤 결핍감 같은 것을 갖고 있다. 자신은 왜 존재하는지, 어떻게 살아야 마음이 충만해질 수 있는 것인지 스스로도 알지 못한다. 오전부터 밤늦은 시간까지 경성의 도시를 정처 없이 배회하는 것은 그런 결핍과 공허감 때문이다. 자신이 도회를 배회하는 진짜 이유를 구보 자신도 잘 모른다. 그렇기 때문에 "모두가 그의 갈 곳이었다. 한 군데라 그가 갈 곳은 없었다"94쪽는 역설적인 말이 성립할 수 있는 것이다.

집안 형편이 어렵지 않은, 도쿄 유학, 그것도 인문학 베이스의 공부를 하고 돌아온 무직無職의 청년이라면 충분히 그럴 수 있다. 일상이 영위되는 기능적 질서, 자본주의적 생활 세계 안에서 아침부터 저녁 늦게까지 처리해야 할 여러 의무적 수행체계가 있는 삶이라면, 예컨대 바쁜 직장 생활에 휘둘리는 삶이라면, 그리고 그런 세계 안에서 더 많은 부와 지위, 권력, 욕망을 얻어내기 위해 자기의 생활을 어떻게 구성하고 조직해야 할 것인지를 고민하는 사람이라면 구보와 같은 고뇌는 애초에 들어설 자리가 없다. 그는 이런 자본주의가 만들어낸 생활 세계에 부적응한 사람이고 그런 삶의 질서 안에서 의미를 발견하지 못하고 있다. 구보는 그런 생활 세계에 대해 본원적 거부감이 있다.

그는 경성 도회를 배회하고 사람들을 만나거나 바라보면서 그들의 삶을 참조해 자기가 살아가야 할 의미를 만들어 보려 했다. 그러나 궁극적으로 타인들의 삶과 구보의 내면은 소통하지 못한다. 구보에게 참조가 되고 따라야 할 삶을 살아가는 사람은 없어 보인다. 집을 나올 때도 막연했지만 집으로 다시 돌아가는 길에서도 여전히 그들로부터 명쾌하게 얻은 건 없다. 그래서 구보의 내면은 과거의 기억에 머물러 있건 현재의 누구와 만나고 있건 홀로 외롭다. 자기가 어떻게 살아가야 할지 몰라 생활 전체가 막연하고 타인의 삶도 참조가 되지 않으므로 구보는 거대한 도시 속에 있어도 외로운 것이다. 소통되지 않고 답답하면서도 도회에 홀로 존재한다는 외로움의 정서는 쉼표가 잦은, 이 소설 특유의 문장에도 투영되어 있다.

> 구보는 포도 위에 서서, 문득, 자기도 창작을 위해 어디, 예하면 서소문정 방면이라도 답사할까 생각한다.111쪽

> 구보는, 맞은편에 앉아, 그의 문학론에, 앙드레 지드의 말을 인용하고 있던 벗을, 갑자기, 이 유민遊民다운 문제를 가져 어이없게 만들어주었다.125쪽

위의 인용을 보면 잦은 쉼표가 있는 문장은 그렇지 않을 때보다 의미의 흐름을 끊어 답답함을 자아낸다. 잦은 부사어의 사용도 이와 무관하지 않다. 쉼표가 딸린 부사어는 문장 안에서 부가적 의미를 덧붙임으로써 뭔가 유보적인 분위기를 구사하는 역할을 한다. 이런 문장은 발화자의 생각과 행동이 자연스러운 하나의 흐름으로 이어지는 것이 아니라 여러 차례 단속적으로 멈칫하고 있다는 느낌을 준다. 이런 문장은 읽는 이로 하여금 누구와 소통하는 것이 아니라 일종의 '혼잣말', 독백 효과를 배가시킴으로써 단절감을 불러일으키는 효과를 얻는다.

그런데 구보의 외로움을 달래줄 존재는 그나마 어머니와 문학이다. 고독한 구보에게 위안을 주고 안식처를 제공할 어머니와 문학 덕에 간신히 살아갈 수 있다. 자신의 외로움을 안아줄 어머니, 그리고 자신이 열정을 쏟아 넣을 문학이 있기에 구보는 삶의 의미를 찾기 위한 희망을 포기할 수 없다. 문학이 그런 점에서 구보에게는 일종의 구원이기도 하다.

그렇다고는 해도, 구보의 고독이나 단절감, 살아갈 의미를 찾지 못해 허덕이는 것은 왜일까? 이런 형태의 근원적 고독이나 삶의 공허감은 그 이전의 한국문학에서는 찾기 어려운 것이었다. 실연의 고통, 나라 잃은 설움, 식민지 현실에서 오는 여러 억압과 고통, 경제적 궁핍에서 오는 소외와 갈등, 각종 인간관계나 권력관계, 문화적 습속에서 빚어지는 갈등, 그리고 이런 것의 얽힘 같은 것들이 아니다. 그것과 전혀 무관한 건 아니겠지만 그렇다고 이런 것으로 환원되는 것도 아닌, 어떻게 보면 보다 근원적

인 결핍처럼 보인다. 이런 공허와 고독감은 「소설가 구보씨의 일일」에 와서 비로소 한국문학에 등장한 것이다.

이전의 문학작품에서는 좀처럼 만나기 어려웠던 게 구보라는 성격이자 내면이며 이 소설의 플롯이다. 소설의 문장과 형식, 그리고 서사의 흐름이 주인공의 정서와 잘 어울려 새로운 소설을 만들어내었는데 그것이 단지 문학이라는 예술 장르의 문제가 아니라 새로운 세계와 인간형을 보여주었다는 점에서 의미가 있다. 중세 봉건질서가 점차 와해되고 개항과 식민지를 거치면서 일본과 서구를 통해 들어온 자본주의적 문명과 생활세계가 급기야 이런 유형의 인간을 만들어낸 것이다. 따라서 구보가 느끼는 존재의 고독이나 의미의 부재는 그가 살아가는 공간이 꼭 식민지이기 때문만은 아니다.[11] 모든 것이 물화物化되고 교환가치로 균질화된 세상, 그래서 의미를 상실하고 도구적 기능주의, 이윤과 이용 가치가 지배하는 세상이라는 자본주의 문명에 대한 비판을 굳이 반복할 필요는 없겠다. 한 개인이 본원적인 자기라는 존재만으로 의미가 충만한 삶을 찾기 어렵게 만드는 생활의 체계가 자본주의라면, 「소설가 구보씨의 일일」은 한국문학에서 그런 자본주의적 일상을 구보라는 인물을 통해 처음으로 보여주었다.

게다가 존재 자체가 자유로워서 어디에도 얽매이지도 않지만 모든 게 불투명해 보이는 내면을 갖고 있는 개인은 이 소설 이전에는 등장하지 않는다. 「만세전」의 이인화와 비교해 보더라도 그렇다. 이인화처럼 자신이 식민지 주민이라는 심리적 억압은 구보에게서 찾아보기 어렵다. 그는 상대적으로 자유롭다. 사람들을 관찰하고 곧잘 과거의 기억을 떠올리는데

11 식민지와의 연관성을 드러내기 위해서는 다른 차원의 설명이 더 필요할 것이다.

그렇다고 그게 특별하지도 않다. 여러 방면으로 생각들은 흩어진다. 삶에 대한 절실함도 문학이라는 열망을 빼면 따로 있는 게 아니다. 직업을 갖거나 경제적 곤궁을 절박하게 느끼는 존재가 아니다 보니 이렇게 자유로울 수 있고 문학이나 예술에 대한 동경을 가질 수 있게 된 것이다. 독특한 근대인, 자유로워서 오히려 고독한 예술가 개인을 창조했다는 점이 「소설가 구보씨의 일일」이 거둔 또 다른 문학사적 성취가 아닐까. 습작기를 거쳐 박태원은 이 작품에서 개인적으로나 문학사적으로나 하나의 획을 그었다.

3. 박태원은 과연 모더니스트였을까, 전업 작가였을까

공교롭게도 「소설가 구보씨의 일일」을 발표한 이후 박태원은 실제로 소설 쓰기에 전념한다. 그는 이 무렵 정지용, 이태준, 김기림, 이상 등과 함께 구인회의 일원으로 활동한다. 『조선중앙일보』 1934년 9월에 「소설가 구보씨의 일일」 연재를 마친 직후 또 다른 중편 「애욕」을 『조선일보』에 연재하고 1935년부터는 『조선중앙일보』에 『청춘송』이라는 장편미완을 연재하기도 한다. 단편도 잇따라 발표하면서 그는 비로소 본격적으로 소설 쓰기에 전념하는 작가의 길에 들어서게 된다.

그런데 마침 「소설가 구보씨의 일일」 연재를 마치고 얼마 지나지 않은 1934년 10월 24일 보통학교 교사를 하던 김정애와 결혼을 한다. 처가 역시 한약국을 경영하는 집안이었고 아내인 김정애는 숙명여고와 경성사범을 졸업한 무남독녀 외동딸이었다. 어느 모로 보나 여염집의 평범한 여성은 아니었다. 경제적으로 윤택했던 두 집안의 혼사는 축복 속에서 성대하게 치러졌다. 문인 친구들은 물론이고 당대를 대표하는 문화인들이 자리를 함께 했다는 것이 방명록에 기록되어 있다.[12] 한 가정을 꾸리면서 박태원은 「소설가 구보씨의 일일」처럼 소설 쓰기를 통해 생활을 갖게 된다.

결혼 이후부터 해방 전까지 그가 발표한 글의 양은 엄청나다. 단편소설이 28편, 중편이 6편, 각종 신문과 잡지에 연재한 장편이 11편미완성 작품 포함, 수필 62편, 평론 10편, 동화나 야담 3편, 여기에 번역이 15편에 이른다. 설문 응답이나 서신처럼 원고료를 제대로 받지 못했을 것 같은 글은 제외하고서도 이 정도 분량의 글을 써냈다. 그가 이 시기에 쓴 원고의 양은 오늘의 문인에 비추어보더라도 적지 않은 분량이다. 1935년부터 1945년 8월 15일 해방 이전까지 만 10년 8개월 정도의 기간에 쓴 글의 양 치고는 상상을 넘어선다. 매년 장편을 하나 이상 쓰고 중단편을 서너 편씩 발표하면서 산문도 여섯 편 이상, 두툼한 번역도 매년 한두 편씩 해치운(?) 셈이 된다. 요즘 현역으로 활발하게 활동하는 작가들, 컴퓨터의 ᄒᆞᆫ글이나 워드 프로그램으로 글을 쓴다 해도 이 정도라면 중노동에 가깝다.

이만큼 글을 써냈다면 밥벌이가 충분히 가능했을 것이다. 고달프기는 했겠지만 작가로서 확고한 입지를 갖게 되는 것은 물론이고 경제적으로도 곤궁하지 않았을 것이다. 일제강점기 작가들의 원고료가 어느 정도였는지에 대한 정확한 추정은 쉽지 않은데 1934년 삼천리사에서 각 신문사의 학예면 원고료에 대해 조사한 바에 따르면 『조선일보』와 『동아일보』가 매월 50~60원, 『조선중앙일보』는 30~40원이고 총독부에서 지원받는 『매일신보』는 월 300원까지 이른다고 한다.[13] 실제로 학예면에 실리는 작

12 이 당시 결혼식의 성대한 분위기와 방명록의 화제성에 대해서는 박일영, 앞의 책에 자세히 나와 있다.

가들의 글은 1회당 1원에서 2원 50전 정도였다는 기록이[14] 있으므로 박태원처럼 글을 발표할 수 있는 작가였다면 풍족한 생활도 불가능한 일은 아니었다. 여기에 9권의 단행본 소설집이나 장편소설을 따로 출간하였으므로 인세 수입도 덧붙인다면 소득은 당시 평균 생활수준을 넘어섰을 것이다. 일제강점기 중산층의 한 달 생활비가 50원에서 70원 정도였을 거라고 계산할 때, 장편 연재에 단편과 수필을 쓰고 이따금 단행본도 발간하는 박태원으로서는 경제적으로 풍족한 생활을 누릴 수 있었다.[15]

그가 일제 말기에 발표한 사소설 「재운財運」에는 "겨울을 나는 동안에 월평균 삼백여 원의 원고를 쓰고, 또 팔 수 있었다"는 대목이 나온다. 현재의 돈암동에 대지가 넓은 주택을 직접 지어 이사했다는 내용도 있다. 딸아이를 유치원에 보내기 위해 백화점에 가서 새로 옷도 사주고 집안에 일을 도와주는 할멈이나 소녀를 늘 데리고 있던 것을 보아도 그렇다. 박태원은 여느 직업을 가진 평범한 사람의 삶을 살았던 것은 아니다. 식민지시기에 보통학교조차 졸업하는 것이 일반적이지 않았을 무렵인데 아이를 유치원에까지 보낸다는 것은 극소수 상류층에나 해당되는 특별한 일이었다.

> 구보가 손수 설계한 돈암정 집은 찌가 높은 대지 위에, 뒤로는 언덕을 깎아낸 너른 공터가 있어, 내 어린 시절엔 콩과 옥수수 밭이었는데, 너른 대청 뒤쪽 큼지막한 네 쪽짜리 유리 분합을 열어 놓으면, 늘상 푸른 옥수숫대와 콩잎들, 그

---

13 「삼천리 기밀실－각사의 원고료」, 『삼천리』 제6권 7호, 1934; 정경운, 「근대문인 원고료의 사회학」, 『현대문학이론연구』, 2021.1, 370쪽에서 재인용.

14 다언생, 「비중비화, 백인백화집－홍명희와 조선일보」, 『별건곤』 69호, 1934년, 19쪽; 정경운, 앞의 글, 371쪽에서 재인용.

15 박현수, 「소설에 나타난 식민지 조선의 물가」, 『대동문화연구』 121집, 2023에 따르면 교사 월급이 40~80원, 은행원 월급이 60~80원으로 조사되었다. 박현수, 앞의 글, 262쪽 참조.

뒤로 언덕을 격해 옛 성벽이 올려다 보이는 기슭에 있었다. (…중략…) 그런 대청에 세간으로 백항아리를 이고 있는 뒤주와 책장 하나, 분합 오른쪽 벽에 삼촌 문원이 그려 선전鮮展에 입선을 했다는 그림이 있었다. 그렇게 어두운 색조의 유화어린애를 업은 여인이 머리에 무언가 이고 있는 그림가 한 점, 그 밑에 빅타 레코드 플레이어유성기와 12인치짜리 LP판들이 세간의 전부였다. 아버지는 그 외에는 대청에다 아무것도 못 놓게 하시고는 초겨울까지도 푸른색이 도는, 청동화로의 두 배는 실히 되는 일본 사기화로 하나로 큼지막한 교자상 앞에서 원고에 원고만 쓰셨다.[16]

돈암동 한옥의 모습과 대청마루에서 소설을 쓰는 박태원의 모습이 맏아들 일영의 기억 속에 선명하게 드러나고 있다. 박태원은 당대 문화 엘리트로 열심히 소설을 쓰며 가족을 먹여 살렸다. 그런 점에서 그는 온전한 의미의 전업 작가였던 셈이다. 궁핍하게 살면서 어쩌다 소설을 발표해서 받은 원고료로 입에 근근이 풀칠이나 하는 작가는 아니었다. 언제나 써야 할 글은 넘쳤고 원고 청탁도 쉼 없이 들어왔다. 근대라는 새로운 시대에 직업으로서 소설가의 삶을 살아간 몇 안 되는 사례일 것이다. 글로 생활을 유지해간다는 것, 즉 직업으로서의 글쓰기가 박태원에게는 생활 세계여서 글을 써서 가족을 먹여 살리는 일, 이제 그에게는 이것이 의미를 추구하는 길이었을지 모른다.

한 가지 안타까운 것은 박태원이 「소설가 구보씨의 일일」에서 정점에 오른 후 그의 문학적 고뇌, 모더니스트로서의 모색이 더 이상 진전을 보이

16 박일영, 앞의 책, 119쪽.

지 못한다는 점이다. 「소설가 구보씨의 일일」 이후 모더니스트로서 자신의 고민을 더 깊이, 아니면 더 넓게 탐색해 성과를 보인 작품은 눈에 띄지 않는다. 「방란장 주인」이 그나마 평가를 받을 수 있는 작품인데 형식 실험으로만 기운 듯해 상대적으로 존재감은 떨어진다. 굳이 모더니스트 여부를 떠나서도 그의 이 시기 작품들은 이효석이나 김유정, 채만식 같은 동시대 다른 작가들의 그것과 비교해 보더라도 아쉬운 점이 많다.

그런 점에서 『천변풍경』은 박태원의 장점과 한계가 동시에 드러나는 작품이다. 이 작품에서는 모더니스트로서의 긴장감이 거의 사라져버려 흔적만 간신히 남아있다. 굳이 따지자면 청계천 변에 살아가는 여러 인물 군상을 피카레스크식 구성으로 재현해냈다는 점, 중심 서사는 없이 다중의 인물들을 등장시켜 장면과 장면을 자연스럽게 넘나들고 있다는 정도가 평가받을 만하기는 해도 이를 모더니즘 소설로 보기는 어렵다. 더구나 「소설가 구보씨의 일일」을 썼던 작가가 아닌가. 박태원은 「소설가 구보씨의 일일」에서 보여주었던 행복 찾기의 고민을 청계천변으로 확대해감으로써 동시대 한국 사회를 모더니스트의 문제의식으로 포착해 낼 기회를 포기해버렸다. 「소설가 구보씨의 일일」에서 보여주었던 고독과 단절감이 『천변풍경』으로 오면 더 웅숭깊어지는 대신, 오히려 전통적 공동체주의로 퇴행하거나 안이한 휴머니즘으로 대체되었다. 『천변풍경』은 오늘날 대중문화에 빗대어 말하자면 청계천 변의 여러 인물과 가족의 삶을 회차回次 별로 다채롭게 그려내는 일일드라마 비슷하다. 「소설가 구보씨의 일일」에서 보여준 개별적 단독자로서의 단절과 고독은 갑자기 정적 유대에 기반한 공동체주의와 타협하고 있다. 동시대 삶에 대한 치열한 문제의식보다는 작가의 따뜻한 휴머니즘이 주조로 흐르면서 이발소, 이쁜이네, 민주사, 한약방, 카페 여급 하나코, 금순이, 점룡이 네 등, 청계천변을 삶의 터전으로 살아가는 사람들의 일상을 두루 스쳐 지나간다. 「소설가 구보씨의 일일」에서 주인공이 경성 시내 곳곳을 돌아다니며 다채로운 사람들을 만나 여러 상념을 늘어놓으면서도 자기의 중심을 잃지 않고 고뇌의 밀도를 높여가고 있다면, 이 작품에서 작가는 이집 저집 방문하면서 이들이 대체 어떻게 살아가고 있는지 들여다보고 이를 여러 갈피의 에피소드로 직조해내면서도 중심을 잡지는 못하고 있다.[17]

이 작품은 맛깔스러운 문장이나 자연스러운 장면 전개, 사소하지만 세밀한 에피소드 구성 등으로 작가가 공력을 들여 쓴 장편소설이라는 점은 부인할 수 없다. 그렇지만 동시대 다층적 삶에 대한 작가의 깊이 있는 통찰이나 해부가 번뜩인다기보다는 작가의 따뜻한 휴머니즘만이 두드러져 보인다. '따뜻한 휴머니즘'이라고 하는 것은 현실의 실체를 파고들어가는 분석력보다 민초들의 생활에 대한 인간적 안타까움과 평속한 윤리관을 넘어서지 못하고 있다는 점에서 그렇다는 말이다. 소재가 넓게 흩어지고 그걸 모아내는 서사의 초점은 불분명하다 보니 그렇게 되었다. 곤궁한 이웃들에게 인간적 안타까움을 느끼는 것은 상식적 윤리 감각을 갖고 있다면 누구나 느낄 수 있는 감정이다. 그것 자체가 가치가 없는 것은 아니고 또 그 때문에 편안히 읽히는 것일 테지만 문학적 성과 역시 그 정도로밖에 평가할 수 없다.

이런 계열의 소설로 그래도 평판작에 드는 것은 「골목 안」이다. 순이네 식구를 중심으로 서울의 서민들이 모여 사는 골목 안 풍경과 그들의 일상

---

17 하정일, 「'천변'의 유토피아와 근대 비판—박태원론」, 『20세기 한국문학과 근대성의 변증법』, 소명출판, 2000 참조.

을 파고 들어감으로써 일상적 삶의 실체를 드러내고 있다. 부잣집 아들과 연애 중이나 이미 실패가 예견되어있는 여학생 순이로 시작해, 카페 여급으로 가계를 책임지고 있는 언니 정이, 집을 나가버린 큰 오빠, 권투 선수라고 말썽이나 부리고 다니는 작은 오빠, 장애가 있는 몸으로 원하는 학교에 진학하지 못한 동생, 벌이도 변변치 않은 복덕방에서 헛된 옛 영광에 젖어 세월을 보내는 아버지, 부잣집 부엌일을 돌보며 곤궁하게 살아가는 어머니 등을 통해 이 시대에 서민들의 삶이 어떻게 구성되고 있는가를 잘 보여주고 있다. 『천변풍경』의 겉핥기식 서술이 아니라 순이네 가족 구성원 저마다 살아가고 있는 생활의 핵심과 그들이 기대고 있는 희망의 실체를 드러냄으로써 이 가족을 둘러싸고 있는 세상의 본 모습을 보여주고 있다. 「소설가 구보씨의 일일」의 주제 의식을 이끌어 와서 말한다면 행복하기 어려운 시대에 그래도 행복을 좇는 가족들의 기대가 얼마나 모래 같은 성 위에 놓여있는가를 핍진하게 조망하고 있다. 작가는 의미가 사라진 시대에 서민들의 앙상한 생활이 앙상한 생활로 보이게끔 잘 축조해 놓았다.

4. 일제 말기 박태원의 자화상 연작 밥벌이로서 소설 쓰기의 윤리학

얼마 전까지만 하더라도 일제 말기末期는 암흑기라는 이름으로 한국근대문학사에서는 괄호로 닫혀있던 시기였다. 일본 군국주의 아래에서 모국어를 빼앗기고 문인들까지 전시 체제에 동원되던 시기였으므로 온전한 문학이 불가능했을 것이라는 판단도 있었고, 친일문학이 주조를 이루는 시기였기에 제대로 연구할 가치가 있는 시대는 아니라고 치부되었다. 여기에 많은 창작물들이 일본어로 된 데다 자칫 소모적인 친일 논란에 불을 댕기는 것은 아닌가 하는 연구자들의 심리적 부담이 있었던 것도 사실이다.

그러나 2000년을 전후로 하여 이 시기의 문학사 연구가 본격화되기 시작했다. 탈식민주의 문화이론에 국내 연구자들도 관심을 갖게 되면서 한국 근대문학을 다양하게 다시 해석하려는 시도 가운데에 일제 말기 문학도 연구의 대상으로 주목받게 되었다. 하여, 일제 말기에 관한 연구들이 본격화되기 시작했는데, 문제는 이 시기 문학에 대한 평가의 준거 틀을 어떻게 확보하는가에 있었다.

이는 생각보다 간단한 문제는 아니다. 예컨대 일본어로 창작했지만 그 내용이 당시 시대에 대해 비판적이고 저항적인 관점을 유지한 경우와, 한국어로 창작되었어도 일본 군국주의 체제에 적극적으로 협력한 경우가 있다면 어떻게 평가할 것인가. 한글 창작 여부를 저항의 기준으로 삼기 어려운 이유이다. 때로는 어떤 문인들이 절필로 당시 체제에 저항했다고 평가받기도 하지만, 누구는 저항을 위해 절필했다고 하고 누구는 단순히 작품을 발표하지 않은 것이라고 무엇을 근거로 평가할 것인가. 절필의 맥락을 읽어낼 수 있는 사례도 있겠지만 그렇다고 해서 당시 작품을 발표하지 않은 모든 문인이 일본 제국주의 체제에 저항했다고 평가하는 것도 무리한 일이다.[18]

게다가 동시대를 살아가는 문인들이 동일한 압박을 받은 것 같지도 않다. 즉, 유명세가 강한 문인일수록 일제의 압박도 강했다면, 이런 저간의

18 방민호는 「일제 말기 문학인들의 대일 협력 유형과 의미」, 『한국현대문학연구』 22호, 2007에서 침묵이 저항이 될 수 있음을 지적하고 있다. 그런데 일제 말기 문인들의 침묵을 어떻게 해석하고 평가해야 할 것인가는 여전히 간단치 않은 문제이다.

사정을 배제하고 어떻게 동일하게 평가할 수 있을 것인가. 압박과 강요에 의해 어쩔 수 없이 표면적으로 협력의 포즈를 취한 문인도 있을 터이고 일제가 지향하는 신체제와 대동아 공영권에 공감하여 내면에서부터 적극 협력한 사례도 있을 텐데 이를 분별해내는 일도 간단한 일은 아니다.[19]

이런 점을 참조해 본다면 일제 말기의 문학 활동과 작품에 대한 평가는 작품의 전후 맥락과 텍스트 내부의 면밀한 분석, 해당 문인의 삶에서 보여준 정치적 지향과 문학적 성과 등을 종합적으로 고려해야 온전히 가능해진다. 일제 말기야말로 다른 어느 시기보다 문학 연구 특유의 섬세한 접근이 필요한 시기이다. 인간 존재의 복잡성과 문학작품이라는 특수성에 대한 동시적 이해가 뒤따르지 않으면 안 된다. 사람은 비록 같다고 하더라도 처지와 상황에 따라 때때로 예측과는 다른 행동을 하기도 한다. 동일한 시대를 살아가더라도 권력이나 정치에 대해 일관된 태도를 보인다고 장담할 수도 없다. 그게 군국주의가 지배하는 폭압적 시대라면 더욱 그럴 수밖에 없다. 폭력 앞에 약한 모습을 보이는 건 평범한 인간이라면 어쩔 수 없는 일이다.

따라서 일제 말기의 문학이 연구 대상인 경우, 다른 시대와 달리 작가가 정치적으로 어떤 태도와 지향점을 가졌는가를 판별해내는 일이 중요한 관건이 된다. 일제 말기 문학사 연구는 예술적 성과와 미학적 가치만을 따

19 예컨대 일제 말기 문학에 대해 선명한 입장을 제기한 사례로 김재용의 『협력과 저항』(소명출판, 2004)을 들 수 있다. 이 책의 핵심 주장은 일본 군국주의 체제에 대한 협력은 반드시 자기 나름의 내적 논리가 있는가 여부로 판단해야 한다는 점, 일제 말기의 문학사는 협력과 함께 저항을 동시에 연구해야 양자가 어떻게 다른가 분명하게 드러날 수 있다는 점 등으로 요약되는데, 이런 관점에 서게 되면 일본어로 글을 썼는가 아닌가의 여부나, 일시적이고 표면적으로 협력적 태도를 보였는가 여부보다 협력에 대한 자기 내적 논리를 갖고 있는가가 중요한 평가의 기준이 되게 된다.

질 수 없는 시대이다. 설령, 그게 원천적으로 가능한 일일까 싶지만, 뛰어난 예술적 감수성이나 미학적 실험을 통해 일제가 벌이는 전쟁을 찬양하고 조선 민족에게 전쟁에 적극 나설 것을 표현했다고 한들, 그게 제대로 된 예술작품일 리가 없는 것이기 때문이다. 그 어느 시대보다 정치적 올바름이 문제되는 시기가 이때였다.

그런 점에서 일제 말기의 문학적 성과는 작가의 시대에 대한 정치적 태도를 따지는 일이 핵심 사안이 된다. 그런데 정치적 태도라 해도 생명조차 위협받는 엄혹한 시대에 권력에 타협하는 길이 아니라면 자기의 속내를 온전히 드러내지 않는 경우가 더 많다. 즉, 문인들의 정치적 입장이라는 것이 칼로 무 썰 듯 명확히 구분되는 것도 아니고 명징하게 드러나지도 않는다. 거기에는 매우 다양하고 미세한 스펙트럼이 있다. 그럴수록 작품의 자구字句나 디테일에만 매달리지 않고 작품 전체를 보는 종합적 시각이 중요하다.

일제 말기 박태원의 작품과 활동에 대해서도 그런 점에서 면밀한 접근과 분석이 필요하다. 단편적인 근거만을 갖고 친일을 했다거나 저항을 했다고 단정내릴 수 없다. 박태원은 1939년 일제 당국에 의해 조직된 어용단체인 '조선문인협회'의 발기인 명단에 들어가 있기도 하고 1941년 7월 '성전' 4주년을 기념하기 위해 용산 호국신사에서 봉역을 했다는 사실도 알려져 있다.[20] 이외에 대동아 체제를 옹호하는 듯한 소설 「아세아의 여명」을 발표한다거나 『군국의 어머니』 같은 일본의 관제 홍보물 제작에 나서기도 했다. 그러나 반대로 1939년에 '조선문예부흥사 사건'에 연루되

20 박진숙, 「박태원의 통속소설과 시대의 '명랑성'」, 『한국현대문학연구』 27집, 2009, 235쪽.

어 임화와 함께 조사받은 바도 있다. 이 단체는 조선 독립의 의도가 있는 비밀 결사단체로 몰려 주동자 5명은 실형 선고를 받았다. 박태원은 조사만 받고 끝나긴 했지만 이 사건으로 체제에 불만을 가진 조선인 작가라는 혐의를 받았을 것이다.[21] 보통의 문인들은 이렇게 상반된 모습을 지니고 살아갈 수밖에 없던 시대였다.

박태원의 일제 말기 소설 중 사소설 연작인 「음우淫雨」1940.10, 「투도偸盜」1941.1, 「채가債家」1941.4는 그런 점에서 자세히 읽어보아야 할 작품이다.[22] 이들은 작가 스스로 '자화상 3부작'이라고 언급하고 있는 소설들이다. 그가 1940년 대지를 마련하고 직접 설계해 집을 지어 이사한 돈암동당시 지명은 돈암정 집과 가족들의 이야기를 다룬 것으로 소설가 박태원의 면모와 생활상이 그대로 투영되어있다. 연작소설을 일관되게 흐르는 주제는 집과 가족에 대한 이야기, 조금 더 구체적으로 말하자면 안정된 일상을 보장하는 집이라는 공간과 그 안에서 살아가는 가족들의 이야기이다.

소설가가 자신의 여러 일상 가운데에서도 집과 관련된 소재를 선택해 세 편의 소설을 썼다는 것은 생각해보아야 할 일이다. 「음우」는 계속되는 장마로 새로 지은 집의 지붕이 무너지고 집안 여기저기 비가 들이쳐 일상이 허물어지는 이야기이고 「투도」는 좀도둑이 들어 집안의 평화가 위협받는다는 이야기이다. 「채가」는 집을 지을 때 대출받은 돈과 이자 때문에 일어나게 되는 사건을 다룬 것이다. 자연재해로 인한 안전의 위협이거나 외부인의 물리적 침입, 집 때문에 생겨난 채무로 인한 경제적 불안 등, 모두

---

21 서은주, 「신체제기 지상과제로서의 '생활'과 '화평론'」, 『구보학보』 15집, 2017, 52쪽.
22 이들은 앞의 두 편이 『조광』에 실렸고 「채가」는 『문장』에 실렸다. 참고로 이외에 「재운」, 『춘추』, 1941.8도 자화상 3부작의 연장선 위에 있는 동일한 유형의 작품이다.

일상의 평온한 삶을 위협하는 문제들이 소설의 소재들이다. 주인공인 소설가는 사소설이라는 형식을 빌려 소설가로서의 고민이 아니라 생활인으로 겪게 되는 어려움을 솔직하게 드러내고 있다.

그런데 작가는 일제 말기라는 시기에 왜 이런 소설을 여러 편 계속 쓰게 되었을까. 읽는 사람에 따라서는 일제 말기라는 상황을 고려해 가족의 안정된 삶을 위협하는 외부 존재에 대한 알레고리로 이런 연작을 쓴 것이라고 해석할 수도 있다. 즉, 일본 군국주의 체제가 가족의 안정된 삶과 일상의 평온을 위협하고 있다는 것을 이런 방식의 우회적 소설 쓰기로 드러낸 것이라고 읽을 수 있는 것이다. 그러나 소설에 등장하는 위협들은 심각한 위험을 내장하고 있다고 느낄 정도의 수준은 아니다. 장맛비로 지붕이 무너지는 건 언제나 있을 수 있는 일이며 귀찮고 돈이 들어간다 하더라도 수리하면 해결될 일이고, 외부의 도둑도 좀도둑에 불과해 걱정스럽기는 해도 심각한 피해를 준 것은 아니다. 오히려 이를 기회로 집 안팎의 안전을 어떻게 더 확실히 할 수 있을까 대비를 하는 계기가 될 수도 있다. 집 건축비 때문에 빌린 원금의 두 달 치 이자를 중간에 브로커가 농간을 부려 떼어먹은 사건도 해결이 불가능할 정도의 심각한 문제는 아니다. 요컨대 누구나 살다 보면 생길 수 있는, 해결 가능한 문제들이거나 소소한 걱정거리 이상은 아니라는 점에서 일제 말기 군국주의 체제의 압박에 비할 바가 아니다.

그런 점에서 「채가」의 마지막 대목은 해석에 유의해야 할 대목이 아닐까 한다. 이 작품은 한편으로는 집을 짓는 데 들어간 비용 때문에 빚을 얻어 생겨난 문제와, 이와 별개로 큰 딸인 설영이의 유치원 입학이 또 하나의 에피소드로 등장한다. 큰딸의 유치원 입학과 관련한 에피소드는 소설의 맨 앞과 마지막에 등장하는데, 딸아이를 묘사하는 작품 밖 소설가나 소설 속 아버지의 애정이 뚝뚝 묻어나올 정도로 정겹다.

특히 소설 끝부분에서 유치원 입학을 위해 면접을 하다가 '창씨개명' 문제가 등장한 것을 주목해 이 소설이 일제 말기 억압적 상황을 드러낸 것으로 해석하는 사례가 있다.[23] 그러나 소설의 맥락을 따져보면 작가는 '창씨개명'에 심각한 심리적 압박감을 느끼는 건 아니다. '창씨개명' 문제로 딸의 유치원 입학이 불가능하게 된 것도 아니다. '창씨개명' 문제는 면접하는 과정에서의 작은 해프닝일 일 뿐이지 정작 소설이 드러내려 하는 것은 커가는 딸아이의 대견스러움이다. 면접하는 과정에서 가족을 손가락을 꼽아가며 얘기하더라는 아내의 설명에 소설가는 유쾌한 웃음을 터뜨린다. 하루 종일 빚 문제 때문에 고생했던 시름을 딸의 재롱으로 잊게 된다는 것이 소설의 결말이다. 가장으로서 집안의 어려움을 헤쳐 나가야 하지만 그래도 아내와 아이들 때문에 힘을 잃지 않는다는 평범한 주제를 다루고 있는 소설이 「채가」이다.

"원장이 혼자서 맡아 가지구 물어봤다우. 그런데, 박설영이라니까, 그 이름 말구, 왜, 새루 지은 이름 있지 않느냐는군." (…중략…)

"그럼, 왜, 창씨개명은 아직 안 했다구 당신이, 좀, 그러지 않구……."

"그렇게 말했지. 그래두 원장은 자꾸 입원원서를 들여다보며, 고개를 기웃 거리거든. 그래, 내가 넘겨다 봤드니, 다른 아이 원설, 우리 건 줄 알구 그러는구먼."

---

23 방민호, 「박태원의 1940년대 연작형 '사소설'의 의미」, 『인문논총』 58집, 2007가 대표적이다. 방민호는 사소설 연작을 전반적으로 일제 말기 상황에 대한 거대한 알레고리로 해석하고 있다. 특히 「채가」에서 '창씨개명'과 일본인 채권자 와타나베를 등장시킨 대목에 대해서도 일제의 억압적 체제를 드러내는 징표로 읽는다. 그러나 이는 작품 전체의 주제와 어긋나는 것으로 보여 동의하기 어렵다.

"그것은 저편의 잘못이니 상관 없구…. 그래 그 댐엔 뭘 물어?"

"나이"

"물론 여섯 살이라구 했을테지." (…중략…)

"응? 이런 앤 염려 없다구? 그럼 통지 기다릴 거 없이, 다아 된 노릇이로군 그래. 하, 하, 하…"

나는 유쾌하였다. 설영이는 '어머니'고, 소영이는 '손님'인데, 그 '손님'을 접대하느라고, 한창 '어머니'는 바쁜 모양이었으나, 나는 상관 않고, 곧, 앞으로 불러다 앉히고,

"너, 어디, 원장선생님 앞에서 허듯이, 손 좀 꼽아봐라. 꼽아 봐아. 그래, 요게, 요 새끼 손가락이, 일영이라구? 하, 하, 하…"

다시 한 차례를 웃고,

"허지만, 입원수속 하려면 또 돈이 들 모양인데…"

하고, 아내는 그러한 것을 염려하는 모양이었으나, 나는, 오직, 우리 설영이가 어느 틈엔가, 저만큼이나, 커서, 그래, 벌써 유치원에를 다니게 되었나? 하고, 도무지 남들에게는 없는 일이나 되는 듯 싶게, 마음에 신기하고, 또 기뻤다.[24]

채권자가 '도변渡邊, 와타나베 모某'라는 일본인이라는 점도 해석의 다양성을 가능하게 한다. 생각하기에 따라서는 경제적 압박을 가하는 것이 일본인이므로 일제 말기 군국주의의 억압적 상황을 이런 식으로 우회적으로 그린 것이 아니겠는가 하는 해석을 할 수도 있겠다. 소설가가 '도변 모'가 살고 있는 집을 찾아가는 장면이나 저택인 그의 집안 분위기, 방문객인 주

24 「채가」, 『문장』 3권 4호, 1941.4, 113~114쪽.

인공이 이른바 내지어內地語라고 하는 일본어를 할 줄 안다는 사실을 알고 반가워하는 그의 모습 등을 보면 그런 여지가 전혀 없는 건 아니다. 그러나 주인공인 소설가에게 '도변 모'는 일본인이라는 사실보다 채권자라는 압박이 더 크다. 소설은 경제적 어려움을 드러내는 데에 초점이 가 있지 그가 일본인이라는 것을 중심으로 소설을 민족 문제로 이끌어가지는 않는다. 게다가 이자를 떼어먹어 정작 문제를 직접적으로 일으킨 당사자는 브로커인 조선인 최가이다. 이 소설이 일제 말기에 발표되었다고 해서 당시 조선이 처한 상황에 대한 억압적 성격을 고발하려 했다거나 협력에 대한 거부 의도를 우회적으로 암시한다고 해석하기에는 여러모로 무리가 따른다. 특정 문구나 부분에 국한하는 것이 아니라 소설 전체의 주제와 지향하는 내용을 본다면 그렇다는 말이다.

만약 작가가 시대의 압박이나 억압적 분위기를 소설로 드러낼 양이었다면 이 정도가 아닌 다양한 방법이 있었을 것이다. 굳이 저항성을 드러내는 것이 아니라 하더라도 작가로서 혹은 조선인으로 시대의 흐름을 알지 못해 혼란스러워하거나, 아니면 있는 그대로의 고뇌라도 암시적으로 보여주었더라면 더 진실성을 얻을 수 있지 않았을까. 예컨대 같은 시기의 김남천의 「등불」[25] 같은 작품에서 한때는 사회운동가이고 소설가였지만 이제는 전향하여 회사에서 월급을 받는 생활인으로 바뀐 주인공의 처지를 그대로 드러낸다거나 보호관찰 대상이 되어 보호사를 정기적으로 면회하는 장면, 소설이 잘 안 써지는 현실을 솔직히 드러내고 있는 점과 비교해 생각해볼 여지가 있다. 즉, 동시대의 문제를 어떻게 소설로 드러낼 것인가에

25 김남천의 「등불」은 『국민문학』, 1942년 3월호에 발표되었다.

대해 박태원 류의 사소설이 과연 시대에 대처하는 현명한 방법이었는지는 의문이 남는다.

「등불」에서 드러난 작가의 고뇌나 생활의 힘겨움에 박태원의 자화상 연작이나 「재운」 같은 소설을 견주어 본다면 그가 그려낸 이 시기의 모습은 지나치게 일상적이고 지나치게 사소하다.[26] 왜 굳이 이런 소설을 이 시기에 썼을까를 굳이 따지자면, 시대가 그럴수록 오히려 일상의 소중함을 드러내기 위해 그랬다고 하면 말은 된다. 그렇지만 그렇다고 해도 소설을 쓰면서도 세상 잡사를 신경 써야 하는 소시민, 밥벌이로서의 소설가의 모습이 부각된 대신, 시대를 고민하는 지식인의 모습은 거의 보이지 않는다. 그는 직업으로서의 소설가 의식이 강하고 그렇다 보니 어떤 방식으로건 소설을 써서 돈을 벌어 생활을 영위해가는 것에 관심이 집중되어 있었던 것 같다. 시대가 바뀐다고 하더라도 그의 일차적인 관심사는 시대에 맞게 살길을 찾는 것이었다. 일제에의 협력이 됐건 저항이 됐건 그건 박태원의 주된 관심사는 아니었다. 그는 시대와의 긴장에 의도적으로 눈을 감으려 했던 것으로 보인다. 이런 시대에 왜 이런 소설을 썼을까 그에게 묻는다면 작가로서는 이렇게밖에 쓸 수 없었다고 답할 것 같다. 그런데 왜 이렇게라도 소설을 굳이 썼어야 했을까 다시 묻는다면, 소설가이니 소설 쓰는 게 업이고 가족들을 먹여 살리려면 어쩔 수 없는 일 아니었겠느냐고 말했을 법하다.

---

26 그러나 이 시기 일상이 이렇게 사소했던 것은 아니다. 일제 말기 평범한 일상을 살아가는 사람들에게 일본 지배체제는 상당한 정도로 억압적이었다. 예를 들면 1942년에 일어난 일인데, 평소 호감을 갖고 있던 소학교 교사 동료인 남녀가 산책하는 과정에서 남자가 고급 생과자는 일본인에게만 배급되고 있다거나 조선어가 세계에서도 우수한 언어라고 여교사에게 말했다가 치안유지법 위반으로 기소되어 징역 2년 집행유예 3년을 선고받는 일이 있었다. 김락기, 「내선일체는 허구이고 내선차별이 실제이다」, 『인천역사통신』, 2020년 26호 참조. 소소한 일상에서 평범한 사람들이 당하는 이런 사건은 의외로 많이 일어났다. 김락기, 『인천역사통신』, 24·25·27호의 다른 글 참조.

그가 시대에 대한 고민이나 접촉을 전혀 하지 않은 건 아닐 것이다. 정치적 상황에 대해서 완전히 무감했다고도 말할 수 없다. 그러나 박태원에게 문학은 생활의 수단이 되어 버림으로써 소설 쓰기에 매진하여 가족들을 돌보고 집을 장만할 수 있게 만든 소중한 업業이었다. 건축가가 돈을 벌기 위해 집을 짓고 운전기사가 먹고살기 위해 핸들을 잡듯이 말이다. 시대가 바뀌어 군국주의 체제가 전면화 되었어도 그는 그 안에서 소설을 쓰고 돈을 벌어 생활을 유지할 수 있는 방편을 마련하기에 전력을 기울였다. 그가 일제 말기에 삼국지나 수호지, 서유기 번역에 나서는 것도 생활로서의 글쓰기, 직업으로서의 소설가로 충실한 삶을 살아가려 했기에 가능한 일이었다. 소설 쓰는 일밖에 할 줄 아는 게 없었기에 그 일을 충실히 함으로써 일제 말기에도 자신의 생활을 이어나갈 수 있었다.

그런데 박태원의 이런 태도에 대해서는 생각해 보아야 할 점이 있다. 일제 말기라는 시대적 특수성을 감안해서 모든 게 어쩔 수 없었다고 시대 탓으로 돌릴 수도 없고, 일제 지배에 맞서 분연히 저항해야 하는 거 아니었냐고 비판하는 것도 무책임한 일이다. 그 시대를 살아보지 않은 우리가 당대를 살아간 평범한 작가의 삶에 대해 함부로 얘기할 수는 없다. 적극적으로 친일을 하기에는 자기 스스로도 용납되지 않고 그렇다고 저항할 용기나 논리도 없고, 살기 위해서 뭐든 해야 하는 그런 입장이라면 어떻게 했어야 할 것인가. 이런 고민이 당시 문인들, 그리고 박태원의 마음속에도 있었던 건 아니었을까? 우리가 그 시대를 살아갔다고 하면 과연 어때야 했을까?

다만 이런 얘기는 할 수 있지 않을까 한다. 그 어떤 방향으로라도 답을 택하기 어려웠다면 답을 택하기 난감한, 그런 어려운 상황 그대로를 드러낼 기회는 전혀 없었을까. 곤혹스러운 상황을 겪고 있었다면 어떤 우회로를 거쳐서라도 곤혹스러움 그대로 드러내려는 노력을 보이는 것조차 어려웠을까. 굳이 저항을 말하지 않는다고 하더라도 박태원 스스로도 『군국의 어머니』 같은 글을 흔쾌한 마음으로 썼을 거라고 믿고 싶지는 않다. 안 쓰고는 못 버틸 정도로 힘들었을지 모른다. 그렇다면 그 힘겨움을 어떻게라도 보여줄 여지가 없었는지 궁금한 것이다.

직업으로서 소설가의 삶을 지속하는 태도, 어떤 형태로건 글을 써서 밥을 벌어야 하는 운명에 승복하는 삶, 그런 태도가 주욱 이어지다 보면 이윤에 밝은 근대인의 초상밖에 남지 않게 된다. 무엇이 옳은 일인가, 선한 일인가를 묻는 대신, 무엇이 나와 내 가족에게 이익인가를 묻는 일이 주가 되어 버린다. 그건 생활 세계의 노예가 되는 일에 다르지 않을 터인데, 소설이 교환가치가 되는 세상에서 무엇을 팔 수 있을 것인가만 신경 쓰고 정작 세상 자체가 어디로 가고 있는지에 대해서는 눈을 감는 일과 다르지 않다. 그러나 오히려 소설가라면 시대가 그럴수록 더욱, 소설을 쓰는 행위의 엄정함을 끈질기게 물었어야 하는 건 아니었을까. 「소설가 구보씨의 일일」의 그 구보였다면 그랬을 것 같다.

제8장

정지용 시에서의 '종교시편'의 위상

유성호

1. 들어가며

한국 근대시의 자기전개 과정에서 정지용鄭芝溶과 그의 시편들이 차지하는 역사적·미학적 위상은 매우 견고하고 풍요롭고 또한 문제적이다. 그가 경도 유학생의 신분으로 참여한 『학조學潮』에 일찍부터 뛰어난 근대시를 발표한 시인이었다든가, 『시문학詩文學』의 동인으로 참여할 때의 문단적 위치가 벌써 중진 그룹에 속할 정도로 영향력이 있었다거나, 모더니즘의 인적 구심체였던 구인회의 핵심적 구성원이었다거나, 『문장文章』 그룹을 시 쪽에서 실질적으로 인도한 사람이었다거나 하는 화려한 문단사적 위치 말고도, 그의 시편들이 형성한 두터운 미학적 성층成層은 그로 하여금 한국 근대시사의 숱한 전범 중에서도 가장 빛나는 성좌의 지위를 차지하게끔 했다고 보아도 단견은 아닐 것이다.

따라서 일찍부터 그와 그의 시적 성과에 관한 연구자들의 지속적인 관심과 천착이 있어왔다. 이른바 납월북작가의 해금 이전에도 간헐적으로 이 뛰어난 시인에 대한 학문적 경의가 표해졌거니와, 해금 이후에는 그야말로 폭발적으로 그에 관한 연구성과들이 쏟아져 나왔다. 그에 따라 정지용의 행적이나 시세계 성취의 남다른 면이 비교적 온당한 조명을 받았다. 그 중 정지용의 시는 초기의 감각적 이미지즘에서 가톨릭시의 초월 의지로, 그리고 마지막으로 동양 정신을 기조로 하는 전통주의로 나아갔다고 보는 통시적 변모 과정을 승인하는 시각이 단연 우세했다. 더러는 전기에서 후기로 가는 길목에 잠시 가톨릭이라는 추상적 세계가 별 계기 없이 끼어들어 간 형국으로 파악하기도 하였다. 그래서인지 정지용의 시적 궤적은 모더니티 지향에서 전통 지향으로 이월되는 과정을 겪었고, 그 둘 사이에 깊은 심연 혹은 날카로운 단층을 형성한 것으로 파악되곤 하였다.

어쨌든 그 동안의 연구 성과들은 정지용이 시의 언어 예술적 측면을 새삼스럽게 자각한 근대적 시인이라는 사실, 그의 시를 통해 '감각'의 층위가 서정시 작법에 얼마나 풍요롭게 구체화될 수 있는가 하는 미학적 실례를 얻었다는 사실, 그의 시 안에 근대적 개인의 삶의 경험적 충실성이 줄곧 나타난다는 사실, 그의 시가 투명한 인식과 형상화 방법이 통합되어 의뭉한 안개 지수指數가 적은 데다, 서구적 감수성과 동양적 정신의 요소가 두루 결합되어 나타난다는 사실 등을 밝혀냈다고 보아도 좋을 것이다.

그러한 평가의 과정에서 가장 혹독한 평가를 받아온 세계가 다름 아닌 그의 이른바 '종교시편'이었다. 그가 모더니티 지향에서 전통 지향의 세계로 변모하는 과정에 생긴 한시적 심연, 곧 그가 가톨릭에 경사되었던 시기에 발표된 시편들이 그것이다. 대략 1933년부터 1935년까지 3년 동안 집중적 시기적으로도 그렇지만, 매체로 보아서도『가톨릭청년』에 집중되었다 으로 창작된 그의 종교시편[1]

들은 그 동안 그 자체로서의 미학적, 방법적 성취보다는 정지용 개인사에서 그것이 어떤 진화적혹은퇴행적 의미를 띠는가에 주로 초점이 맞춰져 고구되어 왔다. 그래서인지 그 세계는 마치 종점을 향해 질주하는 근사한 열차가 잠깐 들러 쉰 낡은 간이역처럼 은유되었고, 더러는 정지용 시의 일시적 퇴행이라는 낙인이 무반성적으로 유통되기도 하였다. 어쨌든 이 시기의 시는 일종의 전환기적인 잠정적 징후로만 해석되어왔던 것이 사실이다.

이에 이 글은 정지용이 그의 생애를 시종하여 견고하고도 일관되게 견지한 문학적 정신주의 혹은 귀족주의가 수직적 초월의 극한까지 닿아보려 했던에둘러가는 것이 아니라 곧장 지름길로 도약하려 했던 구체적 산물로서의 종교시편들의 자체적 의미를 생각해보려 한다. 그런 연후에, 그것이 정지용 전체 시력詩歷에서 어떤 지속과 변이를 이루는 것인지를 준별하여 그 몫을 다시 묻게 될 것이다.

2. '종교시편'의 내포와 당위, 평가 기준

우리 문학사에서 특정 종교의 이념적, 방법적 프리즘으로 일관되게 세계를 해석하고 표상하려 했던 작가나 작품의 흔적은 더없이 빈곤하다. 물

---

1 사실 정지용의 종교시편이 구체적으로 어떤 작품들을 지칭하느냐에 대해서는 이견이 많다. 이 글에서는 『가톨릭청년』에 실린 작품 중에서 신앙적 전제가 비교적 견고하게 나타나 있는 작품들과 『시문학』에 실렸던 「그의 반」, 그리고 『백록담』에 실린 「슬픈 우상(偶像)」 등이 해당한다고 보았다. 『가톨릭청년』에 실린 종교시편들은 「임종(臨終)」, 「별」, 「은혜(恩惠)」, 「갈릴레아 바다」, 「다른 한울」, 「또 하나 다른 태양(太陽)」, 「승리자(勝利者) 金안드레아」, 「불사조(不死鳥)」, 「나무」, 「비극(悲劇)」 등이다. 전체적으로 12편에 해당하고, 정확하게 정지용의 전체 시세계 중 가운데 시기를 수놓고 있다.

론 이 '빈곤'이 서구의 문학과 견준 상대적인 것임은 말할 필요도 없다. 종교 문학의 하나인 '기독교문학'은 기독교라는 역사적, 이념적, 윤리적 기반과 문학이라는 감각적, 체험적, 형상적 양식이 하나의 작품으로 결합되어 나타난 산물을 지칭하는 개념일 터인데, 기독교가 신흥 외래 종교인 사실로 인해 그 역사나 토양이 매우 척박한 것이 사실이다. 폭 넓은 기독교적 전통을 모태로 태어난 서구 문학의 경우 그것들은 말할 것도 없이 거의 기독교 문학으로 편입될 가능성이 높은 데 비해, 우리 문학에서는 짧고 옅은 역사의 지층으로 말미암아 기독교 문학의 무게가 서구의 그것에 비해 일천할 수밖에 없는 것이다. 따라서 우리 문학사에 '기독교 문학'이라는 범주에 실질적으로 해당하는 작가 또는 작품의 실례가 영성한 것은 어쩌면 필연적이다.

기독교구교와 신교 포함에서 낙원의 창조와 상실 그리고 그리스도를 통한 그 세계의 복원으로 표상되는 세계관은 자연스럽게 신의 섭리를 통한 인간 구원이라는 목표를 띠게 된다. 또한 기독교는 인간의 실존적인 자기각성 혹은 윤리적 완성이라는 또 하나의 목표를 갖는다. 따라서 '기독교 문학'[2]에는 이 두 가지 원리 곧 신성 원리의 절대 긍정이라는 한 측면과 인간의 윤리적 갈등과 자기완성이라는 또 하나의 측면이 나타나게 된다. 따라서 우수한 종교시편은 필연적으로 이와 같은 두 가지 원리의 스펙트럼을 풍부하게 지니게 마련이다.

원래 인간은 신적이며 세속적이고, 본체적인 동시에 현상적이라는 이중

---

2 이 글에서 상정하는 '종교시편' 곧 기독교시는, 문학의 구조적 차이에서 정립된 장르적 개념이라기보다는 시인의 상상력, 가치관, 통찰력 등이 기독교적 요소를 지니고 있는 내포적 개념이라고 할 수 있다. 권영진, 「기독교와 현대시」, 『기독교와 한국문학』, 대한기독교서회, 1990, 139쪽 참조.

적인 본성을 지니고 있다. 또한 이러한 인간의 이중적 본성 때문에, 세계는 모순되고 역설적인 것으로 보인다. 이러한 인간의 이중적인 본성 때문에, 세계에서, 세속적인 성격에서, 인간의 비참함에서 보면 신은 부재하지만, 인간의 위대함과 의미, 정의, 진리에 대한 인간의 요구라는 면에서 볼 때면 그렇게 부재하는 신은 또 영원히 전체적으로 현존한다.[3] 이렇듯 '부재하며 동시에 현존하는' 신의 속성이 인간에게 이른바 '비극적 세계관'을 배태시키는 것은 자연스럽다. 그러나 비극적 세계관이 '비관주의'로 곧바로 치환되지는 않는다는 데 신앙의 비의가 숨겨 있다. 오히려 역동적인 비극적 세계관을 견지하고 있는 서정적 주체들이 기독교의 또 하나의 속성인 '희망'의 원리를 가지고 갈등하며 고뇌하고 나아가서 그것들을 통합하여 살아 움직이는 형상으로 창조하려는 열정을 우리로서는 간과해서는 안 된다. 우리는 그것들을 일러 현대시의 '영적 체험'이라고 부를 수 있을 것이다.

그러므로 현대시의 영적 체험은 두 가지의 모순된 얼굴을 하고 있고 스스로 자기 분열되어 있다. 그 두 얼굴은 절대 타자에 대해서 자기 자신을 결정지으면서, 또 한편으로는 거부하는 열정의 표정을 짓는가 하면, 다른 한편에서는 수락하는 열정의 표정을 짓는 것이다. 따라서 그것은 궁극적으로 자신의 모순을 통합하고 질서화하는 능력을 요구하는데 이때 종교적 상상력은 위대한 질서의 원리로서 제재들을 분별하고 질서화하고 분리하고 통합할 수 있게 하는 능력으로 창조의 근원적 바탕이 될 수 있다. 그것은 분열되어 있는 자아와 세계의 통합이고, 자기동일성의 상상적 구

---

3 Lucien Goldmann, 송기형 · 정과리 역, 『숨은 神』, 연구사, 1986, 86쪽.

축 작업이기도 하다. 그런데 시인이 의식적으로 자아와 세계의 동일성을 추구하는 데는 두 가지 방법이 있는데, 동화assimilation와 투사projection가 그것이다. 동화란 시인이 세계를 자신의 내부로 끌어들여서 그것을 내적으로 인격화하는, 이른바 세계의 자아화이고, 투사에 의한 동일성의 획득은 자신을 상상적으로 세계에 투사하는 것, 곧 감정 이입에 의해서 자아와 세계가 일체감을 이루도록 하는 것이다.[4] 앞서 암시했듯이 종교적 상상력은 그러한 동화와 투사의 변증법적 전개에서 분출하는 것인데, 우수한 종교 시편이 이러한 두 측면의 통합으로 이루어지는 것은 자명한 이치이다.

그러나 우리가 이와 같은 종교시의 내포와 당위를 설정했을 때, 문제는 한국 근대시의 자장 안에서 혹은 정지용의 시세계 안에서 이러한 미학적, 방법적 성과를 거두고 있는 고갱이가 얼마나 되느냐에 관한 것이다. 우리의 인상에 의하면 정지용 시에는 물론, 한국 근대시 전체를 놓고 볼 때도 이와 같은 통합적 측면은 빈약하다. 단도직입으로 말하면, 정지용 시에서는 신성 원리의 절대 긍정과 인간 갈등의 극복이라는 두 측면 중에서 전자의 측면이 우세하고, 동화와 투사라는 종교적 상상력의 방법적 특성 중에서는 투사가 우세하게 나타난다. 이러한 평가는 종종 정지용 시의 종교시편으로서의 함량미달을 말해주는 증표가 되곤 하거니와, 정지용의 초기시나 후기시의 미학적 성취에 비해서 그것이 현저한 결여태임을 말해주는 관행적 알리바이가 되고 있다.

그러나 우수한 종교시편의 양식 혹은 미학을 선험적으로 상정해놓고 거기에 개별 시편의 높낮이를 꿰맞추는 시각은 일견 계몽적이긴 하지만, 정

4 김준오, 『시론(詩論)』, 문장사, 1984, 28쪽.

확하게 그 세계를 이해하고 가치 평가하는 데는 억압적 도식이 아닐 수 없다. 오히려 우리로서는 개별 시편의 세계관이나 방법을 꼼꼼히 귀납하여 그 세계 자체의 유의미성을 찾아야 한다. 물론 그와 같은 작업이 종교시편의 이러한 형상적 미숙성을 온전하게 벌충해주는 이른바 '변호사' 역할을 할 수는 없겠지만, 우리는 이러한 작업을 통해 정지용이라는 하나의 세계에서 별 이유 없이 보이는 미적 균열을 봉합하고, 그 세계 안에서의 지속과 변이를 제대로 파악할 수 있을 것이다.

따라서 앞서 우리가 말한 종교시편의 두 측면의 통합적 모형, 이를테면 우수한 종교시편일수록 양자가 포괄된 경우가 많다는 당위적 모형이 정지용 종교시편의 평가 잣대로 곧바로 등치되는 것을 경계하면서, 정지용이 일관되게 종교시편들을 통해 형상화하려고 했던 종교적 상상력의 내적 욕망을 읽을 필요를 수긍해야 할 것이다.

3. 정지용 '종교시편'의 세계

두루 알다시피 정지용은 독실한 가톨릭 신자였다.[5] 따라서 그가 『가톨릭청년』[6]의 실질적인 편집자가 되면서 가톨릭과 문학을 결합시키려는 작업을 하게 된 것은 시기적인 우연성보다는 그 자신의 내적 필요에 의해 이

5 정지용이 처음부터 가톨릭 신자였다기보다는 개신교에서 가톨릭으로 '개종'했다고 보는 견해는 다음 글들에 논증되어 있다. 김기현, 「정지용 시 연구」, 『한국문학의 연구』, 수문서관, 1995; 정의홍, 『정지용의 시 연구』, 형설출판사, 1995.

6 『가톨릭청년』은 한국천주교 주교회의 결정에 의해 가톨릭청년사가 발간한 월간잡지이다. 1933년 6월에 창간되어 1936년 12월 통권 45호를 끝으로 폐간되었다. 정지용은 이 잡지의 편집을 맡아보았다.

루어진 것으로 보아야 할 것이다. 가령 문학이 인간의 감각을 중시하고 개별적 구체의 경험을 중시하는 반면 종교적 담론은 인간의 내발적 욕구보다는 선험적인 실재를 중시하고 일반적 추상의 원리로 시종한다는 점에서, 가장 감각과 구체적 경험을 존중했던 정지용이 종교시편들을 써서 그것들을 통합하려 시도했다는 것은 그다지 어색하지 않다. 그러나 정지용 시에서 신성 원리는 곧바로 세속 부정, 주체 소멸과 절대 타자에의 몰입, 그리고 탈역사와 탈구체의 성격을 띠기 때문에 예의 감각의 구체성이 탈각되는 것은 어쩔 수 없는 것 같다. 그래서 자아의 갈등과 치유의 과정이 생략되고 자아가 소멸혹은 왜소화되면서 절대 타자에의 긍정이 야기되고 있다. 미리 말하자면, 그것은 감각의 전면화에 따른 역사성 소멸혹은 왜소화의 성격을 띠었던 초기시의 세계와 구조적 상동성相同性을 띠는 것이다. 이 모두는 정지용 나름의 상실의식 극복의 한 방법이었겠지만, 사상성 부재라는 그의 아킬레스건腱에 대한 의욕적 치유 기획이기도 했을 것이다. 이제 그 세계를 구체적으로 읽어보자.

내 무엇이라 이름하리 그를?
나의 령혼안의 고흔 불,
공손한 이마에 비추는 달,
나의 눈보다 갑진이,
바다에서 솟아 올라 나래 떠는 금성金星,
쪽빛 하늘에 흰꽃을 달은 고산식물高山植物,
나의 가지에 머믈지 않고
나의 나라에서도 멀다.

홀로 어여삐 스사로 한가러워— 항상 머언이,
나는 사랑을 모르노라 오로지 수그릴뿐.
때없이 가슴에 두손이 염으여지며
구비 구비 돌아나간 시름의 황혼黃昏길우—
나— 바다 이편에 남긴
그의 반 임을 고히 진히고 것노라.

「그의 반」, 『정지용시집』, 1935. 『시문학』 1931년 10월호에 발표될 때는 제목이 없었음.

그가 가톨릭이라는 하나의 이념을 전제하고 쓴 처음 시편이 바로 이 작품이다. 대개 첫 작품이 이후의 도정에 대한 강력한 암시가 되곤 하듯이 이 시 역시 정지용 종교시편의 지형도를 그 안에 원형적으로 함축하고 있는 시사적인 작품이다.

이 작품의 화자가 그리고 추앙하는 '그'라는 존재가, 정지용의 신앙적 대상이자 절대 타자인 신적 존재임은 의심할 나위없다. '그'는 우선 "나의 령혼안의 고흔 불"이다. 열렬히 타오르기보다는 은은히 온기와 빛을 주는 불임에 틀림없을 이 존재는 '나'의 영혼 안에서 역동하며 숨쉬며 거주한다. '그'가 역사적 예수이자 시인 스스로 고백하고 있는 성주聖主임은, 다른 상징적 해석을 들먹일 여지없이 분명하다. 또한 '그'는 "달 / 갑진이 / 금성金星 / 고산식물高山植物"로 나란히 환유되면서 그 이미지를 확산해간다. '불'이 그러하듯이 이 비유의 매재媒材들은 한결같이 은은하고, 밝고, 고고하고, 값진 사물관념들이다. 그것들은 화자가 상정하는 절대 타자가 인간과의 연결고리를 육체 속에 갖고 있는 존재이기보다는 성소聖所에서 고답적으로 거주하는 존재임을 알려준다.

또한 '그'는 "나의 가지에 머믈지 않고/나의 나라에서도 멀다". 또한 "홀로/스사로" 존재하면서도 "항상 (아득히) 머언이"다. '머언 곳피안'에서 '바다 이편차안'을 바라보고 있는 '그'는 지상을 떠나 초월해 있는 신성 원리 혹은 신적 존재 그 자체이다. '그'에게 '나'가 연결되는 통로는 오로지 '수그'리는 일 외에는 없다. 왜냐하면 '그'의 사랑은 알 수 없는 경지이기 때문이다. 그러니 화자가 자신을 신이 "바다 이편"에 남긴 '반半'적 존재로 자각하는 일종의 자기 왜소화는 그의 신앙 고백적 절정의 다른 표현이 되는 것이다.

그러한 왜소한 자신을 "고히 진히고 것"고 있는 화자의 마음은 평안하고 은혜롭다. 이 절대 타자에의 몰입과 투사가 지상의 숱한 갈등과 복합성을 사상한 단순성에 기인한다는 사실이 정지용 종교시편의 단순성과 무갈등성에 그대로 이어지고 있다. "꽃도/귀향 사는 곳"「구성동(九城洞)」으로 후기시에 나타나는 그 '고산식물高山植物'의 처소는 그래서 인간이 가 닿을 수 없는 지성소가 되는 것이다.

결국 이 시는 정지용이 대상으로 하고 있는 절대 타자와 자신의 관계를 명료하게 함으로써, 신성 원리의 절대긍정이라는 종교시편의 한 축이 강조될 것이라는 암시를 주기에 족한 작품이라고 할 수 있다. 다만 '그'를 비유하는 상관물끼리의 구조적 친족성이 결여되어 있다는 지적이 가능하나, 그것은 환유적 축적 원리를 통해 신성의 의미적 파장을 극대화하려 했던 시인의 전략이라고 생각하면 큰 결점이라고 할 수는 없겠다. 이러한 편향과 명료성은 작품의 전개에 따라 더욱 심화된다.

나의 림종하는 밤은

귀또리 하나도 울지 말라.

나종 죄를 들으신 신부神父는
거룩한 산파産婆처럼 나의령혼靈魂을 갈르시라.

성모취결례聖母就潔禮 미사때 쓰고남은 황촉黃燭불!

담머리에 숙인 해바라기꽃과 함께
다른 세상의 태양太陽을 사모하며 들으라.

영원永遠한 나그내ㅅ길 로자路資로 오시는
성주聖主 예수의 쓰신 원광圓光!
나의 령혼에 칠색七色의 무지개를 심으시라.

나의 평생이오 나종인 괴롬!
사랑의 백금白金도가니에 불이 되라.

달고 달으신 성모聖母의 일홈 불으기에
나의 입술을 타게하라.

「임종(臨終)」, 『가톨릭청년』 1933. 9

원래 구체적인 경험적 세부가 은폐되고 관념이 육체를 입고 나타나는 것이 형이상시의 일반적 운명이지만, 이 작품에서 빚어지는 형상화 원리는 그 동안 정지용 시에서 일관되게 고양되어오던 생의 경험적 충실성이 빈곤해진 측면이 더욱 강하게 나타난다. 작품의 주제는 죽음이야말로 신성에 이르는 방법적 길이 된다는 것, 그리고 신성 원리를 통해 재생의 드라마가 펼쳐진다는 것이다. 그러나 철저히 개별화된 육체와 영혼의 갈등이 사상됨으로써, 죽음을 통해 궁극적 승리를 일군다는 전형적인 종교적 인식과 구도만이 전면화되고 있다. 그러나 이러한 아쉬움도 전형적인 우수한 종교시편을 상정했을 때의 일이지, 그 자체로 읽어보면 감각의 황홀을 통해 정화되는 영혼의 역동과 에너지를 느낄 수 있다. 이 점에서 정지용 종교시의 한 특성을 '관념의 힘참 혹은 역동성'으로 이야기해도 큰 무리가 없을 것이다.

사실 가톨릭은 개신교에 비해 보편적, 제의적, 공동체적, 중앙집권적 성격을 강하게 띤다. 그래서 신앙적 자아의 개별화된 영적 체험보다는 보편화된 교리들의 연역이 무게를 많이 차지하는 것이 사실이다. 성사 생활이 체험적으로 반영된 이 작품에 나타난 일반화 현상도 이러한 가톨릭적 배경과 무관하지 않을 것이다. 그 점을 고려하면, 지상의 논리가 철저히 배제된 결점은 인정하되 그것이 역으로 그가 신앙인으로서 갖는 국량局量 혹은 금도襟度를 느끼게 한다는 점 또한 분명한 것이다. 따라서 경험에 대한 충실도가 약해지고 선험적인 신성 원리가 연역적으로 강조되는 것 또한 종교시편이라는 양식이 일부분 감수해야 할 미학적 특성이라고 할 것이다.

이 작품의 지배적 이미지로 나타나는 '황촉黃燭불 / 해바라기꽃 / 태양太陽 / 원광圓光 / 무지개 / 불'의 연쇄는 그 자체로 친족성이 강한 유사 이미지들인데, 이러한 이미지들의 병치는 양적 축적보다는 질적 심화와 상승을 유도한다. 이는 곧 '빛'의 밝음과 초월성 그리고 '불'의 정화 이미지를 효율적으로 결합시키는 방법이 된다.

뒤의 시편들에서도 일관되게 나타나는 '불'과 '빛'의 이미지는 사실 기독교 상징 중 가장 해묵은 일반화된 상징임에 틀림없다. 그러나 진부한 것처럼 명료하고 구체적인 것이 또 어디 있겠는가. 그가 원용하고 있는 '불'과 '빛'의 이미지는 '불사조', '별', '태양' 등으로 변주되면서 시편 하나하나에서 적절한 소재로 탈바꿈되고 있다.

우리가 잘 알듯이, 바슐라르의 물질적 상상력에 의하면, 물의 이미지는 밑으로 낙하하려는 힘 자체이고, 빛의 이미지는 위로 상승하려는 힘을 함의한다. 따라서 물은 분명한 한계를 망각한 비관론이며, 빛은 초월적 절대성의 이상주의를 표상한다. 그 점에서 정지용이 '빛' 이미지를 다수 활용하는 것은, 그가 추구하는 절대 타자에 이르는 길이 수직적 초월과 상승이라는 상징적 행위를 통해서만 가능하다고 믿었기 때문일 것이다. 명령형 어미 일색인 어미활용조차 그러한 수직적 단호함을 환기하는 효율적인 장치일 것이다. 이러한 '빛'과 '불'의 이미지는 다음 작품에서도 고스란히 이어진다.

> 누어서 보는 별 하나는
> 진정 멀-고나.
>
> 아스름 다치랴는 눈초리와
> 金실로 잇은듯 가깝기도 하고,
>
> 잠살포시 깨인 한밤엔

창유리에 붙어서 엿보노나.

불현 듯, 소사나 듯,

불리울 듯, 맞어드릴 듯,

문득, 령혼 안에 외로운 불이

바람 처럼 일는 회한悔恨에 피여오른다.

힌 자리옷 채로 일어나

가슴 우에 손을 넘이다.

「별」, 『가톨릭청년』, 1933. 9

이 작품의 '별'은 이중적인 성격을 띤다. 그것은 멀기도 하고 지척처럼 가깝기도 하다. 그것은 내면에서 솟아나기도 하다가, 나의 내면으로 잠입하기도 한다. 곧 내발적 원인이기도 하고 외적 계기에 의한 결과이기도 한 것이다. 그러므로 그것은 내적 영혼의 투사체"령혼 안에 외로운 불"이자 타자로부터 주어진 선험적 실재"누어서보는 별 하나"이기도 하다. 이는 곧 자기 안에서 소외되어 은폐되어 있던 신성에 대한 눈뜸과 절대 타자에 대한 앙망이 결합된 인식의 반영이라고 해야 할 것이다. 거기서 주체와 타자의 만남은 "유한자로서의 인간이 지닌 자기 한계적 인식을 동반하며 자아가 자기 존재에 대해 새롭게 눈을 뜨는 사태와 더불어 이루어지고 있"[7]는 것이다. 이

7 김신정, 「정지용 시 연구」, 연세대 박사논문, 1998. 54쪽.

러한 자기인식과 자기초월의 동시적 반영은 정지용 종교시편의 기율 중 가장 종요로운 것이라고 할 수 있다.

일반적으로 '빛'의 이미지가 정신의 주요한 상징을 나타낸다는 점은 잘 알려져 있는데, 그 가운데 '별빛'은 상승의 이미지로서 가장 아름다운 미적 경지를 표상한다. 거기에는 유한한 자기 존재와 현실을 초월하려는 신성 지향의 내적 원리가 같이 담겨 있다. 따라서 이 작품은, 시와 종교 사이에 물질계를 넘어서고 초월하려는 상동성이 내재한다는 사실을 경험적으로 일러준다. 마지막 연에서 보이는 화자의 기도의 자세는 이러한 화자의 인식이 정서적 차원까지 반영하고 있는 것임을 알려주는 예일 것이다.

이상의 작품에서 정지용은 신성 원리로 가득한 일종의 형이상학적 공간을 구축하지만, 종교시편의 충동 중의 하나인 이른바 구도자적 자세는 보여주지 않는다. 그러나 다음 시편에서 그는 "회한悔恨도 또한 / 거룩한 은혜恩惠"「恩惠」, 『가톨릭청년』 1933. 9라면서 실존적 각성을 통해 하나의 깨달음에 이르는 구도적 자세를 선보이기 시작한다. "깁실인듯 가느른 봄볕이 / 골에 굳은 얼음을 쪼기"는 것, 그리고 "바늘 같이 쓰라림에 / 솟아 동그는 눈물!" 속에서 시인은 "간곡懇曲한 한숨이 뉘게로 사모치느뇨?" 하면서 자신을 질식할 듯이 덮어 누르는 회한조차 신의 은총임을 고백한다. 이는 신성 원리의 절대 긍정보다는 자신의 삶을 그 사이에 매개하는 원숙성이 작동한 결과이다. 그러한 인식이 성서적 근거와 결합되어 산출된 작품이 다음 시이다.

> 나의 가슴은
> 조그만 '갈릴레아 바다'

때없이 설레는 파도波濤는
미美한 풍경風景을 이룰수 없도다.

예전에 문제門弟들은
잠자시는 주主를 깨웠도다.

주를 다만 깨움으로
그들의 신덕信德은 복福되도다.

돗폭은 다시 펴고
키는 방향方向을 찾었도다.

오늘도 나의 조그만 '갈릴레아'에서
주主는 짐짓 잠자시는 줄을—.

바람과 바다가 잠잠한 후에야
나의 탄식嘆息은 깨달었도다.

「갈릴레아 바다」, 『가톨릭청년』, 1933. 9

이 작품의 배경은 물을 것도 없이 성서적 근거를 지닌다. 마가복음 4장에 기록된 것, 곧 예수가 폭풍우를 잠재우면서 제자들의 믿음 없음을 꾸짖은 대목이 그것이다. 예수가 행한 이적 중에서 가장 초자연적인 권능을 기록한 이 기사는, 제자들과 예수의 관계 혹은 그 관계를 형성하고 있는 실질적인 내질內質에 대한 성찰을 주는 부분이라고 할 수 있다.

여기서 화자는 자신의 가슴영혼을 갈릴리 바다에 비유한다. 갈릴리 바다는 어부들의 생존터인데, 그곳은 잔잔하고 아름다운 곳이자 사나운 폭풍우가 어부들을 번번이 고통스럽게 만드는 천변만화의 공간이다. 그래서 '나의 가슴'을 갈릴리 바다로 비유했을 때, 그것은 평정과 혼돈이 하나의 육체 안에서 역동하는 실재를 표상하는 것이다. 그래서 그것은 그 자체로 "미美한 풍경風景을 이룰 수 없"다. 그곳은 미적인 풍경보다는 믿음을 통해 완성되는 성소이기 때문이다. '미학美한 풍경(風景)'이 소멸되고 '신앙그들의 신덕(信德)'이 완성되는 곳, 여기에 정지용 종교시편의 또 하나의 인식론적 핵심이 숨겨 있다.

화자는 예수를 깨운 제자들의 믿음 없는 행위가 오히려 자신들의 불안을 신성 원리를 통해 해소하려 한 적극적인 "신덕信德"의 행위로 해석한다. 그럼으로써 "돛폭은 다시 펴고 / 키는 방향方向을" 다시 찾은 것이 아닌가. 이러한 기사를 통해 화자는 자신의 영혼이 갈릴리 바다인데, 거기서 주主는 자신의 믿음 없음을 질타하는 분이 아니라 역설적으로 "짐짓 잠자시"면서 나의 믿음을 지켜보고 계신다는 자각을 하게 된다. 그것을 "바람과 바다가 잠잠한 후에야" 깨닫는 만시지탄晩時之歎이야말로 이 작품으로 하여금 자신의 유한성을 깊이 매개하는 신앙시편이 되게 하는 것이다.

원래 '성聖'이란 절대 타자로서, 이는 이 세상으로부터 분리된nobis sepositum 어떤 세계를 말한다. 그래서 '성거룩함'을 추구하는 종교시편은 즉물적인 인과관계보다는 전체성의 차원에서의 우주적 연관을 추구한다. 그런 까닭에 이 작품에 드러난 성과 속의 관계는 뚜렷한 성속이원론의 반영이기보다는 인간 내면의 매개를 통해 신성을 자각하고 그 우주적 연관을 추구하려는 신앙인으로서의 성숙함과 복합성을 담고 있는 것이다.

이렇게 자각된 신성은 자매편으로 동시에 발표된 「다른 한울」과 「또 하나 다른 태양太陽」『가톨릭청년』, 1934. 2에서 전면화되어 나타난다. 「다른 한울」에서 신적 존재는 "그의 모습이 눈에 보이지 않었으나 / 그 안에서 나의 호흡呼吸이 절로" 단 존재이다. 그래서 "물과 성신聖神으로 다시 낳은 이후 / 나의 날은 날로 새로운 태양太陽이" 된다. "영혼靈魂은 불과 사랑으로!" 치유되고, "육신은 한낮 괴로움"이 될 뿐이다. 비록 신적 존재가 "나의 오관五官"을 통해 감지되는 것은 아니지만, "그의 그늘로 나의 다른 한울을 삼으리라"는 다짐을 낳게 한다.

이 작품에서는 느낌표가 특히 많이 나타나는데, 이는 감정의 절제가 트레이드마크인 정지용에게 뚜렷한 오점으로 기록될 만한 것이다. 그러나 느낌표 자체가, 언어화되지 않는 신성에 대한 즉물적 경탄의 은유라고 본다면, 그것조차 초월적 신성의 감각적 등가물이라고 할 수 있을 것이다. 더구나 이 작품이 영세성사의 감격을 노래한 작품이라는 점에 이르면, 이러한 신앙 입사식入社式의 시편이 그러한 감격을 노출하는 것은 어쩌면 필연적이다. 이는 「또 하나 다른 태양太陽」의 "실상 나는 또 하나 다른 태양太陽으로 살었다"는 고백에 이어지는 "오오, 나의 행복幸福은 나의 성모聖母마리아!"에 이르러 더욱 직접화되어 나타난다.

다만 "너- 거듭 새론 태양"[8]에도 나타나는 태양 심상은, 극기와 절제를 통해 닿으려 했던 『백록담』의 산정山頂과 등가의 관계에 선다는 점에서 주목할 만하다. 그래서 둘『백록담』과 종교시편 사이에는 현세적, 지상적 논리가 배제된 고독한 순례자 의식의 침윤이 강하게 느껴지는 상동성이 있는 것이

8 정지용, 「성부활주일」, 『별』 46호, 1931.4.10; 이희환, 「정지용과 천주교」, 『인하어문학』 4호, 인하어문연구회, 1999, 277쪽에서 재인용.

다. 그래서 "다분히 장식적인 미학의 수준을 넘어서지 않"는다는[9] 지적에도 불구하고, 정지용에게 있어 그의 종교시편이 그 자체로 역동적인 자기진화 혹은 자기표상의 중요한 영역이 되는 것이다.

비애悲哀! 너는 모양할수도 없도다.
너는 나의 가장 안에서 살었도다.

너는 박힌 화살, 날지안는 새,
나는 너의 슬픈 울음과 아픈 몸짓을 진히노라.

너를 돌려보낼 아모 이웃도 찾지 못하였노라.
은밀히 이르노니 — 「행복幸福」이 너를 아조 싫여하더라.

너는 짐짓 나의 심장心臟을 차지하였더뇨?
비애悲哀! 오오 나의 신부新婦! 너를 위하야 나의 창窓과 우슴을 닫었노라.

이제 나의 청춘靑春이 다한 어느날 너는 죽었도다.
그러나 너를 묻은 아모 석문石門도 보지 못하였노라.

스사로 불탄 자리 에서 나래를 펴는
오오 비애悲哀! 너의 불사조不死鳥 나의 눈물이여!

「不死鳥」, 『가톨릭청년』, 1934. 3.

9 김윤식, 「가톨리시즘과 미의식」, 『한국근대문학사상사』, 한길사, 1984, 429쪽.

정지용 종교시편 중 이채롭게도 '비애'라는 정서 자체를 감각화, 의미화한 이 작품은 그의 시가 감각과 정신의 결합이라는 기율을 주로 했음을 보여주는 실례이기도 하지만, 작품 자체로 생각거리를 많이 주는 시편이다. 사실 '비애슬픔'를 숙명적 조건으로 받아들이는 태도는 다름 아닌 종교적 마조히즘의 반영일 것이다. 그래서 이 시는 "자기 체험적 한계를 벗어나지 못하고 있"는[10] 작품이라기보다는 오히려 체험적 요소가 빈곤한 관념의 작품으로 보인다. 이 시의 독특함은 '비애悲哀'라는 체험에 갇혀 있는 데 있는 것이 아니라 '비애의 불멸성'이라는 관념운명이 강조되고 있다는 데 있다.

우리는 이 작품 옆에 동시대의 한 작품인 오장환의 「The Last Train」을 병치할 수 있다. "저무는 역두驛頭에서 너를 보냈다. / 비애悲哀야!" 하는 외침 속에 '비애'를 '못쓰는 차표車票' 혹은 '청춘靑春의 조각'으로 구상화하고 있는 작법이는 김광균의 이미지즘과 닮아 있다은 비교적 감각의 밀도가 높은 데 비해 정지용의 시는 감각의 매개보다는 관념끼리의 은유를 그 특성으로 하고 있다.

비애를 환기하는 '박힌 화살 / 날지 못하는 새 / 나의 신부불가피한 동반자, 운명에 대한 사랑' 등의 이미지는 '슬픔 / 울음 / 아픔'이라는 실존적, 운명적 고통을 환기시키면서 비애의 불멸성을 지속적으로 강조하고 있다. 특히 예수의 부활 사건 모티프를 서사적으로 원용하면서 진행되는 시행 배열 자체가 그것의 불멸끝없는 부활을 암시하는 데 매우 효과적으로 사용된다. 그런데 '비애悲哀'를 '불사조不死鳥'로 빗대는 방법은 그 자체로 불멸성을 은유하여 설파하는 것이지만, 사물을 매개로 하는 이미지 창출에는 다소 소홀한

10 민병기, 『정지용』, 건국대 출판부, 1996. 88쪽.

관념끼리의 직접적 결합이 아닐 수 없다. 그래서 "정지용은 사물과 이미지를 결합시키는 데는 천재적 재능이 있었으나 관념과 이미지를 통합시키는 좋은 작품들을 보여주지는 못한다"[11]는 평가는 적실한 것이다.

얼골이 바로 푸른 한울을 울어렀기에
발이 항시 검은 흙을 향하기 욕되지 않도다.

곡식알이 거꾸로 떨어저도 싹은 반듯이 우로!
어느 모양으로 심기여젔더뇨? 이상스런 나무 나의 몸이여!

오오 알맞는 위치位置! 좋은 우아래!
아담의 슬픈 유산遺産도 그대로 받었노라.

나의 적은 연륜年輪으로 이스라엘의 이천년二千年을 헤였노라.
나의 존재存在는 우주宇宙의 한낱초조焦燥한 오점汚點이었도다.

목마른 사슴이 샘을 찾어 입을 잠그듯이
이제 그리스도의 못박히신 발의 성혈聖血에 이마를 적시며 —

오오! 신약新約의 태양太陽을 한아름 안다.

「나무」, 『가톨릭청년』, 1934.3

---

11 김훈, 「정지용시의 분석적 연구」, 서울대 박사논문, 1990, 129쪽.

이 작품에서 '나무'의 표상은 인간 운명 혹은 인간의 실존을 환기하는 상관물이다. 이 시의 구조적 전제는 1연에 나타난 '얼골 / 발'과 '푸른 한울 / 검은 흙'의 선명한 대위법에서 비롯된다. 나무는 그 수직적 향일성向日性으로 인해 위로 가지를 뻗고 점점 하늘을 향하여 키를 키우는 표상으로 나타나지만, 그러한 향일성조차도 실은 검은 흙에 내리뻗은 뿌리'발'가 없다면 있을 수 없다는 것을 말함으로써, 인간의 지상적 논리와 천상 지향의 감수성이 동전의 양면임을 보여주는 것이다. 그러므로 시인은 "곡식알이 거꾸로 떨어져도 싹은 반듯이 우로!" 난다는 진리를 믿는 것이고, 나아가 시공의 한계를 넘어서고 초월하는 종교적 상상력을 빚게 된다. 그래서 2연의 모순은 3연의 구분과 조화를 통해 치유되는 것이다. 이 시에 이르러 정지용 종교시편은 땅과 하늘, 가지와 뿌리, 지상과 천상, 세속과 신성의 동시 긍정이 미약하나마 구현되고 있다.

화자는 "아담의 슬픈 유산遺産" 곧 원죄原罪에도 불구하고 변치 않는 신심信心의 피력을 통해 "신약新約의 태양또 하나 다른 太陽, 새로운 太陽"을 대망한다. 여기서 신앙적 자아와 세속적, 이성적 자아는 전혀 갈등을 일으키지 않으며 공존하는데, 그런 의미에서 정지용의 이 작품 역시 정신적인 것의 충일한 상태의 투사체임은 변함없다. 이러한 상태는 「승리자勝利者 김金안드레아」 같은 비시적非詩的 찬탄을 유로流露케도 하지만, 그의 신앙의식의 이러한 무갈등성이 결국 나중에 가톨릭의 시적 구현을 중단하게 하는 중요한 역설적 원인이 된다고도 할 수 있다.

4. 의미와 한계

기독교적 인식에 의하면, 신의 계획과 섭리가 이루어지는 구체적 현장이 바로 역사이고 시간이다. 따라서 신의 뜻 안에서 인간의 삶과 전체의 역사 과정은 그 자체가 하나의 유기체적인 통일organic unity을 이루게 된다. 물론 그 통일성 안에서 인간의 자유 의지 혹은 지상적 삶의 갈등이나 혼돈은 중요한 구성 요소가 된다. 신의 완전성과 인간의 유한성의 대비가 인간의 몰주체성을 그대로 기약하는 것은 아니라는 것에 종교의 자기 딜레마가 숨어 있지만, 기독교에서는 특히 인간 갈등의 필연성과 그 치유 과정으로서의 역사의 가치를 강조한다.

그러나 정지용에게 '종교시편'은 이러한 인간적 갈등의 치유 과정 혹은 인간의 자유 의지가 강조되기보다는 시인 자신의 고고한 정신적 편향 혹은 귀족주의를 담아내는 외피의 성격이 강했다. 그는 일관되게 객관적이고 총체적인 역사나 자기 자신의 내부에서 솟구치는 본성이나 욕망의 갈등에 눈 돌리지 않고 지상과 격절隔絶하는 혹은 신성을 곧바로 욕망하는 '고산식물高山植物'과 '별'의 세계를 눈을 들어 앙망仰望했던 것이다. 따라서 그에게 종교란 실질적으로 세계를 해석하고 거기에 의미를 부여하는 준거가 되거나 내면생활의 실질적 버팀목이 되기보다는, 세속적인 인간적 갈등을 신성 기투企投라는 형식으로 소멸시킴으로써 딛게 되는 초속적 고답과 평정의 세계였던 셈이다.

종교시라는 것이 인간에게 종교적 충동을 자극하여 복음을 전파해주며 논쟁적인 신학에 대해 종교 정신을 이해시켜 세속적 휴머니즘과 성서적 신성 원리를 조화시키는 데 그 목표가 있다는 점에서 시적 양식 안에서 규율과 자유 그리고 모험과 책임을 동반하는데, 정지용 시에서 그것은 자유와 모험보다는 규율과 책임이 승했다는 점도 지적되어야 할 것이다.

그럼에도 불구하고, 정지용의 가톨릭 시는, 그의 개인사에서나 우리 문학사 전체 과정에서 간과할 수 없는 유의미성을 띤다.

먼저 정지용의 가톨릭 시는 그의 시 전체 과정 중에서 의미 있는 계기를 이루는 구체적 세계이다. 비록 그 세계가 '지금 이곳'의 삶의 정황Sitz im Leben에서의 해석과 통찰을 다소 결여하고는 있지만, 정지용 개인사에 국한해서 본다면 그것은 여전히 일관되고도 완강하게 자신의 문학적 목표와 질감이 반영된 연속적 실체였다고 할 수 있다. 그에게 그것은 정신주의에 대한 인력引力과 현실인식에 대한 일정한 척력斥力의 역할을 동시에 수행한 힘이었던 것이다.

둘째, 우리 문학의 척박한 가톨릭 시 전통 중에 가장 빛나는 언어적 성과를 선구적으로 개척하였다. 그는 종교시편들을 통해서도 한결같이 은유의 형식, 감각적 실체의 묘사, 상승의지의 표출, 한계의식의 자각, 지성소至聖所를 지향하는 열정 등을 보여주었다. 그것은 우리의 가톨릭시의 역사 중 가장 뛰어난물론 정지용 개인사에서 퇴행적 요소가 다소 있다 하더라도 성과를 보인 것이었다.[12]

마지막으로 비록 그것이 투사와 몰입의 방식이었지만, 신성 혹은 형이상에 대한 시적 갈망을 감각적 실체로 전치轉置시켜 표현한 영역을 선보였다는 점이다. 그러나 인간적 갈등과 치유 과정의 배제는 커다란 흠이 아닐

12 아무튼 정지용은 가톨릭이라는 외래 종교의 이념에 기대어 시를 쓴 몇 안 되는 근대시인 중의 하나이다. 그러나 가톨릭과 일정하게 차별화된 개신교적 토대에서 창작 활동을 한 윤동주, 김현승, 박두진의 성과는 이와 다른 각도에서 심화된 연구를 지속해야 할 것이다. 따라서 정지용 종교시편의 성취는 '가톨릭'에 제한했을 때 확보되는 문학사적 의미인 것이다.

수 없는데, 그래서 이를테면 "그의 종교시는 삶의 경험에 대한 새로운 이해의 방식으로 나온 것이 아니다. 그것은 독실한 믿음을 가진 한 개인이 그의 신앙 고백을 통하여 마음의 화평을 찾는 세계"[13]라는 진단이 가능한 것이다.

결국 정지용은 문학적 귀족주의 혹은 시적 정신주의를 시종일관 지킨 시인이다. 그것은 초기시에 나타난 감각 위주의 이미지즘이나 중기시에 나타난 초월 지향의 가톨릭 시나 후기시의 동양 정신 혹은 상고주의나 모두 이형동궤異形同軌의 것이다. 그에게는 감각조차 이러한 귀족성을 드러내는 정신의 등가물이었던 것인데, 그의 감각이 퇴폐나 잠정 과잉의 감상주의와 이어지지 않았던 것도 그 때문이다. 따라서 그의 금욕주의적 엄격함이나 철저한 언어적 훈련도 그런 귀족성의 외적 표지였던 것이다. 마찬가지로 종교도, 정신주의도 그의 이러한 기율이나 생리를 드러내고 구체화하는 의장이었다고 보아도 틀리지 않을 것이다. 그래서 그의 종교시편들은 『백록담』의 정신주의 혹은 동양 정신으로 넘어가는 한시적 심연이 아니라 그 나름의 문학적 연속성의 실체였던 것이다.

이것은 "시인은 정정한 거송巨松이어도 좋다. 그 위에 한 마리 맹금이어도 좋다. 굽어보고 고만高慢하라"[14]는 시인적 기질의 반영이기도 할 것이다. 나아가 그것은 식민지 근대를 사는 고고한 지식인이 문학을 통해 자아동일성을 구성하고 유지하려 했던 그 나름의 기율이었을 것이다. 이제 우리는 3년 남짓한 그의 종교시편의 생성과 소멸 과정을 보면서, 그것이 그

13 김종철, 「1930년대의 시인들」, 임형택·최원식 편, 『한국근대문학사론』, 한길사, 1984, 463쪽.

14 정지용, 「詩의 擁護」, 『정지용전집』 2, 민음사, 1991, 246쪽.

자체로 진공의 공간이 아니라 정지용의 문학적 모색의 다양한 프리즘 중 가장 관념이 승하고 신앙인으로서의 숨결을 가장 직접적으로 불어넣은 시기였다고 본다. 그러니 그에게 "신앙信仰이야말로 시인詩人의 일용日用할 신적神的 양도糧道"가 아니었겠는가.

정지용 시력詩歷은 초기시의 감각과 중기시의 타자 추구가 '정신'으로 통합되는 드라마와 같다고 할 것이다. 그래서 「향수」나 「바다」에서 보인 그의 뛰어난 감각, 종교시편의 수직적 초월의지, 그리고 『백록담』에 나타난 산정山頂의 정밀靜謐 세계는 모두 한결 같이 지속성 있는 정지용의 문학적 순환궤도였던 것이다. 그러나 그것은 말할 것도 없이, 현실혹은 지상의 논리을 일정하고도 완강하게 등진 귀족주의자의 현실관이 그대로 반영된 것이고, 그의 해방 직후의 작품인 「애국의 노래」나 「그대들 돌아오시니」에서도 고스란히 이어져 현실과의 정면 대결을 피하기 어려웠던 역사적 격변기를 맞아 시적 파탄을 빚는 근본적 까닭이 된 것이다. 이 모두는 정지용이 시종일관 현실을 정직하게 응시하지 않고 감각이나 종교, 정신의 외피를 두르고 귀족적 초월이나 격절을 택한 결과이기도 하다.

제9장

'어린 아이'의 전통과 근대

정지용과 동시童詩

최현식

1. '어린 아이'의 마음으로 세계를 읽는다는 것

근대 아동문학은 '아동의 발견'과 더불어 시작되고 성숙해갔다는 명제를 이제 누가 부인할 수 있을까. '아동의 발견' 과정을 요약한다면, "노동과 성性의 능력이 아직 '덜 자란 어른'이라는 '결여'를 넘어, 고유한 동심을 간직한 자율적 개아個我라는 '충만'으로" 정도로 압축될 것이다. '덜 자란 어른'의 지평에서 '어린 아이'는 '어른'에게 무기력하게 종속된 억압적 훈육과 계몽의 대상에 불과했다. 하지만 근대 들어 그들만의 '동심 발견'과 더불어 어린 아이는 분열과 갈등 이전의 인간 본연을 발현하고 계시하는 완미한 존재로 가치화되었다.[1] 이를 계기로 때로는 응석받이요 때로는

1 이것을 시적 언어로 정련한 시인을 꼽는다면 영국 낭만주의를 대표하는 윌리엄 워즈워드가 아닐까? 가령 저 유명한 「무지개」의 일절 "하늘에 무지개를 볼 때마다 / 내 가슴 설레느니 (…중략…) 어린이는 어른의 아버지 / 바라노니 나의 하루하루가 / 자연의 믿음에 매어지고 자"라는 대목을 보라.

욕심쟁이로 이기적이며 외로 된 경우도 적잖은 현실의 아동은 우주, 자연, 타자, 사물들과 자연스레 하나 되는 '천사로서의 아동'으로 훌쩍 정립되기에 이른다. 이 과정을 일목요연하게 포괄하고 정리한 용어가 '동심천사주의'일 것이다. "아동은 미추와 선악에 있어서 현실생활에 별로 물들지 않은 순결무구하고 천진난만하고 무사기한 인간으로서의 천사"[2]라는 설명 속에 그 뜻이 고스란히 담겨 있다.

이런 질문은 어떨까. 1927년 결성된 '조선동요연구협회'의 회원이었던 정지용[3]도 '동심천사주의'의 정교한 표현자이자 강력한 후원자였을까. 우선은 그렇다고 답해야겠다. 정지용 시의 핵심 분자 중 하나가 동시童詩라는 사실은 그가 "내일의 호주 내일의 조선 일꾼 소년소녀를 잘 키"울 목적으로 창간한 잡지 『어린이』의 주요 필자였으며, 거기 실린 총 9편의 동시를 첫 시집 『정지용시집』1935에 다시 고쳐 옮겼다는 점에 벌써 뚜렷하다.[4] 또한 '시의 옹호'를 "영해嬰孩의 눌어訥語",[5] 그러니까 '어린 아이의 어눌한 말'에 의거하여 수행했다는 사실도 정지용의 '동심천사주의'에 대한 지지와 성원을 짐작케 한다.

---

2 송완순, 「조선아동문학시론」, 『신세대』 제2호, 1946.5.

3 이 글에서는 시집 『정지용시집』, 시문학사, 1935; 이숭원 편, 『원본 정지용 시집』, 깊은샘, 2003을, 산문 김학동 편, 『정지용전집—산문』, 민음사, 1993을 취한다. 다만 시의 경우, 최초 발표지를 밝힘으로써 창작 시기를 일별해볼 수 있게끔 했다.

4 이상의 문학사적 사실에 대해서는 장정희, 「발굴 『어린이』誌와 정지용 · 박목월의 동시」, 『근대서지』 제12호, 근대서지학회, 2015, 525 · 540~545쪽.

5 이 표현은 다음 인용과 등가관계를 이룬다. "꾀꼬리는 꾀꼬리 소리 바께 발하지 못하나 항시 새롭다. 꾀꼬리가 숙련에서 운다는 것은 불명예이리라. 오직 생명에서 튀어나오는 항시 최초의 발성이야만 진부하지 않는다." 아이와 시인, 꾀꼬리의 발화를 막론하고 모든 '눌어(訥語)'는 숨겨진 우주와 자연과 시어와 리듬을 처음으로 열어젖힐 때 "오직 생명에서 튀어나오는" "최초의 발성"으로 가치화될 수 있는 것이다. 정지용은 유사 이래 모든 '눌어'의 가치와 효용을 "시인은 완전히 자연스런 자세에서 다시 비약할 뿐이다. 우수한 전통이야말로 비약의 발디딘 곳이 아닐 수 없다"(「시의 옹호」)라는 말로 정리한 바 있다.

문자와 언어에 혈육적 애愛를 느끼지 않고서 시를 사랑할 수 없다. 사랑은 커니와 시를 읽어서 문맥에도 통하지 못하나니 시의 문맥은 그들의 너무도 기사적記事的인 보통 상식에 연결되기는 부적한 까닭이다. 상식에서 정연한 설화, 그것은 산문에서 찾으라. 예지에서 참신한 영해嬰孩의 눌어訥語, 그것이 차라리 시에 가깝다. 어린 아이는 새 말 바께 배우지 않는다, 어린 아이의 말은 즐겁고 참신하다. 으레 쓰는 말일지라도 그것이 시에 오르면 번번이 새로 탄생한 혈색에 붉고 따뜻한 체중을 얻는다.

「시의 옹호」, 『문장』 5, 1939. 5 부분

인용 속 '시어'는 포에지poésie로서의 그것이라는 점에서 '동심천사주의' 속 그것과 같으면서도 다르다. 어른의 시든 아동의 동시든 즐겁고 참신한 '예지'의 언어로 조직, 표현돼야 한다는 점만큼은 서로 다를 것 없다. 하지만 둘은 "새로 탄생한 혈색에 붉고 따뜻한 체중"의 구성 요소까지 같이 하지는 않는다.

'동심천사주의'는 그게 동시든 동화든 작가의 눈에 닿은 자연과 생활 모두를 천진무구한, 다시 말해 현실과 거의 무관한 '동심'의 세계로 녹여내는 데 집중한다. 이에 반해 포에지로서의 시는 기호의 숙련공이 집착하는 말의 형식, 곧 "자연을 속이는 변이"의 "교활한 매력"「시의 옹호」을 거부하는 대신 문득문득 작은 세계를 알아가며 그것을 떠듬떠듬 자기의 말로 표현—창조이자 기억인—하는 어린 아이의 '첫 말'에 빠져들기를 즐긴다.

정지용은 아이들 '첫 말'의 가치적 정황을 "예지에서 참신한"이란 수사에 담았다. 이 표현은 "시안詩眼이야말로 기계적인 것이 아니라, 차라리 선의와 동정과 예지에서 굴절하는 것이요, 마침내 상탄賞嘆에서 빛난다"「시의 옹호」[6]로 바꿔 쓸 수 있다. 아이들의 '첫 말'이 진'예지'과 선'선의'과 미'동정'의 결정체인 이유는, 횔덜린이 말했듯이, "인간의 모든 행위 중에서 가장 죄 없는 것"인 까닭에 어떤 것에도 얽매이지 않고 자신만의 세계를 온갖 모양과 색깔로 그려내며, 그럼으로써 상상이 곧 현실인 이상적 세계를 풍요롭게 현현할 줄 알기 때문이다.[7]

> 시의 신비는 언어의 신비다. 시는 언어와 Incarnation肉化一필자적 일치다. 그러므로 시의 정신적 심도는 필연으로 언어의 정령을 잡지 않고서는 표현 제작에 오를 수 없다. 다만 시의 심도가 자연 인간생활 사상에 뿌리를 깊이 서림을 따라서 다시 시에 긴밀히 혈육화되지 않은 언어는 결국 시를 사산시킨다. 시신詩神이 거居하는 궁전이 언어요, 이를 다시 방축放逐하는 것도 언어다.
>
> 「시와 언어」, 『문장』, 1939. 2 부분

하지만 시의 "선의와 동정과 예지"는 언어와 형식의 심미성에만 골몰함으로써 성취되지 않는다. 시적 언어는 "자연과 인간생활과 사상에 뿌리를 깊이 서"릴 때야 비로소 아이와 시신詩神이 사이좋게 기거하는 신비와 궁전의 언어로 "번번히 새로 탄생"한다. 이 점, 정지용 시를 기교주의로 폄하했던 당대의 어떤 평가를 무색케 하는 동시에, 그의 시가 오늘날에도 매순간 "바람에 향하는 먼 기旗폭처럼 / 뺨에 나붓기"「절정」는 정령精靈의 언어로 빛나게 하는 핵심적 까닭의 하나다.

---

6 이 구절은 "감성으로 지성으로 의력(意力)으로 체질로 교양으로 지식으로 나중에는 그러한 것들 중의 어느 한가지에도 기울리지 않는 통히 하나로 시에 대진하는 시인은 우수하다"(「시의 옹호」)라는 명제와 밀접한 상관관계를 이룬다.

7 전광식, 『고향』, 문학과지성사, 1999, 171쪽.

그러니 또 이렇게 물어보자. 정지용의 동시童詩에서는 무슨 연유로 우울과 상실의 슬픔이 순진무구의 기쁨을 압도하는 것일까. 그 답은 헛갈릴 여지없이 명확하다. 자꾸만 현실과 멀어지는 언어의 신비만을 탐닉하는 대신 그 안에 숨겨진 여러 제약과 한계를 삶의 조건과 동력으로 기꺼이 받아들이는 예술적 지혜와 용기에 투철했기 때문이다. 이를테면 '낯선 세계'는 아이에게든 어른에게든 경이와 충격을 함께 안기기 마련이다. 다만 시간과 경험의 차이로 인해 그것들이 자극하는 "정신적 심도"들, 이를테면 호기심, 모험심, 공포심, 불안감의 밀도와 감각이 어른과 아이 사이에서 서로 달라질 뿐이다.

이를 참조할 때 정지용이 탁월하고도 성실한 '예외적 영혼'이었음은 어떤 소리들을 향한 "정신적 심도"에 매우 솔직했으며, 또한 어린 시절의 그 경험을 '언어의 신비' 및 "자연과 인간생활과 사상"의 공동 토대로 불러낼 줄 알았다는 사실에서 어렵잖게 찾아진다. 시인은 고부姑婦 갈등 끝에 자살한 며느리의 넋이 담긴 '며느리새'의 울음에서 "열세 살 적 외롬과 슬픔과 무섬탐"을 반복적으로 환기했다. 그와 달리 '며느리새'가 날아다니는 산 속 바람이 일으키는 '솔소리'에서는 "아늑하고 서럽고 즐겁고 편한 소리"이상,「꾀꼬리와 국화」를 항상 느꼈다. 두 소리가 우열愚劣과 호오好惡의 관계이기는커녕 서로의 가치와 의미를 실현하는 나-너, 너-나의 소리임은 다음과 같은 정지용식 역설어법에 잘 드러난다. "기쁨이 없이 이루는 우수한 사업이 있을 수 없으니, 지상至上의 정신비애가 시의 열락이라면 그대는 당황할 터인가?" 기쁨과 우수憂愁, 지상의 정신비애와 시의 열락은 서로에 반하는 안티테제가 아니라 서로를 실현하는 신테제라는 주장이다. 이곳, 서로 등을 맞댄 반명제들이 "우수한 전통이야말로 비약의 발 디딘 곳이 아닐 수 없다"라고 서로의 얼굴을 향해 외치는 "혈육적 애愛"이상, 「시의 옹호」의 생산 현장인 것이다.

별똥 떠러진 곳,
마음해 두었다
다음날 가보려,
벼르다 벼르다
인젠 다 자랐오.

「별똥」, 『학조』 1호, 1926. 6

'별똥' 체험이 어린 정지용에게 경이와 공포 모두의 순간이었음은 '별똥을 먹으면 오래 산다'는 옛말에 대한 믿음과 반대의 경우 찾아들 사령死靈에 대한 절망의 교차적 · 반복적 환기「별똥이 떨어진 곳」에 뚜렷하다. 하지만 정녕 불우한 운명은 다른 곳에 있었으니, 별똥에 대한 호기심과 발견의 모험을 실행하기도 전에 어른이 되었다는 육체적 성장의 역설이 그것이다. 이것이 영혼의 성숙이 가져온 비극 가운데 하나이기도 했음은 식민지 현실을 달리는 '슬픈 기차'의 비애를 알아차린 뒤의 내면고백일 "나는 아들이 아닌 것을, 윗수염 자리 잡혀가는, 어린 아들이 버얼서 아닌 것을"「슬픈 기차(汽車)」이라는 구절에서 투명하게 엿보인다.

이에 비한다면 정지용의 감각과 상상을 부지런히 흡수하며 하늘의 별에서 '추억'과 '사랑'과 '쓸쓸함'과 '동경'과 '시'를 발견하고 추억했던 식민지 청년 윤동주의 '별 바라기'는 차라리 즐겁고 행복했다. 더구나 그가 헤던 별들은 겨울이 지나고 봄을 맞으며 "무덤 위에 파란 잔디"로, 그러니까

"내 이름자 묻힌 언덕 위"를 뒤덮는 '자랑처럼 무성한 풀'로 걸어 내려오지 않았던가.

그러나 우리는 죽음의 땅을 생명의 유곡幽谷으로 되살린 윤동주의 시적 단련에 선배시인 정지용에 대한 '시적 영향에 대한 불안', 아니 '자랑'이 깊이 작동하고 있음을 마땅히 기억해야 한다. "시인은 정신적인 것에 신적 광인처럼 일생을 두고 가없이도 열렬하였다"「시의 옹호」는 시적 투기投企의 선언이 그 영향의 핵심임은 물론이다. 이런 연유로, 쉬이 아침이 오고, 내일 밤이 남았으며, 아직 나의 청춘이 다하지 않은 까닭에 "가슴 속에 하나 둘 새겨지는 별을 / 이제 다 못헤"인다는 윤동주발發 '충만한 결여'의 역설이 정지용을 향한 기껍고도 자랑스러운 시적 '불안'의 또 다른 모습이라는 사실 역시 자연스럽게 파지把持된다.

여는 글의 마지막 질문을 이렇게 던져보자. 정지용 발명의 시적 투기의 동일성은, 기호와 문법은 무엇인가라고. '어린 아이의 어눌한 말'과 '신적 광인의 정신적인 것에 대한 열렬함'의 등가성이 그것임을 굳이 따로 밝힐 필요가 있을까. 어눌한 말이든 미친 자의 말이든 그것들은 "타당을 지나 신수神髓에 사무치"「시의 옹호」는 언어의 일종이기 때문에 '열락'과 '비애'를 하나로 통합하는 동시에 개체로 자율화한다. 그것을 정지용 동시의 양가성에서 찾아보는 일이 이후 글쓰기의 나아갈 지점이다.

2. '옵바'와 '누나누의'와의 별리가 다다른 그곳

정지용 동시의 특징 중 하나라면, 시적 화자와 호명되는 대상이 남매지간인 경우가 많다는 사실이다. 유년기 삶의 풍요와 타자에의 친밀성 구축에 가장 큰 영향을 미친 식구를 꼽으라면, (조)부모를 제외한다면 동생의 입장에서는 오빠와 누나가, 이들의 입장에서는 어린 '누의'와 '남동생'이 단연 앞자리를 차지한다. 형제지간의 친밀함과 죽음에 따른 별리는 신라 월명사月明師의 「제망매가」가 암시하듯이 한국 서정시 고유의 휴머니티와 운명애를 관통하는 심리적 정수精髓의 하나였다. 이 자리에서는 친밀함과 별리를 따로 나눠 썼지만, 정지용 시에서 그것은 각 편의 시로 노래되기보다는 우애 돈독했던 형제 = 남매들의 헤어짐-잠시의 이별과 영원한 격절죽음을 함께 보여주는 방식으로 조합된 경우가 훨씬 많다.

그렇다면 시인은 왜 친밀한 우애 자체보다는 그것을 가로막는 이별과 상실에 초점을 맞춰 오히려 친밀함의 밀도와 이별에 의한 슬픔의 순도를 더욱 드높이는 전략을 취하는 것일까. 이에 상응하는 답은 "시의 고덕高德은 관능감각 이상에서 빛나는 것이니 우수한 시인은 생득적으로 염려艶麗한 생리를 가추고 있는 것이나 마침내 그 생리를 밟고 일어서서 인간적 감격 내지 정신적 고양의 계단을 올으게 되는 것이 자연한 것이요 필연한 것이다"「영랑과그의시」라는 말에서 찾아질 듯싶다. 이 말을 참조한다면, 동기간의 이별은 우애나 슬픔 한쪽을 승압하기보다는 그 둘의 긴장과 갈등, 그것을 통과한 뒤의 또 다른 정념情念, 다시 말해 운명애[哀-愛] 양자를 동시에 초극하는 어떤 '정신적인 것'에 이르기 위한 심리적·미학적 장치로 이해될 수 있다.

이 판단의 유효함은 전통의 설화이야기를 취하기는 마찬가지나 그것을 대상 자체에 연결하는가 아니면 화자의 정서를 드러내는 보조 장치로 활용하는가에 따라 시의 분위기가 완연하게 달라지는 다음 두 시편에서 어렵잖게 확인된다.

하늘 우에 사는 사람
머리에다 띄를 띄고,

이땅우에 사는 사람
허리에다 띄를 띄고

땅속나라 사는 사람
발목에다 띄를 띄네

「띄」, 『학조』 1호, 1926. 6

이 시에 대한 해석은 하늘-땅-땅속의 시공간적 성격과 그곳들에 사는 사람들의 형색을 어떻게 보느냐에 따라 다양하게 제출될 수 있다. 누구는 세계와 삶의 문법을 이루는 천·지·인의 원리로, 다른 누구는 인간의 궁극으로서 삶과 죽음의 대위적 편집과 배치로 읽는 것이 그 예다.[8] 만약 '어린 아이'의 시선에 주의한다면, 사람-공간-기호의 일체성과 그 하나 됨의 당

8 진순애는 "하늘·땅·지하를 인간의 전생·현세·내세로 병치시켜 현세의 인간상을 '허리에다 띄를 띈' 상으로 표출시킨다는 점에서 실존적 존재로서 인간에 대한 정지용의 사고를 만날 수 있다"라고 해석했다. 진순애, 「정지용 시의 내적 동인으로서 동시(童詩)」, 『한국시학연구』 7호, 한국시학회, 2002, 251쪽.

위성을 이치에 맞게 가르치고 배우는 인지의 텍스트로도 읽을 수 있다.

어쩌면 누군가는 「띄」에 숨겨진 무엇, 그러니까 세 곳 사람들이 띤 '띄'의 색깔은 무엇일까라는 질문을 던질지도 모른다. 어떤 색깔을 지목했다는 것은 우리를 둘러싼 세 지평과 그곳 사는 사람들의 정체성에 상응하는 심리적 반응과 이해가 도출되었음을 뜻한다. 그렇게 획득된 동일성은 신과 자연과 인간의 통합을 넘어, 그것을 상상하고 실현하는 화자=시인의 선택과 배치 능력을 입체적으로 드러내는 역할을 감당한다. 정지용이 힘주어 강조하는 '선의와 동정과 예지'를 포괄하는 '곳-사람-띠'의 동일성을 존재의 지혜와 성숙을 암시하고 보증하는 미학적 인증으로 해석할 수 있는 지점이다.

뻐꾹이 울든 날
누나 시집 갔네—

파랑병을 깨뜨려
하늘 혼자 보고.

빨강병을 깨뜨려
하늘 혼자 보고.

「병」, 『학조』 1호, 1926.6 부분

「병」의 서사적 · 서정적 기반을 이루는 것은 전래동화 '여우누이'다. 세 오빠가 자신들을 잡아먹어 사람으로 거듭나려는 어린 '여우누이'를 피해

달아날 적에 지혜로운 노인에게 받은 '노랑병', '파랑병', '빨강병'을 차례로 던져 죽음의 위기를 벗어난다는 내용이다. 동화의 서사는 '오빠'와 '누이'의 대립이라는 점에서 「병」의 그것, 즉 '지금 여기'의 '누나'와 동생인 '나'의 우애와 상반된다. 하지만 '누나'의 결혼은 '그녀'와 '나'의 따스한 우애를 별리와 상실의 멜랑콜리로 치환해버림으로써 결국 가족을 깨친 '여우누이'의 폭력적 비극을 재소환하고야 만다.

정지용은 "어머니 없이 자란 나를 / 종달새 지리 지리 지리리……"「종달새」라고 썼던가. 이를 참고하면 「병」의 화자 '나'는 '어린 시인'으로, '누나'는 '어머니'로 얼마든지 대체할 수 있다. 만약 시인이, 아니 우리가 어머니와 누나의 젖줄로 생장되고 그 품에서 보호되는 가족과 나의 영원성을 얻고 유지하려면 설화 속 세 가지 병을 서둘러 손물질과 머리정신에 거둬두는 수밖에 없다. 이 작업의 중요성은 이제는 멀리 가버린 '누나', 또 그녀의 원형들인 오랜 역사 속 엄마와 할머니들에 의해 대대로 계고되고 전승되어 왔다. 그래서 현실은 아닐지라도 상상과 미학의 방법으로라도 그녀들을 '나'의 고향으로 귀환시켜 내 존재 속으로 다시 내주來住시키는 작업[9]이 더욱 중요해지는 것이다.

하지만 '병'의 유용성과 삶의 보호막으로서 가족의 절대성을 들려주던 누나와의 이별, 곧 모성성의 상실은 그 영원성의 가능성과 잠재성을 일거에 파탄 내버렸다. 이 지점, '나'의 "하늘 혼자 보"는 행위를 누나와 가족이라는 본원적 고향의 상실을 아파하고 견디려는 슬픈 몸짓만으로 해석하는 것을 주저케 한다. 오히려 거기서 발생하는 주체 자체의 상실, 즉 나

9 전광식, 앞의 책, 174쪽.

를 구성하고 보존하는 존재와 본질로부터의 소외 및 그것들에 대한 망각이 불러일으키는 심리적 불안과 공포의 노출 장면으로 해석케 한다.

그러나 이렇다 하여 화자는 "하늘 혼자 보"는 쓸쓸한 행위, 자세히 말해 '중심의 상실'이나 '무와의 조우', '허무감' 따위의 결핍감이나 불행한 의식을 일상화하는 소극적 니힐리즘[10]에만 빠져들 수 없다. 정반대로 예상치 못한 불우와 조우할수록 '나' 스스로가 '누나'의 역할을 대체하고 담당하는 작업, 그러니까 '시'로 '누나'와 '여우누이' 사이의 동일성과 차이성을 말하는 기호화 작업에 더욱 치열해야 한다. 그때 드러나는 충족과 결여, 우애와 갈등의 대차대조표를 정확하게 작성할 수 있을 때야 비로소 나-시인-우리는 '자기 소외'와 '본질 망각'이라는 생애 최대의 형벌로부터 벗어날 기회를 간신히 거머쥐게 된다.

프랑크푸르트학파의 벤야민은 "얘기꾼이란 그의 삶의 심지를, 조용히 타오르는 그의 얘기의 불꽃에 의해서 완전히 연소시키는 그런 사람"이라 말하면서, 그 '이야기'는 자아뿐 아니라 타자의 전全 생애까지 포괄한다고 일렀다. 그럼으로써 "어떤 사람의 영혼과 눈 및 손이 한데 어울려 생겨나는 어떤 화음에 의해서만 그것의 존재와 가치를 획득하게 되는 독자적 명암체계"를 성취하기에 이른다고 설파했다.[11]

벤야민의 '얘기꾼' 개념은 정지용의 시적 발화를 검토할 때 매우 시사적일뿐더러 꽤나 유용한 것처럼 느껴진다. 정지용의 동시는 겉으로는 '나'의 표현에 주로 집중하는 듯하다. 하지만 화자의 면면에 유의하면, '옵바',

---

10 고드스블롬, 천형균 역, 『니힐리즘과 문화』, 문학과지성사, 1988(1992), 42쪽.
11 발터 벤야민, 반성완 역, 「얘기꾼과 소설가」, 『발터 벤야민의 문예이론』, 민음사, 1983, 193~194쪽.

'누나', '누의' 같은 친밀과 상실의 타자를 동생이거나 오빠인 '나'의 내면고향으로 호명하는 작업이 시적 발화의 핵심임이 자연스레 드러난다. 이런 장점은 "언어는 시인을 만나서 비로소 혈행血行과 호흡과 체온을 얻어서 생활한다"「시와 언어」라는 명제의 수행과 실천에서 생겨나는 것임에 틀림없다. 이로 말미암아 인용문 속 '시인'을 '얘기꾼'으로, "혈행과 호흡과 체온"을 너와 나의 영혼과 눈빛과 손길이 만나 빚어내는 "독자적 명암체계"로 바꿔 읽을 수 있는 가능성이 훨씬 풍부해진다.

해바라기 씨를 심자.
담모롱이 참새 눈 숨기고
해바라기 씨를 심자.

누나가 손으로 다지고 나면
바둑이가 앞발로 다지고
괭이가 꼬리로 다진다.

(…중략…)

가만히 엿보러 왔다가
소리를 깩— 지르고 간놈이—
오오, 사철나무 잎에 숨은
청개고리 고놈 이다.

「해바라기씨」, 『신소년』, 1927. 6 부분

"해바라기 씨"를 심는 과정에서 일어나는 인간과 자연, 사물 사이의 결속과 통합을 명랑한 선율에 담고 있다. 작물과 화초의 씨를 뿌리고 가꾸는 건 사람이라는 생각은 인지상정의 발로겠다. 하지만 시인의 세계관을 대변하는 어린 동생은 식물 생장의 원리와 문법을 타자의 것으로 돌림으로써 그 생육의 터전을 더욱 풍요롭게 북돋운다. "누나의 손"과 바둑이의 '앞발'과 "괭이의 꼬리"에 동일한 역할을 부여함으로써 셋이 아끼는 "해바라기 씨"와 더불어 이 시에 "혈행과 호흡과 체온"을 더하는 장면이 그것이다. 게다가 시인 ≒ 어린 동생은 누나와 바둑이, 괭이의 울력에 생명을 키우는 자연의 원리를 대표하는 '이슬'과 '햇빛'의 능동적이며 자발적인 참여를 하나로 묶어 인간과 자연의 통합을 자연스럽게 선율화하는 시적 지혜의 소유자이기도 한 것이다.

이것은 식물의 발아에 대한 동시적 상상력과 자연적 사실을 결코 분리할 수 없는 하나의 '생명현상'으로 가치화하는 행위에 해당한다. 이 자리에서 저 울력의 존재들과 대립관계에 놓인 '참새'나 '청개고리'가 추방의 대상이기는커녕 "담모롱이"와 "사철나무 잎"에 숨어 파종의 시종始終을 함께 하는 조력자로 제시되는 장면을 물활론적 세계의 "독자적 명암체계"로 명명할 수 있는 가능성이 생겨난다. 그렇다면 화자, 곧 외부의 시인과 시 속의 '어린 동생'은 씨앗 파종의 단순한 관찰자거나 그에 대한 간단한 보고자일 수 없다. 오히려 메마른 땅에서 어린 싹으로 피어나 충만한 결실로 향하는 모든 생명의 신화적 순간과 영원한 도래를 존재와 삶의 역사이자 미래라고 이야기하고 들려주는 영특한 이야기꾼이라고 불러 마땅하다.

우리 옵바 가신 곳은
해님 지는 서해西海 건너
멀리 멀리 가셨다네.
웬일인가 저 하늘이
피ㅅ빛 보담 무섭구나!
날리 났나. 불이 났나.

「지는 해」, 『학조』 1호, 1926. 6

눈먼 딸레 찾으러 갔다 오니,
쬐그만 아주머니 마자
누가 다려 갔네.

방울 혼자 흔들다
나는 싫여 울었다.

「딸레」, 『학조』 1호, 1926. 6

정지용 동시에서 친밀한 대상과의 이별은 시공간적 격절의 방식「지는 해」으로, 상실은 신체나 의복 따위의 훼손 현상「딸레」으로 그려지곤 한다. 먼저 「지는 해」의 경우다. 미지未知의 시공간은 호기심과 모험심의 대상이기도 하지만, 기지旣知의 것 없는 불안과 공포의 장場이기도 하다. 시인은 이 대극적 양상을 기지의 "지는 해"와 미지의 "서해 건너"로 대립시킴으로써 '붉은 황홀'과 '피ㅅ빛 공포'의 심리적 갈등을 극단화한다. 하지만 아이들에게는 '기지의 심미'보다는 '미지에의 불안'이 더욱 강렬할 것이라는 인간 보편의 감정에 충실하기 위해 "옵바 가신" "해님 지는 서해 건너"[12]를 혼돈'날리'과 파괴'불'의 공간으로 그려내기를 잊지 않는다.

다음은 「딸레」로, '나'와 잘 놀아주는 장난감 인형들인 "눈먼 딸레"와 "쬐그만 아주머니" 사이에 형성된 유사가족관계가 깨어지는 현장과 그 까닭을 그려내고 있어 인상적이다. 대상과 적절한 거리를 유지할 때에는 그것의 객관적 이해와 표현에 유리하다. 그 거리를 없앤 타자중심의 동일화는, "말아, 사람 편인 말아", "너는 웨그리 슬퍼 뵈니?"「말」에 선명하듯이, 자아와 대상간의 융화나 일체화를 현현하는 데에 능수능란하다. 과연 인형 이름에서 환기되는 가족 '공동체적 생의 실재성'[13]은 그녀들의 훼손과 상실이 밀어 올리는 슬픔과 절망을 몇 겹의 배음倍音으로 증폭시키는 은유적 동일성으로 충실하게 작동하고 있다.

서낭산ㅅ골 시오리 뒤로 두고
어린 누의 산소를 묻고 왔오.
해마다 봄ㅅ바람 불어를 오면,
나드리 간 집새 찾어 가라고

12 "서해 건너"의 시적 의미는 크게 두 가지로 해석될 수 있다. 첫째, 친애하는 혈육과의 이별을 극대화하는 장치로서 '죽음'을 상징할 수 있다. "해님 지는"과 "멀리 멀리"라는 말이 다시 돌아올 수 없는 암흑지대로서 사멸의 현장을 암시한다. 둘째, 고향을 떠나 머나먼 타지에서 생활하는 불우한 모습에 대한 서글픈 환기일 수 있다. 고향 상실의 슬픔은, 특히 이용악, 서정주, 백석, 오장환, 유치환, 이육사, 윤동주의 어떤 시들이 암시하듯이, 1930년대 한국시를 지배하는 핵심 정서의 하나였다. 젊은 청춘의 시인들을 가슴 뛰놀게 했지만 동시에 소외의 고독에 몸 떨게 한 대표적인 타향은 도쿄, 경성, 만주의 봉천(선양)과 신경(창춘)과 하루빈(하얼빈)과 길림 등 제국의 거점을 형성하기 위해 일각의 쉼도 없이 남조되다시피 한 근대 도시들이었다. 농촌의 향토와 물질의 도회를 연결하는 대표적인 도구로는 정지용 시편들에도 여러 번 등장하는 기차를 들어야 할 것이다.

13 마키 유스케(眞木悠介), 최정옥 외역, 『시간의 비교사회학』, 소명출판, 2004, 186쪽.

남먼히 피는 꽃을 심고 왔오.

「산소」, 『정지용시집』, 1935[14]

'죽음'은 개체와 더불어 그것을 둘러싼 모든 자연적·사회적 관계를 중지·소멸시키는 절대적 상실과 허무의 결정체다. 자연의 순환과 종교적 계시를 본떠 만들어진 '원형적圓形的 시간'과 '영원성'의 관념은 그 누구도 피할 수 없는 죽음의 공포와 폭력을 넘어서기 위해 고안된 인류 최고의 존재론적 발명품이다. 그게 식민지 현실 때문이든 뜻밖의 질병 때문이든 "어린 누의"를 잃은 오라비의 슬픔과 절망은 그 무엇과도 비교할 수 없는 엄청난 심리적 충격에서 발원發源된 정서임에 틀림없다.

우리는 죽은 자를 위한 최소한의 인간적 예의로서 '애도'를 잊지 않는다. 이 말은 사전에 기댄다면 사람의 죽음을 슬퍼하고 안타까워하는 감정으로 뜻풀이된다. 하지만 라깡은 '애도'를 이별과 기림의 관념 행위를 넘어, 죽은 자를 산 자들 사이에 위치시키는 삶과 의식의 또 다른 현재화 작용으로 끌어올렸다. 그의 정의를 빌린다면, '애도'는 무엇보다 죽은 자의 소멸로 인해 '지금 여기'실재계에 생겨난 빈 구멍을 메우는 제의적 활동의 일종이다. 나아가 그때 소용되는 다양한 의미화 요소를 여러 기호작용, 이를테면 인문학적 사유와 글쓰기, 각종 예술 행위를 통한 사고事故와 사인死因의 발본적 통찰과 기록, 이에 기초한 죽은 자와의 소통과 그를 향한 위로, 기억과 연대의 감정 등을 보충하는 작업이다.[15]

과연 '오라비'는 죽은 '누의'에 대한 애도를 몇몇 기억과 슬픈 감정의 표

---

14 「산소」는 첫 발표지가 확인되지 않는다.
15 자크 라캉, 권택영 편역, 『자크 라캉 욕망 이론』, 문예출판사, 1993, 167~169쪽.

현으로 막음하지 않는다. 그렇기는커녕 죽음의 영지 '산소'를 '봄ㅅ바람' 불면 자연 속 동무이자 식구인 '집새'[16]를 찾아가는 생명성과 친밀성의 터전으로, 또 그녀 스스로 "남먼히 피는 꽃"과 동화하는 타자지향의 생명 공간으로 서정화·가치화하고 있다. 자연과의 동화를 통해 죽음을 삭제하고 존재를 부활시키는 시적 행위는 생명의 영원성과 현재성을 전면화함으로써 죽은 자가 남긴 빈 구멍을 메꾸는 한편 삶과 죽음, 만남과 이별 따위의 대립 관계를 무화시키는 최상의 '애도' 행위로 보아 무방하다. 이로써 '오라비'는, 또 시인은, '죽은 누의'라는 "'지금 있는 과거'이자 세계와 인생의 '의미로서의 과거'인 신화"[17]를 그녀가 나고 자란 공동체와 또 그녀가 날마다 부대끼던 동기同氣의 내부영혼과 내면에 확고히 정초하고 되살리는 순간에 이른 것이다.

3. '무서운 시계'와 '슬픈 기차' 혹은 존재의 고독과 소외

정지용은 순환적 시공간과 영원성의 가치가 존숭되던 전통적 공동체의 자연 풍경과 생활 감정을 표상하는 생명체이자 상징물로 '봄바람'과 '집새'와 '꽃'을 아이들의 눈앞에 내세웠다. 근대적 산물이면서 이것들과 마찬가지로 속도와 이동, 시공간의 변화를 알리고 규율하던 것을 그의 동시

16 보통의 감각이라면 '텃새'나, 그 종류들인 '산새'나 '들새'로 호명할 가능성이 높다. 이와 달리 정지용은 사전에 보이지 않는 '집새'라는 말을 생활현실에서 찾아내거나 새로 고안하여 '집'에 담긴 가족과 사랑과 안정과 보호의 의미와 가치를 다시 전유하고 있다. 이 순간 '누의'는 죽음의 차디찬 공간을 떠나 생명의 따스한 장소로 자박자박 다시 걸어 들어오게 된다.

17 마키 유스케, 앞의 책, 187쪽.

에서 찾는다면 무엇이 될까? 정답을 들라면, 우리의 시각과 청각을 사로잡기는 저들 생명체와 마찬가지지만, 균질화된 시간과 속도, 고정된 원주율과 선로를 따라 기계적으로 움직이는 '기차'와 '시계'를 제일 먼저 꼽아야 할 것이다.

기계-시간시계과 기차는 근대문명이 발명한 첨단의 이기로, 자연과 마음의 시간에 의존하던 사람들의 영혼과 삶을 균질적·표준적인 시간표 아래 집결시켜 전체화하는, 바꿔 말해 시간 제국의 신민으로 훈육하고 갱생시키는 작업에 혁혁한 공헌을 했다. 이를 상징적으로 드러낸 표현이 '기차역에 걸린 시간표'를 비유한 "근대의 등장을 알리는 포고문"이라는 문구다. 거기 담긴 양자의 긍정적 위용은 "기차를 타고 온 근대적 시간"과 "근대를 가르치는 스승"으로, 비정한 폭력성은 "손목시계, 제국의 점령군"과 "질주, 그리고 전통의 죽음"으로 예리하게 표현된다.[18] 이것을 하나의 명제로 집약한다면, 시간과 공간이라는 "대상의 고유성이 통일적인 원리와 규칙 하에 존재하는 차이로 환원되고, 공허한 시공간 속에서 (과정으로서) 연결되고 연속되는 것"[19] 정도가 될 것이다.

정지용은 시계와 기차에 대해 어떤 입장을 취했을까. 자연과 전통의 생활에 집중한 동시들에서 시인은 '생명현상'의 즐거움 약간과 그것을 막음하는 상실과 죽음의 슬픔 조금 더를 배치했지만, 마침내는 '타나토스'를 생명의 원리로 재귀시키는 '에로스'의 실천으로 나아갔다. 이와 달리 시계와 기차에 대한 시각과 태도는 꽤나 냉정하고 비판적이다. 미리 요약한

18 이상의 인용 구절은 차례대로 오창섭, 『근대의 역습-우리를 디자인한 근대의 장치들』, 홍시, 2013, 22·25·40·50·289쪽에서 가져왔다.

19 리 타카노리(李孝德), 박성관 역, 『표상공간의 근대』, 소명출판, 2002, 234쪽.

다면, 어린 아이 특유의 경이와 호기심에 거리를 둔 채 자연·가족·공동체의 친밀한 관계를 제약·파괴하는 그것들의 폭력성과 공격성에 대한 관찰과 묘사에 집중하는 모습이 뚜렷하다.

정지용의 그것들에 대한 비판적 통찰을 객관화하기 위해 시계와 기차를 타자화하기보다 생활의 일부로 받아들여 무갈등의 사물로 친화하고 있는 동요와 동시를 예시해본다. 동요 〈기찻길 옆 오막살이〉윤석중 작시, 윤극영 작곡와 동시 「넉 점 반」윤석중이라면 어떨까. 정해진 시간표에 맞춰 기차가 꽥—꽥—기적을 울리거나 "털크덕…털크덕…"「파충류동물」 달려가도 아기는 쿨쿨 잘도 잔다는 것, 점방에 시간 물으러 간 아이가 꽃과 나비에 눈이 팔려 6시가 다 되어 귀가해서는 '넉 점 반'이라고 답한다는 것, 아이들의 천진난만과 순진무구가 돋보이는 전형적인 '동심천사주의'의 산물들이다. 하지만 현실의 시계와 기차는 "지속적이고 활기찬 진보를 위해" '자연'의 빛과 공기와 흙을[20] 철로와 전찻길로 대표되는 인공세계의 그것들로 변전시키고 점령한다는 것이 역사와 현실이 일러주는 경험의 실제다. 정지용의 이해와 입장 역시 이로부터 멀지 않다는 사실은 아래의 시에서 어렵잖게 파악된다.

옵바가 가시고 난 방안에
숫불이 박꽃처럼 새워간다.

산모루 돌아가는 차, 목이 쉬여

---

20 볼프강 쉬벨부쉬, 박진희 역, 『철도여행의 역사』, 궁리, 1999, 235쪽.

이밤사 말고 비가 오시랴나?

망토 자락을 녀미며 녀미며
검은 유리만 내여다 보시겠지!

옵바가 가시고 나신 방안에
時計소리 서마 서마 무서워.

「무서운 時計」, 『문예월간』 3호, 1932.1

어린 '누의'의 불안과 공포는 "옵바가 가시고 난" 시간이 길어질수록 더욱 커진다. 그녀는 오빠의 현재 모습—기차 안에서 누이를 걱정하고, 고향을 뒤돌아보는—을 상상함으로써 마음 깊은 곳에서 치밀어 오르는 쓸쓸함과 서글픔, 상실감을 이겨내고자 안간힘을 쓴다. 하지만 날씨도 흐린 날의 상심한 내면은 '옵바'를 멀리 데려가는, 아니 빼앗아 가는 기차와 시계의 강제적인 시공간적 격절과 확대에 휩쓸림으로써 "서마 서마 무서워"짐을 면치 못한다. 기차와 시계가 산출하는 이별과 상실 관련 물리적 거리의 증대가 어린 화자의 심리적 불안과 공포의 확산으로 고스란히 이월되고 있음을 감각적으로 보여주는 장면으로 모자람 없다.

그런 의미에서 무서운 것은 '시계'뿐만 아니라 '기차'이기도 하다. 더욱 넓힌다면, 자연과 가족과 향토의 '공동사회'를 기술문명과 자본의 '이익사회'로 뒤바꾸려는 제국주의와 그 파시즘적 변질체로서 일제도 무서움의 대상일 수밖에 없다. 시계와 기차, 이익사회를 지배하는 양적이며 균질적인 시간은 이를테면 "박꽃"과 "숫불"을 통해 충만해지던 전통적 삶의 색채와 형태를 무료하며 식상한 장식물 정도로 폄훼하고 왜곡시키는 일에 능수능란하다.

'기계-이익 시간'의 부정적 성격은 삶을 둘러싼 "시간에 대한 공포와 자아 존재의 불확실성"[21]을 일상화하기 마련이다. 그 결과 순환적·공동체적 시공간은 그 실재성과 생명력을 시시각각 박탈당하기에 이른다. 이 상황은 근대인의 삶이 언제라도 저 어두운 허무의 심연에 막무가내로 던져질 위험성에 노출되어 있음을 뜻한다. 정지용 시의 경우, 이와 관련된 비극의 전조는 어린 '누의'가 아니라 그녀 곁을 떠난 '옵바'나 성인의 목소리와 시선으로 발화되고 조망될 때 피할 수 없는 확실성을 띠게 된다.

> 한밤에 벽시계壁時計는 불길不吉한 탁목조啄木鳥!
> 나의 뇌수를 미신바늘처럼 쫏다.
>
> 일어나 쫑알거리는 「시간時間」을 비틀어 죽이다.
> 잔인殘忍한 손아귀에 감기는 간열핀 목아지여!
>
> 오늘은 열시간 일하였노라.
> 피로疲勞한 이지理智는 그대로 치차齒車를 돌리다.
>
> 나의 생활生活은 일절 분노憤怒를 잊었노라.
> 유리琉璃안에 설레는 검은 곰 인양 하품하다.

「時計를 죽임」, 『가톨릭청년』 5호, 1933.10 일부

---

21 마키 유스케, 앞의 책, 158쪽.

1905년 5월 경부선 개통식장에서 선교사 알렌은 "철도는 규율 바른 시간에 의하여 운행하는 것이므로, 스스로 민중에게 시간을 엄수할 것을 가르치는 까닭에 (…중략…) 조선 사람에 대한 문명적 지도자라 하지 않을 수 없"다는[22] 연설을 남겼다. 근대 들어 인간과 기계의 지위와 척도가 어떻게 역전되고 고착되는가를 냉정하게 고지하는 공포의 언술로 느껴진다.

알렌의 선언대로, "규율 바른 시간"으로 촘촘히 짜인 근대적 일상은 풍속의 개량과 문명의 착근이라는 미명 아래 문명의 도구를 생활의 주체고용인로 밀어올린 반면, 뭇사람들을 그 기계-장치의 규율과 문법에 가만히 순응하는 무력한 타자피고용자로 끌어내렸다. 그 결과 식민지 조선의 생활현실은, 근대세계 일반이 그랬듯이, 도시의 세련된 의식意識 대 향토의 무지, 도시의 규율된 활력 대 향토의 단조로움, 도시의 진화 대 향토의 정체상실라는 기계적 구도로 전면적으로 재편되고 고착되기에 이른다.[23]

의식, 활력, 진화로 표상되는 근대의 긍정적 면모들은 그러나 "할아버지가 / 담배ㅅ대를 들고 들에 나가시니, / 궂은 날도 / 곱게 개이고", "도롱이를 입고 / 들에 나가시니, / 가믄 날도 / 비가 오시"「할아버지」는 신화적 세계를 현실성 없는 미몽과 허위의 적토赤土[24]로 가치절하하고 후퇴시킨다는 점에서 근대의 이면에 울울한 물신적이며 소외적인 부정성을 넘어서지 못한다. 「시계를 죽임」에서 근대적 일상의 현시충족성은 열 시간의 규율

---

22 철도청, 『한국철도사』 2, 철도청, 1977, 43쪽. 여기서는 오창섭, 앞의 책, 27쪽 재인용.
23 레이먼드 윌리엄스, 이현석 역, 『시골과 도시』, 나남, 2013, 450쪽.
24 황토빛 강렬한 '적토(赤土)'와 '토인(土人)'은 제국주의자들이 식민지를 지배하고 개척할 때 식민지와 원주민의 야만성과 원시성, 무지함과 미개함을 드러낼 목적으로 사용한 문화제국주의적 언술을 대표한다.

화된 노동, 곧 한 치의 오차도 허락되지 않는 "치차齒車"의 운전으로 표상된다. 하지만 거기서 산출되는 화자의 "피로한 이지"에 대한 불안과 '분노'를 잊은 "나의 생활"에 대한 두려움은 근대적 일상의 병리성과 도착성을 고스란히 드러내고 입증하는 심리적 지표가 아닐 수 없다.

"일어나 쫑알거리는 「시간時間」"으로 대변되는 "시간적인 경험의 통일적 전체화"는 '피로'가 암시하듯이 사람들의 분주한 삶을 오히려 빈곤한 것으로 만들며, 또 '하품'이 암시하듯이 생활의 단조로움과 그런 삶에 대한 무관심을 조장한다.[25] 그 결과 엄습하는 무의미하며 폭력적인 시간에 대한 강박증을 자아의 불안과 고통에 비겨 반영한 대목이 "한밤에 벽시계는 불길한 탁목조 / 나의 뇌수를 미신재봉틀-필자바늘처럼 쫏다"라는 구절일 것이다.

피로한 이지를 생산하는 공장기계의 규칙적인 '치차'와 동일성을 형성하는 기차의 품목을 떠올려본다면, 기차표, 철로 연선, 기차바퀴 등이 될 것이다. 이 가운데 문자의 '기차표'는 정확한 출발과 도착, 객차 내 탑승과 하차의 시간을 제시하는 정밀한 '시간표'를 압축하고 대체한다. 그 작은 종이쪼가리를 기차에 관련된 경험의 통일성과 전체성을 포괄하는 상징기호로 해석할 수 있는 이유다. 다시 강조할 필요도 없이, 시간표의 정확성을 지탱하는 기차의 속도성은 자연을 꿰뚫고 생활공간을 가로지르는 매우 거칠고도 매끈한 시공간의 압축단축에 궁극적인 가치를 둔다.

이를 통해 생산되는 근대적이며 기계적인 풍경을 긍정적 입장에서 노래한 텍스트를 들라면, 최남선의 『경부텰도노래』신문관, 1908 일절을 먼저

---

25 정해진 일정으로 가득 찬 삶이 사람의 행동에 미치는 부정적인 영향, 예컨대 '시간의 노예화'에 따른 단조로움과 빈곤함의 폭발적 증가에 대해서는 마키 유스케, 앞의 책, 218~221쪽 참조.

불러내야 한다. 예컨대 "쌜니부난바람의, 형세갓흐니 / 날개가딘새라도, 못싸르겟네" "늘근이와 뎖은이, 석겨안젓고 / 우리네와외국인, 갓티탓스나 / 내외틴소다갓티, 익히디닉니"라는 구절이 그것이다. 기차의 '빠른 속도'와 객차 안 '친밀성'과 '평등성'의 실현은, 첫째, 도보 이동이나 여행이 주조하는 '전통적인 공간-시간-연속체'의 소멸,[26] 둘째, 신분제 특유의 사회문화적 관습과 규율의 해체를 뜻한다. 하지만 양자의 가능성은 분초 단위로 구획된 시계-시간의 충실한 신민이 될 때야, 또 출신과 성분이 다른 사람들의 화합은 '기차삯'자본과 '우생학'종족과 혈통의 승자로 올라설 때야 가능했다는 점에서 기차간야말로 '우승열패'의 적나라한 현장이 아닐 수 없다.

그러니 이렇게 물어보는 것은 어떨까. 기차를 타고 고향인 옥천 부근 대전과 식민지 수부 경성을, 또 경성에서 부산을 거쳐 제국의 오랜 정치적·문화적 왕도王都 교토京都를 오갔을 정지용도 "됴고마한싼세상, 뎔노일윗네"라는 최남선발發 기차-공동체 형상과 이념을 별다른 이의 없이 공유했을까.

> ①느으릿 느으릿 한눈 파는 겨를에
> 사랑이 수히 알어질가도 싶구나.
> 어린아이야, 달려가쟈.
> 두뺨에 피어오른 어여쁜 불이
> 일즉 꺼져버리면 어찌 하쟈니?
> 줄 다름질 쳐 가쟈.
>
> 「새빩안 機關車」, 『조선지광』 64호, 1927.2 일부

---

26 볼프강 쉬벨부쉬, 앞의 책, 51쪽.

② 먼데 산이 군마軍馬처럼 뛰여오고 가까운데 수풀이 바람처럼 불려 가고
유리판을 펼친듯, 뢰호내해瀨戶內海 퍼언한 물 물. 물. 물.
손까락을 담그면 포도葡萄빛이 들으렷다.
입술에 적시면 탄산수炭酸水처럼 끓으렷다.
복스런 돛폭에 바람을 안고 뭇배가 팽이 처럼 밀려가 다 간,
나비가 되여 날려간다.

「슬픈 汽車」, 『조선지광』 67호, 1927.5 일부

1920년대 중반 너머 시인이 유학 중이던 교토 근방에 대한 기차여행의 풍미와 정취를 노래한 시다.[27] 전자는 '기관차'가 새빨개지도록 속도를 높여 쉼 없이 달리는 장면을, 후자는 기차 안에서 바라보는 바깥 풍경을 초점화했다. 두 시를 합치면 기차의 내외부가 오롯이 연상될 뿐더러, 그 안팎을 바라보는 화자의 정서와 감각이 풍요롭게 입체화되는 느낌이랄까.

물론 「새빩안 기관차」도 달리는 열차 속 화자와 바깥 ― 상상이든 현실이든 ― 의 "어린 아이"의 동일화로 얼마든지 해석 가능하다. 그럼으로써 무언가를 향한 '기차'와 '나'와 '아이'의 끝없는 질주희망를 하나로 엮고, 아직은 불확실한 '사랑'을 문득 깨닫고 성취하는 시적 "선의와 동정과 예지"에 다다르게 되는 것이다. 차가운 "바람은 휘잉. 휘잉" 불고 거친 눈보라가 "풀. 풀" 날릴수록 아이의 "두뺨에" "어여쁜 불이" 활활 "피여오"르고, 그 붉은 뺨에 화답이라도 하는 듯이 '기관차' 역시 더욱 "새빩"갔게 달

27 「새빩안 기관차(機關車)」 원고에는 "1925.1.京都"라는 창작 시점과 장소가 표기되어 있으며 『조선지광』 64호(1927.2)에 발표되었다. 「슬픈 기차」 원고에는 "1927.3.일본동해도선 차중(日本東海道線車中)"이라 하여 창작 시점과 탑승 노선이 적혀 있으며 『조선지광』 67호(1927.5)에 게재되었다.

궈져 달려가게 되는 까닭이 여기 어디쯤 숨어 있을지도 모른다.

이와 달리 「슬픈 기차」는 기차 바깥 풍경에 기댐으로써 성인 화자의 '어떤 슬픔'의 밀도를 더욱 높여간 경우다. 이때 주의해야할 시각적 변전과 경험이 있으니, 파노라마의 풍경과 전망이 그것이다. 철도의 '파노라마'적 전망은 "열차에서 보는 풍경을 움직임을 통해 구성되는 연출 장면, 그 장면들이 흘러감으로써 전체에 대한 파악, 조망을 가능하게 하는"[28] 시각적 연출과 발현을 뜻한다. 이런 시각의 발명과 실행은 기차가 해당 노선과 승객의 여정 앞에 놓인 모든 장애, 차이, 위험에서 해방되어 '역驛'으로 대표되는 점점이 흩어진 이질적인 장소들을 선후좌우로 연결했기 때문에 가능해진 것이다.[29]

하지만 높고 넓은 산하山河를 쾌속 질주하는 철도는, 경이로운 '파노라마' 풍경을 대가로, 첫째, 도보 여행과 자연 관조의 최고 가치인 자연과 향토와 인간의 하나 됨을 효율성 낮은 자족적 행위로 그 의미를 제한하고 변질시켰다. 둘째, 최남선이 감격한 '내외친소' 승객들의 다정한 미소에 반하는 시선과 태도의 부정적인 생산, 그러니까 여행객의 관심을 객실 내부와 동행자에서 기차 바깥의 스쳐지나가는 자연과 촌락, 간간의 도시로 돌려놓았다. 기차가 이동의 편의와 자유를 현격히 높였으나, 동시에 객실 바깥의 영토와 풍경에 대한 직접적 경험과 육화의 기회를 박탈했다는 양면적 평가는 그래서 가능해진다.

---

28 이 과정의 매혹적 성격은 "열차는 당신을 색채 화가의 손놀림을 통해 매료시킨 후에, 정지하게 되고, 당신을 목적지에 내려놓는다"라는 말에 압축되어 있다. 볼프강 쉬벨부쉬, 앞의 책, 83쪽.

29 이를 포함한 파노라마의 특질에 대한 자세한 설명은 위의 책, '4장 파노라마처럼 펼쳐지는 여행'이 유익하다.

「슬픈 기차」의 인용부는 시간을 계속하여 펼쳐지는 경이로운 '파노라마'식 전망과 풍경을 묘사하고 있다. 이때 흥미로운 것은 화자가 기차의 빠른 질주보다는 느릿한 움직임, 예컨대 "느으릿 느으린 유월소 걸어가듯 걸어 간 단 다"에 재현된 저속의 유선형 이동에 훨씬 주의한다는 사실이다. '느린 달림'은 기차의 본질에 역행하지만, '군마軍馬처럼 뛰어오는 산'과 '바람의 숲' 같은 파노라마의 환등幻燈과 더불어 쇄말화의 기미마저 느껴지는 "유리판을 펼친 듯한" 호수의 풍경에 대한 시적 자아의 감각적 동화를 허락한다.

그런데 이상하지 않은가. 이토록 환한 파노라마의 풍경과 전망의 생산자를 '슬픈 기차'로 명명하고 호명한다는 사실과 의도가. 이 지점은 기차의 외부와 내부, 화자의 내부와 외부가 어떻게 결속하며 또 어떻게 균열하는지를 입체적으로 보여준다는 점에서 매우 중요한 의미를 가진다. 화자는 「슬픈 기차」의 1~2연에서는 '우리'를, 3~10연에서는 '나'를 주어로 사용하고 있다. 이 점, 기차 여행의 성격이 '우리'와 '나'를 사이에 두고 확연히 달라졌음을 강력하게 환기한다. 짐작컨대 앞은 (조선의) "가여운 내 아들"이나 (교토의) "마담·R"과의 동행 상황을, 뒤는 그들과 떨어지거나 헤어진 '나'만의 탑승 상황을 염두에 둔 대명사주어의 활용이 아닐까 한다.

기차의 느릿한 움직임은 외부 세계의 풍경을 파노라마로 투사하지만, 특히 이별상실의 고뇌와 슬픔을 계기로 과거-아들이나 현재-마담·R과의 각종 기억과 체험들을 속속들이 떠올리게 한다. 이곳에서 첫째, 감정의 아이러니로 얼룩진 "오오, 개인 날세야, 사랑과 같은 어질머리야, 어질머리야"로 표현된 상념이, 둘째, "나는 아들이 아닌 것을, 웃수염 자리 잡혀가는, 어린 아들이 버얼서 아닌 것을"이라는 신체의 성장과 영혼의 성숙이 뜻밖에 자초하는 생生에의 힘겨운 고통과 좌절이 문득문득 속출한다고 판단하여 무방하다.

「슬픈 기차」는 현재 객실에 홀로 앉아 있는 주체의 양면적 상황, 그러니까 외부-파노라마 풍경이 문득 던지는 자연과 인간과 기차의 기이한 모자이크, 내부-존재의 고독감이 몰고 오는 어떤 소외감과 고립감을 동시에 대상화하는 작업에 성공하고 있는 것처럼 보인다. 이런 고립성, 아니 독립성의 양면성은 정지용의 철도 경험을 힘세며 부유한 제국 철도의 객실 풍경, 즉 최남선의 희망이기도 했던, "각종 사회 계층들 출신의 사람들이 서로 담화를 나누는 자유"[30]에 대한 환시적·허구적 만끽이나 욕구로 몰아가지 않는 원동력으로 작동한다. 이것은 몇몇 특권자들의 장식품과도 같은 사치한 '자유'의 불가능성을 널리 폭로하고 입증하는 억압과 소외의 현장을 창안하는 곳으로 연결된다는 점에서 역사화와 현재화의 가치가 충분하다.

실제로 이후 함께 읽을 정지용의 '기차' 시들은 개인의 내면을 훌쩍 벗어나 기차의 사회적 성격에 더욱 집중하는 면면을 노정한다. 객차의 협소한 공간적 성격 때문에 더욱 음영 짙어지는 식민지 현실의 참상과 하위주체의 고통에 대한 암시적 표현, 부정적 현실의 원인 제공자로서 일제 권력과 퇴락한 조선에 대한 지식인 시점의 비판, 같은 족속을 향한 민족적·주체적 각성의 촉구 등이 그것이다. 민족과 계급, 권력과 문화의 차이가 오히려 남김없이 폭로되는 기차의 부정성과 폭력성은 염상섭의 『만세전』1924과 현진건의 「고향」1926이 선취한 '리얼리즘 충동'의 구체적 항목이자 주제였다. 이와 연관 깊은 정지용 시, 즉 기차의 식민성과 억압성을 서정의 지평에서

30 위의 책, 144쪽.

점점이 객관화·타자화한 시편들을 꼽아보라면 「파충류동물」1926과 「기차」1932가 맨 앞자리에 놓일 것이다.

할머니
무엇이 그리 슬어 우십나?
울며 울며
록아도鹿兒島로 간다.

해여진 왜포 구건에
눈물이 함축,
영! 눈에 어른거려
기대도 기대도
내 잠못들겠소.

「汽車」, 『동방평론』 4호, 1932.7 일부

1932년 발표되었지만, 일본 남서쪽 지방 카고시마鹿兒島의 등장을 보건대 유학 시절1923~1929 쓰인 시일 듯싶다. 「고향」과 함께 실렸을 뿐더러 "내도 이가 아파 / 고향故鄕 찾어 가오"라는 구절이 등장하는 것으로 보아, 화자=시인는 '카고시마' 가는 일본 할머니와 귀향의식을 공유하는 친밀성의 관계로 묶일 수 있겠다. '이향'의 사연 없이 '귀향'의 한 장면을 내지內地 '할머니'의 눈물 몇 방울에 담아내고 있으니, 「고향」 속 한·중·일 세 복색의 조선 사내나 『만세전』 속 기차간에서 경을 치는 조선 노인의 설움과 고통에 비견할 바 못 되는 안정적인 기차여행일 듯도 싶다.

그러나 기차 여정에 확실히 포함된 '교토'와 '카고시마'만 해도 두 지역의 거리는 상당히 먼 축에 속한다. 이 점, "눈물이 함축"된 할머니의 탈향-귀향의 서사를 문제화할 수 있는 주요 요인 가운데 하나일 수 있다. 왜 그런가. 그곳이 어디든 어떤 국가가 균질적·계량적 근대화를 목적할 지라도 '문명개화'의 속도와 추세, 그 양상과 성격은 '도회'와 '향토'에서 상당히 이질적이었다. 심지어 '향토'는 과거와 전통의 축에, '도회'는 미래와 발전에 축에 놓임으로써 후자에 의한 전자의 식민화나 타자화가 눈앞의 현실로 밀어닥친 경우가 허다했다는 것이 역사의 현실적 증언이다.

이를 고려하면, 일본 향토의 '할머니'와 조선의 '나'는 "'일본'이라는 경계 안에 거주하는 '미개'한 타자로 표상됨으로써, '개화'하고 있는도회의—필자 '일본인'을 자기 정립시키는 역할을 강요당"하고[31] 있는 불행한 하위주체들일 수밖에 없다. 그렇게 문명에 뒤늦고 근대성에 궁핍한 '향토'일지라도, 그러나 그곳이 가족과 이웃의 친밀함이 여전한 '진정한 장소'임에는 전혀 변함이 없다. 서로 다른 고향의 '나'와 '할머니'를 태우고 "배추꽃 노란 사월四月바람을 / 기차汽車는 간다고 / 악 물며 악물며 달"「汽車」리는 이유인 것이다.

> 저 가—드란 쌍골라 는 태양大腸.
>
> 뒤처 젓는 왜놈 은 소장小腸.
>
> 「이이! 저다리 털 좀 보와!」
>
> 털크덕…털크덕…털크덕…털크덕…

---

31 리 타카노리, 앞의 책, 314쪽.

유월六月ㅅ달 백금태양白金太陽 내려쏘이는 미테

부글 부글 쓰러오르는 소화기관消化器管의망상妄想이여!

자토赭土 잡초雜草 백골白骨 을 짓발부며

둘둘둘둘둘둘 달어나는

굉장하게 기—다란 파충류동물爬蟲類動物.

「爬蟲類動物」, 『학조』 1호, 1926.6 일부

당연히 식민지 조선의 '나'와 내지의 '할머니'를 하나로 결속할 수 있는 근거가 무엇인가라는 질문이 던져질 법하다. '나'와 '할머니'와, 둘을 태운 '기차'의 통합성과 등가성에 반하는 식민주의 형상의 '기차'를 찾을 수 있다면 문제는 수월하게 풀린다. 정지용은 일찌감치 그 '기차'의 면면을 묘사하고 서술했으니, "파충류동물"로 이미지화된 힘세며 기다란 '기차'가 그것이다.[32] 그는 "파충류동물"의 '대장大腸'과 '소장小腸'을 각각 "저 기—드란 짱골라"와 "뒤처 젓는 왜놈"에 비유했다. 그럼 할머니는 어디서 찾아질까? "여페 안진 소로서아小露西亞 눈알푸른 시약시"가 그녀일 텐데, 그 눈빛에서 이국적 풍모가 울울하다. 하지만 그녀는 러일전쟁에서 패한 나라의 부끄럽고 안타까운 국민이라는 점에서 "슬퍼서 슬퍼서 / 심장心臟이" 된 식민지 지식인 '나'와 등가관계를 형성한다.

32 이를 두고 김신정은 "'기차'에서 "파충류동물"로 이어지는 비유적 연상은 이 시의 시적 대상인 '기차'에 '파괴'·'공포'·'수탈'의 이미지를 덧입힌다"(김신정, 『정지용 문학의 현대성』, 소명출판, 2000, 51쪽)라고 적었다. 한편 박경수는 '기차'를 괴상하고 혐오스러운 파충류동물에 비유하고, 일본인을 '왜놈'으로 명명한 정지용의 의도를 살려 「파충류동물」을 "제국의 식민담론에 대한 역담론을 펴고 있는 작품"으로 규정했다(박경수, 「정지용 초기 시의 일본 근대문화 수용과 문화의식」, 『한국문학논총』 제71집, 한국문학회, 2015, 113쪽).

이상의 사실은 "자토赭土 잡초雜草 백골白骨을 짓발부며 / 둘둘둘둘둘둘 달어나는 / 굉장하게 기一다란 파충류동물爬蟲類動物"이라는 비유에 분명하다. 무법의 '파충류 기차'가 과거와 오늘의 폭력적이며 무자비한 제국을 대표하는 중국과 일본이라면, 기차 레일에 짓밟히는 "적토 잡초 백골"은 식민지 조선의 '나'와 내부 식민지에 방불한 내지 향토의 "할머니"인 것이다. 그런 의미에서 "파충류동물"은 감각을 통해 지각되는 물리적 형상으로서 실제 기차에 대한 비유에 그치지 않는다. 보통의 눈으로는 언제나 "괴상하고 거-창 한" 현실의 기차를 지식인 = 관찰자 특유의 예민한 시선과 냉철한 응시를 통해 거리화·타자화해 우리 심상 안에 존재하는 '역사적 산물'로 의미화한 상상된 '풍경'이자 '인상'[33]으로서의 기차인 것이다.

혹자는 "기차의 방식으로 공간을 사고하고, 기차의 방식으로 공간을 대하는 근대적 주체"를 일러 "기차를 통과한 몸, 그래서 기차에 길들여진 몸"[34]이라 명명했다. 앞만 바라보는 기차의 쾌속적 질주와 직선적 이동, 군중집단의 균질한 수송을 근대적 정신과 신체의 풍경으로 입체화한 장면이라 하겠다. 분명한 사실 하나는 정지용의 경우, 기차의 방식으로 느끼고 사유하며 사물과 사람을 대하는 태도, 다시 말해 기차에 의한 기계적 동화나 소외적 식민화에 열성인 태도에 대해서 매우 비판적인 시선을 아끼지 않았다는 점이다.

정지용은 이를 위해 첫째, 「새빨안 기관차」와 「기차」의 경우, '아이'와 '할머니'로 대표되는 약소한 하위주체를 빨강과 노랑의 감정-색채로 달

---

33 리 타카노리, 앞의 책, 42쪽. 저자에 따르면, '풍경'은 "우리 외부에 존재하는 자명한 것이 아니라, 우리의 심상에 의해 선택되는 것, 선택되어온 것이다"(앞의 책, 43쪽).

34 오창섭, 앞의 책, 293쪽.

리는 생물-기차와 통합하는 방식을, 둘째, 「슬픈 기차」와 「파충류동물」의 경우, 거대하고 길며, 때로는 빠르고 때로는 느릿한 기차의 육중한 외관을 승객과 단절되거나 그들을 함부로 짓밟는 폭력적 · 배타적 모습에 결속시키는 방식을 취했다. 굳이 분류한다면, 전자는 어린 아이 특유의 참신한 '눌어訥語'를 빌린 동시童詩의 상상과 표현에, 후자는 "자연 인간생활 사상에 뿌리를 깊이" 내린 성숙하며 통찰적인 산문정신을 병행한 시어의 발화와 구성에 초점을 맞춘 것이다.

만약 정지용 시세계 전반을 관통하는 '기차'에의 감각과 이해의 향방을 지목하라면 후자가 앞에 놓일 가능성이 크다. 기차의 부정성과 퇴폐성, 곧 인간을 소외시키는 도구성과 존재를 훼손하는 억압성의 폭로를 통해 제국주의에 핍박당하는 식민지 현실을 굴곡 뚜렷하게 조망했기 때문이다. 시인은 철도의 형제들인 전차와 자동차가 달리는 제국과 식민지 '도회都會'의 거리를, 교토京都 : "이따금 지나가는 늦인 전차電車가 끼이익 돌아나가는 소리에 내 조고만 혼魂이 놀란듯이 파다거리"는 곳으로, 경성-춘천 : "몇길로 휘달리고나서 거북 처럼 흥분"하여 "징징거리는 신경新經방석우에 소스듬이대로 견딜 밖에" 없는 곳으로 그려냈다.[35]

두 편의 시는 시인이 경험한 제국-도회의 밤과 식민지-도회-근교의 낮이 생산하는 날카롭되 우울한 풍경을 재현하는 한편 그것에 의한 '주체의 분열'과 '정체성의 위기'를 핀셋의 날카로움으로 집어내고 있다. '파다거리는 조고만 혼'과 '신경방석' 위의 주체는 우울증과 신경증에 포획된 주체의 위기와 정체성의 분열을 암시하는 뼈아픈 병리현상이라 할 만하다.

35 앞의 시는 「황마차(幌馬車)」, 『조선지광』 1927.6(『정지용시집』, 1935), 뒤의 시는 「유선애상(流線哀傷)」, 『시와 소설』 1호, 1936.3(『백록담』, 1941).

이와 같은 영혼의 질병은 철도와 자동차의 폭주에 비유되는 근대성의 과속도와 지나친 굉음에 폐허화된 감각의 분열과 자기의 상실에 따라 어쩔 도리 없이 터져 나온 것이다.

도회와 향토를 달리는 '황마차'와 '자동차'와 '기차'는 빠른 쾌속과 객실의 안정감으로 주체의 자유로운 심정과 해방된 신체를 보장할 법하다. 그러나 "내 조그만 혼", "징징거리는 신경방석"과 같은 표현을 보건대, 두 시편 속의 '나'는 근대문명이 구획한 선로와 도로, 기계로 된 '탈 것'의 객실들을 오밀조밀 잇고 엮는 강철의 그물망에 전면 포획된 '피식민 공간'의 하위주체일 따름이다. 기계-장치의 생산자이자 지배자로서 근대 천황제 "권력의 감시에 노출된 존재이자 식민권력의 가시성의 배치에 포획된 이방인"[36]에 불과한 존재임이 명백해지는 순간이다.

이제 정지용 시의 기차들에 대해 간략한 소결을 내려둘 차례가 되었다. 제국의 진군 장치로서, 또 식민지의 억압 기제로서 기차의 폭력성과 병리성을 생각하면, 순진무구한 '아이의, 아이를 향한 기차'는 '어린 영혼'의 놀라움과 호기심을 자극하는 유희와 진화의 기계적 도구를 훌쩍 넘어선다. 오히려 성별, 혈통, 계급을 달리 하는 하위-존재들의 대화와 소통, 친밀함과 하나 됨을 상상하고 희망하는 '진정한 장소'를 밀고 나가는 한편 널리 전파하는 보편적 인간성의 승압 장치이자 파종 기계에 가깝다. 물론 정지용은 동시에서 노래한 화마火馬,기차를 향한 '희망'의 원리를 식민지 현

36 남기혁, 「정지용 초기시의 '보는' 주체와 시선(視線)의 문제」, 『언어와 풍경 – 한국 현대시의 다양한 시선과 표정』, 소명출판, 2011, 199쪽. 이 논문은 정지용이 근대문물을 통해 겪었던 주체의 분열과 정체성의 위기를 '시선의 이동'과 '영혼의 위축'을 중심으로 석명(釋明)하고 있어 그게 제국이든 식민지든 '아이의 기차'와 대비되는 '성인의 기차'의 부정성과 폭력성을 풍요롭게 조감하고 날카롭게 이해하는 데 매우 유익하다.

실을 무섭도록 폭주하는 화마에 그대로 이월시키지 않았다. 오히려 속도의 폭력성에 대한 예민한 감각을 더욱 끌어올리며 되돌아볼 줄 모르는 화마가 강제하는 인간성 분열과 상실의 기제를 예리하게 관찰하고 세밀하게 도려냈다. 기차의 서정화에 있어서도 "시의 정신적 심도는 필연으로 언어의 정령을 잡지 않고서는 표현 제작에 오를 수 없"다는 자신의 시론을 적확히 투사했다는 평가는 그래서 가능하다.

그런 의미에서 정지용의 '기차'는 '어린 아이'를 중심에 두든, '성인의 나'에 초점을 맞추든, 공히 "예지에서 참신한" 대상으로 부감되고 표현되었다는 말이 아깝지 않은 시적 대상에 해당된다. 요컨대 '기차'라는 박래품과 번역어는 식민지 시인 정지용을 만나면서 "으레 쓰는 말일지라도 그것이 시에 오르면 번번이 새로 탄생한 혈색에 붉고 따뜻한 체중을 얻는다"라는 시론의 중개자이자 발현자로 올라섰던 것이다. 하지만 그 기차의 '혈색'과 '체중'은 언제나 "슬픈 도회의 뺨"을 아프게 찔러대는 높다란 "붉은 벽돌집 탑塔"에 걸린 "거만스런 XII시時"와 "가엾은 소ㅡ니야의 신세를 비추는 빩안 전등電燈의 눈알"「황마차」을 한시도 잊지 않고 냉철하게 응시했기 때문에 늘 싱싱했고 다채로웠다는 사실을 따로 부기해둘 필요가 있을까.

4. '지금 여기', '떠도는 구름'과 '힌점 꽃'의 사이

『정지용시집』은 총 V부로 구성되어 있는데, 동시(풍의 시)는 주로 III부에 실렸다. 그곳에는 명랑한 '동심'을 노래한 시편과 잃어버린 어린 시절을 아프게 회억하는 시편이 함께 실렸는 바, 편수로는 후자가 전자를 상당수 상회한다. 하여 이렇게 물어본다. 『정지용시집』에서 '향토'를 노래한 핵심적 명편은 「향수」와 「고향」인데,[37] 이것들은 각각 어디에 실렸을까. 두 편 모두 III부에 실렸을 법하지만, 「고향」만이 그렇고 「향수」는 II부에 실렸다.

사실 「향수」는 '동백'과 '달리아'를 노래한 「홍춘紅椿」과 「따알리아」와 함께 실려 있다. 봄 풍경과 생명의 흐름에 둘러싸인 「고향」과 유사한 환경을 가진 듯이 느껴지는 이유다. 하지만 꼼꼼히 살펴보면, 그 풍경과 정서에 의외로 큰 편차가 도사리고 있다는 게 사실에 더 가깝다. 「향수」는 교토 경험을 다룬 「鴨川카모가와」, 「카페프란스」 등과 같이 묶여 있다. 우리는 앞서 이 시편들과 마찬가지로 시인의 교토 경험을 감각적 풍경으로 현란하게 재현한 시를 잠깐 읽어봤는데 「황마차」가 그것이다. 정지용은 가로등 분분하며 전차등 유유하게 흐르는 불야성의 교토 풍경을 "낭만풍의 모자 밑에" 흐르는 "금金붕어의 분류奔流[38]와 같은 밤경치"라고 일렀다. 앞의 흰 벽면을 비춰 미려한 영상 속에 이미지-사람을 살려내는 밝디밝은 환등기일지라도 제 뒷면을 따로 비추지는 못한다. 이와 방불하게 시인은 "금붕어의 분류와 같은 밤경치"라고 표현함으로써 근대문명의 황홀함을 능히 초과하는 상념과 심려의 우울함을 시커먼 내면의 희미한 불빛으로 살려두었다. 이 "밤경치"의 양면성을 대낮의 그것으로 치환한 시편들이 해저무는 강가의 목이 자진 "여울 물소리"를 노래한 「鴨川카모가와」과 식민지 유학생의 비감한 내면을 "이국종 강아지"의 처지에 비긴 「카페프란스」라

37 「향수」는 일본 유학 시작 전후인 1923년 3월 창작되어, 한창 유학 중이던 1927년 7월 『조선지광』 69호에 발표되었다. 「고향」은 1932년 7월 발간의 『동방평론』 4호에 실렸다.

38 '물줄기가 세차게 빨리 흐른다'는 뜻이므로, 완상품의 일종인 '금붕어'의 느릿한 움직임과 대비된다. 그런 의미에서 '금붕어'는 최상의 속도와 밝기를 목표하는 근대문명의 형상과 흐름에 더욱 적합한 비유체로 해석될 수 있다. 실제로 보조관념인 그것의 원관념으로 '밤경치'가 제시되고 있다.

고 한다면 어떨까.

이 때문에 세 교토 시편에 들어 찬 황홀과 우울과 적막의 서정은 식민지 조선을 노래한 「향수」와 대비될 때 그 음영이 더욱 짙어진다는 느낌이다. 「향수」는 과거와 현재를 관통하는 조선의 궁핍한 현실을 느릿하게 흘러감으로써 오히려 그곳의 풍요로움과 다채로움을 '지금 여기'로 불러낸다. 나아가 마침내 우주와 자연과 인간이 하나 되는 세계를 눈앞의 현실로 아름답고 절실하게 펼쳐내기에 이른다. 비록 회상과 상상의 형식이긴 해도, 조선의 일개 '향토'에서 발현된 궁핍과 풍요의 역전은 "금붕어의 분류"로 표상되는 군중들을 "시계적으로 편성하고 관리할 수 있는 생활질서로 길들이"[39]기로 작정한 제도帝都 교토의 전제적 · 억압적 권력과 규율을 낱낱이 드러내는 작업에 매우 유효했던 역설적 기제였음이 이로써 판명된다.

「고향」은 화려한 시어와 감각으로 가득 찬 「향수」에 비해 그 풍경과 정서 모두가 단출하고 소박한 것처럼 느껴진다. 이곳에서 시인이 '동심' 발현의 시편 한쪽에 「고향」을 배치한 까닭이 찾아질지도 모른다. 하지만 과연 그럴까? 「고향」의 시공간은 과거와 현재의 조선에서 한 치도 벗어나지 않을 정도로 보편적이며 당대적이다. 이곳, '교토'와 대척점을 형성하는 「향수」와는 그 시공간성이 사뭇 달라질 수밖에 없는 이유가 존재하는 지점이다.

약간 도식적으로 말한다면, 교토일제와 대립되는 한 「향수」는 식민지의 '말할 수 없는 자'들의 목소리를 발화하고 재현하는 탈식민주의 미학으로 작동하지 않을 수 없다. 마찬가지로 「고향」도 일제하 조선의 향토를 노래한다는 점에서 탈식민주의의 지평을 공유한다. 하지만 차이점도 만만찮

---

39 마키 유스케, 앞의 책, 217쪽.

다. 「향수」는 그 풍경과 인물 모두에서 '조선적인 것'을 확실히 연상시킨다. 이에 반해 「고향」의 소재들, 이를테면 "산꿩"과 "뻐꾹이", "머언 항구"와 "떠도는 구름", "메끝"과 "흰점 꽃"과 "그리던 하늘"은 얼마든지 다른 외국어로 직접 번역될 수 있는 '조선어'라는 점에서 그 보편성과 통용성이 훨씬 크다. 이 점, 시인이 비록 성인된 현재의 '고향상실감'을 우울하게 점묘하고 있지만, 오히려 그럼으로써 개인의 삶과 죽음을 넘어 존속하고 유지되는 자아와 공동체의 영원성을 더욱 열망하고 있음을 암시한다.

짐작하건대, 시인은 일시적 사태에 불과한 이방의 "흐르는 금붕어의 분류" 속으로 다시 돌아갈 수 없었고, 또 의도된 '몰개성'의 한시풍 서정이 울울한 『백록담』1941이 암시하듯이 실제로 그러지도 않았다. 그가 찾아갈 때마다 "흰점 꽃이 인정스레 웃"는 '고향'은 세계 도처에 빠짐없이 존재하던 신화적 공간, 다시 말해 처음부터 그곳을 떠나간 모든 존재를 다시 그곳으로 귀향시키는 '진정한 장소'로 유사 이래 우리들과 함께 존재해 왔다.

'신화'와 '동시'의 공통점이라면, 서로 이질적인 존재와 사물을 하나로 통합시키는 동일성 시학의 자손들이라는 사실이다. 그것을 실현하는 유추의 상상력은 흐르는 시공간과 그곳을 사는 존재들의 의미를 변함없는 영원성의 구조 속으로 회수한다. 그럼으로써 "머언 항구로 떠도는 구름"인, 고독하며 소외된 '나'와, "흰점 꽃이 인정스레 웃"는, 친밀한 타자들의 삶과 죽음의 공간이기도 한 "고향"을, 서로를 구성하고 입증하는 짝패로서의 '그림자'와 '배음倍音'으로 다시 돌이킨다. 이곳 어딘가에 자연과 사람과 짐승이 하나 되는 「해바라기씨」와, 영원한 자연을 벗어나 홀로 떠돌며 잃어버린 '(본원적) 고향'의 푸른 하늘을 애타게 그리워하는 「고향」이 III부에 함께 묶인 진정한 까닭이 숨어 있을 것이다.

제10장

‘도시 산책자’에서 ‘광장의 투사’로

남북한문학사에서 박팔양 시의 위상과 가치

최현식

1. 박팔양의 시와 이념적 공간의 선택

여수麗水 박팔양朴八陽, 1905~1988은 남북한문학사에서 시와 삶, 이념과 언어, 또 시공간의 궤적 모두에서 풍운의 일생을 살다간 문인으로 손꼽힌다. 그는 수원에서 출생하여 식민도회 경성에서 성장했으며, 배재고보 및 경성법전을 거치며 습작의 시대를 통과했다. 1923년 『동아일보』 신춘문예에 「신의 주酒」가 당선되어 문단에 나온 뒤 경성법전 시절 정지용 등과 함께 동인지 『요람搖籃』을 발행함으로써 근대적 실험과 낯선 표현의 잉크방울을 거칠고 야윈 식민의 땅에 본격적으로 흘려 넣기 시작했다. 이후 카프에 참여, 노동해방의 이념 시로 기울었다가, 1934년 지용 등과 함께 ‘구인회’에 동참, 식민도회의 우울과 소외의 현실을 아방가르드의 기법으로 모자이크했다. 그러나 그것도 잠시 ‘내선일체’의 식민화가 숨통을 죄는 조선을 돌연히 벗어나 만주(국)로 건너가 『만선일보』의 사회부장과 학예부장으로, 또 재만조선시단의 중심인물로, 그리고 마침내는 체제협력친일의 결정적 혐의로 간주되는 '만주국협화회'에서 근무했다. 해방 후 미군 지배의 남한으로 귀향하는 대신 사회주의의 깃발을 올린 북한 평양에 새로운 호적을 기입한 뒤 북조선문학예술총동맹 중앙위원, 당 기관지 『정로』 및 『노동신문』의 편집국장, 김일성종합대 교수, 한국전쟁 시의 종군작가, 휴전 후 조선작가동맹 부위원장 등을 역임하며 북한 사회주의 및 그 문학의 건설에 '모범 일꾼'으로 승승장구했다. 이 과정에서 『박팔양 시선집』1956 · 1959을 필두로 『민족의 영예』1946~1947를 위시한 서너 편의 장편서사시를 창작하여 북한 인민의 노고와 김일성의 위대성을 기렸다. 그러나 주체시대의 도래와 더불어 1966년 반당종파분자로 숙청되어 당과 문학 활동을 거의 금지 당했다. 하지만 1980년대 이른바 숙청의 근거가 되었던 '김주의'에 대한 머뭇거림을 철회하고 김일성 신격화의 '주체문학'에 낡은 펜촉을 다시 적심으로써 문학적 복권의 영예와 미학적 자율의 패배를 이율배반적으로 경험하게 된다.

박팔양의 해방 후 활동에 대한 궤적을 북한의 평양 중심으로 기술했지만, 남한에서의 궤적은 어떤 면에서 『여수시초麗水詩抄』1940와 더불어 단절 및 금지되었다고 해도 과언은 아니다. 해방과 더불어 그는 의욕적으로 '북의 시인'으로 변신했다. 이 정치적 · 미학적 선택은 박팔양에게 남한 중심의 민족 / 국민을 버리거나 밀어내는 배반의 행위를 결정화한 생애사적 사건이 되었다. 첫째, 친일잔재청산과 보수적 에스닉에 토대한 민족문화의 건설을 내세웠던 남한 민족문학 진영에 의해 시 자체보다는 협화회 활동을 빌미로 '친일문인'으로 호명되었다. 둘째, 북한문단의 중심인물로 우뚝 섬으로써 계급해방의 '붉은 이념'을 민족통합의 '단일민족'에 앞세우는 분단

체제 관련 '정치의 예술화'의 주도자로 낙인찍혔다. 이른바 '친일'과 '공산당'이라는 남한 체제의 두 가지 금기를 동시에 위반함으로써 박팔양은 결국 1988년 해금문인에 이름을 올리기까지 눈으로 읽어도 입에 올려서도 안 되는 감시와 처벌의 시인으로 괄호쳐짐과 동시에 먹칠되었다.

이 은폐와 억압의 시공간을 생각하면, 적어도 물리적으로는 남한에서의 감시와 처벌이 더욱 자심했던 것으로 판단된다. 그렇지만 남한은 박팔양을 문학사에서 은폐, 삭제하거나, 대중의 독서에서 탈락시키는 이중의 금지를 통해 오히려 『여수시초』 및 그 이전의 시에 대한 의도적 변형 내지 왜곡을 저지르지 않는 기이한 보존에 성공하게 된다. 그 결과를 모은 대표적 선집이 『태양을 등진 거리』정한모 외 편, 1991와 『박팔양 시선집』유성호 편, 2009이다. 전자는 남한에서 쓰인 시만을 모음으로써 북한의 그것을 공백으로 처리했다. 후자는 남한의 시편에 더해 비교적 짧은 20여 편의 서정시를 실음으로써 남북에 걸친 박팔양의 시력을 얼추 짐작할 수 있게끔 배려했다. 물론 『박팔양 시선집』을 편한 유성호의 작업에도 아쉬운 점이 없잖다. 생애사에서 북한의 문학 활동을 잠시 거론했을 뿐, 그 자신이 선한 북한 창작시편에 대한 해석과 평가를 생략했다는 사실이 그것이다.

이상의 남북에서 벌어진 박팔양의 시와 삶에 대한 관리와 처분은 1990년대를 전후한 양 체제에서 그의 문학적 복권과 작품집 재생산의 성격과 목적을 엿보고 해석하는 작업의 토대가 된다. 이 글에서는 단순히 박팔양의 문학사적 활동과 중단, 수십 년 후의 복권과 재평가에 대한 사실의 확인에만 그치지 않는다. 그 과정에서 벌어졌을 법한 체제의 논리와 그에 대응한 박팔양의 시적 행위 사이에서 벌어졌을 법한 미묘한 갈등과 타협의 지점과 까닭을 살펴보고자 한다. 그럼으로써 문학의 언어가 어떻게 정치적 · 이념적 프로파겐다의 포획물로 휘둘려갔는지를 꼼꼼하게 짚어보고자 한다. 이 작업이 있을 때야 박팔양 시편의 복권 및 복원은 내적 논리와 미적 감각을 더욱 탄탄히 갖추게 될 것이다.

2. 남북한 문학사에서 『여수시초』의 위상과 가치

만약 남북한 공통의 '박팔양론'을 구성하고자 한다면, 그 기준은 『여수시초』1940를 필두로 앞으로는 1923년 등단 이후의 시편, 뒤로는 해방 이전의 만주국 신경新京, 현 창춘시대의 문학 활동까지가 될 것이다. 그런데 박팔양의 신경시대는, 창작 활동만큼은 소략적인 편이며, 게다가 북한에서는 의도적이고 암묵적인 공백의 시공간으로 처리되고 있다. 실제로 그는 『만주시인집』1942 소재의 시 「계절의 환상」과 「사랑함」을 제외하고는 『만몽일보』와 『만선일보』에 7~8편의 수필과 산문, 몇 편의 동시를 발표했던 것으로 알려진다. 이와 관련하여 신경시대의 여백을 얼마간 메꾼 두 편의 글이 있어 박팔양의 북한 시편은 겨우 새로운 해석과 평가의 길을 내게 되었다. 연변의 비평가 최삼룡과 원광대 김재용 교수의 작업이 그것이다. 두 연구자는 남한에서 여전히 곤혹스런 지점으로 남아 있는 박팔양의 만주국 신경시대와 북한 평양시대를 전자는 시적 · 생애사적 모순과 한계의 관점에서, 후자는 변화의 모색과 시대사적 좌절의 관점에서 읽음으로써 박팔양 읽기와 해석의 입체성을 확보한 것으로 평가된다. 북한 시편에 대한 이들의 논의는 이후 참조하게 될 것이므로 여기서는 신경 시대를 바라보는 관점의 차이에 먼저 눈길을 모아보기로 한다.

최삼룡은 박팔양의 신경 시대를 '곤혹스러운 표정, 능청스러운 표정'으로 규정했다. 이것은 협화회 활동에 대한 비판적 시선이 아니라 박팔양 편찬의 『만주시인집』1942에 보이는 이중적, 양가적 태도에서 찾아진 성격 규정이다. 그에 따르면 『만주시인집』에 실린 재만조선시인의 시편들 대부분이 "동포들의 망국과 실향의 한을 눈물겹게 읊조린 데 반하여 박팔양 자신의 시 2수는 오히려 시국에 대한 긍정의 정서가 충만하다".[1] 이 점, 박팔양의 시와 삶에서 어떤 유동성 또는 변신의 흐름이 유독 두드러진다는 이 글 서두의 기술과도 얼마간 맞물리는 평가에 해당한다. 이와 달리 김재용은 박팔양의 만주행을 '내선일체'에 맞서 만주국의 이념 '오족협화'에서 어떤 일말의 가능성을 찾기 위한 모험의 형식으로 파악한다. 그는 박팔양의 시 「사랑함」과 「길손」, 산문 「밤 신경의 인상」을 통해 일제의 파쇼적 군국주의에 맞서는 '코스모폴리탄'의 면모와 더불어 시대현실에 대한 반응으로서 '니힐리즘', 그것의 탈출구로서 '낙천주의자'의 자유로움을 읽어낸다.[2] 이러한 견해는 박팔양 시의 유동성과 액체성의 활동을 현실 회피의 측면[3]이 아니라 일제의 식민권력에 맞서는 시와 내면의 행동으로 재해석하고 있다는 점에서 경청의 필요성이 충분하다.

가령 「계절의 환상」은 신경의 대동광장을 중심으로 박팔양 특유의 근대적 도회의 정조, 곧 "오리지널 향수 내음새"에 취해 자신의 "무거운 행진

1 최삼룡, 「박팔양의 두 얼굴과 그 표정」, 『세계한국어문학』 5, 세계한국어문학회, 2011, 42~43쪽.
2 김재용, 「만주국과 남북의 문학 – 박팔양과 염상섭을 중심으로」, 『한민족문화연구』 67, 한민족문화학회, 2019, 10~13쪽.
3 유성호는 1930년대 후반 박팔양 시의 고향 상실감에 주목하여 「길손」에서 이질적인 항목들인 "코즈모폴리턴 / 니힐리스트 / 낙천주의자"의 낯선 통합과 결속을 실향감의 확인과 그에 따르는 방황으로 파악한다. 유성호, 「현실성과 서정성의 갈등과 통합」, 『박팔양시선집』, 현대문학, 2009, 217쪽.

속에서" "오색의 꿈과 무지개"를 보는 "세기의 경이"를 노래하고 있다. 물론 화려한 신경의 모습과 찬란한 만주의 미래에 대한 기대와 꿈은 언뜻 '오족협화'와 '왕도낙토'에 토대한 '복지만리'의 신세계를 표상한다는 점에서 전형적인 체제협력의 시편으로 읽힐 소지가 다분하다. 그렇지만 같이 실린 「사랑함」은 '오족협화'의 이념을 인간과 자연, 사물 모두를 포괄하는 생태주의적 코스모폴리탄의 감각으로 전이시키고 있어 인상적이다. 이때 문제적인 대목은 "나의 일본—조선과 만주를 사랑하며 / 동양과 서양과 나의 세계를 사랑하며"이다. 제국을 구성하는 세 나라와 동, 서양을 동등하게 호명한다는 것은 그것들 사이의 갈등과 균열을 넘어 '사해동포주의'에 궁극적 가치를 둔다는 것을 뜻한다. 이것은 박팔양의 신경지대를 집중적으로 연구한 김재용의 말처럼 "제국 일본의 이데올로기에 포섭되지 않으려"[4]는 식민주의에 대한 거부와 저항으로 해석될 수 있다. 그런데 이 당시 생산된 각종 대중매체에서는 경성과 하얼빈, 봉천 등이 동양과 서양을 잇는 '무지개다리'이자 '세계평화'의 동양적 거점으로 소개되는 경우가 흔했다. 이 때문에 여기 보이는 근대천황제의 '팔굉일우' 이념에 대한 선전선동과 박팔양의 코스폴리타니즘이 어떻게 구별될 수 있는가에 대한 뚜렷한 증빙과 해석이 더욱 필요해진다. 이후 연구자들의 재재바른 발품과 냉철한 분석을 통해 '세계주의자'와 '체제협력자' 사이에서 유동하는 박팔양의 신경시대가 더욱 입체적으로 드러나기를 기대한다.

이제 '신경시대' 이전으로 돌아와 식민지 조선에서 오롯했던 박팔양 시의 문학사적 의미와 가치를 살펴보자. 1923년~1940년 사이 박팔양 시편

4 김재용, 앞의 글, 11쪽.

을 살펴볼 때, 『태양을 등진 거리』1991와 『박팔양 시선집』2009 어느 것을 취하든 문제되지 않는다. 전자는 월북문인 해금 이후 최초로 편찬된 시선으로 1부를 『여수시초』에, 2부에 거기 포함되지 않는 시편을 배치했다. 북한이 1987년부터 2006년까지 의욕적으로 간행한 『현대조선문학선집』 45권 가운데 박팔양 시는 『1920년대 시선』 31992과 『1930년대 시선』 12004에 실렸다. 만약 북한에서 남한의 문학 저작을 어떤 방식으로든 참조할 것이라는 전제가 성립된다면, 『태양을 등진 거리』가 첫 대상이 되었을지도 모를 일이다. 과연 이 책의 75편 가운데 45편이 북한의 두 책에서도 찾아진다. 이러한 사정은 유성호가 편한 『박팔양 시선집』도 마찬가지인데, 해방 전 87편 가운데 50편 가량이 북한 시선집에도 실렸다. 북한 문학선집에 실린 작품들의 면면과 그것들의 복원에 관련된 계기는 잠시 뒤에 살펴보기로 하고, 먼저 남한에서 박팔양의 시가 어떻게 의미화되고 있는가를 먼저 짚어본다.

시적 이념과 형식의 변화와 관련한 박팔양의 결정적 선택은 계급해방의 카프 참여 및 정조와 형식 실험의 구인회 활동에서 찾아진다. 『여수시초』로 본다면, 제4부 '사색'과 제3부 '도회', 그리고 제5부 '애상'이 두 경향과 깊이 관련된다. 이를 중심으로 박팔양 시의 선택과 변화 과정을 정리하자면, 대체로 다음과 같은 흐름과 의미화의 범주를 벗어나지 않는다. 초기의 '신경향파' 경향의 시는 집단적 주체를 통한 현실 인식의 노력으로 규정된다. 이때의 경향은 신경향파 시 대개가 그러했듯이 시적 상황이나 인물의 구체성보다는 시적 화자의 우의적 현실 해석과 낙관적 전망이 우세한 형세를 갖는 것으로 이해된다.

박팔양이 3년 아래의 후배 임화와 마찬가지로 '다다이즘'의 세례를 흠

뻑 받았음은 주지의 사실이다. '다다'에의 투신이 단순한 형식과 문법 파괴의 미학적 전복을 넘어 세계 변혁의 욕망과 직결되어 있음은 '다다'가 "양식상의 과거 부정일 뿐만 아니라 생활, 세계관 그것에 있어서 보다 더 큰 반항가의 정열이었다"고 주장한 임화의 회고에 잘 드러난다. 그러면서 임화는 자신과 더불어 박팔양, 김화산 등이 "일시적으로나마 그 급진적 정열로 말미암아 프로문학에까지 도달했다"고 파악했다.[5] 박팔양이 시도한 다다이즘의 내용과 형식의 동시적 전복은 이를테면 "옛다 받아라! 증오의 화살 / 네 집 뒤에는 윤전기가 / 죽어 넘어져 신음한다", "DADA, ROCOCO(오식도 좋다) / 비행기, 피뢰침, X광선 / 문명병, 말초신경병 / 무의미다! 무의미다!"「윤전기와 사층집」에 분명하다. '윤전기'에 비유된 무력한 노동자를 억압하고 죽음으로 내모는 문명현실에 대한 비판과 증오가 세계의 무의미함과 병적인 훼손의 폭로 및 전시를 통해 수행되고 있는 장면이다.

그러나 임화는 식민지 조선의 다다이즘을 "현대의 혁명시일랴는 이들 기교파의 시인들은 시의 내용과 사상을 방기하고 있"으며, "다만 있는 것은 언어의 표현의 기교와 현실 대한 비관주의 그것"으로 차갑게 비판함으로써 그 미학적 실천과 효과에 사형선고를 내렸다. 박팔양이 카프 가입과 프로시 창작에 본격적으로 가담하게 된 것도 식민지 계급현실의 변혁에 의미 있는 역할을 감당하지 못하는 형식 파괴 및 맹목적 현실 부정의 공소성에 지쳤기 때문인지도 모른다.

초기시의 두 흐름과 연결되는 카프 참여 및 구인회 활동은 남북한문학

---

5 임화, 「담천하(曇天下)의 시단 1년」, 『문학의 논리』, 학예사, 1940, 625쪽.

사에서 박팔양의 입지와 위상을 결정했던 핵심 지대에 해당한다. '주체문학'의 신화화와 더불어 그 성취와 의미가 대폭 삭감되었지만, 카프문학은 식민지 조선의 반제반봉건투쟁을 이끌며 식민권력에 맞선 또 다른 의미의 '전선문학'이었다는 점에서 북한 사회주의문학의 주요한 수원지이자 마중물로 기능했다. 이에 반해, '구인회' 참여의 모더니스트들은 1990년대 초반까지의 괄호 치기를 벗어나 『현대조선문학선집』에서 박팔양, 정지용, 김기림에 더해 김광균까지 복권의 기쁨을 맛보게 된다. 단 한 사람, 시인 이상만이 유일하게 귀환되지 못했는바, 그의 문학에 담긴 두 가지의 퇴폐성내지 반동성이 그의 복권을 가로막았을 것으로 짐작된다. 하나는 노동자계급의 당파성에 현저히 미달하는 소부르주아지의 분열적 형식에 대한 지나친 탐닉 때문이었을 것이다. 다른 하나는 사회현실의 역사를 총체적으로 파악하지 못하고 사적인 불안과 소외에 파편화된 소시민의 내면에만 집착하는 비변증법적 사유의 부정성 때문이었을 것이다.

이후 살펴보겠지만, 박팔양의 경우, 북한에서 출간된 그 어떤 시집에서도 식민지 도회의 회색빛 풍경과 우울한 정조를 노래한 「도회정조」는 실리지 못했다. 아마도 이 시의 핵심 구절일 "히스테리 환자"가 "눈물 흘리는 것 같"은 "짜릿하고 가슴 빠근한 엷은 비애"가 당문학의 차원에서 보면 노동과 혁명의 인민에게 전혀 계몽적이지도 감흥적이지도 않다는 결론을 내렸기 때문이었을 것이다. 그러나 이른바 식민지 '도시산책자'의 서글픈 관조와 상심의 내면이 채집한 식민도회의 "회색 눈"과 그에 반응하는 주체의 "잿빛 환멸"「점경」은, 유성호의 말처럼 급격한 도시화와 비주체적 근대화에 따른 고향 상실과 고향에 대한 그리움이 엇갈리며 생산된 '소외의식'의 표상이자 잔상이었다. 물론 북한의 시선에서도 선택된 것이지만

「태양을 등진 거리」가 남한 박팔양 시선집의 제목으로 오르고, 박팔양의 모더니즘을 식민지 현실의 가난이나 도시문명이 빚어낸 "신음 소리"「탄식하는 사람들」에 대한 애상과 분노 동시의 표현[6]으로 이해하게 되는 까닭도 저 날카로운 소외의식과 관련된다.

상당히 짧았던 박팔양의 카프 활동과 프로시의 창작은 당시 그것들이 봉착했던 한계이기도 했던 프로레타리아 의식에 기댄 관념적인 계급정서의 표현과 피상적인 혁명적 미래의식의 표출에 그쳤던 것으로 평가된다. 그러나 "작은 목소리라도 / 속임 없는 현실을 대담히 호소하"「연설회의 밤」고 싶다는 진보적 혁명의식은 현실성과 서정성의 모범적 결합에 빛나는 「너무도 슬픈 사실-봄의 선구자 진달래를 노래함」 같은 명편을 낳는 토대와 힘이 된다. 아마도 박팔양 시를 대표하는 시구를 꼽으라면 누구라도 다음 대목을 앞세울 것이다. "오래오래 피는 것이 꽃이 아니라 / 봄철을 먼저 아는 것이 정말 꽃이라고-." 자연봄과 혁명가새시대의 지혜와 행동 원리를 '진달래'의 개화를 통해 엿보는 기쁨과 더불어 그 소소한 욕망마저 억압하고 배제하는 식민권력에 대한 비판"찬바람 오고 가는 산허리"을 함께 담은 모습이 역력한 구절이다. 이 시는 북한에서 「진달래」로 개제되어 모든 박팔양 시선에 실림으로써 그의 혁명의식을 대변하는 시로 떠오른다. 선구자로서 '진달래'의 모습에서 엄혹한 현실에 처했던 사회주의 혁명가를 넘어 그들을 지도하고 살려낸 김일성의 모습을 읽어냈기 때문에 발생한 현상으로 보아 무방하다.

---

6 홍신선, 「서정성 혹은 정신의 순환축」, 박팔양, 『태양을 등진 거리』, 미래사, 1991, 135쪽.

3. '유산과 전통'으로서 박팔양 시 『현대조선문학선집』의 경우

북한문학에서 박팔양 시의 획기를 찾는다는 뜻에서 『현대조선문학선집』의 『1920년대 시선』 3 1992과 『1930년대 시선』 1 2004의 문제를 따로 떼어내 다시 읽어보기로 한다. 박팔양 시는 전자에 30편, 후자에 20편이 실렸으며, 이들 총 50편 중 29편이 『여수시초』, 19편이 '신경시대'를 제외한 해방 이전의 시편과 일치한다. 나머지 2편은 후자에 실린 「건설자」와 「침묵」인데, 여타의 시들과 비교함으로써 제목 변경이나 개작 여부를 확인할 수 있을 듯하다. 예의 시선집이 의미 깊은 까닭은 해방 이전의 시가 『박팔양 시선집』 1959, 재판에 12편이, 『박팔양 시선집』 1992에 27편이 실렸을 따름이라는 사실 때문이다. 박팔양은 앞의 시선집을 "투쟁적 호소의 노래로써 인민에게 복무하려고 노력"[7]해온 산물로 일렀다. 이에 비해 문학도서편집부는 뒤의 시선집을 김정일이 고인이 된 "시인 박팔양에게 그가 해방 후에 창작한 시작품들과 함께 해방 전에 창작한 작품들도 포함시켜 시집으로 출판하도록 크나큰 은정을 베"[8]푼 결과로 일렀다. 『박팔양 시선집』 1992에 27편 가운데 6편은 『현대조선문학선집』의 두 권에서는 보이지 않지만, 「남쪽 해변에 계신 그를 생각함」을 제외하면 유성호가 편한 『박팔양 시선집』에 모두 수록되어 있다. 결국 1990년대 이후 발간된 세 권의 작품집에 1920년대 『여수시초』에 실린 53여 편이 보이는데, 이 시기의 작품 총 85여 편을 수록한 남쪽 『박팔양 시선집』에서 거의 모두 찾아진다는 점에서 상당한 공통성이 확인된다.

---

7 박팔양, 『박팔양 시선집』, 조선작가동맹출판사, 1959(재판), 12쪽.
8 박팔양, 『박팔양 시선집』, 문학예술종합출판사, 1992, 1쪽.

그러므로 이 자리에서 우리의 과제는 매우 분명해진다. 하나가 해방 이전 박팔양 시의 대량 복권과 출판이 의미하는 바를 찾는 일이라면, 다른 하나는 북한에서 선택받지 못한 시편들의 성격과 그것들이 선집에서 제외된 까닭을 내밀하게 짚어보는 작업이다. 이 점, 박팔양 시를 둘러싼 남북한문학사의 공통점과 차이점을 확인할 수 있는 계기를 제공할 것이다. 동시에 북한 시편까지를 포함한 박팔양 전집또는 선집을 편찬할 때의 어떤 기준과 방법을 남북한 서로가 찾아볼 수 있는 누빔점이 될 것으로 기대된다. 이 때문에라도 1992~2004년 출간된 박팔양 시선 관련 세 권의 작품집이 놓여 있던 북한문단 또는 문학출판사의 사상적·이념적 상황 및 세 권에 실린 박팔양(작품)론을 면밀하게 검토하는 작업이 절실히 요청된다. 이 문제가 어느 정도 규명된다면 세 권에 실리지 못한 박팔양 시의 성격과 이념, 형식과 내용에 대한 원인의 파악은 의외로 쉽게 규명될 수 있을 것으로 판단된다.

북한에서 이뤄진 최대의 문학선집 발간 사업에 해당하는 『현대조선문학선집』이하『선집』이 가지는 의미는 다음과 같이 정리된다. 우선 이 사업은 "민족문화 말살 정책으로 말미암아 인멸되었거나 파묻혀 있는 문학 작품을 더 많이 찾아내야 하며 작가와 작품을 우리나라 문학사와 예술사 발전의 견지에서 정확히 평가하"기[9] 위해 시작되었다. 이를 작품과 비평 양면에서 수행하기 위해 시행된 사업이 '문학적 정전화'로서의 『선집』 간행 및 여기 실린 작품들의 이념적·역사적 가치와 의미를 역사화하는 총 15권의 『조선문학사』1991~2000 편찬이었다. 인용한 김정일의 지시에서 보듯

9 김정일, 『주체문학론』, 조선로동당출판사, 1992, 33쪽.

이, 『총서』는 북한 문학 발전의 역사를 주체의 방법론에 기초하여 새롭게 체계화하기 위해 진행된 국가적 사업에 해당된다.

『주체문학론』에 근거하자면, 박팔양 시가 실린 1920, 1930년대 시선집은 "민족 문학예술 유산을 주체적 입장에서 바로 평가하여야 한다"는 '유산과 전통' 항목에 의거하여 편찬되었다.[10] 김정일의 지시라곤 해도, 문학사적 '유산과 전통'이 강조됨으로써 『선집』은 그간 대거 누락되었던 근대 시인과 문학적 감식안의 따스한 볕을 거의 쐬지 못한 군소시인의 시편들을 대중의 독서와 연구자의 가치화 대상으로 밀어 올리는 성과를 거두었다. 이러한 면모는 개인 문학전집의 발행에는 열심이지만, 독서와 학문적 대상으로서의 문학사적 시전집선집의 간행에는 게으른 한국의 출판 및 연구의 장에 어떤 계고를 주기에 충분한 것이다. 그런 약점을 반성적으로 성찰하면서 우리는 '유산과 전통'의 영예를 가르는 미적·이념적 기준, 이것에 토대하여 선택된 작품의 성격과 가치를 면밀히 살핌으로써 남한문학사와의 대화 및 소통의 장을 넓혀가는 과제에 더욱 충실할 필요가 있다. 이를 기억하며 『선집』 및 『조선문학사』에서는 박팔양의 시를 어떻게 평가하고 있는지를 검토해본다.

미리 밝혀둘 것이 있다. 박팔양의 『여수시초』를 비롯한 해방 이전의 시편이 실린 『1920년대 시선』 3 1992과 『1930년대 시선』 1 2004의 편자는 남한 출신으로 알려진 류희정으로 되어 있으며, 전자는 부교수 리동수가, 후자는 박사 류만이 해설자로 참여했다. 그런데 흥미롭게도 1920~1930년

10 이 단락은 유문선, 「최근 북한 근대문학사 인식의 변화–『현대조선문학선집(1987~)의 '1920~30년대 시선'을 중심으로」, 『민족문학사연구』 35, 민족문학사학회, 2007, 427~431쪽의 도움을 받았다.

대의 근대시에 대한 비평이 담긴 『조선문학사』 7 2000의 저자는 류만, 리동수로, 『조선문학사』 9 1995의 저자는 류만으로 되어 있다. 선집과 연구의 시대적 엇갈림 또는 부조화는 둘이 동시에 진행되었거나 '주체문학론'을 앞세운 문학비평의 관점에서 작품을 선하고 편했음을 짐작케 한다. 이런 까닭으로 류만과 리동수의 지도 아래 류희정의 실무 작업이 진행되었을 것이라는 판단이 가능해진다. 이를 감안하여 『선집』과 『조선문학사』를 대응시키는 방식으로 박팔양 시의 선택과 비평적 의미화를 확인하는 방식으로 글을 진행시키고자 한다. 먼저 『1920년대 시선』 3과 『조선문학사』 7의 경우이다.

> ① 짓밟힌 가난한 근로대중의 해방을 위한 사회운동의 길에 한몸을 바친 선구자의 모습을 그리며 시인은 그들의 수난과 시련, 숭고한 희생정신을 참다운 삶의 가치로 자랑스럽게 구가했던 것이다. 이로부터 시인은 미래에 대한 희열과 확신의 감정을 선구자의 형상에 재현시키면서 랑만적 기백과 열정으로 긍지 높이 호소할 수 있었다.[11]

> ② 이처럼 시는 어둠과 밝음, 지난 밤과 새날의 뚜렷한 대조, 지난 밤의 그 악몽과 새날의 해와 무지개와의 뚜렷한 대조를 시 형상의 전반에서 잘 살림으로써 당시의 불합리한 현실에 대한 저주와 분노를 터뜨리고 새날, 새 사회에 대한 지향을 랑만적 정서 속에 조직하였다.[12]

---

11 리동수, 「〈카프〉 시문학의 출발점에서」, 류희정 편, 『현대조선문학선집 15－1920년대 시선』 3, 문예출판사, 1992, 32쪽.

12 류만·리동수, 『조선문학사』 7, 과학백과사전종합출판사, 2000, 171쪽.

①은 「너무도 슬픈 사실—봄의 선구가 진달래를 노래함」을 개제한 「진달래꽃」『학생』 1930.4을, ②는 「려명 이전」『개벽』 1925.7을 비평한 문장들이다. 『1920년대 시선』 3 1992에는 박팔양 시 30편이 실리는데, 『여수시초』에서 '사색', '애상', '구작舊作'에 담긴 시편들이 주로 담겼다. 이곳의 시편들은 "조선의 치운 하늘 밑에 / 떨면서 울면서 재주를 파는 이국의 가난한 조그만 아가씨"「곡마단 풍경」처럼 불우한 조선 민중의 가난과 고통을 도시와 산하 곳곳의 모습으로 재현하는 작업이 중심이다. 또 이러한 현실을 봄 속의 자연에 대한 동경을 통해 넘어섬과 동시에 민중의 새로운 미래로 삼고자 하는 생명 충동, 곧 혁명 의지를 노래하고 있다. 리동수는 이 가운데서 「려명 이전」, 「나를 부르는 소리 있어 가로되」, 「밤차」, 「데모」, 「진달래꽃」을 당시의 카프문학에 연관시켜 박팔양의 대표작으로 꼽았다. 제목이나 분위기가 "무산대중의 생활과 반항의식을 구현하고 미래에 대한 지향을 노래한 시문학"[13]에 적합했기 때문이다.

그런데 「여명 이전」은 시인 스스로 선했을 『여수시초』에 실리지 않았으며, 「진달래꽃」은 원제를 버리고 부제의 일부를 제목으로 다시 취했다. 박팔양 사후1988에 편찬되었다는 점에서 『1920년대 시선』 3 1992 소재 시편은 시인의 동의를 완전히 득한 경우는 아닌 것으로 판단된다. 그렇지만 두 시에 담긴 박팔양의 '낭만적' 기백과 열정, 정서, 곧 '혁명적 사회주의'에의 동경과 헌신의 의지가 인민의 계몽과 감격의 실현에 효과적일 것이라는 판단을 내렸기 때문에 작가를 넘어선 선택과 변형을 감행한 것으로 판단된다. 이것은 "그의 시는 현실의 모순을 적발한 데 그치지 않고 고통 분

---

13 위의 책, 161쪽.

노의 한계를 넘어 새날에 대한 동경과 투쟁에 대한 호소를 격발시키는 진취적 정신으로 사람들을 이끌어가고 있다는 데서 주목을 끈다"[14]는 리동수의 주장에서 어렵잖게 확인된다. 다음으로 『1930년대 시선』 1과 『조선문학사』 9의 경우이다.

> ① 1930년대 그의 시를 보면 새날, 새 사회에 대한 지향과 락관, 시대의 선구자로서의 모습이 두드러지게 나타나고 있다는 것을 알 수 있다. 또한 그의 시에서는 새 시대에 대한 갈망을 직접 표현도 하였고 엄혹한 현실 속에서의 체험과 리상을 제 나름대로의 서정으로 토로하면서 1930년대 진보적 시문학에 특색 있는 보탬을 하였다.[15]

> ② 시인은 때로는 자연을, 때로는 사회에 대한 울분과 불만을 그리고 때로는 고달픈 인생과 이러저러한 투쟁과 항거의 세계를 노래하면서도 줄곧 새 시대를 갈망하고 락관하였으며 그를 위해 내닫는 선구자, 선각자의 모습과 그들의 리상을 구현하였다. 그리하여 그의 시는 일련의 고유한 형상적 특성을 보여주고 있는데 그것은 주로 자연에 의탁한 형상의 상징성과 시적 표현들에서 나타나고 있다.[16]

둘 모두 류만의 글로 1930년대 "프로레타리아 시문학을 비롯한 진보적 시문학 창작의 길을 걸어온 대표적 시인들"을 다루고 있다. ①에서는 리

---

14 리동수, 앞의 글, 31~32쪽.
15 류 만, 「『1930년대 시선』 (1)에 대하여」, 류희정 편, 『현대조선문학선집 26－1930년대 시선』 1, 문학예술출판사, 2004, 21~22쪽.
16 류 만, 『조선문학사』 9, 과학백과종합출판사, 1995, 73쪽.

동수의 비평에서도 중심이 된 「진달래꽃」이 재차 소환하고 있어 인상적이다. 「진달래꽃」의 미학적 특징과 이념적 지향, 곧 "새 세계와 이상에 대한 갈망을 주로 봄의 도래 등과 같이 자연에 의탁하면서 우회적으로, 상징적으로 노래"하고 있음을 높이 평가했기 때문이다. 과연 류만은 『선집』과 『조선문학사』에서 차디찬 추위 속에서 피어나는 진달래꽃을 '선구자'로 상징화, 가치화했다. 물론 이 작업은 박팔양 서정시의 이념적 성격을 밝히기 위한 것이기도 하지만, 『주체문학론』이 요구하는 김일성의 항일혁명투쟁에 대한 연대와 동참의 면모를 새로 밝히기 위한 것이기도 하다.

류만이 제시한 「선구자」, 「연설회의 밤」, 「건설자」 등은 제목만으로 새로운 세상을 향한 변혁의 분위기가 물씬 풍긴다. 이에 반해 근대적 도회를 다룬 「가로등하 풍경」과 「새로운 도시」는 상반된 내용과 분위기가 울울하다. 전자는 "부모도 집도 고향도 / 아무것도 없다고 하소연턴 그"의 고독과 가난을 다루고 있다. 후자는 "새로운 사람들의 오고 감"으로 북적거리며 "행복에 미소하는 거리의 사나이와 여인 / 그들의 춤추는 듯한 걸음걸이"와 "청량하게 들려오는 저 백성들의 소리 높은 합창"을 예찬하고 있다. 류만은 두 시를 인민의 파탄으로 점철된 부정성의 도회를 변혁운동을 통해 모든 것이 충족된 혁명의 도시로 뒤바꾸는 희망의 서정과 감격이 하나의 서사로 파악하고 있는 셈이다. 이것을 더욱 자연화·상징화하기 위해 「시내물」, 「승리의 봄」과 같은 우의의 시를 함께 배치한 것이다.

이러한 류만의 의도는 "무산대중의 지향과 요구를 반영한 그의 시가 외형적으로 잔잔하면서도 서정이 격류하는 열도가 느껴"진다, 그 까닭은 시인이 객관적 입장에 서서 '그' '그대들'에 대해 "정서적 교감을 하면서 사상적 지향을 짙은 서정 속에서"[17] 밝혀내고 있기 때문이라는 주장에서 충분히 확인된다. 이와 관련하여 박팔양 시의 상징성과 미학성에 대한 류만의 해석은 상당히 깊은 의미를 갖는 것처럼 느껴진다. 왜냐하면 '혁명'과 '김일성'의 그림자가 어른거리기는 해도, 아니 어쩌면 그것을 방패삼아 박팔양 시가 성취한 미학의 최대치를 암암리에 드러내고 있다는 느낌도 없지 않기 때문이다. 『현대조선문학선집』의 편찬에 관련된 시 작품의 영역 확장과 미학적 감각의 넓혀짐이 비평의 그것도 가져왔을지도 모른다는 판단도 이곳에서 비롯된다.

그러나 『선집』도 『조선문학사』도, 앞서 밝힌 대로 박팔양의 '다다'와 모더니즘을 대표하는 「윤전기와 사층집」, 「도회정조」에는 냉담했다. 『여수시초』의 '도회'에 실린 「하루의 과정」, 「점경點景」, 「근영수제近咏數題」, 「태양을 등진 거리 위에서」가 한 마디의 언급도 없는 『선집』 수록의 치사한 호사를 누렸을 뿐이다. '다다'가 서정과 문법의 파괴, 기존 세계에 대한 환멸과 부정의 시선으로 부조리한 현실을 파편화시키련다는 '부정의 미학'임은 분명하다. 혁명문학의 입장에서는 "과로와 더위로 데어 죽은 윤전기의 / 거대한 시체에 / 구더기 구더기가 끓는다"「윤전기와 사층집」는 구절 따위는 새로운 세계의 건설과 변혁의 삶으로 충만한 사회주의미학에 반하는 퇴폐적 상상력에 불과할 따름이다. 또 노동자의 혁명도시와 무관한 자본의 도회, 곧 "불규칙한 직선의 나열, 곡선의 배회, / 아아 표현파의 그림 같은 도회의 기분"이 흐느적거리고, "철학자가 혼도昏徒하고 상인이 만세 부르는 좋은 곳"「도회정조」은 건강한 인민의 삶과 혁명적 실천을 배반하거나 억압하는 죽음의 공간으로 그칠 수밖에 없다.

---

17 위의 책, 74쪽.

북한의 『문학예술사전』에서는 모더니즘 문학예술의 특징과 반동성을 다음과 같이 규정했다. "문학 예술의 사상적 내용과 인식 교양적 기능을 부정하고 신비주의와 극단의 리기주의를 설교하며 죽음과 공포, 고독과 절망, 허무와 방탕을 등을 찬미하고 이른바 언어의 '공간성'·'회화성'의 미명 하에 허식적인 '아름다움'만을 추구하면서 문학 예술의 형식 자체를 기형화하고 파괴"한다.[18] 이 기준 속에서 북한문학사는 『선집』에서 이상의 초현실주의적 시와 소설, 박태원, 최명익, 허준의 모더니즘 소설을 철저히 배제했다. 이들에 붙인 검열과 배제의 패찰 "자연주의·감상주의·형식주의 등 부르죠아 문학사조에 편승하여 무사상적이며 퇴폐적인 작품들을 적잖게 창작하였다"는 퇴폐성과 반동성은 박팔양의 '다다'와 도회시에도 그대로 해당되었다.[19] 여기에 비추어볼 때 박팔양의 『선집』에서 배제된 '도회' 시는 북한 당국이 모더니즘 문학의 부정성과 퇴폐성에 대한 전격적인 입장의 선회가 이뤄지지 않는 한 북한문학사에서는 일말의 복원도, 가치평가도 행해지지 않을 것임에 틀림없어 보인다.

4. 두 『박팔양 시선집』의 이념적·미학적 차이

박팔양은 상당히 다채로운 혁명문학을 남겼다. 우선 1966년 반당종파분자로 숙청되어 집필의 부자유 상황에 놓이기까지 스스로 편한 『박팔양

18 사회과학원 주체문학연구소 편, 『문학예술사전』 상권, 과학백과사전종합출판사, 1988, 706쪽.
19 북한의 모더니즘 문학에 대한 비판은 유문선, 앞의 글, 423~426쪽.

시선집』1956(초판), 1959(재판)[20]과 4인 공동시집 『빛나는 태양』1954, 장편서사시 『민족의 영예』1946~1947, 『황해의 노래』1958, 『눈보라 만리』1961, 『인민을 노래한다』1962 등을 발표했다. 특히 장편서사시의 집중적 창작이 눈에 띄는데, 이것은 북조선에서의 "진정한 인민의 자유, 위대한 민주주의적 생활"[21]의 보람찬 건설에 대한 자부심과 기대치가 뜨겁게 반영된 소산으로 판단된다. 이 가운데 『민족의 영예』는 시인이 밝혔듯이 "김일성 원수의 항일무장투쟁을 개괄적 노래한" 일종의 '송가'였다.[22] 한국전쟁 후 발표된 『황해의 노래』와 『인민을 노래한다』는 전후복구사업과 천리마운동을 통해 빛나는 사회주의 조국을 건설에 열성을 다하는 인민들의 노고를 기리고 격려하는 송가 형식의 서사시로 짐작된다. 예의 서사시들은 집단의 열정과 공훈이 중심인, 그래서 공동체의 단결과 실천, 다시 말해 김일성과 노동당, 사회주의에 대한 찬양과 새로운 조국의 건설이 그 내용과 이념의 중심을 차지한다.

이에 반해 개인의 서정시집 『박팔양 시선집』은 사회주의 건설의 집단적 이념과 실천을 토대로 하면서도, 어떤 방식으로든 시인 자신의 내면이 반영 및 표출될 수밖에 없었다. 이것은 시인 자신의 "나의 30여 년간의 창작 생활과 그 내면 세계의 발전 행정을 계통적으로 보여"주기 위해 펴냈다는 고백에 잘 드러나 있다. 물론 그것의 궁극적 지향점은 "오늘 조국의 자유 독립과 평화적 통일의 위업에 전 인민이 궐기한 영광스러운 이 시대"이상,

20 현대조선문학선집 편찬위원회 편, 『현대조선문학선집』 2, 조선작가동맹출판사, 1957에는 해방 이전 작품 30편이 실려 있다. 두 선집에 실린 해방 이전 시집은 대동소이한 것으로 판단된다.

21 연장렬, 「시인 박팔양과 그의 창작－『박팔양선집』을 중심으로」, 『조선문학』 111, 1956. 11; 이상숙 외편, 『북한의 시학 연구－시』, 소명출판, 2013, 1032쪽.

22 박팔양, 『눈보라 만리』, 조선작가동맹출판사, 1961, 5쪽.

「초판서문」에 대한 감격과 찬양에 있다는 것으로 재차 서술되고 있지만 말이다. 초판은 1925~1936년의 시를 담은 '밤길'『여수시초』 수록작, 해방 이후 평화적 건설 시기의 시편을 모은 '영광의 날', 이른바 '조국해방전쟁' 시기의 시편을 모은 '불비 속에서', 전후 복구 건설 시기의 작품을 담은 '건설의 노래'로 구성되었다. 3년 후 재판을 내면서 김일성의 위대성과 탁월한 지도력을 예찬하는 '승리의 깃발', 소련과 중공 방문의 감개를 노래한 '형제의 나라'가 덧붙여졌다. 그는 "공산주의 락원 건설을 지향하면서 천리마의 기세로 사회주의 조국 건설에로 내닫고 있는 우리 근로자들의 혁명적 랑만이 조금이라도 반영되어 있"기를 바란다는 말로 『박팔양 시전집』의 대중적 의미와 그들에 끼칠 영향성을 살뜰하게 적어 두었다.

그러나 이때 확인되는 뜻밖의 사실은 1990~2000년대 초반 편찬된 『선집』과 그것을 대상으로 한 비평 연구서에서 해방 이후의 박팔양의 시와 이름이 거의 드러나지 않는다는 점이다. 이를 확인하기 위해 통일부 북한자료센터에 비치된 『현대조선문학선집』에서 박팔양을 검색어로 찾아본 결과 다음과 같은 정보가 확인된다. 먼저 류희정 편, 『현대조선문학선집 55-1940년대 시선』문학예술출판사, 2011에서는 박팔양의 이름이 아예 보이지 않는다. 수 편에서 수십 편이 실리는 조기천, 리찬, 박세영, 리정구, 김조규, 유진오, 정문향, 김상오 등과 무척 대조적인 모습이다. 한국전쟁기의 시로는 「영용하게 싸워 이기리라」, 전쟁 복구기의 시로는 「건설의 노래」와 「평양」 정도가 실려 있다.[23] 여기서도 위의 시인을 비롯한 안룡만, 리용악, 조영출, 박아지, 김철 등의 시편이 박팔양의 그것을 수적으로 압도

23 김철민 편, 『현대조선문학선집 61-1950년대 시선』 1, 문학예술출판사, 2014; 『현대조선문학선집 62-1950년대 시선』 2, 2017.

하는 양상이 예외 없이 관철되고 있다.

북한문단상의 연배로나 역할로나, 또 창작 능력에서도 단연 문단권력의 중심부에 위치했던 시인의 위상을 생각하면, 해방기~1950년대 박팔양 시에 대한 홀대는 언뜻 이해되지 않는 일이다. 그들이 기술한 당대 북한문학사를 참조한다면, 첫 번째 요인은 전쟁기와 복구기의 현실과 미래에의 이상을 탁월하게 그려낸 재능과 이념의 젊은 시인들이 촘촘하게 등장했기 때문인 것으로 보인다. 그렇지만 1950년대의 경우 이찬, 박세영, 조기천, 이용악 등이 문학사 서술의 중심에서 여전히 활약하고 있는 현상을 보면 창작 능력의 문제가 배제의 요인은 아닐 듯하다. 더군다나 이후 '김일성주의'의 서막을 열게 되는 1956~1958년의 '반종파투쟁'과 수령의 탁월한 지도력을 상징하게 되는 '천리마운동'을 함께 담은 '승리의 깃발'에 실린 시편들조차 괄호 안에 넣어지고 있다는 사실은 또 다른 문제를 짐작할 수밖에 없게 한다.

그 까닭을 찾아본 결과 『박팔양 시선집』의 배제는 매우 놀랍게도 '김일성주의'와 그것을 실현하는 '당문학', 곧 '주체사상' 및 '주체문학론'과 연결되어 있는 듯하다. 문제의 사달은 항일혁명투쟁을 복원하고 기리는 서사시 『눈보라 만리』1961에서 일어난 것으로 보인다. 이 작품은 '김일성 유일사상'이 본격적으로 제 모습을 드러내기 시작하는 1960년대 '천리마운동'시대에 간행되었다. 문제는 저 서사시의 주인공이 김일성과 김정숙이 아니라 동료 빨치산 최현과 작식대원이자 재봉책임자였던 김명화였다는 사실이다. 김재용의 지적대로, 박팔양은 김일성 주변의 인물을 그림으로써 항일혁명투쟁의 생생한 장면을 객관적으로 재현하는 한편 김일성 개인의 숭배의 덫에서 벗어나고자 했는지도 모른다. 그러나 이러한 주변부로의 서사 이동은 김일성 유일사상이 주창되는 "현재의 열린 공간과 항일 운동이라는 완결된 과거를 연결"시키는 작업에 균열을 가져올 수밖에 없었다.[24] 또한 김일성 중심의 항일유격투쟁에 대한 복원과 기념이 본격화된 당대 현실에서 오히려 김일성의 위대성과 지도력을 빛바래게 하는 내부의 반동적 행위, 곧 '반당종파분자'의 반혁명적 행위로 오해를 사기에 충분한 창작 행위이기도 했다. 그 결과 남한 대신 북한을 택한 박팔양의 문학 창작은 '조선인민의 새 생활현실의 반영', '새 인간들의 빛나는 새 정신적 풍모'의 표현, 북조선에 새로이 등장한 "창조적 로력 투쟁, 대중적 영웅주의, 광활한 사회주의 미래에 대한 전망과 조국의 평화적 통일의 절실한 념원으로 표현된 새 인간 특질"[25]의 형상화에도 불구하고 『눈보라 만리』가 발행된 5년 뒤 '반당종파분자'의 반역 행위로 낙인찍혀 강력한 감시와 처벌, 검열과 배제의 감옥에 던져지게 된다.

그렇다면 '유산과 전통'의 복원과 계승이라는 김정일의 『주체문학론』의 배려에 힘입었을지라도, 여전히 1950년대 말의 『박팔양 시선집』은 감시와 금지의 영역을 벗어나지 못한 상태인데도 『선집』에서 해방 이전 박팔양 시의 복원과 수록은 어떻게 가능했던 것일까. 미리 말해 이것도 '김일성주의'와 깊이 연관되는 데, 박팔양 시의 배제와 선택은 '수령 유일체제'라는 기준점과 누빔점을 중심으로 재단된 이념적·권력적 행위의 결과였다. 이것은 시인의 사후 편집, 발행된 『박팔양 시선집』1992의 구성 및 이곳에 실린 시편들과 연동된 여러 유고시집의 성격에 의해 어렵잖게 증빙된다. 이 시

---

24 『눈보라 만리』를 '김일성주의'에 대한 저항과 그것에 의한 패배의 관점에서 살펴본 글로는 김재용, 앞의 글, 13~19쪽.

25 연장렬, 앞의 글, 1042쪽.

선집은 박팔양 일생의 시를 '진달래', '해방된 강산에서', '전화의 불비 속에서', '천리마의 노래', '내 조국의 숨결', '항쟁의 남녘이여'라는 각 장 아래 나누어 수록했다. 뒤의 두 장이 『박팔양 시선집』1959에 더해진 형태로, 이곳의 '승리의 깃발'이 뒷날의 시선집에서 '천리마의 노래'로 부部 제목으로 바뀌며 '김일성주의'와의 연관성이 더욱 뚜렷해졌다.

그럼에도 사후의 시선집에서 문단권력 및 혁명체제의 중심에서 밀려난 박팔양의 생애 및 시 창작과 관련된 뜻밖의 요소들이 발견된다. 먼저 『박팔양 시선집』1992은 매 시편마다 창작 연도를 붙여 놓았다. 친절한 안내 덕분에 시인이 숙청에 처해진 1967년의 1편을 제외하고는 이후 단 한 편의 시도 발표하지 못했음이 확인된다. 박팔양이 시인으로서는 치욕적인 집필과 발표 금지라는 미학적 사형선고에 처해졌음을 암시하는 대목이다. 시선집의 6~7부에 해당하는 '내 조국의 숨결', '항쟁의 남녘이여' 부분은 대체로 『눈보라 만리』1961 이후에 창작된 시편을 담았다. 7부는 남한의 4·19 혁명을 비롯한 조국통일의 과제를 노래한 것이므로 시의 형식이나 내용에서 큰 변화를 찾기 어렵다. 그러나 6부 '내 조국의 숨결'에는 전통적인 3·4조 형식의 '가사'가 자유시 형식의 서정시만큼이나 실려 있는 특이성이 발견된다. 이 가사 장르는 근로대중의 사회주의 건설을 기리는 몇 편을 제외하고는 김일성의 탁월한 영도성과 혁명적 공훈을 찬양하는 목소리로 점철되고 있다. 이 지점, 『눈보라 만리』에 집중된 당문학의 비판을 '가사'라는 전통적 형식을 활용한 김일성 신격화로 넘어서려 했던 박팔양의 안간힘이 느껴지는 대목인지라 비극성의 정도가 더욱 크게 느껴진다.

그러나 더욱 결정적인 문제는 '김일성주의'와 연관된 박팔양의 비극성이 이른바 '유고시'로 실린 1부의 「헌시」와 5부 '전화의 불비 속에서'에 실린 한국전쟁 관련 「종군4행시초」, 결시結詩인 「이름 없는 한 풀잎의 노래」에서 정점에 달하고 있다는 사실이다. 먼저 「헌시」의 경우이다. 이 시의 핵심은 겉으로는 김일성의 찬양에 바쳐진 듯하지만, 김일성의 모든 것을 그대로 체현하며 영명하게 인민을 이끌고 있는 김정일에 대한 절대적 환호와 충성의 맹세이다. 가령 「헌시」의 서두는 조선의 독립과 그를 위한 항일혁명투쟁에 나서는 압록강변의 김일성의 비장한 모습과 그 맹세를 지킨 끝에 "수십 년 세월의 피에 젖은 고난을 / 끝끝내 이겨내시고 / 조국을 안고오신 / 위대하신 수령님"을 묘사하는 것으로 시작된다. 이후 일제와 미제의 폭압적 침략에 맞서 "천리마 조선의 찬란한 건설"을 앞당겨 성취한 김일성의 영웅적인 지도력을 찬양하는 가사로 일이관지한다. 그리고 드디어는 김일성이 지닌 모든 것을 체현한 상태로 "영명하게 인민을 이끌어 주시는 김정일동지"를 찬양하는 "끝없는 환호성소리"를 그려내는 한편 김일성과 김정일의 만수무강을 축원하는 만세 소리를 묘사한다.[26]

「헌시」는 창작 시기가 1981년 9월로 되어 있는 바, 김정일의 후계구도가 거의 굳어지던 1976년 이후의 북한 상황, 곧 김일성에서 김정일로의 급격한 권력 이양의 상황에 맞춘 시로 읽힌다. 실제로 「헌시」가 창작되기 1년 전인 1980년 10월 북한은 김정일 후계체제를 공식화하고 김일성주의 유일체계의 완성을 선언하는 '제6차 노동당 대회'를 개최했다. 표면적으로 보자면, 박팔양은 김부자의 성공적 권력 이양과 수령유일체계의 완성을 축하하고 북한의 영원한 승리를 위해 「헌시」를 창작한 셈이 된다. 그러나 끝내 발표 지면을 얻지 못한 채 그의 책상서랍에 보관되어 있다가

---

26 박팔양, 「헌시」, 『박팔양 시선집』, 문학예술종합출판사, 1992, 7~10쪽.

1988년 사후 4년이 지나서야 '유고시'로 출간되었다는 사실은 「헌시」의 당대적 가치와 영향력을 제한한 꼴이 된다는 점에서 잠시 뒤에 말하게 될 창작상의 어떤 의심을 자아내기에 충분한 조건이 된다.

다음으로 「종군4행시초」와 「이름 없는 한 풀잎의 노래」는 이른바 '조국해방전쟁'에 참여한 나이 많은 종군 지식인의 활약상을 그림과 동시에 해방 전선의 탁월한 지도자로 우뚝 선 김일성의 찬양에 바쳐지고 있다. 문제는 언제 창작되었는지 불확실한, 그러나 구절구절 '주체문학론'의 영향과 이입이 분명한 유고작에서 30~40여 전의 총력전을 뜨겁게 회고하며 감격스럽게 재현하고 있다는 사실이다. 어느 모로 보나 조국해방전쟁에 참여하여 김일성에 대한 충성을 다짐하는 '아바이'지식인의 모습은 박팔양 자신을 닮아 있다. 박팔양에게 항일유격투쟁을 다룬 『눈보라 만리』가 사적에 대한 조사와 경험 부재의 상황에 대한 상상의 글쓰기였다면, 한국전쟁을 회고하는 「이름 없는 한 풀잎의 노래」는 참전 경험과 당시의 웅지를 되살린 결코 잃어질 리 없는 현재성 현현의 글쓰기라 할 만하다. 이 시간성 초월의 글쓰기는 박팔양과 김일성의 유대 관계가 가장 깊고 단단했던 해방 후 사회주의 건설기~1950년대 후반 전쟁 복구 및 새로운 조국 건설기를 '지금 여기'의 현실로 소환하는 시공간의 마법과 깊이 관련된다. 그러므로 이 시의 핵심은 다른 무엇도 아닌 김일성의 시적 화자의 글쓰기에 대한 격려 곧 "안심하고 인민대중을 위한 / 민주 건국에 도움이 될 / 좋은 글을 많이 쓰라시는 / 그이의 뜨거운 고무의 말씀"일 수밖에 없다. 이에 대한 화자의 반응은 "영광이여 재생의 기쁨이여 / 다시금 붓을 들고 잠 못 이룬 / 잊지 못할 감격, 흥분의 나날"[27]에 분명하다.

이처럼 유고시로 발표된 「헌시」와 「종군4행시초」, 「이름 없는 한 풀잎의 노래」는 박팔양의 약점이던 '김일성주의'에 대한 전면적 복종, 그 후계자로서 김정일에 대한 충성의 맹세를 서정과 서사의 핵심으로 취하고 있다. 이것은 주체의 시대를 맞아 박팔양의 시선과 유고시 출간을 최종적으로 승인한 것은 어쩌면 김일성이 아니라 김정일일지도 모른다는 심증을 굳히게 한다. 이런 의미에서 내용이 확인되지 않는 「민족의 영예」를 제외한 세 편의 유고시는 우리들의 입장에서 보자면 첫째, 『눈보라 만리』의 반혁명성을 대속代贖하는 한편 그 대가로 '김일성주의'에 완전히 굴복한 박팔양의 마지막 패배를 상징하는 시편에 해당한다. 둘째, '유고시'에 초점을 맞춘다면, 어쩌면 박팔양의 것으로 위조되어 김정일의 『주체문학론』의 완전성과 위대성에 복무하기 위해 활용된 '날조의 기호'일지도 모른다.

물론 유고시 세 편은 주체의 시대 문학적 복권과 삶의 안정성을 위해 박팔양이 스스로 제출한 또 다른 사면 요청서였을 가능성도 무시할 수 없다. 만약 그렇다면, 김정일 시대의 당문학은 김일성과 김정일 찬양을 조건으로 한 세 편의 유고시를 접수한 후 박팔양에게 면죄부를 발부하는 한편, '유산과 전통'이라는 명목 아래 해방 전 박팔양 시의 복권을 승인하는 정치와 미학의 교환에 나선 셈이 된다. 비록 사후라는 한계를 벗어나지 못하지만, 박팔양의 입장에서는 권력 중심부의 정치를 빌미로 자신만의 오롯한 개성이 빛나는 1925년, 『여수시초』1940의 시어와 음역을 되돌려 받은 셈이니 손해만은 아닌 교환의 작업에 성공한 것일지도 모른다. 그렇지만 1950년대 이후를 다룬 『조선문학사』와 『선집』은 시기상 어긋났는지 아니면 편찬자의 의도가 그랬는지 권력의 정점에 섰다가 가장 하층부로 떨

---

27 박팔양, 「이름 없는 한 풀잎의 노래」, 위의 책, 194쪽.

어진 박팔양의 복권과 현재화를 슬며시 회피했다. 이렇게 하여 이후 언젠가 재개될 남북한 문학의 교류 과정에서 꼭 확인되어야 할 핵심 과제가 새로이 주어진 셈이다.

5. 박팔양 시가 다다른 마지막 심연

박팔양의 시는 현재 행운과 불우의 양면을 모두 소지하고 있다. 1990년을 전후한 남북한에서의 해금과 복권은 적어도 해방 이전의 시에 대한 공통된 독서와 향유를 다시 가져왔다. 물론 북한에서는 이 가운데 몇 편이 여전히 금지 상태이거나 그들의 체제에 적합한 형태로 변형된 채 주어지고 있다는 점에서 아쉬움이 적잖은 것도 사실이다. 하지만 남북한이 박팔양에 대한 공통된 지식과 정보를 대상으로 박팔양 미학의 본질과 성격을 함께 논할 기회와 가능성이 마련되었으므로, 해방 이전 박팔양 시의 문학사적 위상과 가치를 재정립하는 작업에 큰 어려움은 따르지 않을 것으로 짐작된다.

그러므로 결국 문제는 40여 년간 북한에서 창작된 시편에 대한 정확한 파악의 방법과 해석의 관점을 어떻게 확보하는가에 남게 되었다. '정치의 예술화'를 크게 벗어나지 못한 창작 활동이었지만, 박팔양은 자신의 생명과 언어를 사회주의 조국의 건설에 아낌없이 바쳤다. 그가 걸어간 시적 행보에 대한 판단은 사회주의 변혁을 빙자한 김일성 유일체계의 권력화와 전제화의 폭력성과 편협성을 충분히 고려하면서, 거기에 연동된 형식과 이념의 수취 및 변화를 중심으로 이뤄져야 한다. 하지만 북한에서 시인의 사후 승인된 『박팔양 시선집』1992의 유고시 3편은 미적 개성과 모험을 생명으로 삼는 시인의 영혼과 언어를 체제협력의 공양물로 바쳐진 혐의를 벗어나기 어렵다는 점에서 박팔양 문학 전체를 뒤흔들만한 폭발력을 지니고 있다. 박팔양의 창작이라는 사실성이 분명히 확인되지 않는다면 아마도 유고시 3편은 그의 시사에서 삭제되어 마땅할 것이다. 또한 이를 계기로 해방 이전 창작된 후 북한에서 슬며시 개작된 시편들의 정치적 · 이념적 함의에 대한 냉정하고 객관적인 확인과 비평 작업도 함께 이뤄져야 할 것이다.

이 작업이 진행된 다음에야 박팔양이 소리 높여 외쳤던 "근로자들의 자유와 행복을 위하여 / 노동과 평화의 깃발을 고수하자"「젊은 벗에게」라는 1956년의 구호는 "씨를 뿌리자 우리의 손으로 / 황막荒漠한 우리 동산에 씨를 뿌리자"「씨를 뿌리자」던 1923년의 브나로드운동의 주장과 별다른 모순 없이 조우하게 될 것이다. 여기서 확인되는 미적 · 혁명성 진정성에 의해 유고시 3편에 대한 진실성 여부도 어느 정도 살펴질 기회가 주어질 것이다. 이 자리로부터 남북한문학사 동시의 본격적인 박팔양 읽기와 평가가 비로소 시작될 것이다.

필자 소개

김영민 (金榮敏, Kim Young-Min)
연세대학교 국어국문학과를 졸업하고 동 대학원 국어국문학과에서 문학박사학위를 받았다. 전북대학교 국어국문학과 조교수, 하버드대학교 옌칭연구소 방문교수, 일본 릿교대학교 교환 연구교수를 거쳐 현재 연세대학교 미래캠퍼스 국어국문학과 명예교수이다. 저서로는 『한국문학비평논쟁사』(1992), 『한국근대문학비평사』(1999), 『한국현대문학비평사』(2000), 『한국 근대소설의 형성 과정』(2005), 『한국의 근대신문과 근대소설』 1(2006), 『한국의 근대신문과 근대소설』 2(2008), 『한국의 근대신문과 근대소설』 3(2014), 『문학제도 및 민족어의 형성과 한국 근대문학(1890~1945)』(2012), 『1910년대 일본 유학생 잡지 연구』(2019),『韓國近代小說史(1890~1945)』(2020) 등이 있다.

양문규 (梁文奎, Yang Mun-Kyu)
연세대학교 국어국문학과를 졸업하고 동 대학원 국어국문학과에서 문학박사학위를 받았다. 강릉원주대학교 국어국문학과 교수, 미국 브리검영대학교, 체코 카렐대학교 방문학자를 거쳐 지금은 강릉원주대학교 국어국문학과 명예교수로 있다. 저서로는 『한국근대소설의 역사』(1994), 『한국근대소설과 현실인식의 역사』(2002), 『한국 근대소설의 구어전통과 문체 형성』(2013), 『한국근대소설 연구방법 이론의 역사와 실제』(2018)가 있다.

하정일 (河晸日, Ha Jeong-Il)
연세대학교 국어국문학과를 졸업하고 동 대학원 국어국문학과에서 문학박사학위를 받았다. 원광대학교 인문대학 국어국문학과 교수를 역임했다. 저서로는 『민족문학의 이념과 방법』(1993), 『20세기 한국문학과 근대성의 변증법』(2000), 『분단 자본주의 시대의 민족문학사론』(2002), 『탈식민의 미학』(2008), 『탈식민의미학 2-탈근대주의를 넘어서』(2012) 등이 있다. 2015년 안타깝게도 지병으로 이른 나이에 타계했다.

김재용 (金在湧, Kim Jae-Yong)
연세대학교 영문학과를 졸업하고 동 대학원 국어국문학과에서 문학박사학위를 받았다. 현재 원광대학교 국어국문학과 교수이자 아시아 아프리카 라틴아메리카 문학 포럼 대표, 『지구적 세계문학』 발행인 및 편집인이다. 저서로는 『북한문학의 역사적 이해』(1994), 『분단구조와 북한문학』(2000), 『협력과 저항』(2004), 『세계문학으로서의 아시아 문학』(2012), 『풍화와 기억』(2016) 등이 있다.

한수영 (韓壽永, Han Soo-Yeong)
연세대학교 중어중문학과를 졸업하고 동 대학원 국어국문학과에서 문학박사학위를 받았다. 동아대학교 국어국문학과 교수, 계간 『역사비평』 편집위원, 미국 듀크대학교, 일본 도시샤대학교 방문교수를 거쳐 현재 연세대학교 미래캠퍼스 국어국문학과 교수이다. 저서로는 『문학과 현실의 변증법』(1997), 『소설과 일상성』(2000), 『한국 현대비평의 이념과 성격』(2000), 『친일문학의 재인식-1937~45년간의 한국소설과 식민주의』(2005), 『사상과 성찰-한국 근대문학의 언어·주체·이데올로기』(2011), 『전후문학을 다시 읽는다-이중언어·관전사·식민화된 주체의 관점에서 본 전후세대 및 전후문학의 재해석』(2015), 『정치적 인간과 성적 인간-한국 근대문학의 언어·주체·이데올로기』 II(2017) 등이 있다.

이현식 (李賢植, Yi Hyun-Shik)
연세대학교 영어영문학과를 졸업하고 동 대학원 국어국문학과에서 박사학위를 받았다. 『문학과사회』 평론 추천으로 등단하고 연세대학교, 인하대학교, 인천대학교 강사를 역임했다. 인천연구원 연구위원(문화정책)을 거쳐 인천문화재단 한국근대문학관 관장을 지냈고 현재는 인천문화재단 정책협력실장으로 있다. 저서로는 『제도사로서의 한국근대문학』(2006), 『일제 파시즘 체제하의 한국근대문학비평』(2006), 『곤혹한 비평』(2007), 『성찰적 창조도시와 지역문화』(2012) 등이 있다.

유성호 (柳成浩, Yoo Sung-Ho)
연세대학교 국문과를 졸업하고 동 대학원에서 문학박사학위를 받았다. 서남대학교 국문과, 한국교원대학교 국어교육과를 거쳐 지금은 한양대학교 국문과 교수로 있다. 『서울신문』 신춘문예 문학평론 부문에 당선하여 문학평론가로 활동하고 있으며, 저서로는 『한국 현대시의 형상과 논리』(1997), 『상징의 숲을 가로질러』(1999), 『침묵의 파문』(2002), 『한국 시의 과잉과 결핍』(2005), 『현대시 교육론』(2006), 『문학 이야기』(2007), 『근대시의 모더니티와 종교적 상상력』(2008), 『움직이는 기억의 풍경들』(2008), 『정격과 역진의 정형 미학』(2014) 등이 있고, 엮은 책으로 『강은교의 시세계』(2005), 『박영준 작품집』(2008), 『나의 침실로(외)』(2009), 『박팔양시선집』(2009), 『한하운전집』(공편, 2010), 『김상용 시선』(2014) 등이 있다.

최현식 (崔賢植, Choi Hyun-Sik)
연세대학교 국어국문학과를 졸업하고 동 대학원 국어국문학과에서 문학박사학위를 받았다. 경상국립대학교 국어국문학과를 거쳐 지금은 인하대학교 사범대학 국어교육과 교수로 있다. 단독저서로 『서정주 시의 근대와 반근대』(2003), 『한국 근대시의 풍경과 내면』(2005) 『신화의 저편—한국현대시와 내셔널리즘』(2007), 『최남선·근대시가·네이션』(2016), 『일제 사진엽서, 시와 이미지의 문화정치학』(2022). 『일제 사진엽서, 식민지 조선을 노래하다』(2023)가, 평론집으로 『말 속의 침묵』(2002). 『시를 넘어가는 시의 즐거움』(2005), 『시는 매일매일』(2011), 『감응의 시학』(2015) 등이, 공동저서로 『새로 쓰는 현대시 교육론』(2015), 『현대시론』(2020), 『현대시의 이해와 감상』(2022) 등이 있다.

간행사 _ **근대한국학총서를 내면서**

새 천 년이 시작된 지도 벌써 몇 해가 지났다. 식민지와 분단국가로 지낸 20세기 한국 역사의 와중에서 근대 민족국가 수립과 민족 문화 정립에 애써온 우리 한국학계는 세계사 속의 근대 한국을 학술적으로 미처 정리하지 못한 채 세계화와 지방화라는 또 다른 과제를 안게 되었다. 국가보다 개인, 지방, 동아시아가 새로운 한국학의 주요 대상이 된 작금의 현실에서 우리가 겪어온 근대성을 다시 한 번 정리하고 21세기에 맞는 새로운 모습으로 탈바꿈시키는 것은 어느 과제보다 앞서 우리 학계가 정리해야 할 숙제이다. 20세기 초 전근대 한국학을 재구성하지 못한 채 맞은 지난 세기 조선학·한국학이 겪은 어려움을 상기해 보면, 새로운 세기를 맞아 한국 역사의 근대성을 정리하는 일의 시급성은 아무리 강조해도 지나치지 않다.

우리 근대한국학연구소는 오랜 전통이 있는 연세대학교 조선학·한국학 연구 전통을 원주에서 창조적으로 계승하고자 하는 목표에서 설립되었다. 1928년 위당·동암·용재가 조선 유학과 마르크스주의, 그리고 서학이라는 상이한 학문적 기반에도 불구하고 조선학·한국학 정립을 목표로 힘을 합친 전통은 매우 중요한 경험이었다. 이에 외솔과 한결이 힘을 더함으로써 그 내포가 풍부해졌음은 두말할 나위가 없다. 연세대학교 원주캠퍼스에서 20년의 역사를 지닌 매지학술연구소를 모체로 삼아, 여러 학자들이 힘을 합쳐 근대한국학연구소를 탄생시킨 것은 이러한 선배학자들의 노력을 교훈으로 삼은 것이다.

이에 우리 연구소는 한국의 근대성을 밝히는 것을 주 과제로 삼고자 한다. 문학 부문에서는 개항을 전후로 한 근대계몽기 문학의 특성을 밝히는 데 주력할 것이다. 역사 부문에서는 새로운 사회경제사를 재확립하고 지역학 활성화를 위한 원주학 연구에 경진할 것이다. 철학 부문에서는 근대 학문의 체계화를 이끌고 사회과학 분야에서는 학제 간 연구를 활성화시키며 근대성 연구에 역량을 축적해 온 국내외 학자들과 학술 교류를 추진할 것이다. 이러한 연구들은 일방성보다는 상호 이해와 소통을 중시하는 통합적인 결과물의 산출로 이어질 것이다.

근대한국학총서는 이런 연구 결과물을 집약적으로 정리하기 위해 마련한 총서이다. 여러 한국학 연구 분야 가운데 우리 연구소가 맡아야 할 특성화된 분야의 기초 자료를 수집 · 출판하고 연구성과를 기획 · 발간할 수 있다면, 우리 시대 연구자들뿐만 아니라 학문 후속세대들에게도 편리함과 유용함을 줄 수 있을 것이다. 새롭게 시작한 근대한국학총서가 맡은 바 역할을 충분히 할 수 있도록 주변의 관심과 협조를 기대하는 바이다.

2003년 12월 3일

연세대학교 캠퍼스 근대한국학연구소